AS
SETE
LUAS
DE
MAALI
ALMEIDA

AS SETE LUAS DE MAALI ALMEIDA

SHEHAN KARUNATILAKA

Tradução
Adriano Scandolara

1ª edição

EDITORA RECORD
RIO DE JANEIRO · SÃO PAULO
2023

CIP-BRASIL. CATALOGAÇÃO NA PUBLICAÇÃO
SINDICATO NACIONAL DOS EDITORES DE LIVROS, RJ

K27s Karunatilaka, Shehan
   As sete luas de Maali Almeida / Shehan Karunatilaka ; tradução Adriano Scandolara. - 1. ed. - Rio de Janeiro : Record, 2023.

   Tradução de: The seven moons of Maali Almeida
   ISBN 978-65-5587-813-4

   1. Ficção srilanquesa. I. Scandolara, Adriano. II. Título.

23-85853
CDD: 891.483
CDU: 82-3(548.7)

Meri Gleice Rodrigues de Souza - Bibliotecária - CRB-7/6439

Título original:
The Seven Moons of Maali Almeida

Copyright © Shehan Karunatilaka 2022

Copyright da tradução © 2023, by Editora Record

Citação bíblica: a tradução utilizada de Jeremias 33:3 é da Bíblia de Jerusalém (Paulus, 2002).

Texto revisado segundo o Acordo Ortográfico da Língua Portuguesa de 1990.

Todos os direitos reservados. Proibida a reprodução, no todo ou em parte, através de quaisquer meios. Os direitos morais do autor foram assegurados.

Direitos exclusivos de publicação em língua portuguesa somente para o Brasil adquiridos pela
EDITORA RECORD LTDA.
Rua Argentina, 171 – Rio de Janeiro, RJ – 20921-380 – Tel.: (21) 2585-2000, que se reserva a propriedade literária desta tradução.

Impresso no Brasil

ISBN 978-65-5587-813-4

Seja um leitor preferencial Record.
Cadastre-se no site www.record.com.br e receba informações sobre nossos lançamentos e nossas promoções.

Atendimento e venda direta ao leitor:
sac@record.com.br

Nota

Os termos e as expressões em cingalês, tâmil e sânscrito utilizados no romance estão traduzidos ao fim do livro.

AGRADECIMENTOS

Aadhil Aziz, Aftab Aziz, Amrit Dayananda, Andi Schubert, ARL Wijesekera, Arosha Perera, Arun Welandawe-Prematileke, ASH Smyth, Chanaka de Silva, Chiki Sarkar, Chula Karunatilaka, Cormac McCarthy, David Blacker, Daya Pathirana, Deshan Tennekoon, Diresh Thevanayagam, Diya Kar, Douglas Adams, Erid Perera, Ernest Ley, Faiza Sultan Khan, George Saunders, Haw Par Villa, Imal Desa, Jeet Thayil, Jehan Mendis, Kurt Vonnegut, Lakshman Nadaraja, Ledig House, Marissa Jansz, Mark Ellingham, Meru Gokhole, Michael Meyler, Nandadeva Wijesekera, Naresh Ratwatte, Natasha Ginwala, Nigel de Zilwa, Pakiasothy Sarvanamuttu, Patsy de Silva, Philips Hue, Piers Eccleston, Prasad Pereira, Rajan Hoole, Rajeeve Bernard, Rajini Thiranagama, Ramya Chamalie Jirasinghe, Ravin Fernando, Richard de Zoysa, Rohan Gunaratna, Rohitha Perera, Roshan de Silva, Russell Tennekoon, Shanaka Amarasinghe, Smriti Daniel, Stanley Greene, Stephen Champion, Stefan Andre Joachim, Steve de la Zilwa, Sunitha Tennekoon, Tracy Holsinger, Victor Ivan, William McGowan, www.existentialcomics.com, www.iam.lk, www.pinterest.com

Agradecimentos especiais: Natania Jansz, Eranga Tennekoon, Lalith Karunatilaka, Kanishka Gupta, Manasi Subramaniam, David Godwin. Andrew Fidel Fernando, Govind Dhar, Wendy Holsinger, Jan Ramesh de Schoning, Mohammed Hanif.

Ilustrações de Lalith Karunatilaka

As Sete Luas de Maali Almeida é uma obra de ficção. Seus personagens são imaginários. No entanto, alguns políticos e outros indivíduos, ativos na época em que se passa a narrativa (1989/90), são mencionados pelo nome real.

Para Chula,
Eranga
e Luca

DRAMATIS PERSONAE

*Lista resumida. Pedimos desculpas a quaisquer
demônios que tenham sido excluídos.*

MALINDA ALBERT KABALANA (MAALI ALMEIDA) Desaparecido sim, esquecido jamais. Tem um assassinato para desvendar. O seu próprio.

OS VIVOS – LÁ EMBAIXO
"Ouça dizerem seu nome. Partilhe de sua vergonha."

COLEGAS DE APARTAMENTO E PARENTES

DILAN DHARMENDRAN (DD) O amor proibido da vida de Maali.

JACQUELINE VAIRAVANATHAN (JAKI) O amor abandonado da vida de Maali. Prima de DD.

ALBERT KABALANA (BERTIE) Pai de Maali. Ausente e alvo de rancor.

LAKSHMI ALMEIDA (LUCKY) Mãe de Maali. Presente e alvo de rancor.

MINISTRO STANLEY DHARMENDRAN Pai de DD; tio de Jaki. Único membro do gabinete da etnia tâmil.

POLICIAIS E PILANTRAS

SUPERINTENDENTE ASSISTENTE (SA) RANCHAGODA Policial preguiçoso. Tem contatos.

DETETIVE CASSIM Policial dedicado. Tem frustrações.

BALAL AJITH Desova de lixo. Açougueiro treinado.

KOTTU NIHAL Coleta de lixo. Ladrão.

MOTOMALLI Transportador de cadáveres. Militar atormentado. (Junção de motorista e *maali*.)

Jornalistas e fixers

Andy McGowan Freelancer da *Newsweek*.
Jonny Gilhooley Diplomata agregado da Embaixada Britânica.
Bob Sudworth Repórter da Associated Press (AP).
Inocente Emmanuel Kugarajah (Kuga) Golpista fazendo pose de ativista.
Elsa Mathangi Ativista fazendo pose de golpista.

Hotel Leo

Rohan Chang Chefe do cassino.
Yael Menachem Chefe de um estúdio israelense. Traficante de armas.
Golan Yoram Produtor de cinema israelense. Traficante de armas.
Karachi Kid Apostador paquistanês. Traficante de armas.
Chaminda Samarakoon Barman. Gigolô.

Monstros

Ministro Cyril Wijeratne Ministro da Justiça. Incitador de linchamentos.
Major Raja Udugampola Chefe da STF.
Mascarado Pai de quatro filhos. Torturador de centenas.

Videntes

Homem-Corvo Encantador de espíritos. Mercador de maldições.
Menino-Pardal Pivete de rua mutilado.

A bolha de Colombo

Clarantha de Mel Gerencia a Lionel Wendt. Bicha no armário.
Radika Fernando Âncora e socialite.
Buveneka Wijeratne Sobrinho relutante do Ministro da Justiça.
Viran, da FujiKodak Revelador de fotos freelancer.

OS MORTOS
Anônimos e inofensivos, em sua maioria

ASSISTENTES

DRA. RANEE SRIDHARAN († 1989) Professora e ativista tâmil, morta pelo LTTE. Agora Assistente.

HE-MAN Leão de chácara dos portões do Interstício.

MOISÉS Espírito antigo. Agora segurança.

ENCOSTOS

SENA PATHIRANA († 1989) Organizador marxista de Gampaha. Assassinado pelo Estado.

DEFUNTA ADVOGADA († 1983) Linchada por uma multidão racista em 1983. Uma de milhares.

ESTUDANTES DE ENGENHARIA MORTOS († 1982) Assassinados pelo Exército por conta de uma descrição na qual se encaixavam.

CRIANÇAS-SOLDADO MORTAS († 1989) Beberam veneno para não ter que entrar em combate.

PRETA VELHO & PRETA GAROTA († 1984) Vítimas de uma bomba que não era destinada para eles. (Ver definição de *preta* ao fim do livro.)

FANTASMAS

DEFUNTO ATEU († 1986) Assassinado a mando do seu irmão.

CÃES MORTOS († 1988) Acidente de carro. Jamais noticiado.

LEOPARDO MORTO († 1985) Preso numa armadilha para capturar um caçador ilegal.

DEFUNTO TURISTA FRANCÊS († 1986) Explosão da bomba da Air Lanka.

DEFUNTA TURISTA ALEMÃ († 1986) Explosão da bomba da Air Lanka.

DEFUNTO TURISTA INGLÊS († 1986) Explosão da bomba da Air Lanka.

COLEGIAL SUICIDA († 1986) Bebeu pesticida para fugir do bullying.

DONA SUICIDA († 1979) Pulou depois de levar um pé na bunda. Caiu nos trilhos do trem.

CORCUNDA SUICIDA († 1712) Deu um tiro em si mesmo para fugir das dívidas.

DEFUNTOS AMANTES († 1948) Se enforcaram para fugir dos pais.

DEMÔNIOS

MAHAKALI OU DEFUNTO ECLESIÁSTICO O coração sombrio do universo. Nem sempre foi assim tão do mal.

DEFUNTO GUARDA-COSTAS († 1977) Guarda-costas de um Primeiro-Ministro assassinado. Agora trabalha de demônio para um Ministro.

AS SETE LUAS DE
MAALI ALMEIDA

AS SETE LUAS DE
MARI AZMED

Há apenas dois deuses dignos de louvor.
O acaso e a eletricidade.

Primeira Lua

*Pai, perdoa-lhes,
porque eu jamais perdoarei.*

Richard de Zoysa,
"Sexta-Feira Santa, 1975"

PRIMERA LUA

Respostas

Você acorda com a resposta para a pergunta que todo mundo faz. A resposta é Sim, e a resposta é Igual Aqui, Só Que Pior. E essas são as únicas revelações que você vai ter. É até melhor voltar a dormir que você ganha mais.

Você nasceu sem batimentos cardíacos e o que te manteve vivo foi uma incubadora. E, mesmo quando ainda era um feto fora d'água, já sabia aquilo que o Buda precisou se sentar embaixo das árvores para descobrir. Antes nunca tivesse renascido. Antes nunca tivesse se dado ao trabalho. Devia ter seguido seus instintos e empacotado naquela caixa mesma onde foi parido. Mas não foi o que fez.

E assim foi desistindo de todos os jogos que te obrigaram a jogar. Duas semanas de xadrez, um mês nos Escoteiros, três minutos de rúgbi. Foi embora da escola com um ódio por times e jogos e pelos imbecis que valorizam isso. Abandonou a aula de artes e as vendas de seguro e mestrados. Cada uma dessas coisas sendo um jogo que você não teve saco de jogar. Deu um pé na bunda de todo mundo que te viu pelado. Abandonou todas as causas pelas quais lutou. E fez muitas coisas que não dá para contar para ninguém.

Se tivesse um cartão de visita, ele diria o seguinte:

Maali Almeida
Fotógrafo. Apostador. Piranho.

Se tivesse uma lápide, ela diria:

Malinda Albert Kabalana
1955–1990

Mas não tem nem uma coisa, nem outra. E não possui mais nenhuma ficha nesta mesa. E agora sabe o que os outros desconhecem. Possui as respostas para as seguintes perguntas. Existe vida após a morte? Como é?

Logo despertará

Tudo começou há eras, mil séculos atrás, mas vamos pular todos esses ontens e começar na última terça-feira. É um dia em que você acorda de ressaca, sem nenhum pensamento na cabeça, o que se aplica à maioria dos dias. Acorda numa sala de espera infinita. Olha ao seu redor, é um sonho e, para variar, você sabe que é um sonho e fica feliz em esperar que ele termine. Todas as coisas passam, especialmente sonhos.

Você está de jaqueta safári, jeans desbotados, e não consegue lembrar como veio parar aqui. Um de seus pés está calçado, e há três cordões e uma câmera no seu pescoço. A câmera é a sua fiel Nikon 3ST, só que a sua lente está moída e a carcaça quebrada. Você olha através do visor e só enxerga lama. Hora de acordar, menino Maali. Você se belisca e dói, mas menos como uma breve pontada e mais como a dorzinha oca de um insulto.

Sabe como é não confiar na própria mente. Aquela viagem de LSD no Smoking Rock Circus de 1973, três horas abraçado no tronco de uma arália no Parque Viharamahadevi. A maratona de pôquer de noventa horas em que ganhou dezessete laques, dos quais depois perdeu quinze. Seu primeiro bombardeio em Mullaitivu, 1984, enfiado num bunker de pais aterrorizados e crianças gritando. Acordar num hospital, aos dezenove anos, sem lembrar o rosto da sua *amma* ou o quanto você o odiava.

Está numa fila, gritando com uma mulher num sári branco atrás de um balcão de fibra de vidro. Quem nunca se enfureceu com uma mulher atrás de um balcão? Certamente, não você. A maioria dos srilanqueses fervilha de raiva em silêncio, mas você gosta de reclamar a plenos pulmões.

— Não estou dizendo que é culpa sua. Nem que é culpa minha. Mas erros acontecem, não? Ainda mais em repartições do governo. Fazer o quê?

— Aqui não é uma repartição do governo.

— Não ligo, tia. Só estou dizendo, não posso ficar aqui, tenho fotos para divulgar. Sou comprometido.

— Não sou sua tia.

Você olha ao redor. Às suas costas, uma fila dá a volta em torno dos pilares e serpenteia pelas paredes. O ar está enevoado, mas não parece haver ninguém exalando fumaça, nem dióxido de carbono. O lugar tem cara de um estacionamento automotivo sem automóveis ou um mercado sem nada para vender. O teto é alto, sustentado por pilares de concreto dispostos a intervalos irregulares sobre um campo amplo. O que parecem ser grandes portas de elevador delimitam a extremidade oposta, e formas humanas se aglomeram, entrando e saindo delas.

Mesmo olhando de perto, as figuras humanas parecem pouco nítidas, com pele de talco e olhos que brilham com cores que não são comuns para um povo pardo. Algumas delas vestem trajes hospitalares, algumas têm sangue seco nas roupas, algumas estão com membros faltando. Todas gritam com a mulher de branco. Ela parece estar conversando com cada um de vocês ao mesmo tempo. Talvez todos estejam fazendo as mesmas perguntas. Se fosse de apostar (e você é), apostaria 5 contra 8 que isto é uma alucinação, provavelmente induzida pelos remedinhos bobos da Jaki.

A mulher abre um grande registro. Ela te mede de cima a baixo, sem interesse, nem desprezo:

— Primeiro, precisamos confirmar alguns detalhes. Nome?

— Malinda Albert Kabalana.

— Numa sílaba só, por favor.

— Maali.

— O senhor sabe o que é uma sílaba?

— Maal.

— Obrigada. Religião?

— Nenhuma.

— Que bobagem. Causa da morte?

— Não lembro.

— Há quanto tempo o senhor morreu?

— Não sei.

— *Aiyo.*

O enxame de almas se aglomera mais, ralhando e repreendendo a mulher de branco. Você olha para os rostos pálidos, olhos profundos em cabeças despedaçadas, olhos que se apertam de raiva, ódio e confusão. As pupilas emergem nos tons de hematomas e feridas. Marrons, azuis e verdes surrados — nenhum deles repara em você. Você já morou em campos de refugiados, visitou feiras de rua ao meio-dia e pegou no sono em cassinos apinhados. O vaivém da humanidade nunca rende uma boa foto. Esse vaivém se aglomera e vem até você, e você vai para longe do balcão.

O povo do Sri Lanka não sabe fazer fila. A não ser que você defina fila como uma curva amorfa com múltiplos pontos de entrada. Aqui parece ser um ponto de encontro para aqueles que têm dúvidas quanto à sua morte. Há vários balcões, e os fregueses irados protestam contra as grades, xingando, aos gritos, aquelas poucas pessoas do outro lado. O além é uma agência da Receita e todo mundo quer a sua restituição.

Você é jogado para escanteio por uma *amma* com uma criança pequena ao quadril. A criança te encara como se você tivesse acabado de quebrar o seu brinquedo favorito. O cabelo da mãe está emplastado de sangue, que lhe mancha o vestido e lambuza o rosto.

— E quanto ao nosso Madura? O que aconteceu com ele? Estava no banco de trás com a gente. Ele viu o ônibus antes do motorista.

— Quantas vezes preciso te dizer, senhora? Seu filho ainda está vivo. Não se preocupe, seja feliz. *Don't worry, be happy.*

Isso quem diz é um homem do outro balcão, de jaleco branco e *black power*, que se parece com Moisés, do grande livro. Sua voz é como o rumor do oceano e seus olhos são de um amarelo pálido, como ovos mexidos. Ele repete o título da música mais irritante do ano passado e então abre um outro livro de balanço.

Você tira mais uma foto, que é o que faz quando não sabe o que mais fazer. Tenta capturar esse estacionamento do caos, mas só o que dá para ver são as rachaduras na lente.

É fácil dizer quem é funcionário e quem não é. Os primeiros carregam livros de registro e ficam parados sorrindo; os segundos parecem desvairados. Andam em círculos, aí param, depois ficam olhando para o nada. Alguns giram a cabeça e choram, desesperados. Os funcionários não olham para nada diretamente, muito menos para as almas que estão orientando.

Agora seria uma hora excelente para acordar e esquecer. Você raramente se lembra dos seus sonhos e, seja lá o que for isto, as chances de guardar qualquer coisa são menores do que as de ter um *flush* ou um *full house* na mão. Mais fácil lembrar como aprendeu a andar do que lembrar de ter estado aqui. Foram os remedinhos bobos da Jaki, e este é só um sonho viajado. O que mais poderia ser?

E então você repara numa figura recostada contra uma placa no canto, trajando o que parece ser um saco de lixo preto, que dá a impressão de não ser nem funcionário, nem cliente. A figura esmiúça a multidão e seus olhos têm um brilho verde como os de um gato contra um farol. Eles recaem sobre você e se demoram mais do que deveriam. Ele acena com a cabeça e os olhos não param de encarar.

Acima da figura, uma placa diz:

NÃO VISITE CEMITÉRIOS

Do lado dela, tem um cartaz com uma seta:

→ EXAMES NO ANDAR QUARENTA E DOIS

Você dá meia-volta, retornando à mulher atrás do balcão, e tenta de novo.

— Isto é um equívoco. Eu não como carne. Só fumo cinco cigarros por dia.

E a mulher parece alguém familiar para você, assim como suas mentiras devem ser familiares para ela. Por um momento, toda essa agitação parece cessar. Por um momento, parece que só tem você ali.

— *Aiyo!* Cada desculpa que eu escuto. Ninguém quer ir embora, nem mesmo os suicidas. Acha que eu queria morrer? Minhas filhas tinham oito e dez anos quando eles me fuzilaram. Fazer o quê? Reclamar não ajuda. Seja paciente e espere a sua vez. Perdoe o que puder. Nosso quadro de funcionários está deficiente e procuramos voluntários.

Ela olha para cima e levanta o tom de voz para quem está na fila:

— Vocês todos têm sete luas.

— O que é uma lua? — pergunta uma moça com o pescoço quebrado. Ela segura a mão de um menino com uma fratura no crânio.

— Sete luas são sete noites. Sete crepúsculos. Uma semana. Tempo mais do que o suficiente.

— Eu achava que uma lua era um mês.

— A lua está sempre lá, mesmo quando você não vê. Acha que, só porque parou de respirar, ela parou de dar a volta na Terra?

Você não entende nada disso. Então resolve tentar outra abordagem:

— Olha para essa multidão. Devem ser todos aqueles massacres no norte. Os Tigres e o Exército matando civis. Pacificadores indianos começando guerras.

Você olha ao seu redor e vê que ninguém presta atenção no que está tentando dizer. Os olhos continuam a ignorá-lo, reluzindo com seus tons verde-azulados. Você olha ao seu redor, procurando a figura de preto, mas ela desapareceu.

— Não só lá no norte. Mas aqui embaixo também. O governo está lutando contra o JVP e a pilha de cadáveres não acaba nunca. Entendo totalmente. Você deve andar ocupada hoje em dia. Eu entendo.

— Hoje em dia? — A mulher de branco faz uma careta e balança a cabeça. — Tem um cadáver a cada segundo. Às vezes dois. Já fez o seu exame auricular?

— Minha audição está ótima. Eu tiro fotos. Sou testemunha de crimes que ninguém mais vê. Precisam de mim.

— Aquela mulher ali tem bocas para dar de comer. Aquele homem tem hospitais para gerenciar. E você tira foto? Bá! Que impressionante.

— Não são lembranças de férias. São fotos que vão derrubar governos. Fotos capazes de pôr fim em guerras.

Ela faz uma careta para você. O cordão que ela tem no pescoço é o de uma cruz egípcia, de um tipo já visto também no pescoço de um garoto que te amou mais do que você o amou de volta. A funcionária mexe nela e torce o nariz.

É só então que você consegue reconhecê-la. Durante boa parte de 1989, seu sorriso de comercial de pasta de dente não parava de aparecer no noticiário. A professora universitária assassinada por extremistas tâmeis pelo crime de ser tâmil e moderada.

— Eu te conheço. É a dra. Ranee Sridharan. Foi difícil reconhecer sem o megafone. Seus artigos sobre os Tigres Tâmeis eram fenomenais. Mas você usou as minhas fotos sem pedir permissão.

O que mais faz de você um srilanquês não é o sobrenome do pai, nem o templo onde se ajoelha, nem o sorriso que põe na cara para esconder os seus medos. É você conhecer outros srilanqueses e conhecer os srilanqueses desses srilanqueses. Há tias que, se você lhes der um sobrenome e o nome de uma escola, conseguem localizar qualquer srilanquês até o seu primo mais próximo. Você foi se deslocando em círculos que se sobrepunham e muitos que continuaram fechados. Foi amaldiçoado com a dádiva de nunca esquecer um nome, um rosto ou uma sequência de cartas.

— Fiquei triste quando te pegaram. De verdade. Quando foi? Em 1987? Sabe, uma vez eu conheci um dos Tigres, da facção Mahatiya. Disse que foi ele quem organizou o seu atentado.

A dra. Ranee desvia o olhar do seu livro, olha para cima e faz uma expressão de cansaço, depois dá de ombros. Suas pupilas são de um branco esfumaçado, como se preenchidas por uma catarata leitosa.

— Você precisa examinar suas orelhas. Suas orelhas têm padrões tão pessoais quanto as impressões digitais. Os sulcos demonstram traumas passados, os lóbulos revelam os pecados e a cartilagem esconde a culpa. Todas as coisas que impedem que você entre para a Luz.

— O que é a Luz?

— A resposta breve é O Que Você Precisar Que Seja. A resposta longa é que eu não tenho tempo para a resposta longa.

Ela te passa uma folha de *ola*. Dizem que sete rixis usaram essa folha de palmeira seca, três mil anos atrás, para escrever a sorte de todos que um dia viriam a viver. Incisões angulosas dilacerariam sua textura granulada, por isso os escribas do sul da Ásia desenvolveram uma caligrafia de curvas sensíveis, a fim de evitar que a folha se rasgasse.

— Você tirou fotos de 1983?

— Tirei, sim. O que é isso?

A folha de *ola* tem as mesmas palavras escritas em três idiomas. As letras circulares do cingalês, as retas do tâmil e um inglês rabiscado, sem um único rasgo à vista.

```
ORELHAS_____
MORTE_____
PECADOS_____
LUAS_____
CARIMBADO POR_____
```

— Vá lá e deixe que confiram sua orelha, contabilizem sua morte, codifiquem os seus pecados e registrem as suas luas no Andar Quarenta e Dois. E arranje um Assistente para carimbar. — Ela fecha seu livro e, com isso, a conversa. Você é substituído, na frente da fila, por um homem envolto em ataduras, que não para de tossir.

Dando meia-volta, você encara as pessoas atrás de si. Ergue as mãos como um profeta. Sempre foi exibido. Sempre barulhento, exceto quando não era.

— Nenhum de vocês existe, seus encostos! São fantasmas do meu cérebro adormecido. Foi porque eu engoli aqueles remedinhos bobos da Jaki. É uma alucinação. Não existe vida após a morte. Se eu fechar os olhos, vão sumir que nem um peido!

Eles prestam tanta atenção a você quanto o sr. Reagan presta às Maldivas. Nem as vítimas de um acidente de carro, nem os sequestrados, nem os velhos em trajes de hospital, nem a falecida dra. Ranee Sridharan, que deixa saudades, reparam nesse seu surto.

As chances de se encontrar uma pérola dentro de uma ostra é de 1 em 12 mil. As chances de ser atingido por um raio são de 1 em 700 mil. A probabilidade de a alma sobreviver à morte do corpo é de uma em nada, uma em nenhuma, uma em bulhufas. Você deve estar dormindo, disso tem certeza. Logo despertará.

E então lhe passa esse pensamento terrível pela cabeça. Mais terrível do que esta ilha selvagem, este planeta sem deus, este sol moribundo e esta galáxia que ronca. E se, todo esse tempo, você estivesse mesmo dormindo? E se, deste momento em diante, você, Malinda Almeida, fotógrafo, apostador, piranho, jamais puder fechar os olhos de novo?

Você acompanha uma multidão cambaleante pelo corredor. Um homem anda sobre as pernas quebradas, uma mulher esconde um rosto de hematomas. Muita gente ali parece estar vestida para um casamento, porque é assim que os preparadores de cadáveres os decoram. No entanto, muitos outros vestem trapos e confusão. Você olha para baixo e só vê um par de mãos que não lhe pertencem. Gostaria de poder inspecionar a cor dos seus olhos e o rosto que está vestindo. Você se pergunta se tem espelho nos elevadores. Na verdade, mal e mal têm paredes. Uma por uma, as almas entram no vão do elevador e disparam para cima, que nem bolhas dentro d'água.

Que absurdo. Nem mesmo o Banco do Ceilão tem Quarenta e Dois andares.

— O que tem nos outros andares? — você pergunta a quem tiver ouvidos, examinador ou não.

— Salas, corredores, janelas, portas, o de sempre — responde um Assistente particularmente solícito.

— Contabilidade e Finanças — diz um velho acabado que se apoia numa bengala. — Um esquema desses não se financia sozinho.

— É tudo a mesma coisa — lamenta a mulher morta com o neném morto. — Todo o universo. Toda a vida. O mesmo de sempre. A mesma cena de sempre.

Você raramente tem sonhos, que dirá pesadelos. Vai flutuando até a beirada do vão do elevador e então alguma coisa te empurra. Você grita como uma donzela num filme de terror enquanto o vento te arremessa na direção do céu. Uma figura de preto, flutuando atrás de você, te assusta. Seu manto de sacos pretos de lixo vai esvoaçando contra o vento feral. Ele te observa ascender pelo vão do elevador e faz uma reverência quando você sai flutuando.

Você arrisca tirar mais uma dúvida e pergunta o que é a Luz. Mas a resposta é apenas um dar de ombros e xingamentos. Uma criança assustada te chama de *ponnaya*, um xingamento que pressupõe homossexualidade e impotência ao mesmo tempo, e você está disposto a se confessar culpado de apenas uma dessas acusações. Ao perguntar aos funcionários sobre a Luz, recebe respostas diferentes toda vez. Alguns dizem que é o céu, outros dizem que é o renascer, outros dizem que é o esquecimento. Alguns, como a dra. Ranee, dizem qualquer coisa. As opções não te interessam muito, exceto talvez esta última resposta.

No Andar Quarenta e Dois, há uma placa com uma única palavra inscrita.

FECHADO

Vultos flutuam nesse vasto corredor, sem repararem nas paredes até esbarrarem nelas. Há uma recepção sem ninguém. E uma fileira de portas vermelhas, cada uma delas obedecendo à placa ao se manterem fechadas.

No centro do corredor, está a figura de preto, em pé, sem demonstrar o menor interesse pelos vagabundos errantes trombando nas paredes ao redor. Ela te encara e te chama até ela. Com os olhos, ela acompanha os teus movimentos, enquanto você sai flutuando. Desta vez há neles um brilho amarelo.

O universo boceja no tempo que você leva para voltar ao balcão da dra. Ranee. Lá fora, a noite é preenchida por ventos e sussurros. Neste lugar, há apenas balcões e confusões.

A dra. Ranee repara em você e balança a cabeça.

— Precisamos de mais Assistentes. E menos reclamões. Todo mundo está fazendo o melhor que pode.

Ela olha para você.

— Exceto quem não está.

Você espera até ela concluir o raciocínio, mas parece que já concluiu mesmo. Ela pega um megafone debaixo da mesa. Agora esta é a dra. Ranee que você lembra, gritando nos campi sempre que havia câmeras de TV por perto.

— Por favor, não se percam. Quem ainda não fez o Exame Auricular, não venha aqui. O Andar Quarenta e Dois estará aberto amanhã. Voltem depois. Lembrem-se de que vocês têm sete luas. Devem chegar até a Luz antes do nascer da sua última lua.

Você está prestes a disparar uma rajada de palavrões quando repara nela mais uma vez, a figura envolta no saco de lixo preto, que te chama com as duas mãos. Seus olhos bruxuleiam como velas e ela segura o que parece ser a outra sandália, que caiu do seu pé. A dra. Ranee acompanha o seu olhar e fecha a cara.

— Tirem essa coisa daqui. Maal, aonde você vai?

Dois homens de branco saltam por cima do balcão e correm na direção da figura de preto. O homem com o *black power*, que parece Moisés, levanta os braços e berra numa língua que você nunca ouviu antes. Do lado dele, há um homem musculoso usando uma túnica branca que corre na sua direção.

Você desaparece de volta na turba, perdido em meio àquela gente arruinada com bafo de sangue, e vai atrás da figura que traz o seu calçado.

Vai flutuando atrás dele, este ceifeiro medonho de sacos de lixo, assim como já foi flutuando atrás de muitas coisas que não devia. Cassinos, zonas de guerra e belos homens. Consegue escutar a voz estridente da dra. Ranee, mas a ignora, assim como ignorou a sua *amma* logo depois que o *dada* partiu.

A figura tem um sorriso malicioso, mostrando dentes tão amarelos quanto os seus olhos.

— Doutor, vamos sair deste lugar. Aqui é uma burocracia de lavagem cerebral. Igual a todos os outros prédios neste estado opressor.

A figura encapuzada está ali, face a face contigo. Embora seu rosto esteja oculto pela sombra, dá para ver que é um garoto, mais jovem do que você já foi. Um dos olhos é amarelo e o outro parece verde, e você já não tem certeza de quais seriam os remedinhos bobos capazes de uma alucinação dessas. A voz parece estar se recuperando de uma dor de garganta.

— Sei que seu nome é Maali, doutor. Não desperdice seu tempo aqui. E, por favor, fique longe da Luz.

Você o segue até o elevador, mas desta vez é para descer. O falsete furioso da dra. Ranee e os berros em barítono do Moisés e do He-Man se tornam ecos distantes.

— Até o além é projetado para manter as massas na ignorância — diz o garoto. — Te fazem esquecer a própria vida e te empurram na direção de alguma luz. Tudo isso são as ferramentas burguesas do opressor. Dizem que a injustiça é parte de algum grande plano. E é o que impede vocês de se rebelarem.

Ao chegar ao térreo e sair do prédio, o vento te atinge de todos os lados. Lá fora, as árvores resmungam, as pilhas de lixo arrotam e os ônibus secretam uma fumaça preta. Sombras rastejam pelas ruas e a cidade de Colombo, ao amanhecer, afasta o rosto.

— Onde você encontrou minha sandália?

— No mesmo lugar onde encontrei o seu corpo. Quer de volta?

— Não muito.

— Quis dizer a sua vida. Não a sandália.

— Eu sei.

As palavras chegam sem esforço, embora não tenha tido tempo para refletir. Será que você quer ver o seu corpo? Será que quer ter a sua vida de volta? Ou a pergunta real que deveria estar se fazendo. Como diabos veio parar aqui?

Você não se lembra de nada, nem de dor, nem de surpresa, nem do seu último suspiro, nem de onde estava. E, embora não tenha o menor desejo de sair ferido de novo ou de voltar a respirar, opta por seguir a figura de preto.

A CAIXA EMBAIXO DA CAMA

Você nasceu antes de Elvis ter o seu primeiro sucesso. E morreu antes de o Freddie lançar o seu último. Nesse ínterim, fotografou milhares de pessoas. Tem fotos do Ministro do governo que ficou olhando enquanto os selvagens de 1983 ateavam fogo em lares tâmeis e massacravam seus ocupantes. Tem retratos de jornalistas sequestrados e ativistas desaparecidos, com amarras e mordaças, mortos sob custódia policial. Tem imagens granuladas, porém identificáveis, que registram um major do exército, um coronel dos Tigres e um traficante de armas inglês, todos sentados à mesma mesa, dividindo um jarro de água de coco cingalês.

Tem em filme os assassinos do ator e galã Vijaya e os destroços do avião de Upali. Você guarda essas imagens numa caixinha branca de sapatos, escondida em meio a velhos discos do Elvis e do Freddie, *King and Queen*, Rei e Rainha. Debaixo de uma cama que a cozinheira da sua *amma* divide com o chofer do seu *dada*. Se pudesse, faria mil cópias de cada foto e colaria tudo por toda a cidade de Colombo. Talvez ainda possa.

PAPO COM UM DEFUNTO ATEU (1986)

Você já viu cadáveres, mais até do que era para ser a sua cota, e sempre soube para onde as almas iam. O mesmo lugar aonde vai a chama quando alguém a apaga, o mesmo lugar aonde vai a palavra quando é pronunciada. A mãe e a filha soterradas sob os tijolos em Kilinochchi, os dez estudantes carbonizados nos pneus em Malabe, o fazendeiro amarrado à árvore pelas entranhas. Nenhum deles foi a lugar algum. Existiram e depois já não existiam mais. Assim como todos deixaremos de existir assim que se acabar o pavio de nossas velas.

O vento te conduz, e o mundo corre na velocidade de um riquixá, rostos e vultos passando, pairando, alguns menos aterrorizados do que outros, mas a maioria tem pés que não tocam o solo. Você tem uma resposta para aqueles que acreditam que Colombo sofre de superpopulação: espera só até ver a cidade com os fantasmas.

— Está acompanhando aquela coisa?

É um velho com nariz aquilino e olhos de bolinhas de gude, que parece estar viajando pelo mesmo vento que você. Sua cabeça não está entre os ombros, onde costuma ser o local de preferência das cabeças. Ele a segura com as duas mãos na frente da barriga, que nem uma bola de rúgbi.

— Eu não faria isso, filho. A não ser que queira ficar preso aqui.

Ao passar as cabeças das árvores e as bochechas dos prédios, ele te diz que tem estado no Interstício já faz mais de mil luas.

— O que é o Interstício? — você pergunta.

Ele diz que foi professor do Carey College, que costumava ir de bicicleta de Kotahena até Borella, todos os dias. Suas roupas estão esfarrapadas e têm manchas de sangue.

— Foi atropelamento? — você pergunta.

— Não precisa ser mal-educado.

Ele diz que todos os fantasmas usam as roupas de suas vidas prévias e que é melhor do que ficar pelado.

— Aqueles panfletos no balcão dizem que você veste os seus pecados ou os seus traumas ou a sua culpa. Uma coisa eu aprendi nessas mil luas: se algo tem cheiro de merda, não engula.

Ele reconhece o seu rosto dos comícios, você diz que não participava de comícios e ele te chama de mentiroso. Diz que você fotografou seu corpo decapitado, mas não incluiu o nome na legenda. Que os jornais chamaram de assassinato político, quando não era o caso.

— A maioria dos assassinatos políticos não tem nada a ver com política — diz ele.

A coisa encapuzada fica em pé num telhado e observa os dois conversando. Você nem viu quando ela saltou no vento. Parece estar sempre alguns passos à sua frente.

— Você é um otário do cacete se for atrás das mentiras sem pé nem cabeça dessa coisa aí.

Seus olhos se voltam para a cabeça decapitada e você nem consegue pensar numa boa resposta.

— Essa aí vai te fazer promessas que não vai cumprir.

Igual a todos os rapazes que eu já beijei, você pensa, mas não diz.

— Aquela coisa prometeu caçar o meu assassino por mim. Meu assassino acabou de comprar uma casa com o meu dinheiro. Mas aí é outra história.

Lá Embaixo as pessoas parecem formigas, se as formigas fossem bichos desajeitados e incapazes. Você se agarra ao vento enquanto o ar cadavérico de Colombo sopra aos seus pés.

A cabeça abre um sorrisinho cretino, dali da dobra do cotovelo.

— Você acreditava em algo?

— Só em idiotices.

— Tipo o céu?

— Às vezes.

— Duvido.

Você dá de ombros.

— Aposto que achava que o além era que nem um comercial da Air Lanka? Praias douradas e elefantes fantasiados, colhedoras de chá sorrindo para a câmera.

Ele tem razão em te achar mentiroso.

a) Você não acreditava em nada.

b) Você se lembra dele, sim.

O professor da escola que concorreu ao cargo de vereador na província e tinha um irmão bandido que mandou meterem bala nele e ganhou a eleição no seu lugar. Não sobrou muita coisa do seu rosto quando foi fotografado, mas você o reconhece, sim.

— Acreditava que o além era leite com melaço *kithul* e virgens chupando seu pau? Ou um além de mistérios, charadas e perguntas que não devem ser feitas?

— Sabe o porquê de homens iludidos terem esse tesão por virgens? — você repete uma das teorias idiotas do DD e já se apressa para chegar logo à conclusão. — Porque uma virgem não vai saber que você é ruim de cama.

O vento te carrega, em espirais, sobre parapeitos e tetos de ônibus. Os confins do mundo são borrados, com cores onde não era para ter e espíritos onde quer que você olhe. Mais adiante, a figura encapuzada desliza sobre as águas do Lago Beira e aterrissa feito um corvo na lápide à entrada do templo. Nela, há a representação de um elefante correndo atrás de uma vaca que corre atrás de um pavão pelo círculo do tempo. Seus sacos de lixo farfalham, que nem asas, contra o entalhe no concreto. Ele está em pé, com os braços cruzados e os olhos fixos em você. Faz um gesto que não dá para entender.

Seu companheiro de viagem fica observando enquanto você observa aquela figura. Ele repousa a cabeça na clavícula. A figura encapuzada te dá as costas e se joga para as margens do Lago Beira. Gotículas do pôr do sol cor de âmbar transformam a superfície num espelho. Os galhos curvados e os prédios de escritórios conferem seus reflexos nas ondinhas.

O velho suspira:

— Ou talvez imaginasse um além que fosse uma câmara de tortura? Um além de civil-preso-em-meio-a-bombas-do-governo-e-minas-terrestres--dos-Tigres? Um além de encurralado-e-espancado-com-porretes-por--conta-do-seu-sobrenome? O inferno está ao nosso redor e a sessão está aberta enquanto conversamos.

Ele põe a cabeça no ombro e dá uma giradinha com ela, feito um periscópio.

— É claro que eu não acreditava em nada. Num além que nunca existiu, num além que não fosse uma recepção. Por que é que haveria de existir qualquer coisa? Por que não o nada? O esquecimento fazia mais sentido do que o céu ou o renascimento ou reviver essa mesma merdarada lastimável de novo e de novo — ele inclina a cabeça na sua direção. — O que eu não esperava era essa bagunça do cacete.

— Quem é o maloqueiro?

— Escória comunista do JVP. Morreu e ainda assim não para de falar em revolução. Mais um assassino que acabou assassinado. Não devia falar com ele. Você devia ir lá, encontrar a sua Luz e vazar daqui enquanto ainda pode. É o que eu devia ter feito.

O Defunto Ateu olha para o Lago Beira como se estivesse refletindo sobre aléns e coisas inacabadas.

— O que ficou fazendo durante mil luas?

— Fui a todos os templos para ver as pessoas rezarem.

— Por quê?

— Gosto de ver a cara de pateta delas.

— Não me parece nada mal.

— Sete luas é bem menos tempo do que você imagina — diz ele. — Se parar de seguir essa coisa, ela vai parar de te seguir também. Se continuar aqui, não vai ter muito mais o que fazer.

Você esquadrinha o homem decapitado com sua câmera e bate um retrato dele com o lago e o sol nascendo às suas costas. Sua voz evapora, como fazem as boas intenções. Você olha ao redor e não o vê mais, nem a coisa encapuzada. Só três corpos, jazendo às margens daquele lago lamacento.

O Lago Beira

Na terça-feira de 4 de dezembro de 1989, alguns minutos depois das 4 da manhã, dois homens de sarongue desovam quatro cadáveres no Lago Beira. Não é a primeira vez que qualquer um deles faz isso, nem a primeira vez que fazem isso bêbados, nem que fazem isso a essa hora.

Nesse dia, o fedor do Lago Beira é como se uma divindade poderosa tivesse se agachado em cima dele, esvaziado os intestinos sobre as águas e esquecido de dar descarga. Os homens estão de porre com *arrack* roubado, não por causa do trauma de anos desovando cadáveres, nem por conta de algum peso na consciência, mas porque respirar essa fedentina sóbrio é que nem inalar no mictório de um banheiro público.

O primeiro corpo está envolto em sacos de lixo. Está de jaqueta safári, com cinco grandes bolsos preenchidos por tijolos. Seus acessórios são estilosos, incluindo uma sandália, três cordões e uma câmera no pescoço. Os homens usam corda de fibra de coco para amarrar tijolos no tronco espancado. Acham que sabem dar nó, apesar de não serem marujos, nem escoteiros.

Jogam o corpo com toda a graciosidade de um atleta olímpico de arremesso de peso, e ele cai fazendo tchibum, de modo que mal dá a distância do salto de uma criança. A primeira garrafa de *arrack* os priva do nojo, e a segunda, de suas capacidades motoras. Os nós se desatam assim que o corpo atinge o calor do Beira e os tijolos afundam nas águas escuras.

Tentam fazer a mesma coisa com os outros cadáveres. Um deles afunda e o outro boia. Colunas de Budas de pedra dos templos flutuantes fitam os mortos que boiam, sem interesse, nem alarde. Lagartos-monitores passam pelos corpos deslizando em seu mergulho matinal. As aves do rio discutem sobre quem vai comer os olhos.

O Lago Beira costumava ter três vezes o tamanho que tem e esconder todos os tipos de vícios. Há muita coisa enterrada pelos séculos, desde que o mercador português Lopo de Brito desviou o Rio Kelani a fim de frustrar o invasor, o rei Vijayabahu. O lago costumava se estender até atravessar Panadura, ali pelo traseiro de Colombo, e unir-se ao Lago Bolgoda. Os holandeses o tomaram e o espremeram em canais. Os ingleses o surrupiaram e o puseram para trabalhar. Cadáveres de mercadores, marinheiros, prostitutas, bandidos e inocentes jazem apodrecendo em seu ventre. E a cada década ele solta um arroto que cobre toda a Ilha dos Escravos com seu hálito rançoso.

— Seu otário — arrota Balal Ajith. — Não usou a fita?

— Eu só amarrei. Você mandou me apressar. Quem tem tempo de pegar a fita? — diz Kottu Nihal.

— Aqueles nós estavam mais frouxos que o *redda* da sua *amma*.

— O que disse?

— Isso mesmo. Navam Mawatha, a loja de ferramentas, vende fita-crepe. Teria levado cinco minutos.

— Não abriu ainda.

— Então vai lá abrir.

— *Aiyo*, não posso. Os *abhithiyas* estão acordando. Não dá para descer a porrada em sacerdote assim de manhã cedo.

Balal Ajith tira a camiseta e passa a frente do sarongue entre as pernas, prendendo acima do cofrinho do rego. Solta outro arroto. O bucho de vaca com curry sai das tripas de Balal Ajith e então passa pela garganta. Ele revive o sabor de *babath* marinado em *arrack* chocho.

— É por isso, Kottu *aiya*, que você e eu vamos ter que nadar.

O corpo também está sem camisa, suas costelas afundadas feito um coco partido. Você tenta não olhar para os ossos surrados, a carne viva na barba, nem os pedaços faltando no rosto.

Mas você olha, sim. Conhece esses animais. Trabalham no cassino e são pagos para dar uma surra em quem der uma surra na casa e para cobrar aqueles que já levaram uma surra da casa. Não sabia que eram lixeiros. "*Kunu kaaraya*" é um eufemismo para quem desova cadáveres sem certidão de óbito. Um lixeiro é mais barato de contratar do que um magistrado corrupto.

Desde o acordo de paz de 1987 do Sri Lanka com a Índia, os lixeiros estão em alta demanda. As forças do governo, os separatistas do leste, os anarquistas do sul e os pacificadores do norte são todos produtores prolíficos de cadáveres.

Kottu Nihal e Balal Ajith ganharam seus apelidos na prisão Welikada, por conta das suas artes culinárias. Kottu Nihal trabalhava na cozinha, onde se especializou em raspar *roti* para fazer *kottu*. Os utensílios de cozinha levados à prisão como contrabando, com efeito, fizeram dele o traficante de armas do lugar. Fez sua fama ao apontar as extremidades afiadas de dois pratos de *kottu* contra a garganta de um valentão da prisão. Balal Ajith era conhecido por ferver *balalas* — gatos — e servi-los com curry em troca de cigarros.

Você fica em pé sobre o cadáver como se fosse uma prancha de surfe. Por acaso alguma vez já surfou em sua vida prévia? Parece que tinha um corpo bom para isso. Que aparência fabulosa possuía. Que desperdício imbecil. Você chora de soluçar, de um jeito que nunca chorou, nem quando o *dada* abandonou a sua *amma*, e então você para.

Não discorda do Ateu Decapitado. Durante trinta e quatro anos, você apaixonadamente não acreditou em nada. Não era a melhor explicação para o pandemônio, apenas a única plausível. Achava-se mais esperto do que os rebanhos que se reuniam nos templos, mesquitas e igrejas, e agora parece que foram os rebanhos que fizeram a aposta mais inteligente.

Ao longo de uma existência breve e inútil, você examinou provas e chegou a conclusões. Somos um lampejo entre dois longos sonos. Esqueça os contos de fadas de deuses, infernos e vidas passadas. Acredite nas probabilidades, no que é justo, nas cartas marcadas, em jogar com o que tem na mão do melhor jeito possível enquanto for possível. Foi levado a acreditar que a morte era um doce esquecimento e descobriu-se enganado quanto a essas duas coisas.

O único deus em que acreditou alguma vez na vida foi um *yaka* de uma casta baixa chamado Narada. A curiosa descrição do serviço prestado por Narada *yaka* era o de bolar perrengues para a humanidade. Se não conseguisse, sua cabeça explodiria. Ele recebeu o pacote-padrão de imortalidade e uma pensão de onisciência. Apesar de que é de se suspeitar que sua principal motivação seria evitar que o seu crânio explodisse.

Não é do mal que devemos ter medo. Criaturas dotadas de poder agindo de acordo com seus próprios interesses: é isso que devia nos fazer estremecer.

De que outro modo pode-se explicar a insanidade do mundo? Se há um pai celestial, deve ser que nem o seu pai foi: ausente, preguiçoso e possivelmente perverso. Para os ateus, existem apenas escolhas morais. Aceitar que estamos sozinhos e nos esforçarmos para criarmos o céu na Terra. Ou aceitar que não tem ninguém olhando e fazer o que diabos você quiser. Essa última escolha é, de longe, a mais fácil.

Então, aqui está você, observando os homens que incendiaram casas de tâmeis em 1983 enquanto tentam afogar o seu cadáver. O doce esquecimento e o sono sem sonhos... cadê? Está condenado a continuar desperto. Condenado a olhar, sem nunca tocar, testemunhar, sem nunca registrar nada. Ser o veado impotente, o *ponnaya*, como o garoto morto no balcão acabou de descrevê-lo.

A figura encapuzada emerge das sombras. Ela paira no vento e fica empoleirada, cruzando as pernas, ao lado dos Budas de pedra. Não mexe os lábios ao se pronunciar, mas fica sentada à sombra e implanta as palavras em sua cabeça. Sua voz é uma serpente pigarreando:

— Sinto muito pela sua perda, doutor Maali. Deve ter sido um grande choque. Você deveria meditar sobre o seu corpo.

— E isso ajuda?

— Não muito.

Quem nunca viu uma foto de si mesmo e se deu conta do quanto é mais gordo e mais feio do que imaginava? Os espelhos mentem tanto quanto as lembranças. Por que mentir? Você era uma criatura belíssima. Elegante, arrumado, com cabelo bonito e uma pele decente. E agora é uma carcaça sobre uma laje, privado de todo alento e cor. Acima de você, um açougueiro de gatos levanta o cutelo.

— Você é o meu Assistente? — você pergunta, sem obter resposta. A figura desapareceu e você espera que ela ressurja para lhe dar outro susto de novo.

— Não, doutor. Esqueça os Assistentes. É tudo bobagem. Esses imbecis de branco são burocratas e carcereiros. Transformaram o Interstício num hospício. Patético.

O World Bank e o governo holandês certa feita doaram dinheiro para a reconstrução desses canais. Boa parte dele acabou parando em bolsos de ternos de grife. Um estudo de viabilidade foi rejeitado e engavetado junto com planos para rodovias e arranha-céus que jamais saíram do papel. No Sri Lanka, tudo é construído por quem dá menos ou, o que é mais rentável, por ninguém.

Kottu segura o seu corpo, esperando que o líquido entre pelos orifícios do seu crânio. A água batiza o cérebro, mas o cadáver ainda boia. Kottu xinga e cospe. Balal vai nadando, estilo cachorrinho, até o cadáver, com o cutelo equilibrado acima da cabeça, feito um sapo fingindo ser garçom. O cutelo é grande e amarronzado, a lâmina já cega, sem dúvida, pelo sangue de mil gatos.

Você estudou esses homens, evitou-os nas ruas e nas selvas, sabe quem são e como são incontáveis. Também acham que não tem ninguém olhando, sem saberem que você está ali cuspindo nos seus cabelos. Os capangas trabalham para o capanga-chefe, que foi contratado pelos policiais por instrução da Força-Tarefa, que é financiada pelo Ministério, que responde ao Gabinete, que mora na casa construída por JR.

Em 1988, o principal tema do ano foi como os marxistas do JVP haviam agarrado a nação pelo pescoço e, no ano seguinte, a perseguição promovida pelo governo. Se alguém tivesse uma inclinação política, os capangas o pegavam e o entregavam a um interrogador e, aí, dependendo de como corresse a sua sessão com ele, a um carrasco. Costumavam ser sádicos, ex- -militares do exército, e a maioria usava capuzes pretos com buracos nos olhos, tipo a Ku Klux Klan, exceto pela parte de os capuzes serem pretos, óbvio.

Seguir qualquer um desses bostas rio acima leva a um membro do par- lamento. A dra. Ranee Sridharan, da Universidade de Jaffna, conhecida por ter mapeado o ecossistema de uma célula terrorista dos Tigres e de um es- quadrão da morte do governo. Quem tem as mãos sujas não tem nenhuma conexão com os poderosos, para que os poderosos possam botar a culpa em quem quiserem. A doutora bondosa usou as suas fotos no livro sem a sua permissão. Foi baleada na bicicleta, a caminho de uma palestra. Prova- velmente por denunciar os Tigres, mais do que por roubar os seus cliques.

Além disso, há coisas mais sérias acontecendo aqui diante de você. Seu corpo teve a espinha vertebral mutilada, assim como aconteceu com o ou- tro cadáver, cujo rosto não dá para ver. Mesmo acostumado a ver sangue e entranhas, isso aqui você não aguenta.

Fica observando enquanto o outro cadáver é decapitado e privado de suas mãos e pés. Balal corta enquanto Kottu liga uma torneira e passa uma mangueirada nas têmporas. O sangue desaparece no negrume do Beira. A figura encapuzada te conduz para longe, enquanto o capanga se aproxima do seu cadáver partido ao meio. A figura tira o capuz e dá para ver o rosto. É um rosto jovem e nada mau de se olhar, apesar das cicatrizes e cascas de ferida arrancadas.

— Tudo bem contigo, *hamu*? — ele pergunta.

— Não muito — é a sua resposta.

Ele franze a testa e balança a cabeça.

— O senhor não se lembra de mim, doutor?

Você olha para os hematomas no pescoço dele e as queimaduras nos ombros.

— Dá pra parar de me chamar de "doutor"?

Ele traz à memória os trilhos de trem que ligam Dehiwela a Wellawatte, traz à memória uma briga no comício comunista de Wennappuwa, uma praia obscura em Negombo. Você não se lembra da sua pele cor de chocolate, nem de seu porte esbelto ou seus lábios finos, tampouco sabe o seu nome.

Enquanto isso, os búfalos estão batendo boca diante do sol nascente, do sangue que não se deixa ser lavado e das partes do corpo que não se deixam afundar. Você observa uma cabeça que já pertenceu a você sendo colocada num saco plástico de *siri-siri* e arremessada no lago. Vê serem encaixotados membros que já te pertenceram. Fica se perguntando por que é que a sua cabeça permanece nos seus ombros, diferente da cabeça do Defunto Ateu.

— Eu fui Sena Pathirana. Fui o principal organizador do JVP em Gampaha. Meu corpo foi desovado neste lago imundo há muitas luas. A gente já se conheceu.

Você desliza até o lugar onde as partes do corpo estão sendo embrulhadas. Há membros e cabeças em sacos plásticos, como se fossem marmitas para colocar no freezer.

— Eu não...

— Você tentou me beijar num comício em Wennappuwa. Não esperava que lembrasse, doutor.

Você observa as partes dos corpos boiando às margens do Beira, escuta os lixeiros xingarem e fica esperando, com esperanças minguantes, as lembranças retornarem.

ABREVIAÇÕES

Uma vez você preparou uma cola para Andrew McGowan, jovem jornalista americano que ficou confuso com as abreviações do Sri Lanka. Essa cola acabou reciclada muitas vezes e entregue a muitos visitantes ao longo de muitos anos.

Caro Andy,
Para alguém de fora, a tragédia srilanquesa há de parecer uma coisa confusa e irreparável. Não precisa ser nem uma coisa, nem outra. Estes são os principais jogadores envolvidos.

LTTE — *The Liberation Tigers of Tamil Eelam* (Os Tigres de Libertação do Eelam Tâmil)

* Querem um estado tâmil separado.
* Preparados para massacrar os tâmeis civis e os moderados para obter esse objetivo.

JVP — *Janatha Vimukthi Peramuna*

* Quer derrubar o estado capitalista.
* Está disposto a assassinar a classe trabalhadora para libertá-la.

UNP — *United National Party* (Partido da União Nacionalista)

* Conhecido como o Partido da União Nepotista.
* Está no poder desde o final dos anos 1970 e envolvido nas duas guerras supracitadas.

STF — *Special Task Force* (Força-Tarefa Especial)

* Em nome do governo, abduz e tortura qualquer um que seja suspeito de fazer parte ou de auxiliar o LTTE ou o JVP.

A nação se divide em raças, as raças se dividem em facções e as facções se voltam umas contra as outras. Quem quer que esteja na oposição vai pregar a palavra do multiculturalismo e aí pôr em prática a dominação do budismo cingalês em troca de poder.

Você não é o único estrangeiro aqui, Andy. Há muitos outros que estão igualmente confusos.

IPKF — *Indian Peace Keeping Force* (As Forças Indianas de Pacificação)

* Enviadas pelo nosso vizinho para manter a paz.
* Dispostas a incendiar aldeias para cumprir a sua missão.

ONU — Organização das Nações Unidas

* Tem escritórios em Colombo.
* É um cu trabalhar com eles.

RAW — *Research and Analysis Wing* (Ala de Pesquisa e Análise)

* O serviço secreto indiano, que está aqui para mediar acordos suspeitos.
* Melhor passar longe.

CIA — Agência Central de Inteligência

* Fica sentada às margens das Ilhas Diego Garcia, segurando binóculos superpotentes.

* É verdade, Andy? Diz que não é.

Não é tão complicado, meu amigo. Não tente procurar os mocinhos, porque não tem. Todo mundo é orgulhoso, ganancioso, e ninguém é capaz de resolver as coisas sem que o dinheiro passe de mão em mão ou sem levantar o punho. As coisas saíram de proporção de um jeito que vai muito além do que qualquer um já imaginou e só continuam piorando e piorando. Mantenha-se são e salvo, Andy. Não vale a pena morrer por causa dessas guerras. Por nenhuma delas.

Malin

Papo com um Defunto Revolucionário (1989)

Você se deu conta de que gostava de garotos bem cedo. Quando o seu *dada* lhe disse que todas as mariconas deviam ser amarradas e estupradas com facas, você voltou o olhar para os seus chinelos e nunca mais olhou na cara dele de novo.

Pode ser que chegue uma época em que homossexuais poderão se beijar na rua, financiar uma casa juntos ou morrer um nos braços do outro. Mas não durante a sua vida. Durante a sua vida, você vai é se encontrar com estranhos em lugares obscuros e nunca mais revê-los. Ou ter casos secretos que terminam sem que sequer dê tempo para ficar com dor de cotovelo. Ou então você faz algo radical, como arranjar uma namorada, morar com ela, e dormir no quarto vago com o filho do senhorio.

— Você veio num comício do JVP. Me pediu para posar com um banner. Depois, tentou me dar um beijo. Uma semana depois, desapareceram com uma leva dos meus camaradas. Um mês depois, desapareceram comigo.

Os detalhes vão chegando em dores e comichões. No Sri Lanka dos anos 1980, "desaparecer" era um verbo transitivo indireto, algo que os agentes do governo, os anarquistas do JVP, Tigres separatistas ou pacificadores indianos eram capazes de fazer contigo, dependendo da sua aparência e da província em que você estivesse.

— Vamos seguir esses ratos — Sena o conduz até o teto da van branca. Os sacos de lixo pretos que formam seu capuz e capa estão colados com fita, diferente dos que envolvem o seu cadáver de fato, que tem partes que nadam no Beira e partes que se encontram dentro da van. Não dá para dizer com certeza o que foi que deixou as marcas nos seus tornozelos, mas dá para chutar. Você olha para baixo e vê que está calçando um sapato, um *chappal* importado de Madras e vendido em Jaffna.

A van preta, uma Delica, começa a se mexer. Nos assentos traseiros estão Kottu e Balal, que já se deram um banho de mangueira e trocaram de roupa, botaram camisas *banian*. No fundo, ficam umas caixas de carne que já começaram a feder. Bifes, lapas e retalhos que já pertenceram a você e a dois outros. Algumas partes parecem ter saído de um freezer.

O motorista é um jovem soldado que se apoia sobre o volante e fala sozinho, aos murmúrios.

— Alguém está falando comigo e não são esses dois e não sou eu. Quem é?

Ele está de uniforme, uma farda de cabo, mas tem a expressão perplexa de um estudante agitador. Usa uma perna postiça, que fica no assento dos passageiros, enquanto sua mão paira acima da alavanca de câmbio no volante. Sena sussurra no ouvido do garoto e se vira para você com um sorriso.

— Se me ajudar, posso te ensinar a sussurrar nos ouvidos dos vivos — diz ele, pondo o capuz de volta e se inclinando para trás.

— Achei que você estivesse me contando como foi que eu morri — você diz, ainda sem ter certeza se quer saber mesmo. O garoto condutor olha ao redor, nervoso, como se tivesse escutado algo que você não conseguiu escutar. Ele agarra a alavanca de câmbio e a van dá dois solavancos.

— Pegaram o doutor no Clube de Centro de Artes, ou seja lá qual o lugar que *ponnayas* com grana frequentam. O doutor foi parar numa van, onde foi espancado com um cano de metal. Acorrentado numa sala toda suja de merda de defunto. — Ele estende a própria mão e você vê feridas sangrentas onde antes havia unhas. — Talvez tenha acordado com um homem de máscara na sua frente fazendo perguntas. "Você é do JVP"? ou "Você é dos Tigres?". Talvez, "Você é de uma ONG estrangeira?" ou "Você é um espião indiano?". Perguntariam por que estava tirando fotos e para quem estava vendendo.

O motorista grita com os passageiros.

— Esses cadáveres extras aí, de onde, hein?

— Motomalli! Cala essa matraca e dirige — Balal olha para baixo, para as manchas nas mãos.

— Sr. Balal, eu não gosto desse trabalho asqueroso.

— Obrigado pelo *feedback*. Vou anotar no relatório. Agora dirige.

Enquanto isso, Kottu dá um tapa no ombro de Balal e abaixa a voz. Fica alisando o seu bigodão com o dedo enquanto fala:

— Balal *malli*, vou reclamar pro chefe.

— Que chefe?

— O chefão.

— O chefão *chefão*?

— Vou contar até pra ele. Não tenho medo. É muito pouco profissional o jeito que esperam que a gente faça as coisas.

Sena está agora de frente para você, flutuando e gritando na sua cara. Você leva a câmera quebrada até o seu olho e o enquadra, com as árvores passando ao fundo.

— Talvez quisesse cuspir na cara deles e amaldiçoar seus filhos. Mas só conseguia chorar, tremer e suplicar. Talvez eles tenham arrancado suas unhas com pregos. Talvez você tenha dito para eles o que queriam ouvir. Talvez tenham botado uma arma na sua boca.

Há lágrimas nos olhos dele, que ele não se dá ao trabalho de enxugar.

— Foi assim com você?

— Foi assim com todos nós, 20 mil no ano passado. Uns coitados inocentes, na maior parte. Não havia tudo isso em todo o JVP.

— Eu não fui do JVP.

— O Ministro Cyril Wijeratne disse: "Doze de vocês para cada um de nós." Não era piada. O safado só errou a conta.

— Vinte mil desaparecidos? Você que errou a conta.

— Eu vi os cadáveres.

— E eu também. Cinco mil, no máximo.

— O JVP matou menos de trezentos. Para acabarem com a gente, o governo matou mais de 20 mil. Talvez o dobro disso. São os fatos, doutor.

— O governo matou mais de 20 mil — diz Motomalli, escutando a conversa por cima. — Por que continuar matando? O JVP está acabado. O LTTE está quietinho.

46

— Cala a boca e dirige — ordena Balal.

— Se tiver vida após a morte, todos vamos pagar por isso — diz Motomalli.

— Idiota. Não existe vida após a morte — diz Kottu. — Só esta merda.

— Aonde estamos indo? — pergunta Motomalli.

— Vira à esquerda naquele cruzamento — diz Balal. — E para de falar.

— Não é uma má ideia. Botar uma arma na boca — afirma Motomalli enquanto vira o volante.

...

— Então quais são as regras, camarada Pathirana? — você pergunta a Sena, ali no teto da van branca.

— Não tem regras, doutor. Que nem Lá Embaixo. Cada um faz as suas.

— Digo, quanto ao transporte. Posso ir aonde o vento me levar?

— Na verdade, não, *hamu*. O doutor pode ir aos lugares onde o seu corpo esteve.

— Só isso?

— Pode ir aos lugares onde o seu nome for dito. Mas não pode voar para Paris ou as Maldivas. A não ser que o seu cadáver seja levado até lá.

— Por que as Maldivas?

— Os fantasmas confundem o lugar com o paraíso. Nas praias lá tem mais espíritos do que raias.

— Mas dá para pegar carona nos ventos?

— É o transporte público dos defuntos, doutor. Vou lhe mostrar.

Nisso, ele desaparece pelo teto da van. Ele te chama e você olha ao redor. Já raiou a alvorada e os ônibus estão cheios de escravos de escritório e crianças em idade escolar treinando para virarem isso também. Cada veículo conta com uma criatura que nem você se pendurando nele. Você olha para o trânsito e enxerga um encosto no teto de cada carro.

— Maali, doutor. Vem. Mergulha aí.

Você se belisca e não sente nada. O que poderia ser um sinal de que está sonhando. Ou de que não possui mais um corpo. Ou de que está sonhando que não possui mais um corpo. Pode significar também que dá para tentar mergulhar, tranquilamente, no teto de metal de uma van branca em movimento. E lá vai você. É que nem pular numa piscina, se a água tivesse gosto de ferrugem e não fosse molhada.

— Como a gente consegue viajar numa van sem cair?

— O doutor não está ouvindo. Estamos ligados aos nossos cadáveres. Podemos pegar carona em qualquer vento que passe por onde o nosso cadáver passou.

— Só isso?

— Se você bater as botas em Kandana e for levado até Kadugannawa para o enterro, pode descer em qualquer ponto da rodovia de Kandy.

— Sim, mas se eu fosse esfaqueado numa cozinha em Kurunegala e enterrado ali no jardim, as opções seriam limitadas, não?

Ele te empurra de volta para onde estão a carne e o mau cheiro. Ele fica entre Balal e Kottu, e espera. Não está além do reino das possibilidades você ter se arriscado com esse garoto magrelo. Nessa última década, você andou metendo em qualquer coisa que se mexesse e muitas coisas que prefeririam não se mexer. Essa é uma frase do seu colega de quarto, o DD, que ele compartilhou contigo durante um martíni. Uma provocação disfarçada de piadinha.

A van bate numa lombada perto do Bishop's College. Sena inala alguma coisa que não é ar e dá um tapa em Balal e Kottu ao mesmo tempo. O embalo da van faz as cabeças dos dois se baterem. Sena solta uma risada, e você também. Até os mortos gostam de um pouco de comédia pastelão.

— Mas que porra? — grita Kottu, com a mão na cabeça.

— Desculpa, chefia — respondeu Motomalli com uma voz monótona. — Só uma pequena lombada.

— Você vai ver a pequena lombada.

— Essas estradas são uma merda. Já passou da hora desse governo ir embora.

— Ninguém liga para sua opinião política, Motomalli — diz Kottu, esfregando o ponto onde bateu a cabeça.

Você pergunta a Sena como ele fez isso, e ele diz que há certas habilidades às quais os espíritos desencarnados têm acesso. Mas só depois que você se decidir.

Decidir o quê, você pergunta.

— Se vai se unir a nós ou não.

— A nós?

— Aqueles que são como eu e você.

— Que usam sacos de lixo?

— Que fazem justiça pelos que foram mortos. Que oferecem àqueles que não foram sepultados a chance de encontrar vingança.

— Como?

— Destruindo estes filhos da puta. Os chefes deles. E os chefes dos chefes deles. Essa escória que matou a gente. Vamos pegar esse pessoal, *hamu*. O doutor não acredita em mim? Esse é o seu primeiro erro.

— *Aiyo, putha*. Já cometi mais erros do que você teve de trepadas na vida.

— Meu corpo foi guardado num freezer com outros dezessete. Antes de finalmente se darem ao trabalho de me jogarem naquele lago — diz Sena, envolvendo-se nas sacolas.

A van dá um solavanco e os capangas resmungam. Motomalli parece ter pisado no freio enquanto quase pegava no sono. É então que você repara nas linhas do rosto dele e nas sombras que caem sobre os seus ouvidos. Seus olhos guardam um desespero que não é incomum entre aqueles que navegam o trânsito de Colombo enquanto transportam carne humana. Sena sussurra no ouvido do garoto enquanto a van começa a andar de novo:

— Vou ajudá-lo a encontrar o que você perdeu — diz.

Não há indicação de que Motomalli seja capaz de ouvi-lo, além de um tique na sua sobrancelha.

— Aqueles que te fizeram mal serão punidos. Aqueles que foram vitimados terão paz.

— Ele consegue te ouvir?

— Ah, sim.

— Podemos falar com os vivos?

— É uma habilidade que dá para ensinar.

A van levanta voo numa rotatória em Mirihana e avança para além dos subúrbios, até a região das fábricas.

— Aonde vamos, Sena?

— Não tem curiosidade para saber dos outros dois corpos nos fundos?

Você olha para as moscas traçando círculos no ar sobre a carne nas sacolas no fundo da van. Você se pergunta se as moscas renascem como nós.

— Quem são?

— Logo vai descobrir.

— Fiquei curioso agora. Aonde vamos, camarada Sena?

— Não sei, chefia. Parece que vamos ganhar uma sepultura, talvez.

— Sobrou alguma coisa para enterrar?

— É só carne, *hamu*. A sua parte mais bela ainda está aqui.

Não foram muitos que te chamaram de belo, mas era o que você era. Você pensa em seu belo corpo fatiado pelo cutelo. Que coisa feia todos nós somos quando reduzidos a carne. Como é feia esta bela terra e como você foi feio para a sua *amma*, para Jaki e para DD.

BERINJELAS

DD dizia que essa era a coisa mais feia do universo e você lhe respondia que havia feiura em abundância no mundo, e ela não chegava nem nas dez mais. A caixa embaixo da cama continha cinco envelopes e cada um deles continha a sua própria dose de feiura. Cada envelope abrigava fotografias em preto e branco, com o nome de uma carta de baralho rabiscada no verso, usando uma caneta hidrocor. Você morava num quarto sem móveis e jogava fora tudo da sua vida, exceto suas fotos e suas caixas.

DD diz que só tinha visto três berinjelas ao longo da vida inteira: a sua, a do pai dele e a própria.

— Que existência privilegiada — você dizia. — Não são todas que parecem berinjelas. A maioria parece um pescoço de galinha, algumas parecem um cogumelo e umas poucas, um punho de bebê.

— Você já viu várias, né? — questionou DD, uma pergunta mais pesada do que o carro blindado operado por crianças que você viu uma vez em Kilinochchi.

— Algumas — você disse. — Eram todas lindas.

— Aposto que você beijaria qualquer coisa — disse DD. — Qualquer coisa que se mexa. Qualquer coisa que não se mexa.

— No caso das berinjelas, elas costumam se mexer sempre quando você menos precisa que se mexam.

Você lhe contou a sua grande teoria do pênis. Como os asiáticos trepam mais, apesar de terem os menores. Como o membro médio é, ao mesmo tempo, musculoso e carnudo, úmido e seco, duro e macio, liso e enrugado. É a única parte do seu traje de carne capaz de mudar de forma. Imagine um nariz capaz de crescer uns centímetros sempre que você contasse uma mentira. Ou o dedinho do pé virando um dedão.

— Quantas? — diz DD com o queixo apoiado nos seus joelhos. Você estava fazendo abdominais e ele ficou como instrutor. — Vinte? Cinquenta?

Uma vez você tentou contar e parou quando passou dos três dígitos.

— Menos que dez? Mentira. O dobro disso, só pode. Eu sabia. Mais que isso? Mais que vinte? Que nojo.

— Todos gostamos de berinjelas, qual é o mal nisso?

— Eu só gosto da sua.

Você contou para ele que ser circuncidado na infância despertava uma raiva no subconsciente que deixava os homens violentos.

— Isso é tanto burrice quanto preconceito — disse ele. — Eu sou circuncidado, você não. Quem é mais violento?

— Hmm.

— Você me acha violento?

— Você tem paixão. — Você se aninhou sobre a barra do haltere acima do pescocinho lindo´ dele e ficou observando enquanto ele levantava peso. — Quando se empolga, dá medo. Nem consigo imaginar você com raiva.

Ele abre um sorrisinho enquanto o peso obedece à gravidade e o seu peito se enche de sangue.

— Você nunca me viu empolgado.

— Não é verdade.

— E suas teorias são uma merda.

— Então por que é que os americanos e judeus e muçulmanos estão sempre fazendo guerra? É a raiva do subconsciente deles por perderem o prepúcio na infância. Um bebê já abre o berreiro só de bater a cabeça. Imagine a agonia de...

— Essa é a coisa mais ignorante que você já disse. E você já disse umas coisas bem imbecis.

— Eu li num relatório da OMS. Todas as nações que fazem guerra são circuncidadas. Israel, Líbano, Irã, Iraque, Estados Unidos, Congo...

— E os soviéticos, os alemães, os britânicos, os chineses? Também são circuncidados?

— Nenhuma teoria é perfeita.

— Ha-ha.

Ele dá um sorrisinho malicioso ao te entregar os pesos.

— E quanto aos cingaleses e tâmeis? — disse ele. — Nenhum dos dois pratica isso.

Ele levanta a sobrancelha e faz mexer suas covinhas. DD tinha o hábito irritante de dar um argumento válido de vez em quando.

Depois disso, vocês brincavam de lutinha e rolavam sobre o chão. Então DD te perguntou sobre o maior e o menor que você já viu, e você lhe contou daquele fazendeiro humilde no Vanni e do roqueiro parrudo em Berlim. Omitiu o fato de que o fazendeiro, que tinha o pau de um cavalo, já era um cadáver quando você o conheceu. Ou que o guitarrista te espancou numa ruela, apesar de ter prepúcio e um pênis minúsculo — ou talvez por causa disso.

Você lhe diz que o pinto é a prova de que o homem não tem livre-arbítrio. Dá-se uma pausa e então DD solta ar pelo nariz:

— Essa é a pior desculpa de todos os tempos.

— Não temos controle sobre o que manda sangue para a nossa rola. É como se tivesse diabos sussurrando em nosso ouvido e colocando antolhos na nossa vista.

— Talvez para você.

Naquela noite você removeu um envelope da caixa. Não havia dado um título ao envelope, mas, se tivesse, bem que poderia ter sido "Berinjela". Nele, havia um arranjo sortido de genitálias masculinas, tiradas com e sem conhecimento de seus donos. Você guardou as melhores das melhores, colocou tudo num envelope marcado com o nome "Valete" e destruiu o resto. DD tinha o hábito de fuçar as suas caixas de fotos e isso seria demais para os seus olhinhos bonitos.

A caixa continha cinco envelopes, cada um batizado com o nome de uma carta. O envelope com Ás tinha as fotos vendidas à Embaixada Britânica. O Rei tinha fotos encomendadas pelo exército cingalês. Rainha eram cliques comprados por uma ONG tâmil. Mas o Valete era só para você.

O quinto envelope dizia Dez e continha fotos tiradas de DD e do Sri Lanka no auge da sua beleza.

— Você é o dez perfeito — uma vez você lhe disse. — Numa escala de um a treze.

AÇOUGUEIROS TREINADOS

A van começa a andar. Kottu acende mais um Gold Leaf e coça a barriga. O interior está úmido e tem cheiro de ferrugem, cinzeiros e carne podre.

— Vou te falar o que me deixa puto de verdade — diz Balal.

— O chefão? — pergunta Kottu.

— Toda essa falta de profissionalismo.

— Do chefão?

— Tudo com você é o "chefão". Ele está com a mão no seu saco, por acaso?

— Sou só um homenzinho fazendo um serviço sujo — fala Kottu. — Se conseguisse arranjar um trabalho de verdade, eu arranjaria. Mas quem é que vai contratar um ladrão?

Kottu acaricia o próprio bigode com tristeza, enquanto Balal estala as juntas dos dedos. Os braços de Balal são tonificados, por conta dos anos cortando carne. As bochechas de Kottu são flácidas, por conta das décadas mascando bétele.

— É isso que eu estava dizendo — afirma Balal. — Faz o trabalho direito. Não dá para correr que nem louco assim. Tem que serrar fora os dedos, esmagar os dentes, amassar o rosto. Aí não dá para identificar também. Depois, você desova em qualquer lugar.

— Isso não é um trabalho direito — diz Motomalli para si mesmo no banco da frente.

— Você falou que tinha um plano? — questiona Kottu, batendo na pança. — A geladeira do quarto andar já está abarrotada. Não dá pra levar isso aqui de volta pra lá.

— Vamos cortar em pedacinhos e enterrar em algum lugar?

— Quantos buracos vocês querem cavar? Não dá pra resolver tudo com um cutelo.

— Sou um açougueiro treinado. Mas esse trabalho paga melhor do que as granjas.

Motomalli grita:

— Sr. Balal. Sr. Kottu. Estou muito cansado. Quando podemos ir pra casa?

Os lixeiros o ignoram.

— *Aiya*, estou dizendo para fazermos direito — diz Balal. — A gente estripa, escoa o sangue, corta e enterra. Um lugar diferente a cada vez.

— Por que não jogar o lixo na selva e acender um fósforo?

— Que selva que tem aqui, *aiya*? O parquinho infantil de Sathutu Uyana?

— Então, qual é o grande plano? Eles boiam no Beira. Vão parar nas margens em Diyawanna. A praia está cheia de guardas. Precisa de alvará para fazer fogueira.

— Na Ilha dos Corvos, tem um lixão.

— Muitos corvos humanos por lá.

— Eu já comi corvo — Motomalli sorri com a boca, mas não com os olhos. — Tem gosto de carne de bode.

— Tem a reserva florestal de Labugama. Dizem que a STF e o IPKF desovam cadáveres lá a torto, a direito e ao centro — afirma Kottu.

— Não dá pra simplesmente irmos até lá. Precisa de autorização, com certeza — acrescenta Balal.

— Vou falar com o chefão — fala Kottu. — Tem que seguir a lei até quando se comete assassinato, né?

— Beleza, eu tenho um plano — diz Balal enquanto a van para e fica presa no trânsito.

— Essa vai ser boa — diz Kottu.

— A gente dá pros meus gatos comerem.

— Hein?

Balal ri, mas é uma risada estridente e sem alegria. Motomalli fica falando sozinho enquanto Sena, no banco do passageiro, sussurra no ouvido dele. Você fica tremendo do lado dos sacos de carne e leva a câmera até os olhos.

— Estou brincando, estou brincando. Mas em casa tenho bastante gato para isso, até demais. Um deles é um gato pescador que eu encontrei nos esgotos. Está sempre com fome.

— Gato pescador? Sério? — diz Kottu. — Não é um crocodilo do pântano? Nem uma pantera do zoológico?

Kottu toma certas liberdades com seu tom de voz e Balal está começando a reparar.

— Por que é que você tem gato? — pergunta Motomalli, que parou de rir e começou a apertar a buzina.

— É um bom negócio paralelo. Os chineses compram comigo.

— A Embaixada Chinesa? Não minta.

— Não, *aiya*. Restaurantes chineses em Grandpass. Os chineses nunca perguntam nada.

Eles gargalham feito bruxas ao passarem entre si o último cigarro.

— Balal, você é um filho da puta imundo mesmo. Motomalli, vamos voltar pro hotel. Temos que dar um jeito de abrir espaço naquelas geladeiras.

— Mais alguma encomenda pra hoje? — Motomalli não sorri, nem franze a testa, como se qualquer resposta fosse agradá-lo.

— Não, *malli*. Vamos dormir um pouco, que tal?

— Eu nunca durmo — diz o motorista, enquanto desliga o motor.

ILUMINE OS CANTOS DA SUA MENTE

Você não se lembra de como foi aprender a andar ou falar, nem quando te ensinaram a cagar num penico. Quem lembra? Não se recorda de ter estado no útero, de sair do útero ou de ir parar numa incubadora. Nem de onde estava antes disso.

As memórias chegam a você em aflições corporais. Em espirros, dores, arranhões e coceiras. Estranho, já que não tem mais um corpo, embora talvez os hipnotistas tenham razão, talvez a dor e o prazer residam apenas na mente. As memórias chegam em soluços, afogamentos e movimentos frouxos.

Acontecem a cada vez que você puxa a câmera até os olhos. Em seu olho mágico de vidro, flagra relances da luz caindo sobre os rostos, sombras se espalhando sobre colinas, relances das fotos que você tirou, das lentes que racharam. Você se lembra de partes e recupera fragmentos.

Sente a pontada no apêndice ao ver Albert Kabalana e Lakshmi Almeida na praia Pasikuda, dando as mãos, na véspera do aniversário de dez anos do garoto. Na época, quando ainda jogavam em duplas mistas no badminton. Bertie está a alguns anos de ir embora, e Lucky, a alguns anos de começar a beber de tarde. Ele não está ciente da doença que já se encontra dentro de si, e ela não está ciente da existência da tia Dalreen.

Você clica a sua Nikon em silêncio e vê um homem sendo despido e espancado enquanto uma multidão cata gravetos, aos risos, para fazer uma fogueira. Essa foi a imagem que fez com que a mulher de pele escura e lábios grossos te convocasse. A Rainha de Espadas, cujo nome te escapa, não importando o quanto você resmungue ou faça careta.

Você aperta o botão rachado e enxerga um colete de bombas para um atentado suicida que nunca explodiu, cujo dono foi morto enquanto "tentava fugir", filmado à luz de velas. Não precisava de iluminação na vala coletiva de Sooriyakanda, onde o nascer do sol transformava os arrozais em ouro. Você aperta os olhos e encara os esqueletos que se estendem até o horizonte, crianças mortas até onde sua vista alcança. Jovens garotos obrigados a escrever bilhetes de suicídio a suas famílias antes de serem executados. Pelo crime de provocar o filho do diretor da escola, que conhecia um coronel na STF.

Você não lembra quantas vezes traiu DD, só que apenas uma vez bateu a culpa. Você não se lembra de votar em JR, nem de perder treze laques em três minutos ou de contar para o seu pai aquilo que acabou com ele. Mas sabe que fez todas as três coisas.

Não se lembra de Sena. Nem de conhecê-lo, nem de participar dos comícios, nem de tentar beijá-lo. Não se lembra de ter morrido. Como foi que aconteceu ou quem estava por perto. E o porquê, você prefere nem saber.

Talvez tenha sido sequestrado por fazer o seu serviço bem demais, como todos os outros jornalistas e ativistas durante a última década. Talvez tenha sido apagado por provocar alguém que tinha um pai que conhecia alguém. Talvez você mesmo tenha feito isso, não seria sua primeira tentativa. Todos os cenários são plausíveis.

Apesar de que, como todo apostador bem sabe, o maior assassino neste universo sem deus é a rolagem aleatória dos dados. O mais puro e desgraçado azar, na sua versão da selva. Aquilo que pega a todos nós.

A câmera se enche de lama. Você a sacode de um jeito que não devia e puxa as coisas ao redor do seu pescoço. Leva a Nikon à altura do rosto, e ela já não está mais marrom. Tem vidro quebrado e cores borradas. Dá para ver os mortos após o bombardeio em Kilinochchi. Você vê um cão despedaçado, um homem sangrando, uma mãe e uma criança. Esta foto foi tirada no topo de uma construção em ruínas, e, enquanto você observa, vai-se abrindo um buraco em seu estômago, até dar para senti-lo fazer pressão contra a sua garganta. Não é a foto mais carniceira na sua caixa, nem de longe, mas é, por algum motivo, a mais triste de todas para você.

Você salta mais uma vez para a última coisa que consegue lembrar. A lembrança de estar num cassino e apostar tudo que tinha em algo preto.

NÃO VISITE CEMITÉRIOS

— Ei! Aonde está indo?

A van para em ponto morto no trânsito, ao lado do cemitério Borella. Os capangas lixeiros pegaram no sono e Motomalli está cantarolando sozinho. É uma versão dissonante da música-tema de *Lambada*. Exatamente igual à original, portanto.

— Tenho trabalho — diz Sena. — E tenho a impressão de que o doutor está desperdiçando o meu tempo.

— E o que era para eu estar fazendo?

Você preferiria não passar as suas sete luas numa van cheia de carne humana. Os sacos de lixo no fundo farfalham ao vento.

— Ninguém pode obrigar ninguém a fazer nada. É esse o problema.

Sena pula do capô de um ciclo-riquixá para a lateral de um ônibus e salta sobre a grade do Borella Kanatte. Você se pergunta se seria capaz de saltar de um veículo ainda em movimento. Parece o tipo de coisa que termina em morte. Ele te chama dali da calçada.

— Se você não se importa com o motivo da sua morte, por que é que eu deveria me importar?

Você ouve um rumor atrás de Balal e Kottu, que roncam e babam, respectivamente. Duas aparições surgem dos sacos de carne. Suas roupas estão rasgadas, seus olhos vazios, ambos têm *mullets*. São figuras familiares e você sabe o porquê. Já viu os corpos deles às margens do Beira, picados em oito partes e colocados ao lado do seu e do de Sena. Parecem jovens que foram espancados até perderem os sentidos. Seus olhos se reviram nas órbitas enquanto cambaleiam na sua direção.

Você pula que nem uma bailarina num salto triplo e vai parar nos portões do cemitério, ao lado de Sena, que dá risada. Olha para trás e vê os dois fantasmas te seguindo. Você dá um gritinho e Sena ri mais um pouco.

Eles chegam flutuando atrás de você, parecendo ainda mais mortos do que o normal e mudos. Não têm unhas, o que é sempre revelador. Bem como os hematomas embaixo dos pés e o olhar de acabei-de-engolir-o--meu-cérebro. Você já viu alguns deles ao longo da vida, pendurados de ponta-cabeça em postes telefônicos, cozinhando no acostamento das estradas, pregados em árvores. Todos com a mesma expressão facial que esses dois. Só que os outros cadáveres não se mexiam.

— Uns coitados inocentes. Pecadores — diz Sena. — O gordo é estudante de Engenharia, de Moratuwa. O outro é estudante de Agrárias, de Jaffna. Foram apanhados, torturados e mortos.

— Pelo quê?

— A pergunta que não quer calar. Porque eram cingaleses ou tâmeis? Ou porque eram pobres?

— As balas também encontram a classe média. O jornalista Richard de Zoysa, a ativista dra. Ranee Sridharan — você fala. — Eu mesmo, como você apontou. Mas não me lembro de ter sido baleado.

Você não se lembra de ter sido arrastado para fora da sua cama, que nem Richard, enquanto a mãe suplicava para que poupassem a vida dele. Não se lembra de ter recebido ameaças de morte dos garotos que foram seus alunos, que nem a dra. Ranee.

— São sujeitos inocentes. Essa é a questão. Pelo menos eu e você estávamos envolvidos.

— Eu não estava envolvido.

— Vai nessa.

— Eu não era do JVP. Que envolvimento eu tive? Também não era do LTTE.

Você ergue o tom de voz, mas os engenheiros-zumbis não parecem reparar.

— Você falou que trabalhava para os ingleses?

— Falei?

Os engenheiros mortos por engano bufam e você vê uma sombra antes de ver o que lhe dá a forma. É uma coisa enorme que anda sobre quatro patas feito um cão. Ela salta pelos tetos dos carros, mas você vê apenas um monte de pelos, dentes e olhos.

É o que você escuta que te deixa aterrorizado. Vozes empastadas de medo, aprisionadas na carne, feito almas impossíveis de socorrer. Uma cacofonia de lamúrias, feito um duelo entre sintetizadores mal tocados. Como se desse para tocar um sintetizador de qualquer outro jeito.

A coisa tem uma cabeça de touro sobre o corpo de um urso e vem na sua direção com passos pesados, ganhando velocidade. Veste um colar de caveiras e tem rostos presos debaixo da pele. Rostos dos quais você não consegue desviar o olhar.

— Anda devagarinho — diz Sena. — E agora vai.

— O que é isso?

— Um *naraka*. Um ser infernal. Pior que um *yaka*.

Sena te arrasta até um dos ventos enquanto você ouve o rugido. Ele se projeta até o espaço entre as suas orelhas. O chiado de mil vozes gritando, desafinadas. A criatura para em pé sobre um caminhão em movimento e te observa. É mais sombra do que forma e emite estática feito uma televisão velha que exibe todos os canais ao mesmo tempo, as almas mortas em sua barriga gritando em frequências contrastantes. Você segue o vento de Sena enquanto ele assovia pelo cemitério.

• • •

O Borella Kanatte é uma coletânea pitoresca de árvores, serpentes e lápides. Você já parou por aqui muitas vezes para dar uma caminhada tranquila. Hoje é tudo, menos tranquilo. O cemitério está fervilhando de aleijados, fantasmas e figuras chifrudas, e é difícil saber onde pode e onde não pode olhar. Eles se empoleiram em túmulos, pairam atrás de entes queridos enlutados, ocupam as árvores e as grades. Cambaleiam feito condenados, com olhos contendo todos os matizes de cor e um tom de talco em sua pele descascada. Os estudantes de Engenharia mortos por engano param diante do portão. Sena olha para trás e debocha:

— Do que vocês têm medo? Já morreram! O pior já aconteceu.

Essa é uma expressão em cingalês que você ouvia muito, sobretudo próximo de zonas de guerra. Já a ouviu ser dita por agentes de ajuda humanitária, soldados, terroristas e aldeões. Tudo de ruim já aconteceu. Pior não fica.

— Não era para a gente evitar cemitérios? — você pergunta a Sena enquanto ele desce, flutuando, pelo caminho.

— Mahakali não consegue entrar aqui — ele responde.

— Quem?

— Aquilo tem muitos nomes — sussurra Sena. — Maruwa, Maha Sona, Kalu Balla, Kuveni. Eu conheço pelo nome Mahakali, que engole as almas. É a coisa mais poderosa que ronda por esses ventos. É uma deidade diante da qual demônios e *yakas* se ajoelham. Não é um humilde fantasma que nem eu ou você. Mas, lembre-se, demônios, *yakas* ou aqueles que os comandam não podem ir a lugares onde não foram convidados.

— Como eu posso saber?

— Sobre os *yakas*?

— Sobre como foi que eu morri.

— Achei que não tivesse interesse.

— Achei que você tivesse dito que sabia.

Sena fica fuçando no seu manto de sacos de lixo.

— Não sou seu Assistente, doutor. Só ajudo a quem me ajudar. Se não quiser minha ajuda, posso ir embora.

— Você está falando que nem a ONU.

O sol matinal já completa sua ascensão. A estrada está repleta de carros e de gente vagando até os lugares para almoçar. Você olha para o sangue nas suas roupas. Não parece que morreu dormindo. O LTTE apagou a dra. Ranee Sridharan, o governo apagou Richard de Zoysa, o JVP apagou o galã de cinema Vijaya Kumaratunga. Então, quem foi que te apagou?

As árvores estão cobertas de olhos e o caminho está bloqueado por encostos. Há três funerais acontecendo, cada um deles acompanhado por uma multidão de espíritos. Sena lhe diz que os fantasmas amam funerais mais do que os humanos amam casamentos.

Você precisa abrir caminho em meio ao vento e acaba sendo soprado até o outro lado das tumbas com os defuntos de Colombo. Aqui jazem soldados heroicos, políticos assassinados, jornalistas linguarudos. Você procura rostos conhecidos, celebridades como a dra. Ranee ou o príncipe Vijaya, talvez. Só enxerga espíritos tão anônimos e esquecidos quanto foram em vida. E, em meio às vítimas de bombardeios, incêndios e sumiços, está você, cuja causa da morte ainda é indeterminada.

— Por que é que os fantasmas ficam aqui? — você pergunta.

— É onde estão seus corpos — diz Sena.

— E os que não têm túmulo?

— Continue olhando para baixo. Não fale com nada.

O calor não atrapalha nem um pouco os fantasmas que dão pinotes pelo caminho. Há duas procissões fúnebres passando, com a participação em peso de encostos e *pretas*, os mais famintos de todos os fantasmas, ambos procurando gente para confundir e roubar.

Sena te guia até o prédio do crematório, que é menos movimentado do que os caminhos em meio às tumbas. Os dois estudantes de Engenharia param ao lado do muro do crematório, perto de um barril de carvão. Sena enfia o braço no barril e esfrega as mãos. Então vai flutuando até o muro e começa a escrever umas letras nele. Ele o cobre com seis nomes escritos com carvão. Os estudantes de Engenharia ficam olhando, embasbacados.

MOTOMALLI
BALAL
KOTTU
MASCARADO
MAJOR RAJA
MINISTRO CYRIL

Ele deixa o capuz cair, descobrindo o rosto. Olha para os estudantes e depois para você.

— Foi esse o esquadrão da morte que me matou, meses atrás. Ele matou vocês dois na semana passada. E matou o doutor Maali aqui ontem à noite.

— Isso já foi confirmado por alguma fonte confiável?

— Vou fazer todos eles sofrerem. Cada um deles. Vocês vão me ajudar?

Os estudantes de Engenharia fazem um gesto com a cabeça e Sena sorri.

— Como você vai fazer eles sofrerem?

— Tenho um plano.

•••

Já está acostumado a ser convencido por pessoas em quem você não confia a fazer coisas que não quer fazer. Porém não desta vez.

— Desculpa, camarada Sena. Adoraria aprender a escrever nas paredes. Mas tenho que ir.

— Não me chame de camarada, Maali *hamu*. Você é só um socialista caviar.

— Por que me chama de *hamu*? Não sou seu mestre.

— Desde novinhos, sofremos lavagem cerebral para chamar pessoas medíocres de "*hamu*" e "doutor". Faz parte do pacote quando você cresce numa família pobre. Eu trabalhei como criado. Vendia verduras na rua mesmo depois de me formar. O único jeito que a gente consegue entrar em partes desta cidade é chamando os ricos de "doutor".

Você escuta o vento e pensa em todas as coisas que nunca compreendeu.

— Meus amigos. Minha mãe. Preciso ver eles.

— Por quê?

— Para dizer para o DD que eu sinto muito. Para contar da caixa para a Jaki. Para dizer para a *amma* que eu culpo o *dada*.

— Comovente, doutor, mas temos trabalho a fazer.

— Preciso ver eles.

— Não resgatei você para ficar de *baila*.

— Não pedi para ser resgatado.

— Ninguém pede nada. Ninguém pede para nascer pobre, ninguém pede para ficar doente, ninguém pede para nascer veado.

— Não sou veado — você diz, como disse muitas vezes antes.

— Por acaso o *hamu* enlouqueceu depois de ser jogado do telhado? Ou foi em alguma festa de drogado em Colombo 7?

— Eu moro em Colombo 2. Quem disse que me jogaram do telhado?

— Olhe para o seu corpo todo espatifado. Talvez sua mente tenha se espatifado também.

Você olha para baixo e vê apenas a ausência de um sapatinho. Que nem a Cinderela, exceto que as suas meias-irmãs no Missouri não eram tão perversas quanto você.

— Todo *godaya* inveja Colombo 7. Eu precisava de muitos remedinhos bobos para aguentar essas festas.

— Você não se lembra de ter entrado no JVP, né?

— Não me lembro de ter morrido. Não me lembro do esquadrão da morte. Não me lembro de ser atirado de telhados.

— Então você só estava interessado em fotografar os pobres. Não em ajudar.

— Beleza, beleza. Se eu te ajudar, você para de me dar sermão?

— É claro.

— E você vai me ajudar?

— Por que não?

Você já está pegando a manha de usar os ventos para se deslocar, mas ainda tem dificuldade para explicar para si mesmo como isso funciona. É como se a gravidade fosse um ônibus, que deixa você se agarrar nas janelas. É como prender a respiração até a sua respiração prender você. É como um tapete voador, só que sem o tapete. Você flutua que nem uma partícula deve flutuar quando enche a cara. Mas qual vento há de te levar ao DD?

— Quando esquartejam o seu cadáver, não importa se você é um marxista universitário ou um marxista de cafés. Um socialista raiz ou um socialista caviar. As moscas vão cagar em você e as larvas vão te devorar do mesmo jeito.

A capa de saco de lixo de Sena esvoaça atrás dele. Parece menos o Superman e mais um guarda-chuva quebrado.

— Aonde vamos? — você pergunta.

— Até a árvore *mara* nos limites do *kanatte*.

— Pra quê?

— Vou te ajudar.

— Como?

— Não acredito em muitas coisas. Mas acredito em árvores *mara*.

• • •

A árvore *mara* estende seus membros sobre a grama desgrenhada e as rochas tombadas. Em cada ramo há uma criatura agarrada pelas presas. Ratos, cobras e fuinhas se escondem entre as lápides. Há muitas sombras nas quais se pode desaparecer, mas ninguém dentre os presentes parece fazer sombra. Sena sobe até um ramo vazio e você o segue.

— Por que estamos sentados aqui? — pergunta.

— Árvores *mara* captam os ventos. Que nem os rádios captam as frequências. O mesmo vale para árvores *bo*, *banyan* e provavelmente qualquer outra árvore grande que sopre os ventos.

— Eu achava que era o vento que soprava nas árvores.

— E o seu avô achava que a terra era plana. Quer ser um fantasma ou um encosto?

— Qual a diferença?

— Um fantasma vai com o vento. Um encosto direciona o vento.

— O que estamos fazendo aqui?

— Se aquietar a sua mente, poderá ouvir falarem o seu nome. Se ouvir o seu nome, poderá ir até lá. Faça isso enquanto o seu cadáver ainda está fresco, por assim dizer. Depois de noventa luas, ninguém mais vai se importar com essa sua cara de bunda de alguém de Colombo 7.

— Eu gostava mais quando você me chamava de "doutor".

Você solta ar pelo nariz e olha ao redor, para os espíritos meditando. Todo mundo sobre a árvore balbucia alguma coisa enquanto se balança para a frente e para trás. É difícil distinguir quem está meditando e quem está catatônico.

— Silencie a sua mente e escute — diz ele.

— Eu não medito desde a década de 70 — você responde.

— A meditação é só para quem ainda respira.

— E o que eu estou tentando ouvir?

— O seu nome. Esqueceu isso também? Ouça o seu nome ser dito, partilhe de sua vergonha.

— Onde foi que você estudou poesia?

— Só porque frequentei o Sri Bodhi College, não posso entender de poesia?

— Ê, trocou a ferradura, foi?

— Escuta!

O sol está começando a baixar e a luz já faz seus truques. As procissões fúnebres se dispersam, enquanto outros esquifes vão seguindo até outros túmulos. Você fica parado e escuta uma música na sua cabeça. Não tem música nenhuma. Nem mesmo do Elvis, nem do Freddie.

Toda vez que olha ao redor, a árvore muda de textura. A casca assume um tom diferente de café, as folhas são sarapintadas de ouro, a folhagem oscila entre floresta tropical e musgo. Pode ser a luz, a sua imaginação ou nenhuma das duas.

O ar quente está repleto dos resmungos do trânsito, os bocejos dos cães e o rastejar dos espíritos. Você esvazia os seus pensamentos e deixa que os rostos venham até você, rostos que consegue reconhecer, porém não nomear. Entre eles, há um grande homem branco, um homem com uma coroa, uma mulher de pele escura com lábios de rubi e um garoto com um bigode.

Os rostos se transformam em cartas. Um Ás de Ouros, um Rei de Paus, uma Rainha de Espadas e um Valete de Copas pairam à sua frente e é então que você começa a escutar. A princípio um sussurro, depois uma palavra, depois muitas, depois milhões. Os sussurros se mesclam uns com os outros, alguns criam harmonias, e outros estática.

Depois parecem formigas com microfones rastejando sobre uma carcaça. Depois parecem pedregulhos em caixas de plástico, chacoalhadas por crianças horrendas. Depois parecem alguém falando português, holandês e tâmil ao mesmo tempo. As ondas sonoras sofrem interferência dos espíritos que praguejam. Cada voz vai silvando em meio ao éter, gritando contra o universo, urrando em frequências não utilizadas.

E então você escuta o nome. Enunciado uma única vez, depois repetido e então aos gritos.

— Seu nome é Malinda Almeida. Ele trabalha para o Consulado Britânico.

— Não conhecemos nenhum Lorenzo Almeida.

— Está achando que é brincadeira? Malinda Almeida. Tenho uma carta do Ministro Stanley Dharmendran. O senhor pode conferir, por gentileza?

Você conhece aquela voz e já a escutou, raivosa, em muitas ocasiões. Olha ao redor e a árvore está reduzida a pinceladas, uma pintura impressionista de verdes e dourados, sem nada para focalizar. Ao seu lado, camarada Sena Pathirana sorri. Ele imita um gesto de continência enquanto você evapora diante dos seus olhos mortos.

VINTE MÃES

— O nome completo dele é Malinda Almeida Kabalana — diz o jovem de cabelo espetado. — Aqui tem uma cópia da identidade. Podem conferir, por favor?

— Diz aqui Malinda Albert Kabalana — afirma o superintendente assistente da polícia. — Você não sabe o nome do seu amigo?

— Sim — diz a senhora mais velha no canto. — Bertie era o nome do pai. Ele mudou depois que o pai foi embora.

— Vamos usar o nome da identidade dele — diz o Detetive à mesa.

Ao longo do ano que se passou, as delegacias de polícia da cidade andaram recebendo pais lastimosos, perguntando o paradeiro de filhos e filhas que jamais voltaram para casa. Nos dias mais agitados, eles reúnem os mais frenéticos e preocupados em corredores mal ventilados e obrigam todo mundo a fazer uma fila que vai dali até a ciclovia.

Há três mães suando naquele corredor, seus gritos já calados. No interior, um belo garoto se apoia sobre uma mesa e mostra uma fotografia para a polícia. O jovem de cabelo espetado e as duas mulheres e suas bolsas contrastantes conseguiram, todos, cortar essa fila sem fim.

— Sou Dilan Dharmendran. Meu pai é o Ministro Stanley Dharmendran — diz o belo garoto. — Esta é mãe de Malinda. Esta, namorada dele. Desde manhã ontem sumiu.

DD falava cingalês tão bem quanto Mahagama Sekara falava africâner. E, quando ficava nervoso, perdia toda a sintaxe.

— Sinto muito, mas não há nada a ser feito — diz o SA em pé na porta. — Vocês precisam compreender. Ele não pode ser dado como desaparecido até se passarem 72 horas.

— Será que ele não foi preso? — pergunta a garota de vestido vermelho. — Pode conferir isso, por favor?

A jovem usa brincos de prata, batom preto e um delineador escuro que escorre pela bochecha. Uma corrente de ar faz com que ela se embrulhe numa jaqueta, apesar de todas as janelas estarem fechadas. Você flutua nesse ar e se empoleira no peitoril.

— Quais são os nomes de vocês, por favor? — diz a mulher mais velha, pondo a mão no ombro da garota.

— Sou o superintendente assistente Ranchagoda. Aquele é o Detetive Cassim. Ele vai registrar a sua queixa. Mas não podemos fazer o boletim de ocorrência até que se passem três dias, sinto muito.

Dilan Dharmendran olha para as duas mulheres. Uma nos seus setenta, a outra nos vinte, uma fazendo careta e a outra chorando.

O Detetive Cassim é atarracado e inquieto, feito uma criança gorducha de farda. O corpo de Ranchagoda parece ser feito de cabides e sua farda fica pendurada nele. Cassim entrega um formulário e espia pela porta enquanto mais mães entram pelo saguão, acompanhadas por homens de sarongue.

— Madame, por favor, preencha isto aqui. Sr. Dharmendran. Quando foi a última vez que o senhor viu Malinda Albert Kabalana?

— Almeida. Ele estava fora da cidade, em Jaffna, desde a semana passada. Ligou para o meu escritório ontem, disse que estava de volta em Colombo — diz DD. — Ele falou que tinha grandes notícias e ia me ligar mais tarde naquela noite.

DD respira fundo e puxa o cordão no pescoço.

— Mas não ligou.

— Talvez ainda esteja fora.

— As malas dele estão de volta no apartamento. A toalha molhada está pendurada no banheiro. Ele ligou para o meu escritório do nosso apartamento. Disse que ia encontrar uns clientes. E depois ia me ligar.

— Quais clientes?

— Ele não disse.

— Hoje em dia, Jaffna anda muito perigosa. O que ele estava fazendo lá?

— Estava lá a trabalho.

— Que tipo de trabalho?

— É fotógrafo.

— Casamentos?

— Jornais.

— Quais?

— Ele trabalha para o exército, para a Associated Press e algumas outras agências — diz a garotinha com o cabelão, a única que ouvia quando você contava do seu dia.

— O Exército do Sri Lanka?

— Isso foi uns anos atrás. Já não está mais com eles.

— Então pode ser que ele esteja fazendo outra matéria para um jornal, não? — SA Ranchagoda agora desvia a atenção do corredor. A cabeça balança como se não estivesse grudada no pescoço.

— Ele nos avisa quando sai da cidade. E liga quando volta — diz DD. — Era para ter ido buscar a Jaki hoje de manhã. Nem um pio.

— Eu me apresento no noticiário noturno da SLBC — afirma Jaki. — O Maali sempre me busca de carro.

O Detetive Cassim ergue os olhos de cima das coisas ilegíveis que está rabiscando. Volta-se para a mulher mais velha. Você a conhece como *amma*.

— Senhora, por que a senhora não vai para casa e vê se ele não volta?

— Acha que a gente está aqui de gozação? — *amma* responde, num rosnado. — Ele me ligou ontem. Faz meses que a gente não se fala. Disse que queria ir almoçar comigo. Nunca faz isso. Alguma coisa não estava certa. Eu soube na hora.

O quê? O almoço com a *amma*. Da última vez que isso aconteceu, Elvis ainda estava em cena. Você sacode a câmera, esperando que esse gesto possa soltar alguma lembrança capaz de dar sentido a tudo isso. Mas as lentes continuam enlameadas.

O Detetive Cassim e o SA Ranchagoda trocam olhares, de um jeito que todo mundo ali repara. O primeiro faz que sim com a cabeça, enquanto o outro faz que não.

— Vocês todos têm identidade?

DD extrai um cartão da carteira que você lhe deu dois aniversários antes. Sua *amma*, que perdeu a identidade numa máquina de lavar, saca um passaporte nacional marrom de uma bolsa de couro. Jaki mostra um passaporte inglês de um saco de couro e esfrega um lencinho nos olhos.

O Detetive Cassim vai mexendo os lábios enquanto transcreve as informações. O SA vai até ele para espiar por cima do seu ombro.

— Jacqueline Vairavanathan. Vinte e cinco anos. Tâmil — diz o SA Ranchagoda. — Lakshmi Almeida. Setenta e três. Burgher. — Ele olha para a senhora mais velha. — Malinda Kabalana é um nome cingalês, não?

A senhora, cujo olhar até então se voltava para o formulário que estava preenchendo, levanta os olhos e o encara. Ela fala em um tom de voz tão frio quanto o seu olhar:

— O pai dele era cingalês. Eu sou burgher. Somos srilanqueses. Algum problema?

— Problema nenhum, senhora. Problema nenhum.

Ranchagoda dá uma risada tão constrangedora que parece uma bufada.

Do lado de fora, na sala de espera, ouvem-se lamúrias. Ranchagoda vai até lá consolar uma mulher aos prantos. Ele faz isso sacando o cassetete e pedindo para que um dos policiais a retire dali.

— Já conferiram os hospitais?

— Sim. E os cassinos — diz Jaki.

— Ele anda jogando de novo? — pergunta DD.

— Ele joga? — questiona o Detetive Cassim.

DD responde que não e Jaki que sim, e a sua mamãe querida balança a cabeça e olha para a bolsa.

— Voltem na quinta, ah — diz o SA Ranchagoda, com um aceno da cabeça enquanto o Detetive dá uma canetada num papel que ninguém vai ler. — Nada que a gente possa fazer até lá. Tantos desaparecimentos hoje em dia.

Ele aponta para a sala de espera do lado de fora, onde a mãe de alguém grita com a mãe de outro alguém. Os olhos de Jaki cospem, assim como fizeram em Nuwara Eliya, quando o garoto com quem ela estava flertando começou a dar em cima de você.

— DD, por que você não liga para o seu pai?

DD passa o dedo no pingente de osso abaixo do seu pomo de adão, uma cruz com um arco na parte superior, entalhada, que você lhe deu de presente, sentindo-se culpado depois de se divertir com o garoto da loja FujiKodak na cama do DD, e ele nunca nem ficou sabendo. Embaixo dela, há um pingente de madeira que contém o seu sangue.

— DD. Liga pro seu pai, porra.

Jaki responde com um assobio, e o Detetive e o SA levantam a sobrancelha.

— Preciso que você se acalme — diz DD. — Tia Lucky, já preencheu o formulário?

Sua *amma* está sentada no canto, olhando as quatro páginas escritas quase inteiramente no alfabeto cingalês, que não é sua língua nativa, apesar de ela ter vivido quase a vida toda num país que alega ser esse o seu único idioma. Ela faz que não com a cabeça.

— Ele pode estar em qualquer lugar.

— Vamos verificar o aeroporto e as estações de trem — diz o Detetive Cassim. — Houve confusão em Jaffna na semana passada. Capaz de ele ainda estar por lá. Ou de estar na casa de outros amigos. Por acaso ele tinha outros amigos? — Ele olha para Jaki. — Namoradas, talvez?

— Nada.

— As pessoas guardam segredos, sabe? Neste serviço, a gente já viu de tudo.

— Podem conferir se ele está detido em outra delegacia? A gente espera.

DD continua educado e sua sintaxe segue firme, mas você repara que tem lava borbulhando embaixo das suas pálpebras. Ele sempre brinca com seus acessórios antes de explodir. Está apertando aquela ankh no pescoço como se fosse de plástico-bolha.

— Vamos botar alguém para fazer isso — afirma SA Ranchagoda. — O departamento está ocupado.

— Parece bem ocupado mesmo — diz DD, olhando pela janela para um bando de policiais bebendo chá. As mães na fila praguejam contra DD e sua bundinha redonda furadora de fila. Jaki enxuga os olhos e retribui o olhar.

— Ele já foi detido antes. Em todas as vezes, foram mal-entendidos. Dá para vocês verem isso, por favor, seu guarda?

— Ele está metido com política?

Sua *amma* olha para DD, que olha para Jaki. Não sabem de nada do que você já fez, e você fica grato por isso.

— É fotojornalista — diz Lucky Kabalana, nascida Almeida, ao entregar o formulário. — Tira foto para os jornais.

— JVP?

— Nunca — responde ela.

Ranchagoda demora uns dez minutos para assinar o formulário. Cassim demora mais dez para achar o carimbo oficial. DD liga para o pai do orelhão da sala de espera, enquanto as mães na fila não param de fuzilá-lo com o olhar. Jaki e sua *amma* se revezam em insistir que Maali Almeida nunca teve qualquer conexão com qualquer grupo político ou terrorista.

— Trabalhava para o exército, você diz? Quem era o oficial comandante dele?

Jaki balança a cabeça para DD. Os policiais se entreolham. Não sabem que você está sentado ali no meio, praguejando contra eles com sua boca suja. Chegam uma onda de náusea e uma enxurrada de cenas em sua visão, imagens de sangue, cadáveres e cabos parrudos. Se pudesse falar, teria dito para eles que a resposta era o Rei de Paus, Major Raja Udugampola.

Cassim se aproxima com o carimbo e sorri. Então aponta para o negócio pendurado no pescoço de DD.

— Isso aí você arranjou do tio Corvo?

— Como é?

— O tio Corvo. Kark Maama, de Kotahena? Que faz amuletos? Ah, esquece.

E então DD começa a dar um esporro nos policiais, mergulhando seus nomes em sua boca de esgoto, misturando-os com um péssimo cingalês:

— Cachorro de porra... sua *amma* trepa! Vou processar os dois.

É uma fúria que vem do nada e que você já testemunhou em múltiplas ocasiões. Em meio aos palavrões e insultos, ele revela um conjunto de incômodos bastante lógico, como fez quando você pediu para ficar três meses em Vanni. Jaki o leva até a sala de espera e o põe para se sentar do lado das mães que esperam, e todas parecem empolgadas para ver o play-boy perder as estribeiras.

Dentro da sala, passa-se um momento de silêncio. Sua *amma* olha para Ranchagoda e depois para Cassim.

— Vocês vão encontrar o meu filho — afirma ela.

— Senhora — diz Ranchagoda, fechando a pasta. — A senhora sabe como é, não?

— Eu cubro as despesas. Encontrem o meu filho.

Os dotes da sua *amma* para negociação compensavam sua completa falta de empatia, compaixão e decência. Era capaz de barganhar com um vendedor de fruta falido até convencê-lo a dar mangas de graça.

— O exército e a STF andam prendendo revolucionários em todo o país. Chamam a polícia só para limpar a bagunça. Se as Forças estiverem envolvidas, não tem nada que a gente possa fazer. Não tem nenhuma garantia, senhora, especialmente se o seu filho estiver na política.

Sua *amma* se inclina para a frente enquanto Ranchagoda mantém o esqueleto imóvel.

— Não espero garantia alguma.

— A senhora precisa saber. Tem corpos que ninguém nunca encontra. Todos os dias, eu converso com vinte, trinta mães como a senhora.

— Então deve estar rico. Pega aqui. Tem mais, se me devolverem o meu filho.

— Ricos e pobres são todos iguais perante a lei.

— Conta outra agora.

Sua *amma* sorri sem desviar o olhar fixo, tendo afiado a resiliência após anos de casamento com um narcisista.

— Vocês vão encontrar o meu filho. Ou o seu distintivo e uniforme já eram. Nem precisa ir pra justiça. Entendeu?

Ranchagoda levanta a sobrancelha e balança a cabeça. Durante toda essa negociação, Cassim esteve em silêncio. Ele ajusta o cinto, prende a camisa e fica encarando o boletim de ocorrência recém-carimbado.

— Senhora, a Delegacia de Polícia de Cinnamon Gardens não aceita propina. Não fazemos servicinhos para políticos. Nem mesmo para os grandões como Stanley Dharmendran. Não contornamos as leis. Nem todos os policiais são bandidos, sra. Kabalana.

— Eu sou a sra. Almeida. Posso ser burgher, mas também tenho contatos. Stanley Dharmendran é Ministro do Gabinete. Vai chamar o Ministro da Justiça para falar com o seu chefe.

— Senhora. O Ministro da Justiça é o nosso chefe — Ranchagoda debocha. — E o que é o Dharmendran? Ministro da Juventude?

— Achei que era dos Direitos das Mulheres — murmura Cassim.

DD e Jaki voltam com tudo, e segue-se mais uma discussão acalorada, que você não consegue acompanhar direito, por conta do cingalês truncado e toda a gritaria. Mais mães entram na sala de espera antes que os policiais barrem a entrada com formulários, perguntas e cassetetes em riste. As mães ameaçam invadir o escritório, apontando para DD, Jaki e sua *amma*, e perguntam por que eles não entraram na fila. O Detetive Cassim faz um aceno com a cabeça para Ranchagoda e recebe uma revirada de olhos como resposta.

— Temos ordens para esperar setenta e duas horas — diz Ranchagoda.

— Mas, como um favor pessoal ao Ministro Stanley, vamos começar a investigar — diz Cassim. — Vocês dizem que ele se encontrou com um cliente na noite passada?

— Ele estava trabalhando para uma ONG de direitos humanos. Algo a ver com 1983 — diz Jaki, a única na sala que escuta mais do que fala.

— Isso ele não me contou — diz DD.

Jaki se volta para o Detetive.

— Ele tinha clientes. Não só o exército ou a AP. BBC, *Pravda*, Reuters. Tinha clientes particulares. Mas não era da política. Não acreditava nisso de escolher um lado.

— Todo mundo está de algum lado, senhora. Ainda mais em tempos como estes. Tem algum nome ou telefone? Pelo menos o nome do seu oficial comandante?

Você para atrás dela e sussurra o nome "Major Raja Udugampola", de novo e de novo, como se estivesse tentando implantar uma melodia em seu cérebro. Não parece ser das mais grudentas.

— Não temos.

— Como então esperam que a gente trabalhe? E quanto aos contatos dele com o *Pravda*, a Reuters ou o *Dinamina*? Precisam nos dar alguma informação.

Jaki respira fundo e pronuncia devagar:

— Ele encontrava os clientes no Hotel Leo.

DD e Lucky olham para ela, surpresos.

— O cassino? — pergunta DD.

— O Hotel Leo é um lugar suspeito. Por que lá? — pergunta Cassim.

— Não sei. Ele gostava de lá — Jaki franze a testa e se volta para DD. — Você achou que ele tinha parado de jogar?

— Não é essa a questão. — Sua *amma* nem precisa erguer a voz para botar ordem na sala. — O meu filho está desaparecido e vocês precisam encontrá-lo. Estamos perdendo tempo.

Ranchagoda continua na porta, pescoceando que nem uma girafa. Um olho na confusão da sala de espera, o outro na negociação aqui. Cassim volta para a mesa, rolando feito um panda, e repassa o formulário de pessoa desaparecida que demorou duas horas para ser feito e está recém-carimbado.

— Serei honesto, sra. Almeida. Esta não é uma boa época. Faremos o melhor que pudermos. — Ele se levanta e todos na sala ficam em pé.

— Investigaremos pessoalmente — diz Ranchagoda. — E vamos manter contato. Senhora, se quiser, pode deixar o seu formulário aqui.

Lakshmi Almeida, nascida Kabalana, mãe do órfão de pai Maali Almeida, deixa algum dinheiro em cima do formulário e fica observando o crânio flutuante de Ranchagoda subir e descer enquanto Cassim vira o rosto gorducho e vai embora.

DD, Jaki e sua *amma* passam pelo forno que é a sala de espera, passam pelas mães, conformadas em se queixar para os guardas, e os pais despedaçados, que fuzilam com o olhar e cospem pragas, todos a quem os seus fingem não ver. Os dentes à mostra em seus rostos e a confusão em seu olhar te lembram de uma outra sala de espera da qual você fugiu não faz muito tempo.

Devia ir atrás de DD, Jaki e sua *amma*, dizer-lhes as coisas que não pôde contar. Dizer-lhes onde as fotos estão escondidas. Dizer a duas dessas pessoas que você as ama. E a uma delas, que você não a ama. É o que você queria fazer, o que devia fazer. No entanto, você vai, em vez disso, atrás dos policiais.

AS PROBABILIDADES

As lembranças chegam até você com uma dor. A dor tem diversos tons. Às vezes, vem com suor, coceiras e urticárias. Em outros casos, acompanha náusea e dores de cabeça. Talvez como os amputados que sentem membros ausentes, você ainda guarde a ilusão de seu cadáver em putrefação. Num minuto, sente um engasgo, no outro cambaleia, e, no minuto seguinte, você se recorda.

Conheceu a Jaki há cinco anos no cassino do Hotel Leo. Ela tinha vinte anos, recém-saída da faculdade e estava levando uma surra patética no bacará. Você havia retornado de uma viagem tórrida pelo Vanni, desequilibrado pela matança toda, tendo partilhado seu pão com gente suspeita, enxergando o mal onde olhasse, ostentando sua notória bandana vermelha. Vendeu as fotos para o Jonny da Associated Press e depositou um cheque muito bem-vindo de seis dígitos. Mesmo em rupias srilanquesas, era melhor seis dígitos do que cinco.

Havia vencido a casa no vinte e um, martelado os siris no bufê e virado doses de gim gratuito para ajudar a descer. Um dia normal no serviço.

— Não aposte em empates, mana — você diz à garota estranha com o cabelo cheio de frizz e maquiagem preta. Ela olhou para você e revirou os olhos, o que te pareceu estranho. As mulheres geralmente gostam da sua aparência, sem saberem que você prefere rola a racha. Uma barba bem aparada, a camisa passada e um pouquinho de desodorante servem para elevá-lo acima da manada dos machos héteros suados do Sri Lanka.

— Acabei de ganhar 20 mil rupias — diz ela.

Você reparou que ela estava sozinha e ninguém estava dando em cima dela, ambas as coisas incomuns para mulheres nos cassinos de Colombo.

— E as chances de ganhar isso de novo são de 9%. A casa aqui paga só sete para um, fora a comissão. O que quer dizer que, se seguir essa estratégia cem vezes, vai perder mesmo quando ganhar.

— Um homem que sabe tudo. Que surpresa.

O crupiê te encarou de cima a baixo. Você deu de ombros e botou as fichas dela na banca. Ela deu um meio sorriso, meio franzido, mas deixou você fazer a aposta por ela.

— É melhor você pagar se eu perder aqui.

— Se você não conseguir pensar em termos de números, este lugar vai acabar contigo, querida. O universo é todo só Matemática e probabilidades.

— Eu vim para relaxar, não fazer conta — afirmou ela.

Ao ver que a aposta rendeu, ela te deixou apostar de novo e de novo.

— Não tem graça quando outra pessoa joga por você.

— Não é verdade, de forma alguma — você disse.

Você a levou ao bufê, pediu pudim com biscoito de chocolate e fumou Gold Leafs enquanto uma diva de meia-idade cantava "Tarzan Boy" com o acompanhamento de um tecladinho Yamaha. Jaki reclamou, com um sotaque londrino, do quanto odiava o Sri Lanka, onde morava com a sua tia e trabalhava de manhã na Sri Lanka Broadcasting Corporation. Como o novo marido da tia um dia tinha entrado no seu quarto sem bater e isso a havia assustado.

O seu pai, ausente desde que você tinha quinze anos, bancou muitas das suas carreiras fracassadas. Nos seus vinte anos, você estudou finanças ao longo de um verão e trabalhou com seguros no inverno. Saiu disso com desprezo pelos dois jogos, mas sabendo tudo que precisava saber sobre os rudimentos de jogos de azar. Investimento *versus* Rendimento. O que você dá *versus* o que você recebe. A probabilidade de algo acontecer *versus* o quanto custa.

Nunca fez uma aposta que não pudesse vencer. O que não é o mesmo que não perder. Você entrou de olhos abertos, conhecendo todos os ângulos e a maior parte das probabilidades. A probabilidade de ganhar na loteria é de uma em oito milhões. A probabilidade de morrer num acidente de carro é de uma em quatro mil. E, segundo o sr. Kinsey, a probabilidade de nascer bicha é de uma em dez.

Qual a probabilidade de nascer num país de merda arrasado pela guerra? Considerando que a maior parte do planeta vive sem nada, e considerando que nunca houve uma era de paz em toda a história conhecida, diria que é bem alta.

Você mandou Jaki parar de pensar em termos de vermelho *versus* preto e começar a pensar em termos de probabilidades. Quais as chances de que o sujeito do seu lado tenha um Valete ou de que o crupiê puxe um Cinco ou de que todo mundo acredite que a sua mão é melhor que a deles?

Ela ficou bêbada e apagou na mesa da roleta. Ao se voluntariar para levá-la até um táxi, os leões de chácara te deram uma piscadinha. Ela não conseguia te dizer o endereço, por isso você a levou para a sua casa. Quando acordou no seu sofá, você lhe passou um sermão sobre o perigo de sair e se embebedar sozinha. Ela estava ocupada demais admirando as suas fotografias para prestar atenção.

— Essas fotografias poderiam custar a sua vida — disse ela.

— E se embebedar num cassino também — você respondeu.

Ela foi para casa contigo muitas noites depois disso. Enquanto sua *amma* roncava do outro lado do corredor, vocês ficavam acordados bebendo vinho e ouvindo as paradas de sucesso do *Top of the Pops* no seu radinho de ondas curtas, discutindo isso e aquilo. Quais as chances de que essa chacina acabe, de que você seja atingido por uma bomba, ou de que as vozes na sua cabeça sobrevivam à sua morte? Quais as chances de uma mulher conseguir andar por uma rua de Colombo sem ser chamada de "*nangi*", "gostosa" ou "piranha"? Quais as chances de aparecer em Colombo uma boate que fique aberta até depois das duas da manhã?

Geralmente, quando você trazia mulheres para casa, o que era tão comum quanto a ocorrência de eleições justas e democráticas, as mulheres —

geralmente bêbadas — esperavam que você passasse a mão e roçasse seus lábios nelas, depois se ofendiam quando isso não acontecia. Essa aqui não pareceu se incomodar.

— Você tem namorada? — ela perguntou, apertando os olhos.

— Não uma que importe — você disse.

— Mas muitas que não importam? — ela deu uma risada estranha.

Havia algo de ousado nela, algo esquisito. Algo além da maquiagem, do cabelo e do vestido com caimento ruim. Ela falava com o tom estridente de uma criança, mas a autoridade de uma tirana.

— Se quiser que eu volte, precisa parar de me chamar de "garota", de "mana" ou de "querida".

— Você tem namorado?

— Estou me guardando para o casamento. Então nem vem com ideia.

— Por mim, tudo bem, garota.

Primeiro você virou o colega de jogos dela, depois seu conselheiro, depois seu parceiro de balada. Você a ensinou a lidar com os tarados no trabalho e com as tias em casa e o novo morador da casa do tio vindo visitá-la sem bater na porta:

— Esteja sempre animada. Mas nunca tolere merda nenhuma. E bote uma tranca na porta.

Em troca, ela distraiu você para que não ficasse pensando nas coisas que fotografou na zona de guerra. Te levou para festas em embaixadas e hotéis, dadas por colegas ricos da Colombo International School, entre os quais havia uns garotos confusos, com a pele perfeita. Jaki não se incomodava quando você sumia no meio das festas, Jaki não ligava que você conversasse com garotos, mas odiava quando você conversava com garotas. E Jaki não se incomodava que você não encostasse nela.

Em certas noites, Jaki te empurrava seu gosto musical goela abaixo, vocalistas desafinados uivando sobre ritmos tediosos. Você se afogava no Chardonnay dela e ela sugeria esquemas malucos como se mudar para uma colônia hippie na Baía de Arugam ou montar uma exposição com as fotos embaixo da sua cama. Foi ela quem bolou o plano genial de dividirem apartamento.

A beleza de estudar probabilidades é saber quais são as cartas em que vale apostar. E saber que ocorrências aberrantes acontecem todos os dias quando não tem ninguém olhando. Você pode embaralhar as suas cartas neste exato minuto e puxar uma sequência que jamais ocorreu na história de toda a humanidade. Pelas suas estimativas, há mais chances de morrer com a explosão de uma bomba na cidade cosmopolitana de Colombo do que nas partes mais profundas e obscuras de Jaffna. Porque, pelo menos na zona de guerra, você sabia de qual direção as bombas vinham e quem as estava jogando.

Foi surpreendente que ninguém tenha feito muito escândalo com o fato de uma menina solteira de vinte e dois anos dividir um apartamento com dois homens solteiros de trinta. As tias dela ficaram felizes em abrir mão desse fardo, e a sua própria *amma*, como sempre, estava cagando e andando. No que dizia respeito aos pais de Jaki, em Londres, ela dividiria um apartamento com seu primo e seu amigo, e o tio Stanley faria vista grossa. Seus amigos achavam que você e Jaki estavam namorando, um boato que nenhum dos dois confirmava, nem negava. Os dois serem um casal lhe rendia uma companhia e um escudo, não importava o lugar onde você entrasse.

— Talvez você não goste do meu primo — afirmou ela. — Ele é todo engomadinho.

— Ele é divertido?

— A gente não se fala — disse ela. — Não precisa falar com ele. É um advogado que joga rúgbi e sai com patricinhas. É superficial e sem graça. Vai dar um ótimo político.

No primeiro mês, você não parava em casa. Andou ocupado fotografando arsenais capturados para o Major Raja Udugampola, fazendo a cobertura da explosão da bomba de Anuradhapura, com Andy McGowan da *Newsweek*, e superando a sua maré de azar no Cassino Pegasus.

Só foi conhecer o primo no seu segundo mês e, quando isso aconteceu, não teve muita coisa além de papo furado. Você o reconheceu dos tempos de escola, embora ele não fizesse ideia de quem você era. Então reparou no cheiro dele ao voltar da natação, no ritmo da sua passada, no modo como seus shorts grudavam no quadril e como ele olhava para você de soslaio. Você estava sentado no salão com as janelas que davam para o Parque Galle Face, observando os corvos e tendo devaneios com o filho do senhorio.

O apartamento pertencia a Stanley Dharmendran, Ministro da Juventude, MP de Kalkuda, o único tâmil no gabinete, devedor de favores diversos. Seu filho, é claro, era Dilan Dharmendran, ex-nadador, atleta e jogador de rúgbi, saído do St. Joseph's College e o amor da sua breve e triste vida.

PAPO COM UMA DEFUNTA ADVOGADA (1983)

Ao tentar seguir os policiais, o vento se dissipa e você acaba sendo soprado para cima das árvores. Todos os telhados corrugados têm um gato, um mangusto ou um espírito rastejando pelas suas curvas. Você atravessa o Beira deslizando, passa os trilhos de metrô e perde o norte no ponto de ônibus de Pettah, ao colidir com outras brisas.

Empoleirada sobre o ponto de ônibus, há uma criatura que você reconhece. Uma mulher de sári rosa com o cabelo preso em rolinhos. Uma mulher que você viu ser queimada viva. Tirou uma foto dela, bancada pela *Newsweek* e jamais publicada. Espera que ela não te reconheça.

Ela te fuzila com seus olhos vermelhos. Seu sári foi chamuscado e gruda nela feito papel celofane. Sua pele tem a textura rugosa de um torresmo, o único prato que DD era capaz de fazer melhor do que a cozinheira da sua mãe, Kamala, que dorme na cama sob a qual a obra da sua vida junta poeira.

"Aconteceu rápido demais" — é a sua desculpa e a de todos ao seu redor. — "Ela deve ter sido uma terrorista", disse ninguém naquele dia e ninguém desde então. Porque, em 1983, não considerávamos ainda todos os tâmeis como inimigos. Isso estava prestes a mudar.

Você estava a caminho de fotografar uma banda punk chamada Coffin Nail, na residência deles em Green Path. Pediram isso para você, porque tinha uma câmera decente, um daqueles presentinhos carregados de culpa que o seu *dada* te mandou no lugar de amor.

Era a mesma Nikon 3ST que você vê agora pendurada no seu pescoço, mas aquela funcionava. Você só pôde tirar fotos e isso lhe deu a sensação de não estar fazendo nada. Você a clicou enquanto eles a arrastavam pelos cabelos e a ensopavam de gasolina. E então, bem na hora em que acenderam o fósforo, o obturador da Nikon travou.

— Sei que você estava lá — diz ela. — Lembro de todos os rostos. O Ministro estava lá, observando do carro. Você estava lá, tirando a minha foto, como se fosse a porra de um casamento.

— Juro que não participei do linchamento. Só estava com a câmera.

— Se você tivesse participado, eu te entregava para Mahakali.

— Eu estava no lugar errado com uma câmera na mão.

— É esse o seu slogan?

Seus olhos são vermelhos e marrons. Sua voz é sombria.

— Sinto muito pelo que aconteceu. Queria ter conseguido impedir.

— Agradeço. Isso me vale menos que nada.

Ela ouviu dizerem que as vítimas do atentado de Pettah de 1987 rastrearam os homens-bomba responsáveis e que conseguiram prendê-los numa caverna ali perto. Estão só esperando chegarem todas as 113 vítimas, para poderem fazer justiça. Ela está ali para ajudá-los a se decidirem quanto ao castigo adequado.

— Se os homens-bomba soubessem que iam acabar na mesma sala de espera junto de todas as suas vítimas — diz o encosto com sua voz de réptil —, pensariam duas vezes antes disso.

O encosto te diz que foi advogada, que tinha um escritório em Maradana, até o dia 21 de julho de 1983, quando passou pelo ponto de ônibus para comprar cigarro e encontrou uma multidão cingalesa carregando tochas.

— Eu sempre soube que o cigarro ia me matar — brinca ela, toda séria.

Suas roupas são um sári e um *pottu*, que talvez tenham mais culpa do que o cigarro, você pensa, mas não diz.

Ela te diz que ficou vagando durante mil luas antes de encontrar paz. Que muitas das vítimas dos tumultos de 1983 ainda estão perambulando pelo Interstício.

— Algumas entraram para a Luz. Outras se tornaram demônios. A Luz te faz esquecer. Não devíamos nos esquecer jamais.

Sob o luar bruxuleante, sua pele parece feita de serpentes. Seus braços se movem feito cobras, seu cabelo se enrosca ofidicamente e as queimaduras na sua pele reluzem que nem brasa. Mais uma vez você levanta sua câmera quebrada e tira uma foto sem pedir permissão.

— Em 1983, a gente nem pensou em se organizar. Estávamos atordoados demais. Hoje em dia, as pessoas têm mais raiva. Especialmente quando morrem. Por acaso, eu falei que você podia tirar foto?

— Tem lama no obturador. A lente está quebrada.

— E você carrega isso por aí pra quê, então?

— As fotos que eu não tiro são as melhores — você diz.

Ela conta que todas as 113 vítimas do atentado a bomba no ponto de ônibus de Pettah, em 1987, recusaram o exame auricular e não se deixaram persuadir a entrar para a Luz. Querem garantir que os homens-bomba sejam punidos e exigem falar com quem estiver no comando.

Segundo a Defunta Advogada, os Assistentes de branco são voluntários. Almas que visitaram a Luz e optaram por voltar para cá. Alegam representar seja lá quem estiver no comando, mas não conseguem chegar num consenso quanto a quem seria essa figura.

— E o que ganham com isso?

— Sei lá. Até mesmo os bonzinhos têm seus planos.

O encosto diz ter sido salva por um Naga *yaka*, um demônio-serpente, e ganhou sua pele de volta.

— E a minha dignidade. E o meu respeito próprio — diz ela. — O Senhor Naga me ajudou a deixar para trás a dor e me lembrar do que sou. Não sou a minha pele.

Você decide que é melhor não mencionar que a pele dela parece a de uma cobra-capim e ela te responde aos silvos, como se tivesse lido seus pensamentos.

— Como se eu fosse lá muito bonita antes.

— Se a Luz ajuda a esquecer, é tão ruim assim?

— Vejo que já te pegaram.

— Malinda... Almeida...

Você escuta o seu nome soprado pelas ruas de Pettah e sai correndo na direção dele. Olha para trás. A Defunta Advogada do *salwar* cor-de-rosa nem repara na sua partida. Você trepa na copa de uma árvore e fica escutando, então ouve seu nome de novo.

Embaixo, no ponto de ônibus, o encosto de rosa olha para você e te vê indo embora. Ela dá silvos e arreganha os dentes.

— Volta aqui, ô cameraman.

Você não quer ficar. Então silencia a mente e escuta os ventos. Ouve dizerem seu nome. E mais uma vez partilha de sua vergonha.

HOTEL LEO

— Nenhum Malinda, nenhum Kabalana, nenhum Albert, nenhum Almeida.

O SA Ranchagoda e o Detetive Cassim entram no Datsun azul em vez da viatura. Ranchagoda dá partida, e uma canção cingalesa que você não conhece e não sabe cantarolar começa a tocar. Cassim usa a própria pança de arroz como mesinha e escreve todos os seus três nomes no caderno:

— Já conferiu todas as delegacias? — pergunta.

— Acha que eu sou um computador? — diz Ranchagoda. — Liguei para as cinco principais.

Cassim traça um círculo em torno de quatro nomes e bota um ponto de interrogação do lado de cada um.

— Vamos pro hotel.

— Agora?

— Você aceitou dinheiro da mãe.

— E daí?

— Maali Almeida estava indo se encontrar com alguém lá.

— Não dá pra ir amanhã? — pergunta Ranchagoda, enquanto o Datsun entra no trânsito dos funcionários de escritório voltando do serviço. Já é noite, e você perdeu o primeiro pôr do sol desde a sua morte.

— Quatro sacos de lixo entraram no armazenamento do Hotel Leo na noite passada — diz Cassim, olhando para o seu relatório copiado numa Cyclostyle. — Só três estavam na lista.

— E essas listas algum dia foram precisas?

— Se está aceitando dinheiro, a gente precisa investigar.

— E daí que tem um saco de lixo a mais no Leo? Não é a primeira vez.

— Vamos descobrir.

— Estou cansado, chefia. Não tiro um dia de folga há três meses.

— A gente bota como hora extra.

— Sério?

— Isso cala a sua boca.

— Podemos também cobrar o dobro?

— *Ado!* Presta atenção!

O carro faz uma manobra brusca para desviar de um ônibus atravessado na rua e Cassim xinga com a mão na boca. Os dois entraram na Ilha dos Escravos pelos fundos do Lago Beira. São ruas estreitas e cobertas de lixo. Numa caixa embaixo da sua cama, você tem uma foto desta rua ao amanhecer, onde se vê um cão urinando e um gato comendo um corvo. Você a enviou para vários concursos, mas não ganhou nada.

O Leo era uma estalagem barata para trabalhadores migrantes do século XIX. A estrutura queimou toda, até as bases, depois da Segunda Grande Guerra europeia, foi comprada por um empresário chamado Sabaratnam e reaberta como cinema em 1965 pelo próprio Primeiro-Ministro Dudley. Era famoso por ter exibido *A Noviça Rebelde* durante nove meses em 1967 e menos famoso por ter exibido *Sinistra Passagem para o Havaí* durante dois meses, em 1989.

Sabaratnam era amigo do partido do governo dos anos 1970 e alugou os andares de cima para o Ministério da Justiça. O oitavo andar abrigou as salas de interrogatório durante o expurgo do JVP de 1971 e os tumultos dos tâmeis de 1977. A multidão revolta em 1983 não sabia de nada disso quando ateou fogo ao andar térreo. O dono, um tâmil afortunado com dinheiro o suficiente para protegê-lo, ficou assistindo estupefato, da segurança do seu quarto no Hotel Galadari. O velho Sabaratnam morreu de desgosto, sua família se mudou para o Canadá, o prédio ficou decadente e os fantasmas chegaram de mudança.

Em 1988, o Cassino Pegasus passou para o sexto andar e começou a pintar as paredes, a cobrir os tijolos chamuscados com azulejos e a mobiliar tudo. Dentro de um ano, havia uma boate e um espaço de massagens no quinto andar e uns quartinhos para hóspedes no sétimo. O quarto andar foi alugado por uma companhia chamada Asian International Fisheries, que embalava, refrigerava e transportava excedentes da produção de frutos do mar para lá da costa oeste, rumo a três países asiáticos. Os três andares inferiores eram o lar de uma galeria comercial que ninguém frequentava.

Jamais terá como lembrar como foi que você ficou sabendo disso tudo e quanto dinheiro perdeu por aqui. Nem o motivo pelo qual não para de ver o rosto de uma mulher cujo nome você não lembra. A Rainha de Espadas. A mulher de pele escura, olhos mais escuros ainda, batom vermelho e um *pottu* ainda mais vermelho. Sentada de frente para você, pagando uma cerveja e fazendo aquela pergunta:

— Me diz aí, *kolla*, de que lado você está?

Você acompanha os policiais enquanto eles pisoteiam o assoalho de parquê e entram por uma porta enferrujada. O terceiro andar tem um cheiro que paira ali entre o querosene e a naftalina. Há copiadoras, agências de emprego e alfaiates. Você vai acompanhando os policiais enquanto eles cambaleiam pelo corredor e viram até uma loja chamada Pegasus Finance.

Cassim olha para o parceiro:

— Você consegue falar com esses idiotas?

— E a sua boca está com defeito?

— Quer a hora extra ou não?

— Beleza, mas você preenche o formulário, então? Fechou?

— Não estou aqui para negociar contigo — diz Cassim.

— Certeza? — pergunta Ranchagoda.

— Quando sair a minha transferência, você vai ter que fazer essas coisas sozinho.

— Para onde você pediu para te transferirem?

— Algum lugar onde não tenha defunto.

— Onde é isso? As Maldivas?

— Não é possível que todos os lugares sejam assim.

— Todo lugar tem cadáveres, meu amigo. Acha que a transferência vai sair?

— Um ano sai.

A loja tem o mesmo logo do cavalo alado que o cassino, dois andares abaixo. Os policiais entram e você também. Sentados atrás da mesa, cercados por pastas de arquivos e uma máquina de fax, estão dois homens baixinhos que você desejava não reconhecer. Eles avistam os policiais e sorriem com os dentes, enquanto franzem os olhos.

Ranchagoda bota as mãos na mesa e bate nela com uma foto sua que sua *amma* deu a eles. Você está com a sua bandana vermelha e tem cordões no pescoço. Foi tirada pelo DD em Yala sob um céu crepuscular.

— Kottu *aiya*. Balal *malli*. Já viram este sujeito?

● ● ●

É estranho que, para um homem com os hobbies que ele tem, Balal não suporte o cheiro de peixe morto. A Asian International Fisheries é dona do quarto andar do Hotel Leo, mas possui chaves apenas para a porta da frente. Aqui fica a sala do atacado, onde as cadeias de supermercados e hotéis barganham pelas criaturinhas marítimas congeladas. Homens de sarongue arrastam esfregões pelo chão, o que tem o mesmo efeito contra essa fedentina que um galho de jasmim contra a investida de um elefante.

Mais adiante ficam os frigoríficos. A AIF possui as chaves, e o Ministério, que é dono do prédio, idem. Balal e Kottu estão jogando conversa fora, nervosos, falando de uma partida de críquete contra o Paquistão que ninguém viu e com a qual ninguém se importa. Eles vão na frente, entrando por um labirinto cujas paredes fedem a cadáveres ainda por lavar, um cheiro com o qual você já está familiarizado.

Os policiais levam até os seus narizes lenços de cor cáqui e avançam, desorientados, por corredores estreitos manchados com aquele marrom-avermelhado de sangue velho. Não sabia que os policiais combinavam seus lenços com as fardas. Você sempre carregava um lencinho no bolso, a única lição que trouxe consigo depois de passar um mês nos Escoteiros.

— Onde foi que você encontrou isso? — pergunta Ranchagoda.

— Nos fundos — diz Kottu. — Não estava no lugar de sempre.

— E não ligou pra gente?

— Senhor, se a gente for ligar para vocês toda vez que precisarmos de um saco de lixo extra, a conta vai ficar impossível.

— Não estava em nenhuma lista? — diz Cassim.

— Nem na nossa, nem na do chefão.

— O problema é que vocês, escrotos, têm chefes de mais.

— Só a delegacia dos senhores oferece listas. Os outros policiais nunca fazem isso. Só deixam a gente com a sujeira toda para limpar.

— Então, reconhecem esse rosto?

— Nunca reparo nos rostos, senhor — diz Kottu.

No final do corredor, tem uma porta grande com um cadeado imenso. O corredor é bem iluminado, feito um hospital. O teto contém sombras que apenas você consegue enxergar. Escuta sussurros e não ousa olhar para cima. Balal se atrapalha com as chaves e a porta se abre para uma sala com outras unidades de refrigeração. Aqui não tem cheiro de peixe, mas de produtos químicos concentrados.

Sobre uma maca de metal, há três longas lapas de carne.

— É um desses? — pergunta Ranchagoda, removendo o lenço da boca.

— Não. Esse é o lixo de hoje — diz Balal.

Ranchagoda franze a testa.

— Qual o problema? Trabalho demais?

— Não, senhor. Nada disso.

— Então pare de choramingar. Cadê o Almeida?

Kottu aponta para uma mesa com quatro pacotes numa sacola *siri-siri*. Dois deles parecem braços e pernas, os outros são quilos de carne. Balal solta um risinho, e Cassim o silencia com um assobio.

• • •

O bairro era chamado de "Kompanya Veediya" pelos cingaleses e "Komani Theru" pelos tâmeis, ambas as expressões com o sentido de "Rua da Companhia". Os ingleses chamam de "Ilha dos Escravos". Esses nomes persistem até hoje e oferecem indícios nada sutis de como os nativos e os colonizadores enxergavam-se uns aos outros.

Aos fundos do Hotel Leo há um lote abandonado que serve de depósito de lixo para a vizinhança. As ruas ao redor são de construções caindo aos pedaços e favelas. As ameias dos telhados são ocupadas por gatos preocupados e morcegos com tédio.

— O corpo estava aqui? — Cassim aponta para o afundado nos sacos de lixo, com manchas vermelhas.

Kottu e Balal fazem que sim com a cabeça.

— Acharam que fosse uma entrega?

— Senhor, esse prédio é um ponto de entrega — diz Kottu.

— Não acharam que tinha sangue demais?

— Não pensei nisso, senhor.

Cassim lança a luz da lanterna nas paredes do hotel. Parece que alguém jogou tinta vermelha e marrom em toda a lateral.

— Não reparou nas manchas?

— Senhor, na hora de catar o lixo, ninguém tem tempo para admirar a paisagem.

— Continua falando comigo desse jeito e você vai ver o que te acontece — Ranchagoda estoura. — De hoje em diante, vão ter que lidar com toda a burocracia.

Balal e Kottu ficam em silêncio. Cassim volta a lanterna na direção do restante do depósito. Foi uma noite de fedentina. Uma brisa passa por ele, que o faz estremecer.

Cassim se volta para Kottu:

— Ele foi jogado de uma dessas varandas. Não foi a gente. Certo?

Balal faz que sim com a cabeça, Kottu tosse e desvia o olhar.

— Então, cadê o resto do corpo?

Kottu olha para Balal, que olha para os próprios pés.

— Sumiu, senhor.

— É para eu entregar para a mãe dele uns membros, um ombro e... sei lá que que é isso? Como vamos provar que é o Almeida?

Ranchagoda se pronuncia:

— Se ele já foi detido antes, suas digitais estão registradas.

Cassim balança a cabeça.

— Eu confio no nosso departamento de digitais menos ainda do que em vocês. Cadê a cabeça?

— Jogamos no lago.

— Não quero nem saber. Tragam a cabeça para mim. Não me importa se vão ter que secar toda a água fedorenta do Beira. Precisamos dela hoje à noite.

Kottu pega o telefone do escritório e tira Motomalli da cama. Cassim vai pisando até o elevador.

— O que estamos fazendo, Detetive? — pergunta Ranchagoda, uma vez que estão fora do alcance e não seriam ouvidos.

— Melhor se preparar para a hora extra, *putha*.

Ranchagoda parou do lado de fora do elevador e não entrou.

Cassim vai para dentro e segura a porta com o dedo.

— Que foi?

— *Lokka*. Primeiro você diz que quer ser transferido para um lugar sem cadáveres. Agora quer hora extra.

— Temos trabalho a fazer.

— Qual o nosso trabalho?

— Proteger os inocentes — diz o Detetive Cassim.

— Achei que era proteger os poderosos.

— Precisamos mesmo discutir isso agora? — Cassim tira o dedo do botão, o que faz as portas se fecharem. Ele xinga e estica o braço para bloquear as presas do elevador.

— Estou confuso com uma outra coisa.

— Entra no elevador agora!

— A gente está investigando isso? Ou acobertando?

•••

Só depois que você entra no hotel é que repara nas sombras e nos rostos que se escondem nelas. Os olhos aparecem em muitas cores, em azuis e marrons, amarelos e verdes. Você não tem vontade de se envolver com eles, pelo menos não mais do que tem vontade de lamber um vespeiro, por isso fica na sua e acompanha os policiais.

Kottu volta para o escritório no quarto andar, onde opera os telefones e recebe mensagens breves sobre a chegada de cadáveres.

— Mais seis sacos? De onde?

Balal espera a chegada de Motomalli para repassar-lhe instruções muito precisas.

Subindo mais um andar, os oficiais Cassim e Ranchagoda entram na Casa de Massagens Mango com uma fotografia em mãos. Foi tirada pelo DD em, como dizem, tempos mais felizes. Você aparece com sua jaqueta safári que é sua marca registrada e uma barba menor do que de costume.

As meninas vestem sáris e parecem estar acostumadas a desfilar. Negam ter visto o homem da foto. Os policiais caminham pelo salão de um karaokê chamado O Covil. Lá estão apenas a equipe de limpeza e um homem de minissaia, que foge assim que avista os homens de farda cáqui. O lugar está vazio, exceto pelas aparições no bar, que sorvem bebidas imaginárias e batem boca.

Os policiais são levados até os fundos para verem o chefe, um tipo parrudo chamado Rohan Chang. Seu antecessor era o notório Kalu Daniel, que, por ora, está cumprindo pena por assalto à mão armada. Chang também ganha a vida assaltando as pessoas, mas suas armas são baralhos e roletas. Ele se senta atrás da mesa, pede suco de fruta fresca para os policiais e chama o gerente do andar, seu chefe de piso e dois crupiês.

Chang tem uma aparência tão chinesa quanto a do seu pai e fala de um jeito tão cingalês quanto a mãe.

— Aqui, quando vier no meu cassino, não me apareça nesse diabo de farda — diz o chefe de piso. — Conheço o Ministro. Você não pode simplesmente aparecer desse jeito.

— Sinto muitíssimo, sr. Chang. Caso muito urgente.

— Que caso urgente?

— O sr. Maali. Jogador de cartas — diz o crupiê que uma vez limpou cinco laques da sua carteira.

— Freguês? Gasta bem? Bebe?

— Fumante. Não fala muito. Joga cartas. Vinte e um, bacará, um pouco de pôquer — responde o chefe que uma vez te aplicou uma multa por derrubar as fichas.

— Foi dado como desaparecido — diz Ranchagoda.

Torcem os narizes e dão de ombros.

— Desaparecido? — O crupiê que todo mundo ignora coça a barba.

— Quando foi visto? — pergunta Cassim, puxando um bloco de notas em branco.

— Noite passada, eu acho — supõe o chefe. — Ganhou uns laques. Pagou bebida pra todo mundo. Fez a piadinha de que a bebida era de graça, e ficou repetindo isso. Depois sumiu.

— Não sumiu — diz o crupiê. — Subiu pro andar de cima. Eu vi ele bebendo com um estrangeiro.

Você não reconhece o crupiê, nem lembra de ter feito o que ele diz que fez. Ou o crupiê mente ou, pior ainda, está dizendo a verdade. Você olha pela câmera e só vê lama.

— Que tipo de estrangeiro?

— Um *suddha*. Branco. Alemão, eu acho. Mas podia ser inglês.

A SACADA

A sacada fica uns cinco andares para cima e tem vista para as favelas e o depósito de lixo. Há um bar no final e cinco mesas com cardápios de lanches. Uma escadaria de metal sobe como uma videira até a sacada do sexto andar e desce em caracol para além do cassino, chegando ao patamar do quarto andar.

O crupiê conduz os policiais pela cozinha, preferindo não desfilar com eles pelo cassino. A sacada tem uma malha de metal que vai do corrimão até o teto.

— Aconteceu de alguns dos nossos clientes pularem daqui. Então fechamos tudo.

— Por que eles pulariam daqui?

— Alguma vez você já perdeu um ano de salário em uma única mão de pôquer?

— Nem vale a pena apostar um ano do meu salário — diz Ranchagoda.

— Onde estavam o Almeida e seu amigo *suddha*?

— Estavam sentados perto da beirada.

— E aí?

— Pediram três gins, três vodcas, duas tônicas e três pratos de camarões apimentados.

— Você lembra de cor?

— Não. A conta deles está aqui — diz o chefe, apanhando uma cópia rosa em papel-carbono do jovem barman.

— É uma cacetada de camarão. Por que é que o chefe estava por aqui na sacada servindo as mesas?

— Eu estava com um cliente, seu guarda.

— Quem?

— Apenas um cliente de negócios.

— Você reconheceu esse branco?

— Não exatamente.

— A resposta é não?

— Todo *suddha* é igual pra mim.

Cassim está nos limites do bar do cassino, olha para baixo e vê o depósito de lixo. Analisa as manchas de sangue que descem pela parede. Depois olha para cima, para a sacada no sexto andar.

— Mas você reconheceu o Almeida?

— O sr. Almeida é daqui mesmo.

— Então, você o conhecia?

— Conheço as pessoas que gostam de apostar.

Isto é o que você se lembra de duas noites atrás: (a) visitar o cassino Leo, (b) beber no bar, (c) comer no bufê, (d) ficar de agarro com o barman. Isto é o que você não lembra: (a) sentar com o *suddha*, (b) morrer atirado da sacada.

— E a que horas eles foram embora?

— Estavam aqui quando eu saí com meu cliente.

— Que horas?

— Umas 11 da noite.

— Mais algum funcionário?

— Só o barman.

— Esse sujeito?

O chefe de piso chama:

— Chaminda!

O rapaz não é bonito. Parece um touro, de corpo e rosto. Você nunca perguntou o nome dele, e depois de alguns encontros teria sido falta de educação perguntar, então ficou com o universal "*malli*" mesmo. Ele te serviu com prontidão, aceitou gorjetas generosas, deixou que o acompanhasse até a sacada do sexto andar durante a pausa para fumar e não se preocupava com suas mãos bobas. Ele olha os policiais direto nos olhos, do jeito que os mentirosos costumam fazer.

— Sim, conheço esse senhor. Que gozado. Ele veio aqui ontem à noite.

Nenhum trocadilho aí, você pensa.

— Foi lá pelas 11 da noite. Ele estava fumando quando eu fui dar uma pausada.

Ha-ha, você pensa.

— E conversaram sobre o quê?

— Nada. Ele disse que estava indo para São Francisco. Tinha ganhado uma boa grana no andar de baixo.

— Ele te deu dinheiro?

O touro fica rígido de repente, seus olhos disparam pelo bar, sem te verem, é claro, e então ele se recupera, esperando que ninguém tenha reparado, mas todo mundo reparou.

— Chaminda?

— Ele me devia uns milhares. Me devolveu a grana.

— Pelo quê?

— Pegou emprestado quando acabaram as fichas dele. Muitos clientes fazem isso.

— Quando ele ia para São Francisco?

— *Ado*, Cassim! — Ranchagoda abriu um vão na malha metálica e meteu a cabeça ali. — Vem dar uma olhada nisso.

Ao ver a malha sendo arrancada dos pinos, o chefe do piso perde o seu verniz de boa educação:

— *Yako!* Não quebra isso, não!

Ranchagoda espia pela malha e acompanha um rastro de sangue que sobe até o céu.

Ele trepa na escada de incêndio feito um furão, ignorando as reclamações dos funcionários do cassino. Cassim, corpulento, contempla essa subida e decide que é melhor não segui-lo. Lá tem uma sacada coberta de poeira e teias de aranha, enquanto a porta que leva até ela se encontra trancada. A sacada é a céu aberto, vazia, exceto por uma mesa e duas cadeiras.

— Aonde é que essa porta leva? — Cassim aponta para o cadeado.

Ranchagoda se apoia no corrimão e examina a parede. Esta sacada, diferente da sua irmã gêmea mais abaixo, mais bem cuidada, não conta com uma malha protetora.

— Ninguém sobe até aqui. — O chefe de piso passa a mão no walkie-talkie e encara o SA Ranchagoda. Chaminda, o barman, olha para os pés e sabe, assim como você, que essa afirmação não exatamente é verdade. Sabe-se que tem gente que trepa pela malha, sobe as escadas e vai fazer sacanagem no escurinho.

— Varreram esse lugar recentemente. Foi daqui que ele pulou — Cassim retorna então ao modo detetive. — Ou foi empurrado.

— Então, cadê o corpo? — pergunta o chefe de piso.

— Boa pergunta — diz Ranchagoda.

O chefe do piso manteve o sorrisinho e a paciência, mas ambos desaparecem quando os policiais pediram para ver o sétimo andar.

— São só quartos, senhor.

— E quem fica neles?

— Hóspedes.

— Putas?

— Hóspedes do cassino. E seus convidados.

— Por acaso Malinda Almeida se hospedou aqui?

— Não sei.

SA Ranchagoda olha para o crupiê e depois para o chefe do piso. Ele acompanha o Detetive Cassim até o elevador e abre um sorriso. Fica um breve silêncio constrangedor.

— É comum os clientes de vocês pularem das sacadas?

— Ninguém vai até aquela sacada, senhor.

— Isso é claramente uma inverdade — afirma Cassim.

— Senhor. Costumava haver suicídios. Mas não tem mais. Depois que instalamos a rede e fechamos as janelas.

— Você sabe que tem outras pessoas que usam o Hotel Leo. Que não querem que o prédio tenha uma certa reputação.

— Compreendo, senhor.

— Há quanto tempo esse barman trabalha para vocês?

— Só alguns meses. É um bom funcionário.

— Vamos levá-lo conosco para um inquérito. Parece ter sido a última pessoa que viu o Almeida.

Os policiais subiram a escada em meio às reclamações do chefe do piso.

— Senhor, nossos hóspedes pagam pela privacidade. Precisa falar com o chefe Rohan primeiro.

Os policiais o ignoram e saem do patamar por uma porta destrancada. Há um segurança no saguão do sétimo andar. Ele usa uma camiseta preta justinha sobre o peitoral preto e firme, franze a testa para o chefe do piso e acena com a cabeça para os policiais.

— Seu guarda, posso ajudar?

— Gostaríamos de falar com quem estiver aí dentro.

Cassim fica pau a pau com o leão de chácara e tenta intimidá-lo com seu rosto gorducho. Ranchagoda estica a mão e toca a campainha. É uma versão Casio de uma música da década de 1950, "Cherry Pink and Apple Blossom White". Você conhece este som estridente, este andar e este segurança.

Você escuta várias travas sendo destrancadas antes que a porta se abra. Sente uma dor onde costumava ficar a barriga, que arranha as suas entranhas, feito uma criatura aprisionada nas costelas.

— Pois não?

E lá está ela. A dona cujo rosto você reconhece, mas cujo nome te escapa, na ponta da língua. Pele de carvão, lábios carmim, a rainha negra.

— Com licença, senhora. Somos da Delegacia de Investigação Criminal. Estamos procurando este homem. Conhece?

Ela hesita, olha para Ranchagoda e para Cassim, depois entre os dois, bem ali onde você está flutuando.

— É o Malin. O que houve?

Seus olhos descansam no ponto onde paira o seu espírito, e você a encara de volta e tenta se lembrar. Cassim endireita os ombros e Ranchagoda pigarreia.

— Podemos conversar ali dentro, senhora?

Atrás dela, há um corredor com uma foto emoldurada em preto e branco de corpos queimando em uma pira funerária, enquanto homens com cassetetes dançam em torno das chamas. Foi tirada em 1983 com uma Nikon 3ST por um fotógrafo amador chamado Malinda Almeida Kabalana.

Auxílio Canadá-Noruega para o Terceiro Mundo

As paredes têm fotografias conhecidas e pinturas desconhecidas. As fotografias são, no geral, de 1983, tiradas sem preparo ou domínio sobre a fotografia, nem mesmo uma lente decente. Em todas elas, há violência. As pinturas são paisagens expressionistas de arrozais e cabanas de aldeias, adquiridas em mercados de rua pelo preço de um jantar num restaurante chique. Escorrendo com pinceladas, borrões e cores extravagantes, contam com a assinatura ilegível de um amador explorado.

A sala é organizada, exceto por uma mesa perto da janela, com caixas, pastas e xícaras de chá em cima. A mulher convida os policiais para se sentarem no sofá de vime. Você já esteve aqui. Disso há poucas dúvidas. Mas qual é o nome dela? Você tem uma visão de um leão de estimação num filme do Savoy aonde seu pai te levou antes de ir embora.

— A senhora tem visita? — O Detetive Cassim vai se arrastando até a mesa.

— Meu primo está numa ligação com alguém de Toronto. Aceitam chá?

— Água, obrigado — diz Cassim, passando o olho na sala.

— Aceito um chá simples com gengibre — diz Ranchagoda, sentando-se à janela e sendo fuzilado pelo olhar do seu parceiro.

— É claro — diz a mulher.

Um garoto barbado que parece mais um funcionário burocrático do que um criado chega para anotar os pedidos.

— Seu nome, senhora?

— O que houve?

— O seu nome?

— O Malin está bem?

— Por favor, responda à pergunta.

— Sou Elsa Mathangi. Meu primo e eu trabalhamos para o CNTR. Aqui é o nosso escritório. Arrecadamos fundos para vítimas da guerra. O escritório da caridade fica na galeria lá embaixo.

— E CNTR quer dizer?

— É a sigla em inglês para Auxílio Canadá-Noruega para o Terceiro Mundo. Pronuncia-se "Centro".

— CNTR. Hmm. E vocês trabalham até tarde?

Cassim olha pelo vidro fumê da janela, com uma visão aérea das favelas da Ilha dos Escravos. Depois espia o interior das caixas sobre a mesa.

— Sinto muito, mas são documentos confidenciais — diz a mulher.

Cassim a ignora e acena com a cabeça para o parceiro. O garoto retorna com o chá e a água. De repente você sente sede, uma sensação que já havia esquecido como era, entre outras coisas.

— Quando foi a última vez que você viu Malinda Almeida?

— Ontem. Ele faz frilas para nós. Veio pegar o cheque dele.

— Que tipo de trabalho?

— Usamos as fotos dele nas nossas *newsletters*.

— E essas fotos são dele? — pergunta Cassim, apontando para a caixa na mesa.

— Algumas são.

— E o que a senhora faz?

— Ajudamos pequenos negócios, oferecemos educação e aconselhamento para os pobres. Ajudamos órfãos no norte e no leste. Coletamos doações, fazemos campanhas de conscientização e protegemos civis.

— E isso é financiado pelos tâmeis? — pergunta Ranchagoda.

— Quem financia são as pessoas que querem ajudar quem sofre.

— O que está acontecendo?

Vem uma voz do limiar da porta do outro lado da cozinha. O homem tem a pele escura e é atarracado, com um bigode tão grosso quanto o do Supremo dos Tigres.

— Este é o meu primo. Estão perguntando do Malin.

— Fala que ele não trabalha pra nós.

O homem parece primo dela no mesmo grau em que um urso-polar parece um pavão. Ela é angulosa, e ele, atarracado. Ela tem feições e ele, um focinho. O sotaque dela tem uma cadência norte-americana, o dele, o coaxado de um tâmil de Madras.

Cassim se vira na direção dele:

— E você?

— Kugarajah. Diretor do CNTR. Trabalho com os governos do Canadá e da Noruega. Conheço o Inspetor-Geral de Polícia. Qual é o seu nome, meu caro?

— Sou o Detetive Cassim. Este é o SA Ranchagoda.

— Malinda se demitiu ontem. Pegou seu cheque e partiu. Capaz de estar no andar de baixo apostando tudo que ganhou.

— Por que ele se demitiu?

— Isso você tem que perguntar pra ele.

— Estamos perguntando ao senhor.

— Disse que estava cansado dos trabalhos.

— Ele está desaparecido.

Elsa levou a mão à boca e ficou encarando o chão. O homem chamado Kugarajah sentou-se na ponta do sofá vazio.

— Foi preso?

— Não que a gente saiba. Da última vez que foi visto foi aqui, a caminho de uma reunião.

— Não com a gente.

— Vocês disseram que viram ele ontem?

Kugarajah olha para Elsa, que fica encarando o nada e balançando a cabeça. Seus olhos estão nebulosos.

— Ele vende fotos pra nós. Mostra como as pessoas estão morrendo na zona de guerra. Usamos em nosso trabalho.

Cassim segura um panfleto com mães mostrando fotos de seus filhos desaparecidos. Cada uma das fotos tem ©MA escrito na lateral.

— Trabalho ou propaganda política?

— Não é propaganda se for verdade — diz Kugarajah.

Você tem a sensação desconfortável de estar se afogando e espirrando ao mesmo tempo. O líquido do seu nariz não é gosmento que nem catarro, mas parece metálico, feito sangue. "Kugarajah" não é o nome dele de verdade e ele sabe o motivo exato de você ter se demitido.

— Por acaso, Malin Almeida tinha inimigos? — pergunta Ranchagoda.

— Não sabemos da vida pessoal dele — responde Elsa.

— O que mais ele fotografava para vocês?

— Cenas da zona de guerra. Lares incendiados, crianças mortas. Sabe, o de sempre.

— E o que fazem com isso?

— Usamos para tentar parar a guerra.

— E funciona?

— Um dia vai.

— Almeida estava envolvido com atos de chantagem?

— Como disse a prima, não conhecíamos ele pessoalmente — diz Kugarajah, tomando o copo d'água de Elsa Mathangi. — Acharam o corpo?

— Não falamos que ele estava morto.

— Quem está pagando vocês? O exército ou a STF?

— E quem está pagando o senhor, sr. Kugarajah? A Índia ou o LTTE?

— Olha como fala, seu policial — diz Elsa.

— Estamos fazendo o nosso trabalho, moça. Só isso — afirma o Detetive Cassim. — Podemos ver as fotos?

Elsa abre uma pasta com panfletos escritos em várias línguas europeias. Há cenas de Vavuniya, Batti e Trinco. Crianças mortas expostas sobre esteiras. A carcaça incinerada da cabana de uma vila. Mulheres amarradas com trapos a postes. Sobreviventes de um ataque aéreo presos em campos, encarando a câmera de volta. Você sente náusea. O vento rodopia até o teto, como se os espíritos do prédio estivessem subindo até lá em cima.

— A sua organização negocia com o LTTE?

— Eu ficaria ofendida, oficial Ranchagoda, se não tivesse que responder a essa pergunta todos os dias — diz Elsa. — Quem nos patrocina são os americanos do Fundo para a Paz e os governos do Canadá e da Noruega. Somos moderados. A maioria dos tâmeis não quer sair correndo armada pela selva.

— Será que Almeida tinha amigos estrangeiros? Talvez um homem caucasiano de meia-idade?

— Ele tem um monte de amizades. Jovens e velhos, estrangeiros e nativos — afirma Kuga. — Você fala como se ele tivesse morrido.

— Hoje em dia, quando alguém desaparece, é assim que costuma terminar — acrescenta o SA Ranchagoda.

— Todos sabemos disso — diz Kugarajah.

— A gente avisa caso ele apareça — fala Elsa, levantando-se.

— Avisam mesmo?

— Claro — diz ela, abrindo a porta.

— Posso levar uns panfletos? — pergunta Cassim, já se servindo.

— Podem pegar e ir — responde Kugarajah.

Do lado de fora da janela, há um som de tamborilar que só você escuta. Uma onda de ar gélido passa pela sala, como se o ar-condicionado na parede tivesse dado um arroto. A polícia se retira, enquanto o primo e a prima trocam olhares às suas costas. Você escuta sussurros e sente sombras que recaem sobre você. Está se acostumando com isso já. O murmúrio no ar que apenas os mortos conseguem sentir.

Do lado de fora, uma figura encapuzada e uma mulher de branco batem na janela e franzem o rosto para você. Estão flutuando sete andares acima e batendo boca. Você bem que gostaria de não reconhecê-los, mas é difícil ignorá-los. O ceifeiro medonho de saco de lixo e a fada-madrinha de sári. Eles são transparentes, como todos os espíritos, e apontam para você e depois um para o outro. Estão discutindo, e o assunto da discussão parece ser você.

CINGALÊS MATANDO CINGALÊS

Os policiais pegam o elevador e descem até a galeria. Visitam o escritório de caridade do CNTR e dão de cara com uma porta trancada por um cadeado enorme. As portas de vidro estão decoradas com pôsteres que pedem doações de roupa, comida e dinheiro. Um deles mostra uma atriz de teledrama abraçada a uma criança refugiada do norte.

— Ranchagoda, você vai ter que datilografar os relatórios. Deixa que eu arquivo.

— Como se eu não tivesse mais nada para fazer.

— Vai fazer dois relatórios.

— Dizendo o quê?

— Um relatório dizendo que não tem nenhum registro de Almeida/Kabalana ter sido preso ou procurado para inquérito. Que o mais provável é que esteja se escondendo por conta de dívidas de apostas. O outro diz que temos dois suspeitos. O barman Chaminda Samarakoon, a última pessoa que o viu, e os seus empregadores, os dois tâmeis. Elsa Mathangi e Kugarajah — Cassim pronuncia errado os dois nomes de propósito, americanizando o primeiro e bollywoodizando o segundo.

Ele gesticula com os panfletos.

— Se aparecer o corpo, oferecemos o segundo relatório. Senão, usamos o primeiro.

— Não tem tempo nem para um relatório. E você quer dois?

— Eu falei, não falei? Marca aí como hora extra.

— Devíamos ter pegado mais dinheiro da mãe dele. Não vale o nosso tempo.

— E se ela pedir pra ver o corpo?

— Manda ela pro de sempre — responde Ranchagoda.

— Estou cansado de fazer isso. O que vamos dizer para ela?

— A verdade. Que o corpo do filho dela não foi encontrado.

— Ela vai querer o dinheiro de volta.

— Ou vai pagar mais.

— E aí?

— Aí botamos Balal e Kottu para acharem alguma coisa.

— Esses dois são incapazes de achar até a cabeça da própria rola.

— E o que você acha desses tâmeis? — pergunta Ranchagoda.

— Não faz sentido pra mim. Se mataram ele, por que fariam isso do lado do escritório? Tâmeis podem ser muitas coisas, mas não são burros.

Quando chegaram ao estacionamento, foram recebidos por uma senhora conhecida, que trajava uma echarpe roxa e segurava um guarda-chuva combinando.

— Onde está sua viatura? — pergunta Elsa Mathangi.

— Como foi que você desceu tão rápido? — questiona Ranchagoda.

— Tem quem fale rápido, tem quem ande devagar. Tem quem use o elevador de serviço.

— Como podemos ajudá-la?

— Eu que vou ajudar vocês.

— É mesmo?

— Malin era linguarudo. Falava muito sobre coisas que não aconteciam, no geral. E sobre uma caixa de fotos debaixo da cama. Disse que poderiam derrubar o governo. Se me ajudarem a encontrar essas fotos, eu compartilho com vocês.

— Muito generoso da sua parte. Mas está tarde e já é o fim do nosso expediente.

— Excelente. Então estão livres.

— Por que não falou disso lá em cima?

— O Kuga não gosta de polícia. Mas vocês parecem profissionais.

— O sr. Kuga é seu marido ou seu primo?

— Primo… Meu marido está em Toronto.

— Claro. E o que tem nas fotos?

— Coisas que talvez sejam de interesse para os seus chefes. Coisas que eles estariam interessados em tirar das mãos de vocês, por dinheiro. Ficaríamos felizes também em compensá-los pela dor de cabeça.

Ela coloca um envelope sobre o para-brisa do Datsun azul.

Ranchagoda abre o carro pelo lado do motorista. Cassim parece irritado.

— Está tarde, senhora. Se a gente for fazer qualquer coisa, melhor que seja pela manhã.

Ranchagoda apanha o envelope e olha dentro.

— Isso aqui não vai cobrir nossa hora extra.

— Talvez devam fechar o caso.

— Talvez você deva se ater ao norte e ao leste. Deixa que a gente resolve os crimes de Colombo.

— Se me arranjar um mandado, eu levo vocês até a caixa. Vocês decidem quanto vale.

Ela abre a porta de trás e entra. Ranchagoda deposita o envelope em cima do painel. Cassim esprime os ombros, feito o urso-beiçudo que ele é. Ranchagoda desliza pelo assento do passageiro e se vira para trás.

— Pela última vez, o que é que tem na caixa?

— Malin falou pra gente que ele escreveu "Rainha" em um dos envelopes. É tudo que eu quero.

— Nada a ver com a gente.

— Tem fotos de Batticaloa também.

Ranchagoda coça a nuca e olha para baixo, para os pedais.

— O pessoal do leste não tem nada a ver com a gente.

— A Delegacia Batticaloa. Três meses atrás — diz ela.

— O massacre?

— Seiscentos dos seus irmãos executados pelos...

— Seus irmãos — conclui Ranchagoda, com a sobrancelha levantada.

— Se todos os cingaleses acharem que todos os tâmeis são do LTTE, essa guerra não vai ter fim nunca mais. Os Tigres não respeitam policiais cingaleses. Eu vi as fotos. Nem se deram ao trabalho de usar máscara. Quantos foram presos por esse crime?

Cassim dá partida no carro.

— Você está dizendo que Malinda Almeida tirou fotos do massacre policial de Batticaloa. Ele estava lá?

— Ele tem o dom de estar no lugar errado — diz Elsa, olhando pela janela. — Por que ainda não estamos andando?

— Hoje não, senhora — responde Cassim, com os olhos saltando pelo painel. — Vá amanhã à Delegacia de Cinnamon Gardens às oito da manhã. Faremos o que for necessário.

Claro que ela estava enganada. Se você tem uma câmera, nenhum lugar é o lugar errado. Elsa confere o batom no retrovisor e o olhar dela cruza com o de Ranchagoda.

— Acha que ninguém sabe o que se passa no quarto andar do Hotel Leo?

— É a Asian International Fisheries, certo? O que se passa lá, moça? Fala pra nós.

— Não é da minha conta. Cada um que pegue o seu peixe.

Ela acende um cigarro sem abaixar a janela. É um Gold Leaf de maço vermelho, que veio de uma caixa que você roubou lá em Batticaloa. Na semana em que você filmou a delegacia com uma lente teleobjetiva dali da colina, atrás da estrada. É ao mesmo tempo engraçado e desgraçado o que a sua mente escolhe guardar.

— Corpos de JVPeiros mortos não são problema nosso, Detetive — afirma Elsa. — Se tem cingalês matando cingalês, por que a gente se importa?

— Achei que vocês se importassem com a morte de inocentes — responde Ranchagoda.

— Precisamos cuidar do nosso povo primeiro.

— Meio racista, isso.

— Só quando vira política do governo.

— E quando os cães do LTTE matam ratos da Frente Unida de Libertação Tâmil? Tâmeis matando tâmeis. Aí tudo bem?

— Pelo menos muçulmano não mata muçulmano — pondera Cassim.

Os outros dois param para encará-lo.

— Digo, aqui no Sri Lanka — esclarece.

— É só esperar — diz Elsa. — Um dia, vai ter malaios matando mouros. E burghers massacrando chetties. Nada neste país vai me surpreender.

— Malinda Almeida era marxista? Do JVP? — pergunta Ranchagoda.

— As fotos na caixa contarão para vocês tudo que precisam saber.

— Se for do JVP, vai ser mais fácil conseguir um mandado.

— Beleza. Acho que ele esteve em alguns comícios deles.

— Bom saber.

— Oito da manhã, então. O que vamos fazer?

— Qual a localização?

— Galle Face Court, acredito. Quanto tempo demora para conseguir um mandado?

Você se agarra ao teto do carro, cutucado pelos pensamentos como se fossem agulhas infectadas. O vento ao seu redor está poluído de lembranças nas quais você não confia. Uma onda renovada de dores começa nos seus pés e vai subindo até as órbitas dos olhos. Evita olhar para a sua câmera. O carro sai em disparada e você não viaja junto com ele. Você corre atrás do Datsun azul, mas seus pés não tocam o asfalto. Tenta flutuar, mas já não consegue mais se mexer.

A dona do sári branco e a figura dos sacos de lixo estão paradas ao seu lado, balançando a cabeça. Terminaram sua discussão, e não está claro quem ganhou. O capuz, ao ser abaixado, revela o rosto constrangido de Sena. Sua pele agora está vermelha, assim como os seus olhos, injetados.

— Maal. Você não precisa falar com essa mulher. Ela não vai ajudar.

— Dra. Ranee Sridharan — você diz. — Um prazer revê-la.

A mulher do sári branco bota um dedão no meio do livro de contabilidade que carrega, ajusta os óculos e sorri para você.

— Pode me chamar de Ranee. Ajudar você é a missão para a qual fui designada — afirma ela. — Você tem sete luas. E uma você já desperdiçou.

SEGUNDA LUA

Todas as coisas acontecem com todos, mais cedo ou mais tarde, se houver tempo suficiente.

George Bernard Shaw

Papo com a Defunta Doutora (1989)

Eles te levam ao telhado do Hotel Leo, que dá para a vista de uma cidade fedorenta, onde se cometem atos sem punição e os fantasmas andam sem serem vistos. As sombras se deslocam, atravessando o amianto, e nem todas pertencem aos gatos, morcegos, baratas ou ratos. Será que tem um além para os animais? Ou será que o seu castigo é renascerem como humanos?

Sopra um vento vindo do leste, que traz consigo o aroma da chuva sobre as ramas e do orvalho nas flores do templo. A brisa suprime o fedor por um breve momento, antes de pairar na direção do mar, levando consigo as fragrâncias de Colombo.

— Aquele tal de Sena confirmou que você tem amnésia. Bem comum. Todo mundo apaga a própria morte da memória. Assim como o nascimento. Ambas as lembranças retornam, cedo ou tarde. Um bom Exame Auricular resolve — a dra. Ranee está de sári cor de creme e cardigã, seu cabelo tremula num coque. Ela fala virada para o próprio livro de contabilidade e espia você através dos óculos, demonstrando mais interesse agora do que quando estava no balcão. — Lamento muito. Esta última lua foi uma correria só. Tem novos sistemas chegando, um monte de reuniões, não sabia? Em todo caso, bem melhor fazer assim, cara a cara. O que me diz?

Você pensa em todas as fotos que viu desta mulher, cobrindo os jornais na forma de tributos melosos a uma jovem mãe de dois filhos e professora dedicada, morta na flor da idade. Era mais fotogênica do que a maioria dos ativistas moderados tâmeis que acabaram mortos.

— Dra. Ranee, você se lembra de ter me roubado? Usou minhas fotos nos seus artigos sem permissão. Eu devia ter processado.

— *Aiyo*, criança. Já basta. Deixa isso em paz, que tal? Já passei por 74 nascimentos anteriores. Cada um deles cheio de tragédia, farsa e equívocos. Assim como o de todo mundo. Assim como o seu.

Ativistas, assim como políticos, são habilidosos na arte de se esquivar de acusações.

— Seu livro, *Anatomia de um esquadrão da morte*, usou três das minhas fotos. Dos assassinos de Vijaya, de Rohana sendo espancada e a da moça de *salwar* que foi queimada em 1983. Sem pedir permissão, sem dar os créditos. Não há dúvida de que sem me pagar também.

— Eu não sou o meu último nascimento. E você também não.

— Minha vontade era ir para Peradeniya e dar um tiro em você. Aí me mandaram num trabalho em Kilinochchi. E você... hum...

— Levei um tiro. Sim, sr. Maal. Temos um novo sistema para agilização do processo. Apenas três etapas. Primeiro, você medita sobre os seus ossos, que parece que você já fez. Depois vai ter o seu Exame Auricular. Depois se banha no Rio dos Nascimentos. Tudo isso dentro de sete luas.

— O seu livro foi proibido no Sri Lanka. Quer dizer que te mataram à toa?

— Nada é à toa, *putha*. Essa lição eu dou de graça.

— Você chegou a ver a cara do seu assassino? Acha que ele se sente culpado?

— Aqui é o Interstício. Não é um lugar para ficar de vadiagem, pensando em perguntas inúteis.

— O Tigre que disse ter dado as ordens era parte da facção Mahatiya. Fotografei ele em Kilinochchi. Talvez estivesse só tentando se exibir. Tem muito falastrão dos dois lados.

A doutora bondosa ignora essa isca e consulta a prancheta:

— O Exame Auricular vai revelar se você está pronto para a Luz. O Rio dos Nascimentos mostra o seu passado. Vamos?

— Você não queria ter escrito mais livros? Ou menos?

— Nada nunca é o suficiente Lá Embaixo.

— O que te importa se eu vou ou não para a Luz?

— Ajudamos os espíritos que estão apegados ao seu último nascimento. O Interstício está sobrecarregado.

— E daí?

— Este espaço tornou-se perigoso. E não há nada que você possa mudar. Sua vida acabou. Qualquer um que negar isso está tentando te passar a perna.

Sena parou na beirada, fingindo não estar espiando. Seu capuz parece o de uma cobra e seu manto esvoaça como as asas de um corvo. Dessa distância, sob esse luar, não fica mais claro se o seu traje é de sacos de lixo ou de pele humana.

— Então, quando é que eu me encontro com Deus?

— Ouvi falar que você já conheceu Mahakali.

— Deus não pode acabar com o mal? Ou não quer?

— *Aiyo*. Vê se cresce, por favor?

— Meu pai pagou minha faculdade em Berlim. Ele não acreditava em Deus. Nem na Universidade de Peradeniya.

— Mahakali se alimenta de almas penadas. Tem engordado bastante ultimamente.

— Quem paga pelos sáris brancos?

— Se você continuar no Interstício, vai se tornar um *yaka*, um *preta*, um encosto ou um escravo de um deles.

— Por acaso eles ensinam o dilema do bonde lá em Peradeniya?

— Você não é o meu único caso.

— Se o assassinato de uma pessoa é capaz de salvar uma centena, devemos já ir afiando o facão?

— *Putha*. Você acha que cada uma desse trilhão de bactérias que vive e morre sobre a sua carcaça tem a oportunidade de conhecê-lo e questioná-lo acerca de seu propósito?

— Você está me confundindo.

— Aqui é o Interstício. Não é um lugar para você.

— Preciso que o mundo veja o que vi.

— Isso é ego. É tudo ilusão.

Da outra ponta do telhado, um bando de suicidas cambaleia na beirada feito crianças caindo do triciclo. Uma menina de gravata com uma expressão perplexa vai até a beirada e dá um passo à frente. Uma mulher com maria-chiquinha a segue e faz o que parece ser um *Fosbury Flop*, o que você achava que não fosse possível de sári. Uma figura corcunda, que parece ter ficado marinando no oceano desde os tempos do rei Buvenekabahu III, cambaleia até a beirada e capota.

Tudo isso ocorre lenta, silenciosa e solenemente. Mais silhuetas caminham até a beirada do telhado para encarar os sete andares, feito escravos das galés obrigados a caminhar na prancha.

— Os suicidas adoram prédios altos. Você não tem medo dos outros fantasmas? — pergunta ela. — Eu fiquei apavorada quando cheguei aqui pela primeira vez.

— Parece que eles nem reparam em mim.

— É porque não reparam mesmo. Vamos prosseguir com o procedimento?

— Olha só. Não quero voltar lá. Não quero renascer. Não quero ser nada. Não dá para eu simplesmente não ser nada?

— Você não pode ficar aqui.

Sena paira acima da beirada, sussurrando para os suicidas que encaram o abismo. Seu capuz e manto parecem os de um rei. Ele parece estar fazendo discursos e não fica claro se eles o escutam ou não. Quando fantasiava sobre o céu, você imaginava que seria recebido por Elvis ou Oscar Wilde. Não por uma professora morta com um livro de contabilidade. Ou por um marxista assassinado de capuz.

— Se você pudesse contar todas as coisas boas e ruins do mundo, a conta do seu livro fecharia?

Ela cruza os braços e faz que sim com a cabeça.

— No fim, tudo se equilibra.

— Qual a prova disso?

— Não tenho tempo para essas coisas, criança. Nem você.

Ela fecha o livro e olha, na beirada do telhado, os defuntos suicidas tentando se matar de novo. Parou por aí a sua encenação de guia turística. Você apronta a câmera e a fotografa, com os suicidas ao fundo, sua silhueta com o livro na mão.

— Eu era obcecada pela justiça, por proteger os indefesos, os meus alunos, a causa tâmil. Nem pude ver as minhas filhas crescerem. Desperdicei meu casamento. E tudo isso para quê?

— Por que está promovendo a Luz?

— O Interstício está congestionado. Está poluindo as mentes Lá Embaixo. Tem encostos demais correndo por aí e sussurrando pensamentos ruins nos ouvidos errados.

— Então, se todo mundo fosse para a Luz, os Tigres iriam parar de brigar e o governo pararia de abduzir gente. É disso que está tentando me convencer?

— O Interstício está repleto de criaturas que se alimentam de desespero.

— Então, se o Interstício estivesse vazio, os ricos parariam de roubar, e os pobres, de morrer de fome?

— Se continuar aqui, vai se tornar um deles. Talvez esse processo já tenha começado.

— Preciso avisar meus amigos. Quem quer que tenha me matado, vai roubar minhas fotos. Preciso ficar de olho e ver quem vai fazer isso.

— Ninguém liga, *putha*. Ninguém liga. Tem seis luas para você terminar isso. Vamos?

— Vamos quem?

— Precisamos só examinar suas orelhas. Só isso.

— Não precisamos fazer nada. Nunca mais. Nunca.

— Senhora doutora, acho que já basta, não? — Sena colocou o capuz de novo e usa uma echarpe vermelha e branca no pescoço. Repousa a cabeça onde deveria ser o seu ombro.

Você estremece e a dra. Ranee ralha com ele:

— Concordamos que você não iria falar nada.

— Sempre tentando nos calar, né? Típico da *intelligentsia* de classe média.

— Por sete luas, você não pode encostar nele. Nem quem manda em você.

— Ninguém manda em mim. Sou Sena Pathirana, organizador do JVP no distrito de Gampaha. E este é Maali Almeida. Superfotógrafo por excelência. Currador de tudo que se mexa ao sul de Jaffna. Arremessado de um telhado por um esquadrão da morte. Maali *hamu*. Por favor, não deixe examinarem sua orelha. Nem que apaguem a sua mente naquele rio.

A dra. Ranee avança como uma professora escolar com uma régua na mão. Atrás dela, dois homens de jaleco branco irrompem das sombras. Ambos estão correndo pelos ares. É o tio do Black Power, que você reconhece lá do balcão, e que o lembra de Moisés. Com uma barba densa, uma coroa de ramos espinhosos e o olhar de quem está a um xingamento de partir o mar de alguém ao meio. O outro é alto e musculoso, feito o He-Man do desenho, se o He-Man tivesse nascido em Avissawella.

Os dois agarram Sena e o prensam contra o chão. A dra. Ranee paira acima dele, balançando a cabeça. Sena olha para cima, para ela, com os olhos tremeluzindo.

— Você já falou o que tinha para falar. É a minha vez agora.

MAUS SAMARITANOS

Enquanto caixas dormem sob colchões e os maus sonham com as coisas que querem roubar, decidiu-se, pelo interesse do jogo justo e da democracia — nem sempre a mesma coisa —, que Sena terá permissão para falar. Ele prontamente adota a postura de um orador num comício do JVP, sobe ali na beirada e dá passos lentos. Os suicidas se amontoam nas sombras e escutam feito discípulos.

— Senhores, senhoras, camaradas, simpatizantes. Eu me lembro do meu último nascimento. Eu me lembro da minha última morte. Não precisei ir até um balcão pegar um número e escutar algum Assistente me falar bobagens sobre a Luz. Tudo está claro para mim.

Há um burburinho entre os suicidas. A dra. Ranee olha para você e balança a cabeça várias vezes. Então rabisca alguma coisa no livro de contabilidade.

— Eu estou no Interstício já faz 250 luas. Não tem lugar melhor do que aqui. Não ganhei na loteria do nascimento. Cresci numa pedreira em Wellawaya. Fui um empregadinho em Gampaha. Lá Embaixo, me falaram que a minha pobreza era meu karma, minha cruz, minha aflição. Minha culpa. Entrei no JVP, não porque estava na moda, mas porque era necessário. Conheci a pobreza e conheci os pobres. Conheci as lutas e conheci a dor.

Ele caminha pelo perímetro da sua plateia, parando onde você está, então se agacha e reduz o volume da voz até virar um sussurro.

— Se a Luz é o céu, como diz essa senhora doutora, e se o Interstício é um purgatório repleto com aqueles que se perderam, então Lá Embaixo seria o quê?

— O Inferno! — grita alguém da multidão.

Sena dá um risinho.

— A todas as almas são concedidas sete luas para vagarem pelo Interstício. Lembrarem das vidas passadas. E então esquecerem. Querem que você esqueça. Porque, quando você esquece, nada muda.

Ele continua:

— O mundo não vai se corrigir sozinho. A vingança é seu direito. Não deem ouvidos aos Maus Samaritanos. Exijam sua justiça. O sistema falhou com vocês. O karma falhou com vocês. Deus falhou com vocês. Assim na Terra como aqui em cima.

O burburinho dos suicidas sobe alguns decibéis. Agora pararam de se atirar das beiradas. A dra. Ranee, pairando ao lado do Moisés e do He-Man, dá uma bufada.

— São palavras falsas — grita ela. — Vingança não é justiça. A vingança diminui vocês. Só o karma oferta aquilo que é seu. Mas precisam ser pacientes. Só precisam disso.

Sena tensiona o rosto e cospe as palavras:

— Típico da burocracia do governo. Pegue um número e se sente até esquecer o porquê de ter vindo.

Moisés se impõe do alto de sua altura de anão:

— Demonstre algum respeito, seu porco.

— Muitos de vocês foram mortos. Muitos foram levados a se matar — diz Sena. — Talvez seja mais fácil esquecer. Mas o esquecimento não cura nada. Os males precisam ser lembrados. Ou seus assassinos seguirão livres. E vocês jamais conhecerão a paz.

Desta vez, a dor te atinge na garganta e te faz sufocar enquanto vêm à memória lembranças de coisas que tentou esquecer. O quanto você ficou com medo no seu primeiro trabalho para o exército, o quanto ficou magoado quando o seu pai foi embora e o quanto ficou decepcionado quando acordou no hospital depois de uma overdose. O quanto os seus eus de vinte e nove, de onze e de dezessete anos teriam se detestado mutuamente. E o quanto o seu eu defunto despreza todos eles.

Sena limpa o suor do pescoço com a echarpe branca e vermelha xadrez, do tipo popularizado por xeques de petróleo, grupos terroristas e hippies. Ele flutua na sua direção e te agarra pelas orelhas:

— O esquadrão da morte que me matou foi o que te matou, Maali. Foram seis homens responsáveis pelos nossos assassinatos. E, se você me ajudar, farei essa gente sofrer.

— *Chik!* — diz a dra. Ranee. — Iguais aos seus líderes. Capangas baratos. Vendendo contos de fadas e falsas esperanças — afirma a dra. Ranee. — Você morreu! Não dá para fazer ninguém mais sofrer.

— Os inocentes têm o direito de vingarem suas mortes.

— Vingança não é direito. A ilha não precisa de mais cadáveres. Está sendo infantil.

— Os poderosos cometem assassinatos e se safam. E todos os deuses no céu desviam o olhar. Isso vai mudar agora. Vamos mudar isso.

— Como? Você não tem nem mão para segurar uma faca. Não pode ser visto, nem ouvido pelos vivos. Como pode se vingar de alguém?

— Posso sussurrar.

Um murmúrio faz uma onda pela multidão.

— E posso ensinar todos vocês a sussurrarem também.

— Isso é magia negra. E vai acabar escravizando todos vocês — grita a dra. Ranee. — Que nem escravizou o seu Homem-Corvo aqui. Ele é escravo de Mahakali.

— Quem se importa com a cor da magia? Se funcionar, funcionou — diz Sena, encarando você diretamente.

— Ouviu isso, Maal? — A doutora bondosa parece agitada. — Quem se importa, né?

— A magia não é má, nem boa. Também não é negra, nem branca. É como o universo, como todos os deuses ausentes. Poderosa e indiferente num grau supremo.

Os suicidas batem nos telhados enquanto os miseráveis aplaudem. Sena encontrou o seu público e, apesar de fuzilado pelo olhar da dra. Ranee, você flutua até lá para se unir a eles. E foi então que Mahakali decidiu aparecer de penetra na festa.

FATOS BORU

A sombra assume a forma de uma besta. Tem a cabeça de um urso e o corpo de uma mulher grandalhona. O cabelo é de serpentes e os olhos pretos de canto a canto. Ela expõe as presas e caminha até a multidão, enquanto os Assistentes de branco recuam. A criatura ruge e preenche o telhado com névoas. Você sente um calafrio que dá vontade de vomitar. Os Assistentes soltam os suicidas e pegam em porretes.

A coisa usa um colar de caveiras e um cinturão de dedos decepados, mas não é isso que chama a sua atenção. É a barriga, nua, pendurada sobre um cinto de carne. Há rostos humanos gravados nela, as almas presas ali dentro gritam pedindo para serem libertadas.

A criatura levanta a mão e solta um urro, o som de mil lamúrias, o som de animais comendo as próprias crias, o som do universo levando um chute no saco.

Então a névoa se dissipa e, com ela, a criatura e o bando de suicidas. Será que existe um substantivo coletivo para suicidas? Uma overdose de suicidas? Um haraquiri de suicidas?

A dra. Ranee vocifera com a sua equipe de branco:

— Isso foi ele?

O Moisés olha para o He-Man, que olha para Sena, que olha para você:

— Isso aí foi *ela*?

Os Assistentes olham ao redor do telhado, procurando os suicidas que já não estão mais ali.

— Aquilo foi a Mahakali — diz Sena. — Vocês todos deviam se preocupar.

Sena desenha um grande retângulo na parede que dá para a cidade. Usa o mesmo carvão que usou para escrever aqueles nomes. Ele o preenche com números e letras, rabiscados fora de sequência. Parece uma cruzadinha que se resolve sozinha.

— Você trabalha para ela? — pergunta a dra. Ranee.

— Estou trabalhando contra a Luz. Contra o esquecimento. Não devemos nunca esquecer. Devemos ajudar os esquecidos. Devemos destruir as mentiras e o *boru*.

As letras na parede começam a formar palavras, que dão lugar a frases.

FATO BORU *1: ESTA TERRA PERTENCE AOS SEUS CIDADÃOS.

FATO BORU #2: TODOS OS CIDADÃOS SÃO IGUAIS PERANTE A LEI.

Sena escreve numa mistura de cingalês, tâmil e inglês de jardim de infância. Isso te lembra as placas em Jaffna, antes de serem vandalizadas por ativistas raivosos.

FATO BORU #3: GOVERNOS NÃO MIRAM EM CIVIS.

FATO BORU #4: PRESIDENTES NÃO NEGOCIAM COM TERRORISTAS.

— Já basta, sr. Sena. — A dra. Ranee paira acima de você, um anjo com um livro de contabilidade. Ela dá um voo rasante para apanhar o carvão de Sena, mas ele se esquiva e um parágrafo se materializa na parede preta.

FATO BORU #5: O PAÍS NÃO PERTENCE NEM AOS VEDDHAS QUE CHEGARAM AQUI PRIMEIRO, NEM AOS TÂMEIS, MUÇULMANOS E BURGHERS QUE ESTÃO AQUI HÁ SÉCULOS. APENAS AOS CINGALESES QUE O POVOARAM. E SEUS SACERDOTES QUE ESCREVERAM GRANDES LIVROS SOBRE ISSO.

Você não entende como consegue ler e processar algo escrito em três idiomas, mas consegue. Sena joga a cabeça para trás e dá risada.

— Maali-doutor. Ativista da esquerda festiva. Fotógrafo de todos os lados. Leia isso com cuidado. Ninguém Lá Embaixo está tentando expor essas mentiras ou corrigir esses males. Mas nós podemos.

— Pronto, já chega.

A dra. Ranee fecha o livro e sai flutuando na direção dele. O Moisés e o He-Man agarram Sena e o puxam até a beirada onde a Mahakali estava antes. Ele não para de rir e, embora seja uma risada falsa, há nela um tom de resistência.

— Deixe o sr. Malinda tomar sua decisão — diz a dra. Ranee. — Mas, primeiro, devemos fazer o Exame Auricular.

Ela olha ao redor, mas só vê que você não está mais ali.

GALLE FACE COURT

Não te interessa seguir a criatura com a cabeça de urso. O que te interessa é chegar à árvore *mara* na interseção. Bem enquanto todo mundo está encarando a lista idiota de Sena, você salta no vento traseiro da criatura e bate com tudo no semáforo.

Demora até de manhã para esvaziar o seu crânio dos pensamentos e evitar que as lembranças invadam sua cabeça. O mundo é barulhento, e as vozes escorregam pelos ramos. Eu acredito em árvores *mara*, você diz a si mesmo. Enquanto vai ficando tarde, os sussurros se multiplicam. Você paira acima da árvore e se enxerga com os olhos fechados.

Você está de bandana vermelha, jaqueta safári, uma sandália e, no seu pescoço, três cordões e uma câmera. Então paira acima disso e se enxerga observando a si mesmo, embora vista um sarongue com uma camiseta e tenha bolhas nas mãos. Você vê quatro corpos cozinhando sobre o pó de Jaffna. Um cachorro, um homem, uma mulher e uma criança. Estão com os olhos abertos e estão todos respirando. Estão encarando você e fazendo a mesma pergunta que você finge não compreender. Você puxa a câmera até o rosto e observa os corpos desmoronarem e virarem areia.

Ouve-se uma discussão a distância. Os gritos da dra. Ranee misturados com os risos de Sena. Você os ignora o máximo que consegue e fica escutando o que o vento traz. Escute dizerem seu nome, partilhe de sua vergonha.

— Principal ocupante. Dilan Dharmendran. Arrendatário: Stanley Dharmendran. Outros ocupantes: Malinda Almeida e Jacqueline Vairavanathan.

Você segue a brisa e se flagra à deriva, aproximando-se de um Datsun azul que se arrasta pela Estrada Duplicada, com o nariz embicando no Parque Galle Face.

Você está no banco de trás, junto de Elsa Mathangi. No banco da frente, Ranchagoda cantarola junto com o rádio, enquanto Cassim preenche o mandado de busca.

— A senhora sabe exatamente onde está?

— Ele disse que estava embaixo da cama. Podia ser uma piada. Ele se achava engraçado.

— Não podemos perder tempo com piadas — diz Cassim, mantendo os olhos caídos na estrada.

São nove da manhã e a sensação que dá é que os três estão tão descansados quanto você. Foi declarado um toque de recolher para mais tarde hoje, e toda a cidade de Colombo está correndo para as lojas, caso acabe o açúcar.

Não era piada sua. Embora não esperasse que alguém fosse registrar o seu papo furado num mandado de busca. Você fica se perguntando se seria possível um fantasma fazer um carro dar pane. Talvez seja essa a origem de todos os acidentes de carro. Espíritos entediados botando os motoristas para dormir, fazendo os pneus cantarem e cortando seus freios.

— Rezar para Deus é como perguntar para o carro por que foi que ele teve que bater — disse o seu *dada* em uma de suas muitas discussões com a *amma*. — Muitos de nós vamos morrer em acidentes de carro — disse ele. — E todo idiota acha que só acontece com o outro. — Essas discussões terminavam em monólogos e aconteciam aos domingos, pouco antes de sua *amma* te arrastar até a igreja.

— Então, qual é o plano? — pergunta Ranchagoda.

— Você conta para eles que as pistas relacionadas ao desaparecimento de Malinda poderiam estar dentro da casa. Se quiser, deixa que eu falo. Na verdade, vamos fazer assim — diz Elsa, olhando para a estrada cheia de ônibus. Seu olhar passa dos prédios para os coqueiros até os postos de controle pela Estrada Galle.

— Só estou fazendo isso porque tem a ver com um caso sob investigação — diz Cassim. — E, no mais, estou prestes a ser transferido.

— Como quiser, seu policial, o que te ajudar a dormir à noite — diz Elsa ao passarem pelo Temple Trees, o palácio do Primeiro-Ministro, poderosamente fortificado.

— E quem você vai dizer que é?

— A empregadora dele — responde Elsa. — Deve-se sempre dizer a verdade, se possível.

— Sabe duma coisa? — pergunta Cassim. — Acho que eu vou ficar no carro.

Eles passam a rotatória de Galle Face onde você e o DD uma vez se agarraram às 3h33 da manhã. Param no estacionamento onde você uma vez o expulsou do seu próprio apartamento. Entram por uma escadaria, onde uma vez te deram uma bronca por fumar perto da tia malaia no segundo andar. Entram num corredor tão largo quanto a Estrada Duplicada, onde você muitas vezes trouxe, clandestinamente, figuras indesejáveis por múltiplas saídas, quando não tinha ninguém em casa.

Ranchagoda bate à porta e toca a campainha, enquanto Elsa ensaia um sorriso. Quem abre a porta é a pequena Jaki, de quimono. Jaki para e olha de novo, então finge que abrir a porta para a polícia é algo corriqueiro que ela faz toda manhã.

— O que houve?

— Bom dia, moça. Podemos entrar?

Jaki nem se mexe.

— Encontraram ele?

— Ainda não — responde Elsa, com um sorriso no rosto. — Precisamos da sua ajuda.

— Quem é você?

— Detetive Mathangi — diz Elsa. — Podemos conversar?

Jaki não vê Ranchagoda revirar os olhos. Eles passam por um corredor forrado de livros que você e DD deram um para o outro em datas erradas de aniversário. Nenhum dos dois leu os livros recebidos de presente, só aqueles que um comprou para o outro.

— Er, desculpa. Não sabia que tinha detetives mulheres na polícia do Sri Lanka. Nem tâmeis — diz Jaki. As vogais deformadas do seu sotaque de cresci-no-sul-de-Londres se destacam ainda mais quando ela fica nervosa.

É bom voltar para casa, que foi como você chamou este apartamento ao longo dos últimos três anos. O pai do DD, Stanley, reformou tudo para o seu filho único, como recompensa por passar na prova da Ordem dos Advogados de Londres e como suborno por entrar na sua advocacia civil em Mutwal. Ele não pareceu se incomodar quando você e a Jaki vieram morar com ele, pelo menos não no começo. Os três ocupavam um quarto cada um, e deixavam que os outros especulassem quem dormia com quem.

Stanley não deu chilique quando DD pintou as paredes de roxo e começou a dar festas para a galera do Centro de Artes. Não deserdou o filho nem quando ele voltou para casa com piercings nas duas orelhas. Stanley só começou a cobrar aluguel de DD quando ele saiu da firma do papai para fazer trabalho *pro bono* para o Earth Watch Lanka.

Jaki os conduz até a sala de estar, mas ninguém se senta.

— É verdade, não tem muitas mulheres detetives em Colombo. E você é a senhorita…?

— Jacqueline Vairavanathan — diz Ranchagoda, abrindo o caderninho de Cassim em outra página em branco. — Há quanto tempo você e Almeida são um casal?

— Não somos um casal — responde Jaki.

— Mas o seu primo disse que…

— Meu primo não sabe merda nenhuma — diz Jaki.

— Você sabe onde fica a caixa de fotografias do Maali? — pergunta Elsa.

— Fotos do quê? — questiona Jaki.

— Ele costumava dizer que ficava embaixo da cama dele.

— Então deve estar embaixo da cama dele. Ele tira fotos. E guarda em caixas. Às vezes também dorme em camas. Aonde quer chegar?

— Podemos ver?

— Não estou entendendo.

Ranchagoda caminha até a janela e admira o gramado marrom do Parque Galle Face e o oceano agitado mordiscando o litoral.

— Senhorita Jaki, temos um mandado para vasculhar a área.

— Vocês conferiram se ele foi preso? Se não pela polícia, então talvez pelo exército?

— Qual dos quartos é o do Maali?

Jaki não responde, por isso Elsa se interpõe na frente dela e sorri, quando o SA se intromete. Jaki a empurra para o lado com um golpe aprendido na aula de judô, que ela uma vez testou em você, usando uma lata de spray de pimenta. Ela segue Ranchagoda até o cômodo errado. Elsa esfrega o braço e xinga.

120

Você se esgueira até a cozinha e se deixa ser atravessado pelos cheiros. Alho e cardamomo pairam no ar, o que significa que Kamala veio cozinhar para a semana e preparou *buriyani* e arroz turco, a pedido de DD. Acontece toda quinta-feira, o que significa que você está morto há dois dias.

O quarto de DD é uma bagunça de faixas de cabelo, raquetes, tênis e caixas onde está escrito "Earth Watch Lanka". Essa fragrância de vestiário era o que te impedia de conseguir passar mais noites aqui. A polícia abre as caixas e encontra pastas com documentos sobre depósitos de lixo, rios poluídos e florestas desmatadas.

— São essas as fotos? — pergunta SA Ranchagoda.

Elsa entra na busca também. Apanha uma pasta sobre a extinção dos leopardos em Yala, ao que se segue outra sobre um aterro sanitário em Kelaniya.

— Este não é o quarto dele — diz ela. Os dois vagam por um corredor que leva à caverna de angústia adolescente da Jaki. Pouco importam aos penetras os pôsteres do Bauhaus e The Cure. Os policiais abrem as cortinas, enquanto Elsa se ajoelha para conferir embaixo da cama. Os cheiros predominantes neste quarto são Chanel nº 5 e tristeza.

— Posso ver esse mandado? — pergunta Jaki. — Por favor, não encostem nas minhas coisas.

Eles a ignoram e reviram o banheiro compartilhado até chegarem ao pentágono onde você costumava dormir. Em contraste com os outros cômodos, aqui é um lugar inóspito e vazio. Há uma cama queen-size, uma mesinha com uma luminária, um armarinho cheio de câmeras e três fotos impressas e emolduradas na parede. Um dos retratos da fome na Somália, de James Nachtwey, uma foto dos últimos dias de Beijing, de Henri Cartier-Bresson, e outra do massacre policial em Batticaloa, que você mesmo tirou.

Ranchagoda se assusta e Elsa faz um aceno com a cabeça. A foto revela uma dúzia de policiais ajoelhados como se fosse uma sexta-feira na mesquita. Ela foi cortada na loja FujiKodak em Thimbirigasyaya, por isso não dá para ver a beirada da janela pela qual você enquadrou a cena. Você não cortou fora o cano de um fuzil AK-47 no canto superior direito, apesar de que, da sua perspectiva no morro, não estava no ângulo certo para registrar a pessoa que o manejava.

No lado exterior do armário, há chapas de raios X emolduradas. Uma do seu peito quando teve pneumonia e outra dos sisos escondidos na sua mandíbula que nem icebergs. Você fotografou as chapas, aumentou a opacidade e mandou emoldurar como parte de um projeto artístico que, é claro, você jamais levou a cabo.

Dentro do armário, tem um ursinho de pelúcia e coleções de jaquetas safári, camisetas havaianas e cordões. Debaixo do ursinho, há uma agenda pela qual ninguém está procurando. Você espera que continue assim.

Você gostava de usar coisas no pescoço que não fossem gravatas. Ponha uma gravata para a entrevista, dizia o seu *dada*. Quer que eu faça que nem você e coloque uma forca no meu pescoço todos os dias da minha vida, você perguntou, mas só dentro da sua cabeça.

Os cordões ficam pendurados na porta, alguns são de fios finos e outros de barbante. Esses eram os sobressalentes. Um sinal de paz, uma cruz, um yin-yang e um Om. Ausentes dali estão o *panchayudha* dourado, as cápsulas de cianureto roubadas de Tigres mortos e a ankh de madeira contendo o sangue do DD, de quando vocês fizeram aquele juramento bobo em Yala, naquela época em que todos os dias pareciam ser feriados. Os cordões estavam no seu pescoço quando ele enfim foi quebrado. Quebraram seu pescoço? Quem fez isso? Quem disse isso?

Você olha ao redor, a fim de conferir se Sena ou um de seus discípulos está sussurrando ao seu ouvido. Mas só tem o vento ali e o seu quarto vazio.

O cheiro predominante aqui é de produtos químicos e de limpeza. Será que você estava sentado aqui feito um hippie universitário, cozinhando LSD, haxixe e anarquia? Longe disso. Estava preparando as soluções para a revelação, interrupção e fixação dos filmes, levando os rolos até a despensa, que você converteu num quarto de revelação sem contar para o tio Stanley. Se tivessem se dado ao trabalho de conferir lá, teriam encontrado rolos de negativos dos últimos seis meses dentro de potes Tupperware cuidadosamente rotulados. Mas, no momento, estão ocupados demais se agachando embaixo da sua cama queen-size.

Segue uma avaliação honesta das suas habilidades. Como Jogador: 4, *Fixer*: 7, Comedor: 8, Fotógrafo: 10. Você era um fanfarrão e um pilantra, mas sabia enquadrar uma foto. Sabia banhar o papel em bandejas e extrair a luz em quartinhos escuros. Era capaz de fazer o monocromático estremecer e o sépia brilhar. Era capaz de dar profundidade ao que era superficial, textura ao que era plano e significado ao banal.

Na sua paleta precisava só de pretos, brancos e tons de cinza — nunca tirou foto com cor. Começou fotografando o pôr do sol e elefantes, então acabou enquadrando veados no armário e soldados chacinados.

— Ele disse que uma caixa de sapatos embaixo da cama continha suas fotografias mais perigosas. Falou que era para publicarmos caso algo acontecesse com ele — Elsa olha ao redor para ver se alguém irá flagrá-la mentindo.

— Então, vocês se conheciam? — pergunta Jaki.

— Ele trabalhou para mim.

— Com trabalho de detetive?

— Tipo isso.

— Achei que trabalhasse para uma ONG.

— Ele servia a muitos mestres, minha cara — Elsa coloca a mão no ombro de Jaki e leva uma sacudida. Jaki não gostava que ninguém encostasse nela sem ser convidado, nem mesmo os homens pelos quais tinha suas paixonites. Tinha a ver com o seu padrasto e os abraços que ele dava nela quando era adolescente.

DD e Jaki eram acumuladores natos de coisas inúteis. Entulhavam seus quartos, suas vidas e seus pensamentos. Nunca confiaram nesse seu minimalismo, no modo como sempre jogava fora o que era desnecessário. Ambos achavam que você tinha uma salinha secreta em algum lugar, apinhada com todas as coisas que você nunca contou para eles. E não estavam muito errados. Só que essa salinha era do tamanho de uma caixa.

— Tem certeza de que ele falou da cama *dele*? — pergunta Ranchagoda.

— Mas que diabos. Vocês acham. Que estão fazendo?

É uma voz que você não escuta nesta casa há muitos meses. Stanley Dharmendran é conhecido, tanto em seus discursos no parlamento quanto em seus sermões para o filho, pelo exagero no uso da pausa dramática.

— Por favor, caiam fora da porra do meu quarto.

Já a voz estridente de DD quando fica irritado, ouvida muitas vezes entre estas paredes, é conhecida menos por suas pausas e mais pelo excesso de palavrões.

— Eles falaram que têm um mandado de busca — diz Jaki aproximando-se do limiar da porta. Não é do feitio dela fugir de uma ceninha.

— Quero ver — berra Stanley.

DD está de agasalho e com o cabelo molhado. O que quer dizer que o velho o levou ao Clube Aquático das Lontras e lhe deu um bom sermão matinal. Os dois são homens altos que se consideram esportistas.

— Por gentileza, retirem-se do quarto de Maali, obrigado.

Elsa e os policiais fazem fila na sala de estar enquanto ainda conduzem uma busca ilegal com os olhos. Ranchagoda entrega o mandado, enquanto DD e Jaki sussurram no cantinho.

— Isso aqui não foi. Certificado. Por um juiz — diz Stanley com um sotaque comprado em Cambridge no começo da década de 1950.

— Senhor, estamos investigando o desaparecimento de Almeida. Há fotos que fornecem pistas quanto ao seu paradeiro.

DD e Jaki param de sussurrar e fuzilam Elsa com o olhar.

— E a senhora, quem seria?

— A única detetive mulher e tâmil do Sri Lanka — diz Jaki.

— Trabalho para o CNTR, senhor. Sigla em inglês para Auxílio Canadá-Noruega para o Terceiro Mundo. Acreditamos que Malinda teria saído do país levando fotos que nos pertencem.

— O passaporte dele estava na gaveta que vocês acabaram de olhar — diz Jaki. — Que belo trabalho de detetive.

— Acreditamos que ele estava nos chantageando com essas fotografias — diz Ranchagoda, olhando de perto uma foto emoldurada de um pangolim tirada em Yala. Elsa balança a cabeça na direção dele.

Stanley aponta, com calma, aquilo que um mandado de busca precisa ter e que aquele que está em suas mãos não tem. O SA assente, como se essas omissões fossem equívocos genuínos. Elsa tenta interromper, mas as pausas do tio Stanley são impenetráveis.

— Por gentileza. Retirem-se desta casa. Agora — diz Stanley, ajeitando o cabelo e a gravata. — Voltem. Com um mandado devidamente certificado. Ou não voltem nunca mais. Dilan, mostre a saída para eles, por favor. Dilan? Jaki?

De lá de fora, ouve-se o ronco de um motor e os pneus mordendo a Estrada Galle. Dá para reconhecer o som do Mitsubishi Lancer da Jaki e saber exatamente aonde ambos estão indo. Você espera que cheguem lá logo.

Uma brisa que carrega o perfume de Elsa invade o ar. É lavanda mistura-da com pó de talco, o que gera espasmos e pontadas no que restou de você. É um cheiro agradável, mas dá vontade de vomitar. E te lembra um homem que ganhava a vida caçando nazistas.

Wiesenthal

— Já ouviu falar de Simon Wiesenthal? — foi a primeira pergunta que Elsa te fez. Foi no Clube do Centro de Artes, onde ela pegou você numa em-boscada, enquanto fingia estar escutando o Coffin Nail tocar um cover do Talking Heads. Na verdade, seus planos eram seduzir um garoto de sotaque francês e ela estava empatando a foda.

— Ele sobreviveu a Auschwitz e passou três décadas caçando nazistas, tendo só as fotos deles como ponto de partida.

Elsa à época tinha cabelo curto, mas ainda usava o batom vermelho--rubi.

— Sei quem é Simon Wiesenthal, mas não sei quem é você, e estou aqui para ver esta banda.

Ela pagou uma bebida para você e pediu outra, e você fingiu não reparar.

— Você está aqui porque três cassinos proibiram a sua entrada e você tem uma queda por aquele playboy ali. Ele não é veado, aliás. Até você sabe disso.

Você nunca considerou "veado", "bicha" ou "boiola" xingamentos, por-que você não era nenhuma dessas coisas. Era simplesmente um homem boa-pinta que gostava de garotos bonitos. Nada mais, nada menos, e não era da conta de ninguém. Você olhou para o terninho e para o sorriso dela, bebericou a bebida que ela pagou para você e não disse nada.

— Meus empregadores estão dispostos a pagar as suas dívidas no Bally's, no Pegasus e no Stardust, se vender as suas fotos para nós.

Você a conduziu à sacada, onde os homens e as mulheres se abraçam, mas não uns aos outros. Ficou sentado na sombra, ouvindo enquanto ela falava.

— Compreendo que você tem rolos de fotos dos *pogroms* de 1983.

— É assim que estão chamando?

— Eu prefiro esse termo a "tumultos". E as pessoas ficam nervosas quando se diz "genocídio", especialmente os cingaleses.

— Eu parei de me referir a mim mesmo como cingalês depois de 1983 — você disse, não que fizesse isso antes também. Não foi só ácido de má qualidade que você pegou dos hippies de Colombo da década de 70. Acreditava que somos todos srilanqueses, filhos de Kuveni, bastardos de Vijaya. *Kumbaya kumbaya.*

— Essa foi você quem tirou, né?

A foto de uma mulher de *salwar* ensopada de gasolina jamais foi publicada na *Newsweek*. E essa é uma impressão 27×7, fosca, do negativo original. Só duas cópias foram feitas, uma que está na sua caixa e outra em Nova Délhi.

— Para quem você trabalha?

— CNTR. Pronuncia-se "centro".

— Quem?

— Temos financiamento e uma equipe jurídica. E estamos indo atrás dos assassinos de 1983.

Sua gargalhada assustou os gays e as lésbicas que estavam dando uns amassos nas sombras.

— Ouvimos falar que você tem fotografias inéditas.

— Por falar em Wiesenthal — você disse —, eu conheci dois israelenses num cassino no mês passado.

— Tem mais fotografias de 1983?

— Disseram que eram produtores de cinema. Até que um deles encheu a cara e se gabou de estar na indústria de armas. Disse que vendiam artilharia pesada para um pessoal barra-pesada.

Ela não se deixou abater, nem o sorriso murchar, e simplesmente continuou bebericando o seu drink de laranja e conversando.

— Estou familiarizada com Yael-Menachem. Eles fazem uns filmes de ação de merda e vendem armas de terceira categoria pro governo.

— Esse é o problema de vendedores de armas. Fazem filmes de merda.

— Sr. Almeida. O senhor tem as fotos do massacre dos tâmeis de 1983?

— Você trabalha para as pessoas que compram armas de terceira categoria do povo escolhido de Deus?

— Não somos do LTTE. Ainda que os nossos objetivos não sejam incompatíveis.

— Já está falando igual político.

— 1983 foi uma atrocidade. Oito mil lares, cinco mil lojas, cento e cinquenta mil desabrigados, sem uma contagem de mortos oficial. O governo do Sri Lanka não reconheceu o massacre, nem se responsabilizou por ele. Suas fotos vão ajudar a mudar isso. Me diga, *kolla*. De que lado você está?

Você deu um suspiro profundo, como se estivesse prestes a dar um soco, depois contou para ela da caixa. Pela primeira vez, ela parou de sorrir, levantou a sobrancelha e parou de interrompê-lo.

• • •

No começo foi divertido. Quando era só você e a Elsa. Você levava os seus negativos para um sujeito meio nerd chamado Viran, na loja FujiKodak, que te ajudou a reimprimir suas fotografias de 1983, ampliando algumas e melhorando outras. Viran era um homem habilidoso na arte da revelação e um amante tímido. Na casa dele em Kelaniya, tinha um equipamento melhor do que o da loja FujiKodak. Levava o seu trabalho particular para casa, e às vezes te levava também, mas nunca Elsa.

— Como diabos vocês vão identificar esses rostos?

— Há um banco de dados com todas as fotos de identidades. E tem software de computador capaz de identificar as imagens. Podemos digitalizar esses closes no computador e aí ver se batem.

Elsa colocou canela no café até a cor da bebida ficar igual à da sua pele.

— Tem tecnologia pra isso?

— Claro que não, trouxa. Talvez dentro de uns cinquenta anos — Elsa debocha. — Mas temos sim contatos em Wella e Bamba que podem dar nome para esses rostos.

Ela entregou para você um cheque marcado com as letras "CNTR" e disse que teria interesse em quaisquer fotos que você tivesse que representassem a causa tâmil. Você saiu numa excursão pelo norte, junto com o exército, e depois pelo leste, com os repórteres da Reuters. Voltou com uma abundância de registros que satisfaziam o que ela queria.

Quando teve notícias da Elsa de novo, era o começo de 1988. Ela te convidou ao Hotel Leo, só que dessa vez não estava sozinha. Kugarajah estava sentado no sofá. Era um homem bonitão e robusto, do jeito que você gostava, apesar de você ter um gosto bem variado.

A suíte do Hotel Leo estava com as paredes cobertas pelas suas fotos de 1983, com notas Post-it sobre cada rosto.

Homens cingaleses de sarongue dançando do lado de fora de lojas em chamas (4 rostos)
Garoto tâmil nu sendo morto a chutes (3 rostos)
Policiais fardados observando mulheres tâmeis sendo arrastadas para fora dos ônibus (6 rostos).

Kuga foi apresentado como primo de Elsa, mas, pelo jeito como ele passou do lado dela quando se sentou, você ficou com a suspeita de que eram primos do tipo que se beijam.

Ele entregou para você uma folha com endereços e perguntou se dava para tirar fotos clandestinas dos ocupantes.

— Rastreamos sete dos perpetradores dos *pogroms* de 1983. Precisamos confirmar suas identidades.

— E aí?

— Podemos levar a questão à Justiça.

Você riu, e Kuga abriu um sorriso meigo.

— Por acaso contei uma piada?

— Ninguém vai nem encostar nesse caso. O CNTR vai dar entrada no processo?

— Há muitos modos de fazer justiça.

— Achei que vocês não fossem do LTTE.

Elsa coloca a mão no joelho do primo e ele para de falar.

— Maali. Aqui está o seu cheque pelas fotos do Vanni. E aqui está o pagamento adiantado pelos seus próximos trabalhos.

Você olhou para os cheques e pensou no seu *dada* falando que fotógrafo só ganha dinheiro se for tirando foto em casamento e que um diploma em Sociologia — na melhor das hipóteses — renderia um emprego de professor.

"Escolha uma única coisa pra fazer e faça bem", dizia um homem que não escolheu como sua "única coisa" o trabalho de ser um bom pai.

— Tem mais trabalhos?

— Vá até esses endereços, diga que está trabalhando para o censo do governo. Fotografe todo mundo. Ofereça fotos de graça para a identidade. Os cingaleses aceitam receber jornais tâmeis se for de graça.

— Não é fraude isso?

— De que lado você está, *kolla*?

— Estou do lado que quer que os srilanqueses parem de morrer desse jeito.

— Que bom. Nós queremos que os monstros sofram. E vão sofrer.

— Como?

— Kugarajah pegou uma foto tirada durante a sua excursão pelo Vanni. Você foi só como *fixer* e por isso qualquer foto que tirasse poderia ser vendida a quem desse mais. O CNTR pegou as fotos que o exército e a Associated Press não quiseram.

— Conhece esse homem?

A foto foi tirada enquanto você fingia estar limpando a lente da câmera na base dos Tigres. Enquanto pedia a um repórter insuportável da Reuters para filmar um campo de treinamento LTTE.

— Coronel Gopallaswarmy — você diz.

— Também conhecido como Mahatiya. O que sabe sobre ele?

— Ele manda na única base dos Tigres que permite câmeras lá. E tem a atenção do Supremo.

— Dizem que está com um complô contra o Supremo dos Tigres.

— Não dou ouvidos a boatos. Só espalho.

— Que piadista este sujeito — Kugarajah mudou a posição do corpo no assento, o que fez com que você se recostasse na cadeira e cruzasse os braços. Pelo olhar, parecia que ele também ia fazer alguém morrer de rir. Ou só morrer mesmo. Você acendeu um cigarro sem pedir permissão, porque esse brutamontes o deixava igualmente aterrorizado e excitado.

— De que lado você está, *kolla*?

Elsa Mathangi te acompanha e acende um Benson de modo tão instintivo quanto um dos totós de Pavlov.

— Do lado que me paga.

Eles dizem para você que o CNTR tem um orfanato em Vavuniya e uma clínica em Medawachchiya, e que o exército se recusou a fazer a segurança para eles. Que o Coronel Gopallaswarmy estava encarregado da província norte-central e poderia fornecer essa proteção.

— Gostaríamos que você marcasse uma reunião com o Coronel para nós.

— Não conheço ele.

— Conhece o suficiente para levar repórteres ao acampamento dele.

— É um acampamento pra inglês ver. Tipo um set de Hollywood. O Coronel não fala com quem é de fora.

— Não somos de fora.

— Não é perigoso para o CNTR lidar com o LTTE?

— A maioria dos nossos projetos ficam no norte ou no leste. O LTTE é o governo por essas bandas. Disso você já sabe.

Talvez fosse o tamanho do cheque, ou o tamanho da dose que Kuga tinha servido ou o tamanho dos braços que passaram o drinque para você, ou a aspereza da palma da mão dele roçando as suas costas, mas você se viu ficando mais confortável com essa companhia e conversa.

Estavam animados com esse projeto de 1983, mas você tinha medo.

— Acha mesmo que vão conseguir levar um motim de milhares de pessoas à justiça?

Kuga lhe deu uma piscadela que era ou uma expressão de amor fraterno ou um indício de que tinha pensamentos tão pornográficos quanto os seus.

— Em qualquer motim, não importa o tamanho, você sempre vai primeiro nos líderes. É o básico.

— Esse papo mostra que ou vocês são muito sérios ou muito idiotas.

— Nem todo mundo pode ser um piadista — afirmou Elsa.

Discutiram a tal facção Mahatiya e o efeito que a rachadura da LTTE poderia ter sobre o povo tâmil. Elsa lamentou que o LTTE tivesse se tornado fascista, sufocando as outras vozes tâmeis. E Kuga partiu para cima dela.

— Uma voz tâmil unificada seria um luxo. Não vai salvar os tâmeis. O que vai salvar vai ser uma voz forte.

— A dra. Ranee Sridharan tinha uma voz forte — diz Elsa. — E silenciaram ela.

— De que lado você está, Kuga?

Você colocou a mão no ombro dele e recebeu um olhar que te fez retirá--la. Acabaram as piscadelas para você, sr. Maali.

— Sua *amma* é meio burgher, meio tâmil, não é? — disse ele. — Você é um mestiço que nem eu. Mas tem o sobrenome "Kabalana" no documento de identidade. É bom dar graças ao seu pai. A melhor coisa que ele te deu foi um sobrenome cingalês.

Você quis ficar indignado e retrucar que ele não conhecia nem você, nem o seu pai. Mas é claro que ele tinha razão. Isso, e um desprezo pelo dinheiro e por qualquer um que ostentasse riqueza.

— A maioria dos socialistas de Colombo não têm amor pelos pobres. Só odeiam os ricos — dizia o seu *dada*, como se a frase tivesse surgido em seu próprio cérebro magnífico.

— Eu vou fazer esse projeto de 1983 — você disse. — Porque vocês me pagam. E porque eu estive lá. E porque o governo tem muito pelo que se explicar.

— Cuidado, *kolla* — falou Elsa. — Esse tipo de conversa vai fazer você parar dentro de um pneu.

— E é por isso que eu não posso espionar o Coronel pra vocês.

— Não estamos pedindo para você espionar ninguém. Só marcar uma reunião.

— Será que um pneu pegando fogo é muito pior do que ser preso pelos Tigres?

Você costumava fazer piadas sobre a morte quando a considerava um evento improvável, como todos fazemos, até não dar para fazer mais.

Você pegou seus cheques, então desceu para o andar inferior e trocou todos por fichas, que perdeu na mesa de pôquer, antes de ganhá-las de volta no bacará. Aí foi até os trilhos do trem e não achou ninguém lá digno de dar umas apalpadas. Enquanto encarava as pedras sob os trilhos, naquele tênue bastião que impedia que a natureza devorasse o litoral, você pensou nas palavras de despedida de Kuga para você.

— Espero que você não tenha falado para ninguém do CNTR.

— Não sou linguarudo.

— Que bom. Este país está cheio de gente que fala demais. E faz de menos.

— Não contei pra ninguém.

— Que bom. Não precisamos de publicidade para fazer o que é certo.

Kuga estendeu a mão. Ao apertá-la, ele te puxou para perto e apertou as juntas dentro da palma da mão dele. Você fez uma careta enquanto ele te espremia e observava você se contorcer.

— Ninguém quer ir parar dentro de um pneu, não é?

Ele deu uma piscadela ao soltá-lo.

LAR, AMARGO LAR

A casa em Bambalapitiya era propriedade da mãe de seu pai, foi deixada para a irmã dele e dada à primeira esposa de seu pai após o divórcio. Você, filho da primeira esposa, cresceu ali entre as plumérias, os cães que dormiam e os pais em guerra. As discussões aconteciam na cozinha, na varanda e na sacada. Você chega lá surfando num vento amigável e descobre que a discussão já se derramou sobre as ruas.

O Lancer da Jaki está estacionado na curva da estrada, três casas descendo a rua, e ela observa a cena de longe. Sua *amma* está no portão junto com Stanley Dharmendran, rosnando para os policiais, e Elsa. Dentro do carro, a discussão é de outro tipo:

— Então, talvez não tenha nada na caixa, talvez seja uma das pegadinhas bestas do Maali?

— Você e o seu atalho idiota — diz Jaki.

DD fecha o punho e estala as juntas. O que quer dizer que está com vontade de fumar um cigarro. Nove meses atrás, você apostou que ele não aguentaria um ano sem fumar, e DD odeia perder uma aposta mais do que gosta de cigarro ou do que gosta de você. Desta vez, as lembranças chegam indolores.

Dilan Dharmendran estava em todos os times esportivos da escola. Você odiava rúgbi igual odiava críquete, mas não se incomodava de assistir aos jogos dele. Ele era capitão do time de polo aquático de St. Joseph e você, o monitor que passava as tardes admirando o seu corpo lustroso e ajeitando o seu uniforme branco.

Quando se reencontraram, uma década após saírem da escola, ele não tinha o mesmo corpo, mas tinha o mesmo sorriso, a mesma pele morena e a mesma lerdeza para entender as coisas. Ainda era um dez perfeito, numa escala de um a treze. Não fazia ideia de que você o cobiçava todos aqueles anos. Quando você se mudou para o apartamento do pai dele junto da sua prima Jaki, ele não te reconheceu e tinha pouco a dizer.

Tudo isso foi mudando de forma crescente ao longo de seis meses pacientes. A essa altura, você já fazia visitas ao quarto dele na calada da noite, ele dizia que era a última vez e vocês acabavam falando em viajar juntos. Quando saíam, eram como velhos colegas de colégio e ninguém sabia de nada, embora talvez todos soubessem. Ele pensa que você está preso em alguma masmorra em algum lugar e que, se usar os seus contatos da Earth Watch Lanka e prestar queixas do jeito certo, ele conseguirá te libertar. Tão querido, tão burrinho.

— Ele disse que estava indo embora?

— Não falou nada pra mim.

— Ele falou para eu ir ao Centro de Artes ou ao Hotel Leo. Tinha algo pra me contar. Falou que ia ligar e confirmar. Como sempre, não fez nada disso.

— Ele estava jogando todo dia — diz Jaki, voltando o rosto para o primo e lhe dando um olhar que era meio de pena, meio de escárnio.

— Acha que ele morreu? — aqui a voz de DD falha. Ele costumava fazer massagem nos seus ombros e nas solas dos seus pés toda vez que você voltava de uma viagem a trabalho e contava as coisas horríveis que testemunhara.

Ele mudava de assunto na primeira pausa que você fizesse para contar que alguma faculdade americana tinha oferecido uma bolsa de estudos para pesquisar a degradação ambiental no Terceiro Mundo ou alguma bobagem dessas. Você perguntava a ele o que era que o maior responsável pela poluição do mundo inteiro poderia ensinar-lhe a respeito deste paraíso natural. E aí vocês discutiam os crimes e pecados dos EU da A para evitar discutirem a questão de irem morar lá.

— Maali disse que era o único fotógrafo que trabalhava para o exército, para a imprensa internacional e para os Tigres — diz Jaki. — Achei que estivesse só se gabando, como sempre.

Após que você batia boca com o DD, ela conduzia os seus pés massageados para uma saída na cidade, passava o relatório de o-marido-de-quem-está--dormindo-com-a-esposa-de-quem e contava sobre as colegiais que ela andava corrompendo nos grupos de teatro e sobre as músicas punk que ela colocava, às escondidas, nas playlists da rádio.

Depois de algumas cervejas, você reclamava sobre o DD e ela dava um dos seus remedinhos bobos para engolir e você ria que nem bobo, nunca nem chegava a falar das coisas que via no front. Nem do motivo de estar falido, embora tivesse acabado de receber. Nem sobre vocês dois, se andaram sendo fiéis um ao outro e se isso importava ou não.

— Qual o sentido de esperarmos no carro? — diz DD, passando sua mão perfeita sobre a testa suada.

— Qual o sentido de sair, ô, gênio? Eles conseguem ver a gente.

— Você sabe onde está a caixa?

— Você também sabe. Ele contou pra gente no *after*, quando estava naquele humor dramático dele. Lembra?

— O Maali ficava inventando coisa o tempo todo, depois dizia "Ha-ha, que trouxas!", como se fosse uma grande piada.

— Aham, eu sei. E depois ficava puto se você não desse risada.

— Dizia que tinha sido contratado como matador de aluguel e aí ficava marrento quando a gente não acreditava.

— Ou então que tinha acabado de salvar um bunker cheio de crianças. Ou que viu uma pantera negra na selva.

— Ou que ele tinha uma caixa debaixo da cama cheia de fotos que abalariam o mundo.

DD parou.

— E você tem certeza que ele queria dizer que era aqui?

— Ele me disse que mudou a caixa de lugar. Logo depois que sequestraram Richard de Zoysa. Está embaixo da cama da Kamala.

Ela desliga o motor e os dois saem agachados, rastejando pela Lauries Lane. Você consegue ver que os dois ganharam peso. Ele é um garanhão com uma pança bovina e ela é uma pavoa com coxas de pangolim. Você queria que a sua amnésia pudesse optar por esquecer aquelas discussões sobre São Francisco e o tempo perdido argumentando e rebatendo os argumentos.

— Estou pensando em me demitir da Earth Watch Lanka. Talvez volte a estudar. Já fiz a inscrição em algumas faculdades.

Era a música que ele cantava todo mês. Geralmente, quando você não estava prestando muita atenção nele. Geralmente, quando você estava fazendo as malas para ir para algum lugar e não tinha tempo para a ceninha.

— Se você for preso por fazer a cobertura dos comícios do JVP, eu não vou envolver o *appa*.

Podia tê-lo mandado ir lamber o ovo esquerdo do seu *appa*, mas a briga que sairia disso faria você perder o ônibus. Poderia ter dito para ele que o comício do JVP foi na semana passada e que agora estava indo até Trincomalee para fazer a cobertura do massacre de uma aldeia. Que era mínimo o risco de ser preso, mas alto o de ser sequestrado pelos Tigres.

Em vez disso, você falou para ele que o amava mais que tudo e que iam conversar na volta. Isso geralmente servia para calar a boca dele.

Você observa o garanhão e a pavoa desaparecerem atrás da mangueira. Uma brisa que sopra te atravessa e você vai flutuando que nem poeira até o portão onde alguém está subindo o tom de voz:

— Esta é nossa propriedade, nós pagamos — diz Elsa Mathangi, com a mão no quadril, cigarro na boca. É a única pessoa ali sorrindo.

— Existe algo. Chamado leis — diz Stanley, balançando o dedo. — Liguei pro Ministro da Justiça. Podem mostrar pra ele o seu mandado.

— Quem liga, Stanley? Deixa eles procurarem. Não temos nada a esconder — diz a sua *amma*. Dá para ver pelo jeito como a mão dela treme que já está na terceira xícara. Desde que o seu pai foi embora, ela tem colocado uns negocinhos no bule do chá. Primeiro foi conhaque, depois uísque e, recentemente, gim. Kamala sempre se referia à garrafa de Gordon's como "o remédio da senhora".

— Não é essa a questão, Lucky. Em termos jurídicos, eles não têm o direito.

Sua *amma* encara o SA Ranchagoda em pé ao lado do portão. Ranchagoda parece menos constrangido do que Cassim, que está sentado no carro, fitando o próprio colo.

— Vocês disseram que iam encontrar o meu garoto. Já encontraram? O que é isso?

— Precisamos da sua ajuda para encontrá-lo, senhora. Essa caixa contém informações — diz Ranchagoda. — Estão bloqueando nossa investigação.

— Acham que meu filho está se escondendo aqui?

Há um ruído de algo quebrando dentro da casa. A conversa para. Então, sua *amma* corre até o pátio gritando:

— Kamala? Omath?

A cozinheira ainda não voltou do mercado e o amante dela está varrendo o jardim, sem se dar conta do que está acontecendo. Kamala e Omath são ambos tâmeis que mudaram de nome para encontrar emprego em Colombo e continuaram usando os nomes novos depois dos tumultos de 1983.

A casa em Bamba era grande o bastante para sete irmãos e irmãs crescerem lá dentro e para três criados envelhecerem, mas acabou sendo pequena demais para *amma*, *dada* e você. Uma casa espaçosa, do tipo que não se faz mais, com jardins de vasos de plantas que ficam molhados quando chove, dois pátios repletos de cadeiras de vime e um quintal para os cães da *amma* cagarem.

Sua *amma* vai arrastando os pés pela frente da casa, acompanhada por Stanley e seguida por Elsa e Ranchagoda. Omath, o jardineiro, vem correndo pela entrada lateral até a sala onde ninguém jamais se sentava, a não ser que tivesse visita. De trás da cozinha, veio o som de ladrões latindo um para o outro, enquanto os cães de estimação da mãe dormem. Você passa flutuando pelos quartos onde você gritava e ficava emburrado, chegando ao átrio dos fundos.

Do lado da garagem e do portão dos fundos há uma salinha que o motorista da *amma* divide com a cozinheira. Há uma caixa de papelão na entrada, ou algo que já foi uma caixa de papelão. A caixa está lá já faz doze meses, mas nunca foi tirada do lugar e certamente nunca com essa pressa toda.

Dentro da caixa estão velhos discos em LP, exilados aqui pelas fitas da Jaki e discos compactos do DD. E uma caixa de sapato contendo cinco envelopes. Após cada viagem, você acrescentava mais fotos aos envelopes na caixa de sapato. E enterrava a caixa de sapato sob os LPs.

Talvez os carunchos e *gullas* debaixo da cama tivessem criado gosto por papelão ou talvez a umidade dos últimos períodos de monção tenha se infiltrado de vez. A parte inferior da caixa se desfez igual ao Acordo de Paz de 1987. Embaixo disso, há toda uma baderna de papéis, discos e uma caixa de sapato branca e solitária.

Há cartas e aerogramas, contendo o seu nome e este endereço. Bilhetes de amor dispersos que poderiam ter sido usados para fazer chantagem, se isso fosse da sua índole, velhas contas de água, pagas em sua maioria, e uma carta do seu pai. Há discos também — *Jesus Christ Superstar*, ABBA, Jim Reeves, o *Harum Scarum* do Elvis, a trilha sonora do Queen para o filme do Flash Gordon — nenhum dos quais você ouvia com muita frequência e todos esparramados sobre o terraço vermelho.

E ali, de joelhos, fuçando os escombros, que nem crianças atrás de bolinhas de gude perdidas, estão DD e Jaki. Ela joga de lado as cartas e os discos, resgatando a caixa de sapato do meio da bagunça toda.

— Dilan! O que está fazendo? — vocifera o pai dele, enquanto a *amma* vem mancando até a pilha e apanha o *Twelve Songs of Christmas* do "Gentleman" Jim e *Who's Sorry Now?* da Connie Francis, ambos pertencentes a ela. Atrás dela, Elsa murmura alguma coisa para o SA. Ranchagoda dá um passo na direção da Jaki, que abraça a caixa e recua.

— Isso aqui pertence ao Maali. Ele mandou guardar — Jaki o encara com força.

— Então, por que você pegou? — pergunta Elsa, que vai na direção da pilha.

— Porque é do Maali. Não de vocês.

— Todo mundo precisa se acalmar. Vamos lá pra dentro — Stanley caminha até DD e o abraça. — Omath, por favor, limpe esta bagunça.

Sua vontade era dar um murro bem na cabeça gorda e calva do Stanley, um desejo nutrido desde a vez que você o viu discursar no parlamento com aquele sotaque afetado de Cambridge. Na sua frente ele sempre foi a educação em pessoa, mas era uma educação que ele manejava feito uma arma com a mesma habilidade de qualquer outro inglês. Ele manda Ranchagoda ficar do lado de fora, enquanto Elsa acompanha o pessoal de casa até a sala onde ninguém se senta.

Normalmente, sua *amma* ofereceria a todos um chá do Ceilão e refrescos Elephant House. Mas não parece estar no clima para entreter as visitas. Ela tem na mão um envelope do seu *dada*, o único que um dia você chegou a abrir. Você não quer que ela leia, mas não sabe como impedi-la.

DD e Jaki colocam a caixa de sapato na mesinha de centro e todo mundo dá a volta em torno dela, como se estivessem admirando uma obra de arte sob uma cúpula de vidro num museu. A caixa é branca, com nomes de cartas rabiscados em caneta hidrocor vermelha e preta. Os títulos formam um *royal straight*: o Ás de Ouros, Rei de Paus, Rainha de Espadas, Valete e Dez de Copas.

— Seja lá o que tiver na caixa, pertence ao CNTR! — clama Elsa, apontando para a caixa que outrora continha um par de *chappals* marrons de Madras.

Jaki a puxa de cima da mesa e mexe na tampa. Você fica ali pairando acima de tudo, encarando os envelopes empilhados lá dentro, cada um dos quais marcado com o nome de uma carta de baralho. Vem uma enxurrada de imagens no espaço atrás dos olhos que você não possui. Recordações de fotografias que não lembra de ter tirado e de coisas que não é possível desver. Você não quer apanhar a câmera pendurada no seu pescoço por medo do que ela poderia revelar.

— Não. Abram. Nada — diz Stanley D. — Não é propriedade de vocês.

— Senhor, isso não é verdade — afirma Elsa. — Maali me disse que as nossas fotos estavam numa caixa de sapato embaixo de uma cama. Essa é a caixa, essa é a cama. Meu primo encomendou essas fotos com o Maali. Eu paguei pelos negativos. São nossas.

— E de onde saiu esse espantalho aqui? — pergunta Stanley, apontando para Ranchagoda, que acabou de entrar de novo em cena.

— Senhor, o Ministro da Justiça Cyril Wijeratne é o meu chefe — responde Ranchagoda, que ajeita a postura dos seus membros tronchos, ganhando altura.

— Ah, é? — diz o pai de DD. — Então por que não ligamos para ele? Deixar que ele resolva isso.

O SA Ranchagoda nem pestaneja quando Stanley denuncia o seu blefe. Elsa para de sorrir e balança a cabeça.

— Até lá, dá essa caixa aqui pra mim — diz Stanley.

Jaki torce o nariz para ele e faz aquela mesma expressão que fez quando você chamou a tia dela de biscate boba. A mesma expressão que ela fez quando você a convenceu a se desculpar para o chefe dela e pedir o emprego de volta. A mesma expressão que fez quando ela contou que sabia o que você fazia com o DD e que ela não se importava, contanto que você não pegasse AIDS.

Ela volta a atenção de Stanley para Elsa e abre a caixa. Despeja cinco envelopes sobre a mesa e espalha o seu *royal straight*.

O AFTER

Você contou para eles da caixa embaixo da cama em um dos *afters* do Centro de Artes. Contou para o DD e a Jaki e para um tio chamado Clarantha de Mel. Todos os três estavam bêbados na hora, e você não esperava que ninguém lembrasse.

DD odiava os *afters*, em que os cinzeiros ficavam cheios, líquidos eram derramados e as fotos que você tirava iam parar na caixa. Ele rastejava até o quarto dele, emburrado, e batia nas paredes quando os decibéis aumentavam.

— Você não vai convidar aqueles imbecis para virem aqui em casa de novo, né?

— A Jaki quer.

Os *afters* aconteciam no terraço que dava para o Parque Galle Face e na sacada com vista para o estacionamento Taj. A sala de estar era um espaço colossal e tinha superfícies macias o suficiente para acomodar bundas inebriadas que pertenciam aos festeiros de Colombo. Sena tinha razão. Maali Almeida não apenas frequentava as festas de Colombo 7, ele era o anfitrião delas.

Seu apartamento era um ponto central entre três boates de Colombo — a 2000, a Chapter e a The Blue — então, fosse lá quem estivesse dançando com a Jaki, essas pessoas vinham parar aqui. Os convidados, esparramados nas almofadas, enchiam a cara com o expresso da cafeteira do DD, com fitas cassete no boombox do DD e com bebida roubada do pai do DD. Enquanto DD ficava deitado na cama do DD e pensando pensamentos de DD.

A garotada recém-formada na International School ficava ali sentada, virando doses de vodca e se lamuriando por terem que administrar as empresas dos seus pais. O pessoal do teatro fumava maconha e choramingava sobre o pessoal do teatro antes de ir dar uns amassos no pessoal do teatro. Os expatriados ficavam na sacada, admirando a silhueta dos coqueiros no oceano, tecendo lirismos sobre a beleza do Sri Lanka.

Era verdade. Quando o vento soprava pela sacada e a fumaça e os risos preenchiam a brisa, era fácil esquecer que havia uma guerra horrível sendo travada a uma viagem de ônibus dali. Naquele lugar, as estrelas e luzes de Colombo cantavam em amarelos e verdes. As estradas se calavam e o oceano ronronava. E Colombo se embrulhava num cobertorzinho sentimental que a gente não merecia.

A noite de que você se lembra agora foi o *after* depois da Miss Proletária 1989. Seu amigo Clarantha de Mel, curador da Galeria Lionel Wendt, foi um dos jurados e deu ingressos de graça para os seus delinquentes favoritos, embora nem todos tenham apreciado o gesto.

— Só o Sri Lanka mesmo para ter concursos de beleza e partidas de críquete enquanto o país pega fogo — disse Jaki, servindo a vodca de Stanley para os convidados na sala.

Na sacada, uma garota que herdou uma cafeteria e um garoto em vias de ser preparado para administrar um banco, ambos mal saídos da adolescência, estavam se dando uns amassos. Um produtor de chá discutia política com um DJ de rádio na cozinha. Sobre as almofadas, baseados passavam de mão em mão entre estranhos, e comprimidos eram pulverizados num pilãozinho de moer pimenta.

Uma mulher robusta usando um cáftan e um garoto rechonchudo com um boá de penas se agacharam ao lado de você e da Jaki. Jogaram um pouco do pozinho divertido nos drinques de vocês dois e se dirigiram a Clarantha como se estivessem conversando com o rei:

— Tio Clara, está fabuloso, como sempre — disse o garoto, fazendo uma reverência, feito um mordomo. — Lindo discurso.

— Hmm — disse a mulher, espiando a saia levantada da Jaki.

— Você me parece muito, muito familiar. — O tio Clarantha era sociável até quando estava cansado. E aquele desfile de bonecas de biquínis e terninhos deve ter sido tão tedioso de julgar quanto era de assistir. Ainda mais considerando que Clarantha era duas vezes mais veado do que você e dez vezes mais enfiado no armário.

— Sou Radika Fernando — disse a mulher. — Leio as notícias na rede Rupavahini. Este é o meu noivo, Buveneka.

— Você é o filho do Ministro Cyril Wijeratne, não?

O garoto de boá ficou corado.

— É o meu tio. Não curto política.

Ele olhou para você, como se pedisse permissão para sorrir. O pozinho divertido coagulou na sua garganta, induzindo um arroto que tinha o gosto de como você imaginava que era o gosto de veneno. Você fez um aceno com a cabeça.

— Olha para esta bolha. Caindo na gandaia depois de um concurso de beleza, enquanto os nossos soldados morrem — Radika Fernando veio fazer um discurso, e agora ela estava discursando com a sua voz de noticiário.

— Não tem nada de errado com bolhas, dona — disse Buveneka, erguendo uma taça de champanhe. — O que mais se pode fazer quando se está preso em Colombo, depois do toque de recolher?

Radika engatou um monólogo que foi difícil para você acompanhar. Começava criticando o discurso de Clarantha, que previa um futuro brilhante para as trabalhadoras do Sri Lanka.

— Difícil imaginar um futuro brilhante quando mais de 4 mil mulheres são estupradas todos os anos neste país. Muitas pelos próprios parentes.

Clarantha se afastou, como geralmente fazia quando havia conflitos. Jaki chegou, se inclinando.

— E o que você está fazendo a respeito, além de ler essas notícias na TV? — perguntou Jaki.

Radika corou, como se estivesse esperando essa porrada.

— Sou uma hipócrita, assim como você, querida. Nossas cabeças foram todas colonizadas por Hollywood. Todos nós sofremos lavagem cerebral pelo rock and roll. As pessoas que estão morrendo lá não são a nossa gente de verdade, são? Qual o seu nome, bonita?

E foi então que você soube que essa tal de Radika estava doidona, e, quando os olhos de Buveneka começaram a se multiplicar, você percebeu que também estava. Ao redor da sala, o burburinho das conversas e dos movimentos tornou-se um borrão distante. Uma nota musical escapou do aparelho de som e ficou pairando no ar, e não dava para saber se tinha saído da garganta do Freddie, do Elvis ou do Shakin' Stevens. Você se acomodou de volta ao seu lugar, acariciando o cabelo da Jaki enquanto ela dizia o nome para a locutora de noticiário.

Radika e Buveneka formavam uma dupla de vaudeville. Ela fazia discursos apaixonados, ele fazia vírgulas sonoras revolucionárias.

Ela reclamou falando de como o mau não sabe que é mau, assim como os doidos não sabem que estão loucos. E que os Estados Unidos não acham que já invadiram democracias demais e mataram inocentes demais. Que não devíamos deixar que eles cometessem essas chacinas, como os piores dos tiranos, jogando bombas nas crianças. E que não há nada de excepcional em um país que se construiu com base no genocídio e nas costas dos escravos.

— Eu pensava assim também no ensino médio — disse Jaki. — Quem você preferiria ter no comando? Os soviéticos ou os japas?

— Se eu tivesse crescido escutando metal russo e assistindo a Kurosawa, talvez essa ideia não soasse tão ridícula.

— Metal russo parece da hora — Jaki sorriu.

— O napalm veio de Harvard. A bomba atômica saiu de Princeton. A bomba H, do projeto Manhattan.

— Você acha que os Tigres sabem que são do mal? — você perguntou e ninguém respondeu.

— E o nosso governo sabe? — murmurou Buveneka Wijeratne, sobrinho do Ministro da Justiça.

E então a música o envolveu, e Radika estava beijando Jaki, enquanto Buveneka te lambia. De repente, você estava no quarto da Jaki, e as luzes brilhavam, o som era soturno e antimusical, e Jaki pedia para parar, por favor.

— Desculpa, não somos disso. Acho que bebemos demais.

Radika massageava o pescoço dela, e Buveneka estava de mãos dadas com você. Não dava para acreditar que havia acabado de beijar o sobrinho do Satanás.

— Meu amor, estamos todos na mão do palhaço — disse Radika.

— Vocês dois são noivos? — você perguntou.

— Eu sou a fachada dele, e ele é a minha — Radika parou de massagear a Jaki e agora estava deitada na sua cama. — Como se não fosse óbvio pra caralho.

— Temos um grupo que se reúne todo mês. Vocês dois deveriam participar — afirmou Buveneka.

— Não somos disso — disse Jaki.

— Vocês são do quê, então? — perguntou Radika, com o dedo do pé traçando padrões na coluna da Jaki.

Jaki olhou para você, e você olhou para o tabuleiro Ouija do lado das fitas da Jaki.

— Topam uma mesa branca? — você perguntou.

Clarantha de Mel entrou no quarto junto com uma das competidoras da Miss Proletária, a que respondeu com "Enid Blyton" à pergunta de autor favorito.

— Alguém falou em mesa branca?

•••

O evento foi difícil de começar. As pessoas não paravam de ficar de risinho, apesar da luz de velas e do modo como Clarantha estava incorporando o Hamlet de Olivier. Radika Fernando tentou também, com sua voz de locutora. Ela chamou os fantasmas da Rainha Anula e de Madame Blavatsky e os fantasmas do casal que se enforcou no teto do Galle Face Court na década de 1940. Mas nenhum espírito veio soprar as nossas velas.

Jaki estava prestes a acender a luz quando Buveneka Wijeratne começou a chamar.

— Eu invoco os revolucionários perdidos. Ranee Sridharan. Vijaya Kumaratunge. Richard de Zoysa. Sena Pathirana...

Um vento soprou de Galle Face e apagou todas as velas. Todos deram um grito, Jaki acendeu a luz e todos caíram na gargalhada e, em seguida, fizeram silêncio. Então, uma por uma, as pessoas começaram a ir embora. Jaki apontou para a locutora e para o sobrinho do Ministro enrolado no boá de penas na hora da despedida e disse:

— Nunca mais vamos fazer isso de novo.

Antes de ele partir, você perguntou a Buveneka:

— Qual foi o último nome que você disse antes de as velas apagarem?

— Sena Pathirana, o filho do nosso motorista. Era um comunista universitário que entrou para o JVP. Um dos primeiros a ser executado pelos esquadrões da morte do meu tio. Nunca vou me esquecer do que o nosso motorista disse para mim quando pediu demissão.

Buveneka ajeitou o cabelo e a camisa, depois enfiou o boá na bolsa da sua noiva de fachada.

— *Baba* — disse ele —, você é o único nesta família escrota que eu não vou amaldiçoar. Nem mesmo o Homem-Corvo vai poder proteger o seu tio para sempre.

···

Sobraram só você, seus colegas de apartamento e Clarantha de Mel no *after*.

— Quem é o Homem-Corvo? — pergunta Jaki.

— É tudo parte dessa porcariada de feitiçaria local, mandinga e tal. O Homem-Corvo de Kotahena vende amuletos para proteger ministros ricos como Cyril Wijeratne. Dizem que é esse o motivo de o Ministro da Justiça ter sobrevivido a tantos atentados. As pessoas acreditam em qualquer coisa, menos na verdade.

Tomando a saideira da noite, você conta para eles da caixa de fotos e da sua decisão de levá-la para a casa da sua *amma*. Jaki já estava meio dormindo e DD mal ficava em pé, mas Clarantha prestou atenção e prometeu:

— Se algum dia você for exilado, eu faço uma exposição com as suas fotos.

Clarantha era gerente do bar do Centro de Artes e curador da galeria de arte Lionel Wendt, que desfrutava de certo benefício da dúvida por ser o avô homossexual de quatro netos. Dizia que, se Jaki e DD conseguissem lhe arranjar as fotos, ele faria com elas uma exposição na galeria até mandarem tirar. Depois vocês quatro se deram as mãos, feito super-heróis, fizeram um brinde com a vodca roubada e logo esqueceram.

O PRIMEIRO ENVELOPE

A caixa é frágil, feita de um papel que deseja virar papelão quando crescer. É o abrigo de cinco envelopes. A caixa outrora conteve *chappals* que foram dados pelo seu *dada*, como presente por ter passado nas suas provas de contabilidade. Você não usou aquelas alpargatas de Madras nunca, e mais tarde passou-as adiante para algum garoto no banheiro da Liberty Plaza que te bolinou depois que escureceu.

Jaki faz um leque com os envelopes, que nem aquele crupiê exibido do Pegasus que foi demitido por puxar as cartas do fundo do baralho. Ela os expõe a todos os presentes e dá ordens com o olhar. Jaki era feroz quando estava a fim de ser, e ela quase nunca estava a fim.

— Jaki, deixa eu ver primeiro — Stanley está com a gravata frouxa e há uma hesitação no seu ritmo de fala em *staccato*.

— São nossos projetos confidenciais — diz Elsa, levantando-se da cadeira.

Jaki a ignora, abre o envelope com a marcação de "Rainha" e olha cada foto como se fosse uma sanguessuga na palma da sua mão. Ela as repassa a Stanley, que olha fixo para cada foto, balançando a cabeça, sem, no entanto, conseguir desviar o olhar. As fotos viajam como um jogo de telefone sem fio, da *amma* a DD até Elsa e até voltarem ao envelope. Você reconhece cada imagem, revelada no estúdio do tio Clarantha, que não existiu por muito tempo.

De início, são apenas fotos em preto e branco de multidões, tiradas a partir de um ciclo-riquixá em movimento, com a visão borrada e dedos vacilantes. Depois fotos de coisas pegando fogo: lojas, carros, placas terminadas em consoantes. Depois gente.

A mulher do *salwar* rosa ensopada de gasolina. O garoto nu cercado por diabos dançantes. Uma casa em Wellawatte em chamas, com rostos colados contra as janelas. Essas foram publicadas e muitos já as conheciam.

Então começam aquelas consideradas excessivamente cruentas para publicações internacionais. O garoto e a mãe espancados por porretes, a criança de colo com o braço quebrado, o sujeito com o cutelo cortando a costela de um senhor de idade.

Essa última, a sua *amma* deixa cair, enojada. Ela se levanta, serve mais uma dose de chá do seu bule e dá um golão.

Depois surgem as fotos de rostos, muitos deles ampliados na sua dispensa em Galle Face Court. Closes dos homens que manejam os porretes, animais sem identificação, armados com gasolina e formulários eleitorais, racistas não identificados que caçavam estranhos e ateavam fogo neles. Sem identificação, até agora. O diabo dançante, o homem do porrete, o garoto da lata de gasolina, a besta com o cutelo marrom.

Se os oficiais Cassim e Ranchagoda estivessem lá, teriam reconhecido a última foto. O açougueiro treinado, de camiseta *banyan*, brandindo um cutelo cujo fio ficou cego pelo sangue de galinhas, porcos, minorias perseguidas e mil gatos. Em vez disso, os dois estão batendo boca no carro. Cassim diz que deviam sair, enquanto Ranchagoda sugere roubar a caixa. Cassim diz que nunca concordou em trabalhar com esquadrões da morte e que, se pudesse, pediria demissão.

Eles não reparam na Pajero que se aproxima, despejando homens que não são nem do exército, nem da polícia. Mesmo que fossem, não teriam visto o demônio de carona no seu capô.

— Estamos montando casos para processar os perpetradores de 1983 — diz Elsa. — Já demos rostos para a multidão e nomes para os rostos. Podemos identificar os assassinos.

— Por que é que nunca ouvi falar do seu CNTR? Ou desse projeto? — pergunta Stanley, tirando os óculos para analisar as fotos. Ele olha para uma delas que mostra uma pira de corpos, tirada não muito longe de onde todos ali estão reunidos.

— Você nunca ouviu falar do CNTR porque não desejamos publicidade. Não somos políticos — Elsa faz uma careta para o envelope marcado com o nome "Rainha" nas mãos da Jaki feito um corvo faminto de olho numa marmita que foi jogada fora.

Sua *amma* segura o único envelope na sala que não contém nenhuma foto. Uma carta do seu *dada* ausente, que ela não conseguiu destruir como as muitas outras.

— O Maali contou pra nós da caixa — diz Jaki. — Não falou nada em dar ela pra ninguém.

— Pode ficar com o diabo da caixa. Dá aqui o nosso envelope — Elsa atira o cigarro pela janela.

DD está com os olhos apertados diante de uma foto de um soldado pacificador indiano do lado de fora de um hospital.

— Esta aqui foi do ano passado. Quando Maali foi para Jaffna. Ele me pediu para ir junto — diz ele, olhando para o pai.

Você lembra dessa discussão. Era por causa das camisinhas e do motivo pelo qual você insistia em continuar usando. Você dorme com outros caras quando viaja?, perguntou ele. Então você pediu para ele ir com você para Jaffna. Você lhe disse que estava agindo como *fixer* para um jornalista americano, chamado Andrew McGowan. Não lhe disse que havia aceitado uma comissão de uma mulher de lábios vermelhos e seu primo bonitão.

— Você faz coisas com o Andrew McGowan? — perguntou DD, como se para ele não importasse.

— Eu não faço com ninguém o que eu faço contigo — você disse, o que tecnicamente não era mentira, pois não planejava o seu futuro com nenhuma outra pessoa depois do sexo.

— As Forças de Pacificação Indianas executaram dois massacres de civis este ano. Um deles foi num hospital. Malinda estava em Jaffna, a nosso pedido, quando isso aconteceu. Pagamos a ele por essas fotos. Podemos pegar de volta?

DD torce o nariz e pigarreia com uma tosse seca. Ele passa uma foto para Jaki, que se assusta. É uma foto de leitos de hospital nos quais há pilhas de médicos e enfermeiras mortos, castigados pelas Forças de Pacificação Indianas pelo crime de tratarem soldados feridos do LTTE. Stanley espia por cima do ombro de Jaki e murmura:

— São diabos estrangeiros. — E olha para Elsa. — Convidados pelos nossos idiotas daqui mesmo.

— Concordamos — diz ela.

— Vocês também encomendam fotos. Que mostram as atrocidades. Do LTTE?

— Sendo uma organização tâmil, sofremos restrições — afirma Elsa. — O senhor deveria saber.

— Então agora vocês são uma organização tâmil? — pergunta Jaki. — Não era uma detetive?

Você olha para os outros quatro envelopes sobre a mesa. Lembra-se de apenas duas coisas acerca de seus conteúdos. Que o DD não devia nunca olhar para o que está marcado como "Valete de Copas". E que há uma boa chance de que um desses envelopes contenha uma foto do seu assassino.

DD pega de Jaki o envelope marcado como "Rainha" e tenta apanhar as fotos sobre a mesa para colocar dentro dele.

— O que está fazendo? — Elsa ergue o tom de voz e pega o envelope vazio da mão dele, o que põe DD diante do dilema de como se atracar com uma mulher na frente do seu pai. Ele solta as fotos de novo sobre a mesa e Elsa vai atrás delas.

Jaki, menos subserviente às normas do decoro, atravessa a sala marchando. Uma vez ela deu três tabefes num leão de chácara do My Kind of Place por ter apalpado a bunda dela. Ela morde o lábio, que nem fez naquela noite, e Elsa recua. Você se lembra de que Jaki sabe judô e que Elsa tem uma faca na bolsa. Elas estão ali, em pé, com as fotos no meio das duas, cada uma olhando a outra que nem dois caubóis num faroeste italiano.

Bem na hora, ouve-se um estardalhaço na área externa. Elsa vai discretamente até o limiar da porta, enquanto essa comoção toda inunda o pátio e vai se derramando sobre o corredor. A mesma passagem onde um dia você confrontou a *amma* acerca daquelas cartas do *dada*, aquelas que ela destruiu sem nem mostrar para você.

Sete jovens parrudos, todos vestidos de preto e branco, chegam correndo pelas portas abertas. A xícara de chá da sua *amma* dá um pulo sobre o tapete, sem quebrar. Stanley fica em pé.

— Mas. Que. Diabos.

Os homens, que não são nem da polícia, nem do exército, se posicionam diante de cada porta e cada janela. Então entra um velho, em trajes nacionais. Se você pudesse cuspir nele, vomitar nele, cagar na sua boca, estaria disposto a pagar vastas fortunas ou vender o que quer que reste da sua alma por isso. É o Ministro da Justiça, o Desprezibilíssimo Cyril Wijeratne, bastião do governo, creditado com a corrupção do judiciário, a organização dos esquadrões da morte e a ignição dos *pogroms* de 1983. O sexto nome da lista de Sena.

Stanley Dharmendran o recebe com a cabeça baixa, feito o palerma tâmil que ele é. Dois homens de preto instruem Jaki e DD para que saiam do sofá, a fim de que o Ministro possa acomodar nele a sua bunda gorda. Nenhum dos dois parece feliz com isso. Você se lembra de DD ter escrito uma carta oficial ao gabinete do presidente, recusando-se a usar o termo "Vossa Excelência". "O que há de tão excelente no seu silêncio a respeito de julho de 1983?", pergunta-se DD, retoricamente. Ele começava a carta dirigindo-se ao "Caro Senhor", e não conseguiu o financiamento que queria para o seu projeto de reciclagem em Malabe.

Venha comigo para Jaffna, você disse ao DD. Vai ver que este país está diante de problemas maiores do que a perda do habitat natural do pangolim nativo. Eu não tenho tesão em fotografar cadáveres, disse ele. Se você visse o que está acontecendo com o seu povo, uns lagos fedidos seriam o menor dos seus problemas, você retorquiu. Não seja vendido que nem o seu pai, você disse, dobrando a aposta e saindo vitorioso. Isso se fazer o garoto que te ama sair correndo com lágrimas nos olhos for uma vitória.

— O que é isso? Uma exposição fotográfica, é?

Cyril toma o envelope da mão de Elsa e baixa o olhar até a mesa. Ele se curva para a frente, feito um juiz de jogo de críquete, examinando a pilha

148

de fotos. Você paira acima dele, mais como um mosquito do que um anjo. Dizem que mosquitos mataram metade de todas as pessoas que já viveram. Muito mais do que o número de pessoas que foram salvas por anjos.

Você repara num zumbido no ar, o rumor nas frequências mais baixas que apenas aqueles capazes de silenciar as mentes e esvaziar os ouvidos dos sussurros conseguem ouvir. Poderia ser o som da terra resmungando ou os gritos dos milhares. É um som no qual não tinha reparado antes e que agora não consegue não ouvir mais. E então repara na coisa que está agachada atrás do Ministro.

As fotos sobre a mesa revelam carnificina e caos, cuja causa direta é, no geral, o governo de Cyril Wijeratne, no qual o tio Stanley é um dos peões.

— Dharmendran. Que bobagem é essa?

— Colega de classe do meu filho, senhor — diz Stanley. — É um fotógrafo talentoso. Um garoto inteligente de uma ótima família. Formado na velha St. Joseph. Está desaparecido e estamos todos preocupados.

Poxa vida, Stan, não sabia que você se importava.

— É esse tipo de coisa que um Old Joe faz? — questiona Cyril, mostrando uma foto de uma casa em chamas.

— Os tumultos de 1983, senhor — diz DD, apertando a ankh de madeira no pescoço.

— Ah — exclama o Ministro. — Quando o leão adormecido acordou.

— Senhor. O apartamento do meu filho foi invadido por esta senhora e pelos policiais ali fora. Sem mandado, sem autorização. Meu filho não merece esse assédio.

O Ministro não parece estar ouvindo. Ele olha para Elsa como se tivesse visto um fantasma, embora o fantasma de verdade esteja agachado atrás dele. Sua silhueta lembra um grande símio, com os braços protegendo os ombros do Ministro. Seus dois olhos de carvão viram brasas atrás do ouvido do Ministro, e você sabe que eles te enxergam.

O Ministro olha para a foto que ela tem na mão, de um homem na Mercedes observando a turba. Um homem que veste o rosto dele quando jovem. Elsa está reunindo aquele punhado de fotos em preto e branco, ao que ele estende a mão e acena com a cabeça para que ela entregue tudo. Ela faz que não.

— Desculpa, senhor. São confidenciais.

Ele olha para Elsa e a encara durante tempo suficiente para sua *amma* servir-se de mais uma xícara. Você repara no olhar dele para ela e sente uma dor onde costumava ficar a sua cabeça. Desta vez a dor não é acompanhada por lembranças. Então você acompanha o olhar dele até uma impressão ampliada dessa última foto. O homem na Mercedes está de óculos escuros e de camisa *batik*. Embora a imagem esteja borrada por conta da ampliação, você reconhece quem é. É o rosto que o Ministro enxerga no espelho sempre que se dá ao trabalho de olhar.

Ele acena com a cabeça para um dos seus guarda-costas, que agarra os ombros de Elsa e a priva das fotos. Ele as repassa ao Ministro, enquanto Elsa fica ali esfregando a clavícula. É o segundo machucado do dia. O Ministro olha para as fotos e você tem vontade de dar uma espiada, mas a sombra agachada atrás de Cyril Wijeratne te faz hesitar. O Ministro Cyril balança a cabeça de um lado para o outro e enfia as fotos no bolso do casaco.

— É obra sua?

— Senhor, são fotos confidenciais — repete Elsa, como se o homem que supervisiona esquadrões da morte fosse alguém que respeitasse a privacidade alheia.

— Com certeza são, minha querida. Quem que tirou?

— O nome é Malinda Almeida. É um garoto inocente — balbucia Stanley.

— Não me parece inocente — diz o Ministro.

— Não, senhor — diz Elsa. — Não é não.

— Não sou o diabo de um china com um rabinho de cavalo. Esse fotógrafo precisa ser interrogado — afirma Cyril. — Cadê ele?

— Ninguém o vê desde ontem — diz Stanley. — Receamos que ele tenha sido levado, senhor.

— E daí, Dharmendran? Você sabe pra quem ligar. Por acaso sou o diabo do seu secretário?

— A Força-Tarefa Especial responde ao senhor.

— E você é a mãe? — pergunta o Ministro a Lakshmi Almeida, que já entrou no modo silencioso após quatro xícaras.

— Por favor, encontre o meu filho. Eu ia para a escola com a sua irmã, senhor. Fale para ela de Lucky Almeida, do coral. Ela vai saber — diz sua *amma*.

— Você é da Bridgets, então? Tenho uma boa amizade com todas as freiras. — O Ministro faz uma pausa, a fim de pesar bem sua próxima afirmação. — As freiras da Bridgets são bem liberais. Sabe que você pode beijar uma freira uma vez. — Ele para e balança o dedo. — Mas não pegue o hábito.

Ele dá um risinho e os rapazes que o acompanham riem junto. Até Stanley abre um sorriso. Sua *amma* não achou graça.

— Meu filho não está metido com política.

Como sempre, *amma* não sabe nada de nada.

— E é inofensivo? Então, por que é que ele está fotografando essas coisas asquerosas? — diz Cyril com um sorriso de quem já molestou mil estagiárias. — Obrigado por me chamar, Dharmendran. Isso é seríssimo.

Stanley aponta para Elsa.

— Senhor. Esta mulher não tem um mandado e trouxe a polícia até o meu apartamento. Sou membro do Gabinete e isso é um assédio.

É curioso o modo como as pausas na fala de Stanley evaporam quando ele se vê de joelhos diante de alguém com poder. Até o DD, com sua ignorância da realidade, é capaz de sentir que os planos do pai estão desmoronando. Ele coloca os envelopes de volta na caixa de sapatos, achando que ninguém viu, embora todos estejam vendo.

— Dharmendran, já tenho mais que o suficiente na minha mesa. Estamos em guerra em dois fronts agora. Preciso manter o JVP no chão e expulsar os indianos. A polícia, o exército e a STF estão todos correndo até mim, pedindo permissão para distorcerem as leis. Como é que você pode fazer isso? Não posso distorcer as leis por ninguém.

Jaki apanha a caixa e sai, arrastando os pés, até a porta dos fundos, sem reparar no guarda da STF que avança na direção dela.

E então a sua *amma* fica chorosa como nunca antes, desde o dia em que você nasceu, nunca na sua presença.

— Senhor Ministro. Eles estão com o meu filho? Sua irmã Surangani ensinou ele a cantar. Pergunta para ela... ela vai lembrar.

Se a Tia Surangani conseguir se lembrar do garoto desafinado que desistiu de estudar com ela depois de quatro aulas em 1966, você vai entrar para a Luz agora mesmo. Gosta de fazer apostas impossíveis. Como naquela vez em que falou para o DD que ia com ele até San Fran se Dukakis ganhasse do Bush.

— Senhora, ele está desaparecido há menos de dois dias. Talvez não esteja desaparecido. Tenho certeza de que vai dar as caras. E, quando isso acontecer, eu gostaria de falar com ele. — O Ministro Cyril se volta para Jaki. — Com licença, querida, mas aonde você está indo?

Um sujeito robusto, de preto, obstrui a saída e a priva da caixa. Ela tenta dar um empurrão e ele agarra o braço dela. Ela faz uma careta, e ele a solta.

— Podemos ficar com o envelope marcado "Rainha", por favor? — diz Elsa.

— E o que mais você quer? Quer ficar com o norte e o leste também? — ri-se o Ministro Cyril. Seus olhos disparam de Stanley para Elsa. — Precisamos avaliar essas evidências. Posso examiná-las direito, Dharmendran? Fazer minha avaliação, antes de eu poder recomendá-las?

— Puta que pariu — murmura DD.

— Dilan, cale a boca. Isso é necessário, senhor?

— Antes de emitir o mandado, preciso saber quais são os fatos. Só podemos encontrar o seu garoto se tivermos acesso a todos os fatos. Fale para os policiais lá fora que eu quero conversar com eles.

— Então você vai pegar as coisas do Maali sem um mandado de busca, para ver se precisa de um mandado de busca — Jaki bufa.

São necessários sete capangas para guardar uma caixa.

Elsa vai para fora, até onde estão os policiais, inúteis como as faixas de pedestres na Estrada Galle. Ela sussurra para Ranchagoda em frases breves e agudas, enquanto Cassim se afunda no banco do passageiro e cobre o rosto. Ela pede o dinheiro de volta e Ranchagoda se abaixa dentro do carro, enquanto o Ministro sai pelo portão do que já foi o seu lar, amargo lar. Ele finge que não a ouviu.

O capanga maior carrega a caixa branca de sapatos contendo o trabalho da sua vida. Você fica observando a besta sombria que acompanha Sua Excelência, Sua Horrenda Intolerância, pela porta. Ela parece ter desenvolvido braços compridos que balançam de um lado para o outro do seu corpo de lutador de sumô. O rosto pontudo e os olhos de sangue encaram você.

DD fuzila o pai com o olhar. Sua *amma* guarda as xícaras e Jaki fica olhando para o nada, com uma expressão que nem quando ela disse pela primeira vez que estava pronta, e você disse que você não. Você sobe flutuando até o teto e deseja sentir dor. Porque sabe que a caixa já era.

O que significa que vai precisar trabalhar com mais afinco se quiser se lembrar. As memórias podem até suscitar uma dor que você preferiria não sentir, mas há uma lembrança lá que você gostaria de recordar. Deveria ser a lembrança da sua morte ou de quem te matou, mas não é nenhuma das duas. Queria era recordar onde foi que escondeu os negativos. E tudo que sabe é que está em algum lugar óbvio, algum lugar próximo.

Papo com o Defunto Guarda-Costas (1959)

A sombra sorri para você e acena com a cabeça enquanto os capangas se empilham nas duas Pajeros. Ela se agacha sobre a parte da frente da Mercedes do Ministro e te chama. Você esperava que o capô cedesse sob o seu peso, mas ele nem parece sentir.

— Venha. Pegue carona comigo.

— Já tem bastante gente me levando pra lá e pra cá — você grita de volta.

Está pairando acima do pátio onde a sua *amma* costumava ler os jornais e encher o saco reclamando do seu pai. Lá dentro de casa, as vozes familiares estão tendo discussões inúteis a seu respeito e sobre as coisas que você fez. Sua vontade de ir lá espiar é menor até do que a de voltar à vida.

A coisa sobre o carro do Ministro tem olhos marrons, dentes pontiagudos, unhas compridas e veste uma camisa branca e calças pretas, o uniforme padrão de garçons, guarda-costas, jagunços e capangas.

— Eram fotos suas, né? Dei uma espiadinha. Trabalho impressionante, hein. Incrível, incrível.

— Que tipo de *yaka* você é?

— Sou a sombra do Ministro. Um Ministro das sombras. Haha. Vem comigo, sim? Como se tivesse algum outro lugar para ir.

Esse era um argumento que não tinha como refutar. Não seria a primeira vez que você divide o transporte com uma companhia desagradável. Como naquela vez em que pegou um ônibus para Kilinochchi com uns Tigres disfarçados e quase tomou um tiro do exército.

Você alcança o teto do carro bem na hora em que ele começa a andar. Repara que as peças de roupa da criatura não combinam. Sua camisa é toda cheia de frufru, e as calças são folgadas e parecem ter sido feitas por um alfaiate cego. Está descalço, com dedos peludos no pé e unhas protuberantes feito garras.

— Suas fotos são sanguinárias.

E o seu rosto também, você pensa. A carreata passa por um posto de controle onde os carros fazem fila para inspeção. As duas Pajeros e esta Mercedes não são detidas.

— Então talvez as pessoas devessem parar de fazer coisas sanguinárias.

— Esta é uma terra maldita. Não tenho dúvida — diz a criatura, enquanto os olhos mudam de cor, de carmim para ébano, da cor do mogno para escarlate.

— Como foi que você virou um demônio?

Você está pronto para pular no vento traseiro do carro se ele fizer qualquer movimento súbito. Mas essa bolha fica parada sobre o capô, olhando fixamente para o céu com seus olhos de sombra. Parece que movimentar-se não é uma das suas prioridades.

— Quem disse que eu virei qualquer coisa? Talvez eu sempre tenha sido.

— O que você era antes?

— Talvez eu tenha sido um líder que nem esse aí — e ele aponta para o homem no banco traseiro do carro, que tem a mão enfiada numa caixa de sapatos que já pertenceu a você. — Talvez eu fosse um magnata, dono de fábricas de gente.

— Mas não foi.

— Fui um guarda-costas. Mas nunca tomei um tiro por ninguém. Infelizmente.

— Você queria tomar um tiro?

— Meu último serviço foi o de proteger Solomon Dias.

— Quem?

— SWRD.

Pela primeira vez desde que começou toda essa bagunça infernal, você dá uma risada de verdade.

— Sujeito bacana.

— Pode falar o que quiser. Já ouvi de tudo. O Führer da Lei da Exclusividade do Cingalês. Padrinho de toda uma sequência de merda.

— Já ouvi dizerem coisas piores dele.

— Se tivesse continuado vivo, teria anulado a lei e promovido o multiculturalismo. Era um federalista, no fundo.

— Quem matou ele foi um monge budista cingalês, a própria fera que ele estava tentando domar. Atirou nele por não ser racista o suficiente — você diz. O SWRD era o único ponto em que você e o seu falecido pai conseguiam concordar.

— Há quanto tempo está morto? — pergunta o demônio.

— Há uma lua, aparentemente. Como era o Solomon?

— Não foi culpa dele. Tinha boas intenções. Esta terra é maldita.

— Já ouvi falarem isso antes. Por quê?

— Você tirou todas aquelas fotos e ainda assim precisa me perguntar?

— Justo.

— O Ceilão era uma linda ilha, antes de ficar cheia de selvagens.

— Verdade. Alguns países pegam uns selvagens importados. A gente cria os nossos próprios.

— Você sabe que tinha gente aqui muito antes dos cingaleses?

— O povo da Kuveni?

— Nem eram considerados gente. Nós os chamamos de diabos e serpentes.

— Eram *yakas* e *nagas* antes ou depois de Ravana?

— Ninguém se importa.

— Então, quem foram os indígenas srilanqueses?

— Não foi o Vijaya e os seus piratas do mar. Isso é certeza.

Se podemos botar fé no *Mahavamsa*, a raça cingalesa foi fundada com base em sequestros, estupros, parricídios e incestos. Não é um conto de fadas, mas a história de nosso nascimento, como consta na mais antiga crônica da ilha, uma crônica usada para codificar as leis criadas a fim de suprimir todos que não fossem cingaleses, budistas, homens e ricos.

Era uma vez, no norte da Índia, uma princesa que conheceu um leão. O leão raptou a princesa e a estuprou. A princesa deu à luz uma garota e um garoto. O garoto cresce, mata o pai leão, vira rei, casa com a irmã. Ela dá à luz um garoto, que vira um arruaceiro, que acaba banido com 700 lacaios e que chega de navio às margens do Ceilão.

O príncipe Vijaya e seu bando de bandidos calvos dão início à sua história ao massacrarem o povo naga nativo e seduzirem sua rainha, talvez não nessa ordem. Se essa história da nossa origem for real, não é nenhuma surpresa a bagunça em que nos vemos agora. Traída e arruinada pelo príncipe bruto, a rainha Kuveni da tribo naga amaldiçoa a terra antes de cometer suicídio e abandonar seus filhos na floresta. A maldição se mantém por alguns milênios e, em 1990, demonstra não ter perdido nada da sua força.

— Nossos ancestrais foram literalmente demonizados — diz a criatura.

— Já ouvi falarem que a Mahakali é descendente da Kuveni. Alguns dizem que é a própria.

Há um gargalo no trânsito na Estrada Galle. Começou a chover e nenhum dos dois se molha. Você olha ao redor e vê as pessoas correndo com guarda-chuvas e se amontoando debaixo da fachada das lojas. Os únicos que continuam andando são aqueles que não respiram mais.

— Quanto mais eu vejo, mais fico convencido — diz a criatura. — A história são pessoas com navios e armas aniquilando aqueles que se esqueceram de inventar essas coisas. Todas as civilizações começam com um genocídio. É a norma do universo. A lei imutável da selva, mesmo esta selva aqui feita de concreto. É possível observar no movimento das estrelas e na dança de todo átomo. Os ricos escravizam quem não tem nada. Os fortes esmagam os fracos.

A coisa agora rasteja pelo para-brisa e está perto o suficiente para te dar um tapa. A Mercedes passa por uma loja que vende lembrancinhas de artesanato, com uma bandeira do Sri Lanka no telhado.

— Sempre me incomodei com essa bandeira — você diz, mantendo um olho naquelas unhas protuberantes.

A coisa olha pela janela para o Ministro, que pegou no sono com a sua caixa no colo. O trânsito começa a andar e o demônio do Ministro sorri para você.

— A bandeira do poderoso leão?

— Quando foi que a gente teve a porra de um leão aqui? Ou tigre?

— Elefantes talvez fizessem mais sentido.

— Ou pangolins.

A maioria das bandeiras têm blocos de cores, que nem sempre pertencem à mesma paleta: na horizontal, na vertical, às vezes na diagonal, às vezes todos os três, como a Bandeira da União que governou a todos nós. Algumas têm símbolos amistosos, como folhas de bordo, luas crescentes, rodas que giram e sóis com cabelo *black power*. Em tempos mais bárbaros do que estes, as casas portavam os sigilos de lobos, leões, elefantes, dragões, unicórnios. Só para ostentar o quão bestiais poderiam ser se alguém mexesse com eles. Hoje em dia, o reino animal aparece em raras e preciosas bandeiras. Na maior parte aves, majestosas e pacíficas, com a exceção da águia mexicana, esmagadora de serpentes.

— Olha só para nossa bandeira. Que *achcharu*. Tem de tudo. Linhas horizontais, linhas verticais, cores primárias, cores secundárias, símbolos de animais, símbolos da natureza, armas. Amarelo, marrom, verde e laranja. Folhas de *bo*, uma espada e um animal. Parece uma salada de frutas.

— Já viu a bandeira do Eelam? Não melhora em nada.

O leão segura uma cimitarra contra as barras laranja e verde verticais que representam os dravidianos e maometanos, mantendo as minorias na linha sob o fio da faca. Como resposta, a bandeira separatista do Tâmil Eelam tem um tigre que espia, estilo Kilroy, por entre fuzis. Como quem diz, cubro o seu leão com a espada e aumento a aposta com um tigre com duas baionetas.

Ambas as bandeiras têm uma fera, um arranjo horroroso e a cor do sangue. Eelam tem o vermelho-tomate de uma ferida na carne, o Sri Lanka tem o marrom-ameixa de uma cicatriz que nunca sarou.

Não há provas de que nenhuma dessas feras tenha algum dia percorrido estas terras, mas aqui se assentam nas bandeiras, brandindo armas e nadando em sangue. Como se para reconhecer que o Sri Lanka foi fundado com base no bestialismo e no derramamento de sangue.

A Mercedes passa pelo porto e vocês dois apertam os olhos na direção do horizonte, olhando algo muito além dos navios ancorados. Vem à sua mente um devaneio de deuses distantes e sóis que envelhecem. De pais ausentes e crianças veadas.

— Quer saber por que é que eu acho que o Sri Lanka é maldito?

— Você acabou de falar. Kuveni.

— Não só ela. Nascemos em 1948. Acredita em *nakath*?

Qualquer músico ou esportista que se preze vai te dizer que o tempo é tudo. Além de acreditarem em *yakas* e maldições, os srilanqueses também acreditam em *nakath*, na auspiciosidade do tempo, estendendo o Feng Shui à passagem dos momentos. No Ano-Novo cingalês e tâmil, se você se voltar para o oeste e acender uma lanterna às 6h48 da manhã, receberá alegrias; se você se virar para o norte e acender às 7h03, o céu vai desabar.

— Não acredito em *nakath*.

— Como parece o ano de 1948 para você? Auspicioso ou suspeito?

— Você sussurra no ouvido do Ministro?

— Quando é preciso.

— É difícil de aprender isso?

— Nada é difícil com o professor correto.

— Preciso chegar ao *kanatte*. Então vou descer aqui.

— Por que está visitando cemitérios? Que funeral vai ter para você? Uma única lua de idade.

— Meu professor Sena talvez esteja aqui. Ele sabe sussurrar.

— Qualquer suposto professor que fique por aí num *kanatte* vai cobrar mais do que uma mensalidade escolar de você.

— O que isso quer dizer?

O carro vira na Bullers Lane e entra no prédio que abrigava o Ministério de Justiça.

— As Filipinas também começaram em 1948. Assim como nós, eles são um povo sorridente, tranquilão e cruel quando querem.

— Você foi mesmo guarda-costas do SWRD?

— Ele foi um homem poderoso. Mas não tão poderoso quanto Cyril será. Faço questão disso.

— Por acaso todos os ministros têm um demônio?

— Só os melhores dos melhores.

Você tenta enquadrar uma foto do demônio montado na Mercedes, mas só consegue ver lama no visor.

— Os melhores? O SWRD era um lixo. E o Cyril é pior ainda. Você é um guarda-costas da escória.

A besta dá um bote na sua direção, mas você já está posicionado para apanhar as torres de eletricidade que ficam à margem da estrada.

Ele ataca com a garra e consegue tirar um fino de um dos seus cordões. Você se pendura e salta da rede de energia para uma mangueira.

— Olha essa sua língua. Você sabe quais países nasceram em 1948?

A Mercedes para no trânsito, mas os ventos sopram em todas as direções.

— Se esta terra é maldita é por causa de homens como Wijeratne e Solomon Dias. E por causa daqueles que protegem essa laia — você grita, encorajado pela distância que cresce entre você e a criatura.

A criatura grita o nome de cinco países. E a Mercedes desaparece com a gárgula no capô.

— Vou ficar de olho em você — ele rosna e não dá mais para vê-lo. Mas os cinco nomes que ele grita ecoam em seus ouvidos. — Burma. Israel. Coreia do Norte. A África do Sul do apartheid. Sri Lanka. Todos nascidos em 1948.

Não importa se Maali Almeida acredita ou não em *nakath*. Porque parece que o universo, com toda a certeza, acredita.

AS ORELHAS

A Mercedes desaparece no trânsito e você não consegue mais se mexer. Há paredes invisíveis formando uma barricada ao seu redor e todos os ventos cessaram. Sente-se preso por um vidro blindado, detido por braços que não pode ver.

Você nunca foi claustrofóbico, apesar de todo o tempo passado em bunkers, camas estreitas e armários vitalícios. Mas, como qualquer pessoa razoável, viva ou morta, você gostaria de ter a opção de sair correndo, ainda mais quando há muitas coisas das quais correr.

Em vez disso, você se flagra imóvel e sem opções, o prisioneiro involuntário de figuras com jalecos brancos. O Moisés à sua esquerda e o He-Man à direita. Eles olham adiante, sem um sorriso no rosto. À sua frente está a dra. Ranee: sári branco, livro de contabilidade e uma careta de professora de escola.

— Seus Assistentes irão acompanhá-lo. Não vão te fazer mal, se se comportar.

— Por que é que um anjo precisa de jagunços? — você pergunta, com a voz mais meiga que consegue fazer.

— Quem disse que somos anjos? — diz a dra. Ranee. — Você está evitando a Luz, porque tem medo dos seus pecados.

— Por que forçam as almas a entrarem para a Luz? Não devíamos ter a liberdade de irmos aonde quiséssemos?

— Quem lhe disse essa bobagem?

— O camarada Sena.

— Você vai aonde as vozes na sua cabeça mandam — diz ela. — Mas as vozes na sua cabeça nem sempre são suas.

Os Assistentes te conduzem por uma rota aleatória da Ilha dos Escravos até Mattakuliya, pelo que parece ser uma estação ferroviária abandonada, até um lugar que você reconhece como aquele de onde fugiu uma vez.

— *Aiyo*. Aqui de novo não. Por favor.

— Não vai demorar muito.

Você passa pelas portas vermelhas e entra num corredor infinito. Está tão cheio de gente quanto na primeira vez em que você acordou aqui e igualmente organizado. Assistentes de branco pastoreiam os desequilibrados, os mutilados e os doentes até que cheguem aos balcões de filas cruzadas. A dra. Ranee manda o He-Man e o Moisés para o meio dessa bagunça e vai flutuando com você até os limites do caos.

— Primeiro de tudo, vamos fazer nosso Exame Auricular?

Você observa as almas recém-defuntas, em estados variados de luto, esbarrarem umas nas outras, feito partículas em fluxo. Algumas estremecem, outras se debatem e algumas se agarram ao completo nada.

— Quem é que manda aqui? Quem é seu chefe?

A dra. Ranee balança a cabeça.

— Deixe-me reformular. Não tem ninguém no comando?

— Sou só uma Assistente, Maal. A gente faz o que pode. Talvez tenha existido um criador. Talvez ele tenha vomitado o mundo, que nem o deus africano Mbombo. Ou criado tudo na mão em uma semana e tirado um cochilo no domingo que nem o sujeito da Bíblia.

— Então com quem é que a gente se encontra? Iavé ou Zeus?

— Devíamos buscar conhecer a alma da Criadora, em vez de discutir o nome Dela.

— Tenho um nome excelente para Deus. Seja Lá Quem.

— Não venha atrás de mim quando chegar a sua sétima lua, implorando para ser libertado. Não pego mais casos de última hora.

— Todos deveriam rezar para Seja Lá Quem. Que aí ninguém se ofende. "Venerável Seja Lá Quem, cuide da minha família. E nos dê dinheiro e nos livre da dor. Com amor, Eu."

— Estou ficando de saco cheio das suas piadinhas.

— Essa foi a coisa mais séria que eu já falei.

Ela então te dá uma aula sobre as orelhas. Diz que a verdade de todas as coisas que você já foi repousam em seus padrões. Como a cartilagem, a pele e a carne moldam formas e sombras únicas, até mais do que as impressões digitais. Nelas se encontram fósseis de vidas passadas e pecados esquecidos. É uma pista que se esconde em plena luz do dia, como as pistas costumam fazer.

— O fato de que nossas orelhas são invisíveis para nós é um sinal claro do gênio da Criadora — diz a doutora Ranee.

— Ou um sinal de que ela odeia a todos nós — você diz.

A dra. Ranee faz que não com a cabeça. Ela te diz que as orelhas são impressões digitais kármicas e que a sua "capa de carne" está repleta de pistas quanto às suas vidas passadas. O *suliya* na sua cabeça, a proporção dos dedos dos seus pés, os padrões na sua pele, os ângulos dos seus dentes, o gingado do seu jeito de andar. São esses os motivos pelos quais mesmo os mais novos aprendizes de fabricantes de amuletos incluem fios de cabelo, unhas, dentes ou sangue em suas maldições de *huniyam*. Você é tragado em direção ao vão do elevador. O Moisés ergue o cajado para o vento. O He--Man fica encarando, como se estivesse desafiando você a sair correndo. O vento virou um vendaval e ruge feito uma fera encurralada.

— Se quiser respostas — grita a dra. Ranee por cima do barulho. — Se quiser encontrar "Seja Lá Quem" por trás de tudo. Primeiro encontre "seja lá quem" entre as suas orelhas.

Você dispara pelo vão do elevador, subindo em meio a espíritos que flutuam em várias direções. Um andar após o outro passa por você. Se estivesse contando os andares, contaria até o Quarenta e Dois.

— É difícil conhecer a face de Deus. Quando você sequer conhece a sua própria — diz ela.

Hoje, o Andar Quarenta e Dois está aberto para negócios, ou seja lá o que aconteça por trás da fileira de portas vermelhas.

Os espíritos parecem todos renovados. Dá para ver pelos seus olhos, seu jeito de caminhar e pelas figuras de branco que estão de cicerone com eles. Seus três guardiões acenam com a cabeça para os colegas e te conduzem até uma porta vermelha. Em sua mão, há uma folha de *ola* com suas seções cuidadosamente marcadas. Você a reconhece, porém não sabe como foi parar ali.

O cômodo interior parece um antro de ópio, só que sem fumaça. Os corpos jazem deitados de costas enquanto homens sem camisa e mulheres com os seios à mostra, com grandes barrigas e olhos purpúreos, se agacham sobre cada um deles, examinando suas orelhas.

Pedem para que você se deite, enquanto uma moça da aldeia e o que parece ser um bêbado da aldeia encaram as suas orelhas. A pele deles é de um púrpura de mangostão e têm o hálito com cheiro de fruta.

— Já viveu trinta e nove vidas — diz a ninfa.

— Correto — concorda o bêbado.

O bêbado olha a sua orelha esquerda, e a ninfa a sua direita. Os dois murmuram um para o outro enquanto rabiscam num livro de folhas de *ola*.

— Foi assassinado. Morte violenta. Súbita.

— Amou um amor incompleto.

— Roubou. E foi roubado.

A ninfa e o bêbado olham um para o outro, depois olham para você.

— Matou?

— *Aiyo* — diz a dra. Ranee, levando a palma da mão ao rosto.

— Mentira — você diz, antes de te empurrarem por uma passagenzinha junto com outros cadáveres, a maioria dos quais tem olhos que mudam a tonalidade da cor ao fitá-los. A cada parada, um par de mãos toma a sua folha e rabisca alguma coisa nela. Aparições diferentes te apalpam, algumas de paletó, algumas de sarongue e umas poucas com joias de ouro e nada mais. Todas elas têm olhos e abdomens roxos.

— *Pretas* são fantasmas famintos — diz a dra. Ranee. — São também especialistas em leitura auricular.

— Também dizem que eu matei alguém. Um pequeno problema. Não matei, não.

— Tem certeza?

E então você entra numa sala onde há apenas você e um espelho, e você não vê nada no reflexo, depois vê os seus olhos em rostos diferentes, o seu rosto em cabeças diferentes e sua cabeça em corpos diferentes. Todas as feições mudam assim que você as focaliza. Seu nariz se alonga e se contrai. Seu rosto se torna bestial e belo na sequência. Seu cabelo cresce e desaparece. Seus olhos passam de verdes para azuis e castanhos.

Mas suas orelhas não mudam.

Por fim, você reconhece a coisa no espelho. Está de bandana vermelha, jaqueta safári, um pé de sandália e umas coisas no pescoço — cordões entrelaçados, a ankh de madeira com o sangue do DD, o *panchayudha* e o pingente que esconde as cápsulas. Você olha de perto os fios embolados e repara que parecem muito com uma forca. Sua câmera está pendurada como uma pedra de moinho. Você a pega e olha pelas lentes quebradas.

Vê um cão e um velho e uma mulher aninhando um bebê. Todos dormem em paz e a imagem te dá um soco no estômago. Pela terceira vez, lágrimas pinicam os seus olhos. Ao levantar o olhar, você está segurando o livro de folhas de *ola*, mas desta vez tem algo escrito nelas. A caligrafia é bonita e precisa, porém estranhamente burocrática.

Mortes — 39
Orelhas — Bloqueadas
Pecados — Muitos
Luas — 5

No final da folha, há um carimbo. Cinco círculos brancos, todos sobrepostos. O número de luas que te restam.

• • •

Você está na recepção do Andar Quarenta e Dois; o He-Man e o Moisés desapareceram. Sem dúvida para arrastarem algum outro pecador indigno para a Luz. Agora estão ali apenas você e a doutora bondosa, esta estação barulhenta e as lembranças que se encontram às margens dos seus pensamentos, na periferia das suas visões, na ponta da sua língua. Elas batem contra as janelas da sua mente, mas permanecem ocultas na tempestade.

A dra. Ranee te passa um sermão, mas é mais gentil desta vez.

— A sua alma não é jovem, já viveu trinta e nove vidas. Você tem culpa, tem mágoas, tem dívidas que não foram pagas. Eles pensam que a sua morte foi um assassinato e não um acidente ou suicídio.

— Como sabem?

— Talvez você tenha causado mortes. Não tem cara de assassino para mim. Mas os garotos que atiraram em mim também não tinham.

Ela fica esperando, com a cabeça inclinada para o lado, a fim de ver como você vai reagir.

Você fica em silêncio. Se há uma resposta, não dá para lembrar. Seu cérebro secreta lembranças, mas não as que você procura. Lembra-se das fotos e do lugar onde guardou os negativos. Não é a informação que a dra. Ranee gostaria que você lembrasse, mas alguém talvez goste.

— Eu paguei minhas dívidas.

— Pagou mesmo?

— Exceto pelas minhas fotos. Elas precisam ser vistas. E eu tenho mais cinco luas. É tempo suficiente.

— Dizem que sua memória está bloqueada.

Seu olhar recai sobre a folha de *ola*. Será que essas ranhuras e rabiscos realmente dizem tudo isso?

Você se lembra da Jaki contando a história de um lugar em Kotahena cheio dos horóscopos de todo mundo que já viveu. Jaki passou por uma fase de obsessão com astrologia uma semana depois da sua fase apostadora, e meses antes da fase do teatro.

O mito diz o seguinte: três mil anos atrás, sete astrólogos indianos escreveram em vastas coleções de folhas de palmeira as biografias de todo mundo que viria a nascer. Cada uma delas foi vendida no atacado pelo preço de um rolo de tecidos em Pettah.

Se você lhes informasse a data e horário do seu nascimento, eles mandavam importar uma folha de *ola* de uma caverna da Índia e um astrólogo com uma camisa engomada a decifrava para você. Com base nessas gravações em páli, sânscrito e tâmil, o astrólogo dizia às jovenzinhas quando elas iriam se casar e às empregadas quando partiriam destas bandas. Dizia aos velhos que tinham muitos anos de sobra ainda e aos aleijados que um dia voltariam a andar. Curiosamente, esse astrólogo nunca contou para ninguém quando a pessoa ia morrer.

Você se lembra de ter dito a Jaki que para sete sábios escreverem as biografias de 5,3 bilhões de almas demoraria um milhão de anos. Que a papelada disso tudo acabaria com toda a floresta Sinharaja. E, no fim, seria um exercício sem propósito algum.

Todas as histórias são recicladas e todas são injustas. Muitos dão sorte e muitos recebem só miséria. Muitos nascem em lares com livros, muitos crescem nos pântanos da guerra. No fim, tudo vira pó. Todas as histórias se concluem com a tela ficando preta.

• • •

A voz da dra. Ranee corta os seus pensamentos obscuros.

— Diz aqui que você foi lesado. Diz também para não se demorar no Interstício.

— Olha, tia, eu agradeço mesmo.

— Não sou sua tia. Se você ficar aqui, vão te levar embora.

— Quem?

— O seu camarada Sena trabalha para a Mahakali. Está usando você, assim como está sendo usado. O Interstício está repleto de encostos e demônios que ganham poder com o seu desespero. Não ceda a eles. Isso não ajuda ninguém.

— Sena vai me ajudar a sussurrar para os vivos. Posso ter isso, pelo menos?

Você olha para a dra. Ranee e para os anjos musculosos. Olha ao redor do balcão, mas não vê ali a figura encapuzada de Sena, e sente-se grato por isso. Você cheira o ar e sabe que a Mahakali não está longe daqui.

— Preciso ver o Sena.

— Está louco? — diz a dra. Ranee.

— Todo mundo, em todo lugar, está trabalhando para alguma Mahakali. Que me importa?

— Você é um idiota. E um desperdício do meu tempo.

A dra. Ranee se cala quando perde a cabeça, igual a Jaki fazia. Seu pai era o oposto. E, diferente do *dada*, ela sabe quando a discussão já acabou.

— Um demônio não pode devorá-lo a não ser que você faça o convite. Pelo menos, não antes do fim das suas sete luas. E só te restam cinco.

Ela olha para você com severidade, mas dá para ver que, apesar de tudo, ela ainda quer te ajudar. E essas pessoas eram geralmente aquelas que o tratavam do pior jeito.

— Eu volto para você antes disso. Com certeza.

— Eu dizia isso para o meu marido e minhas filhas. Com certeza. Sempre depois de fazer uma promessa que eu não conseguiria cumprir.

Ela sai flutuando até um balcão distante, sem olhar para trás. No caminho, ela direciona uma senhorinha até o elevador e um garoto até uma porta vermelha, e não olha para trás. Ela não viu o que você viu, não fez o que você fez. E ela não compreende que, se você entrar para a Luz, não é do esquecimento que você tem medo, mas das coisas que entrarão lá junto com você.

CRIATURA MÍTICA

Você fica esperando a brisa certa que te leve ao cemitério, para poder oferecer a Sena qualquer que seja a moeda de troca que ele exige para ensinar o poder de sussurrar. Enquanto espera pelo vento, fica observando as almas que flutuam até a parada de ônibus de Maradana. Dá para identificar os *pretas* agora pela sua pele roxa e suas barrigas, os demônios pelos olhos vermelhos e garras, os fantasmas comuns pelas expressões confusas.

— Cuidado com aqueles que têm olhos pretos. Vão te virar do avesso, meu irmão.

Você olha para baixo e repara num leopardo. Esse não é um eufemismo para um ser humano armado que esconde a própria violência por trás dos nomes de gatos ferozes. É um animal de verdade. Tem a pelagem entrecortada por listras e seus olhos são de um branco puríssimo.

— Sinto muito, não estou entendendo.

— Claro que não está.

— Não sabia que existiam fantasmas de animais.

— Devo desaparecer então, só para servir à sua ignorância?

— Não queria ofendê-lo.

— E, no entanto, me ofendeu — diz o leopardo, enquanto escala o parapeito. Ele desaparece num beco que dá nos canais de Panchikawatte.

Por que não haveria fantasmas animais? Por que só seres humanos teriam almas? Será que isso quer dizer que todos os insetos nos quais você já pisou vagam durante sete luas e pedem reembolso no balcão? Não é à toa que os Assistentes parecem tão sobrecarregados.

Você apanha um vento e olha para baixo, para as almas nos telhados, voltadas boquiabertas para a lua. Pensa em todas as criaturas que viu, Lá Embaixo e no Interstício. Passa por um outdoor em homenagem a um político que morreu e fica se perguntando por que é que alguns humanos ganham outdoors e outros nem uma sepultura têm. Nessa loucura toda, tem apenas uma besta de cuja existência você duvida. E não está nem pensando em Deus, também conhecido como Seja Lá Quem, mas na mais impossível de todas as criaturas míticas: o Político Honesto.

Já ouviu histórias que contam de um único deles. Um cavalheiro que chegou à política, não por ganância, nem por benefício próprio. Don Wijeratne Joseph Michael Bandara, nascido em Kegalle em 1902, filho de um sapateiro, que ganhou uma bolsa de estudo para frequentar a Faculdade de Direito de Peradeniya em 1919. Após anos de luta nos casos em defesa de trabalhadores de plantações, ele foi eleito pegando carona no Partido Comunista e depois trabalhou até ir parar numa sepultura precoce. Trabalhou para os excluídos e esquecidos, defendeu trabalhadores tâmeis, comerciantes muçulmanos, motoristas burgher e cozinheiros chetty. Construiu duas bibliotecas no distrito Kegalle, ensinou uma geração de crianças a ler em inglês e expulsou todos os pilantras da prefeitura. Nunca aceitou suborno, nunca foi mulherengo, nem mesmo xingava depois de beber. E é claro que ele bebia. Até as criaturas míticas têm sede.

Don Wijeratne Joseph Michael Bandara morreu de derrame em 1967, causado pela dieta de cigarros *à la* Churchill e pelo processo que tirava o seu sono à noite. Quem meteu esse processo nele foram os sindicatos locais, aqueles mesmos ingratos aos quais ele dedicou expedientes de dezoito horas por dia. Seu filho caçula, Don Wijeratne Buveneka Cyril Bandara, entrou no parlamento em 1977 e lembrou bem as lições de mestre do seu pai para o insucesso.

A cosmovisão de Cyril Bandara foi colorida pelo tempo que ele serviu como motorista, conduzindo o seu pai todas as semanas até a Justiça do Trabalho durante três anos. Bandara Sênior foi processado por fraude à licitação por uma madeireira que ele mesmo havia questionado no tocante às suas práticas trabalhistas. Bandara Júnior foi observando os tribunais sugerem sua herança e defecarem na reputação do seu pai — o provável motivo de Júnior ter concorrido em sua primeira eleição como membro do parlamento de Kalutara sob o nome de Cyril Wijeratne.

Cyril nunca foi pego quando fraudou as licitações das empreiteiras. Usava a mesma desculpa que todos os homens casados usam. Se é para ser acusado de um crime, por que não cometê-lo?

Há criaturas para se temer nesta e em todas as outras histórias. O Charred *yaka* que espalha boatos e cânceres, o Riri *yaka* que arranca bebês do útero, o Mohini, o Pássaro-Diabo, o Ravana de dez cabeças, a Mahakali.

E aí tem o motorista bêbado de ônibus, o mosquito da dengue, o monge maníaco, o soldado ensandecido, o torturador mascarado, o filho do Ministro. Homens que não são nem do exército, nem da polícia. Homens que se vestem com o traje nacional para trabalhar.

Cyril Wijeratne tinha a capacidade de pacificar pacifistas como os Rajapaksa, ser mais inteligente que os ideólogos como JR, cercar os populistas como Premadasa, impressionar os dignitários estrangeiros com seu sotaque emprestado e enganar os otários que votaram nele ao fingir ser o filho do seu pai lendário. E, se lhe perguntarem como foi que conseguiu sobreviver a cinco tentativas de assassinato (três do JVP, duas do LTTE), ele nunca teria pensado: "É porque eu tenho o guarda-costas do SWRD que morreu protegendo este traseiro afortunado."

Ele teria pensado, "Se estou vivo hoje é por causa do Homem-Corvo".

A CAVERNA DO HOMEM-CORVO

Você avista Sena no estacionamento do cemitério. Ele está encarando a torre do crematório e entregando folhetos aos fantasmas recém-incinerados. Abre um sorriso para você e o chama para perto.

— Boa tarde, doutor. Bom vê-lo. Achei que tinha te perdido para os Assistentes.

— Você nunca disse que seu pai foi motorista da família Wijeratne.

— O doutor nunca perguntou.

— Você conheceu Buveneka Wijeratne?

— *Thathi* nunca me levou ao trabalho. E por que faria isso? Sabia que eu achava que ele era um camponês.

— Seu pai disse que ele lançou uma maldição na família Wijeratne.

— A maldição de um chofer vale menos do que nada. Tem alguma coisa que você queira de mim?

— Se eu quiser sussurrar para os vivos, seria possível? — você pergunta.

— Tudo é possível, chefia — diz ele, sacando umas coisas verdes circulares da sua bolsa-saco-de-lixo. — Mas precisa se comprometer. E eu não vejo nenhum comprometimento da parte do senhor. Só dizendo.

Você repara que Sena entrega panfletos apenas aos fantasmas de olhos verdes ou amarelos, apenas para os que parecem aflitos ou confusos. Assim como todos os proselitistas de religiões, Sena optou sabiamente por tomar os fracos como suas presas.

Está quieta a atmosfera no cemitério. Ratos, cobras e furões se escondem em meio às lápides. Uma árvore *banyan* preside a reunião do mato crescido e das pedras reviradas. Há muitas sombras nas quais se pode desaparecer, embora não pareça ter ninguém formando-as.

— Presumo que tenha corrido tudo bem na reunião com os Assistentes — debocha Sena. Ele tem o hábito irritante de botar a língua para fora, entre os dentes, quando tenta fazer graça. Tem algo de diferente nele. Seus dentes parecem mais pontudos, seus lábios mais cheios, seus olhos mais redondos, seu cabelo mais espetado, seu sorriso mais cínico. Diz a mesma coisa a todo pobre encosto que passa por ele.

— Nós apoiamos vocês. Podemos fazer os seus assassinos pagarem pelo que fizeram — ele sussurra, ao empurrar um folheto na mão de cada um. — A justiça trará paz para vocês. Seus assassinos vão implorar pela sua clemência.

— Quantos já conseguiu recrutar? — você pergunta.

— Tenho aqueles dois estudantes de Engenharia — diz ele. — E uns sete outros que talvez entrem. Ninguém deveria ficar sozinho neste Interstício. Juntos somos mais fortes.

— E, no entanto, estamos todos sozinhos. Preciso entrar em contato com minha amiga.

— Por quê?

— Para ajudar a resgatar meus negativos.

— Por quê?

— Porque, senão, tudo o que eu vi vai desaparecer. Feito lágrimas na chuva — uma frase do primeiro filme a que você assistiu com o DD, durante o qual ele roncou do começo ao fim, enquanto você segurava a mão dele e chorava por Rutger Hauer.

— O *hamu* é um poeta *mara*, não?

— Posso aparecer diante da Jaki e falar com ela?

— *Aiyo*. Calma lá, doutor. Se fosse fácil assim, todo mundo veria fantasmas.

— Então, os fantasmas não podem falar com as pessoas?

— Só em filmes de terror. Mas dá para criar ambientes e sussurrar pensamentos.

Sena entrega o último dos seus folhetos a uma fera feita de partes do corpo desmembradas. É uma vítima da explosão de uma bomba que cospe na sua direção. Nessa sua breve estada por aqui, você já viu várias delas.

— Então, o que eu posso fazer?

— Doutor Malinda Almeida. Creio que seja hora de conhecer o Homem-Corvo.

· · ·

Sob a ponte, abaixo da escadaria de aço, com a boca fechada, encontra-se uma caverna urbana, oculta à vista dos passantes. A caixa de força na calçada com as palavras "Perigo! Alta Voltagem" camuflava uma porta lateral, sob a qual era preciso se curvar para acessar.

Sena te empurra pelo metal amarronzado, te dá um impulso no meio do concreto e o arrasta pela madeira. Como é a sensação de atravessar uma parede? É como andar por uma piscina com cheiro de poeira e que não molha.

A caverna tem vento encanado que entra por ângulos estranhos. Você repara em buracos de ventilação que sobem pela parede até o teto, permitindo entrar o sol e fumaça de escapamento.

O interior não é, como era de se esperar, uma assembleia municipal de baratas, nem um mictório de morcegos, mas na verdade um santuário iluminado por velas para os deuses de todos os livros sagrados. Pôsteres laminados das calçadas de Maradana, presos com pregos e fita adesiva. Jesus, Buda e Osho. Shiva, Ganesh e Sai Baba. Marley, Kali e Bruce Lee. Uma cruz, uma lua crescente, um provérbio tibetano sobre o rosto do Dalai Lama, um *koan* budista rabiscado em cingalês sobre uma folha de *bo* em baixa resolução.

No centro da caverna, há um homem barrigudo de camiseta. Tem o cabelo penteado e uma barba com um tom alaranjado de hena. Os óculos fundo de garrafa encolhem seus olhos até virarem pontinhos. Ele se senta a uma mesa bagunçada, cheia de folhas de bétele, flores, cinzas de incenso e notas de rupias. Está com os olhos fechados e murmura alguma coisa numa língua inventada.

Acima dele, pendem gaiolas de madeira e arame, algumas sem portas, outras contendo ninhos, algumas com papagaios, algumas com pardais, a maioria com corvos. Eles atravessam as grades em revoada, bicam o feijão-moyashi na tigela e não cagam em nada.

Diante desse homem gordo, há uma mulher de sári com muita maquiagem, mas pouco desodorante. Ela agarra sua bolsa marrom e olha fixo para o homem. Sena paira em volta da mesa, enquanto você vai se acostumando com o espaço e percebe que tem mais alguém aqui. Sombras sobrepostas se amontoam nos cantos, observando o diálogo no centro e encarando vocês dois.

A princípio, parece que o homem administra um cassino suspeito (como se houvesse algum outro tipo de cassino), pois ela põe as notas de cem rupias na folha de bétele após cada declaração que ele faz, como um empresário bêbado aplacando uma stripper. Você se aproxima e capta pedaços da conversa. Ela pergunta sobre o pai dela, ele responde com platitudes, ela dá mais dinheiro e ele responde com mais platitudes:

— Ele diz que ama você, que tem orgulho de você e está sempre ao seu lado.

Ela esfrega os olhos.

— Ele mencionou alguma coisa das joias?

É então que você repara no velho pateta encurvado, sussurrando no ouvido do gordo. A aparição rodopia e cospe sobre a mesa.

— Essa porca gananciosa não pode ser filha minha.

— Sr. Piyatilaka. Sua filha busca sua herança — diz o tio Corvo, suas pálpebras tremendo por trás dos óculos, numa simulação de um estado de transe.

— Fala pra ela que eu dei pra um broto que eu estava comendo lá em 1973. Quando a ingrata da mãe dela não queria mais nem encostar em mim.

O tio Corvo fala com a filha de olhos fechados.

— Seu pai ama muito você. Ele acredita que a joia foi roubada.

— Quem roubou?

— Sr. Piyatilaka, me diga onde está.

O gordo tira os óculos e mexe e balança a cabeça feito um cantor de música soul. É aí que você repara nos olhos dele. São brancos, mas não bem como os de um Assistente. A pupila é cinzenta, com um ponto preto no centro. Ele encara sem ver o que está à frente e vê coisas que não estão lá.

O velho ergue a cabeça e as sobrancelhas. A filha põe mais dinheiro na folha de bétele.

— Sua ladra de merda. Acha que eu vou contar? — E assim, o velho sai em disparada rumo às sombras.

— Seu pai precisa descansar. A emoção de vê-la é demais para ele.

A filha faz que sim com a cabeça e fecha a bolsa.

— Da próxima vez, será que podemos descobrir o que houve com as joias?

— Vou tentar — responde o tio Corvo.

Ele sorri e fica sentado enquanto ela se levanta. Ele espera até ouvir o pocotó-pocotó dos saltos dela escadaria acima antes de se virar na sua direção.

— Que diabos é isso? — pergunta ele, com a voz sibilante. — Quem mandou você pra cá?

Você não tem certeza se ele se refere a Sena ou a você. Suas pupilas cinzentas reviram dentro das órbitas, desnorteadas.

— Você é aquele sujeito do JVP, não? É você, Sena Pathirana?

— Sim, *swamini.*

— Não me chame assim, seu babaca. Que coisa é essa que você trouxe pra cá?

Gargalhadas ressoam nas sombras, e você não sabe se devia responder ou sair correndo.

— Ele deseja o poder de sussurrar.

— Porra, não me venha aqui quando eu estiver trabalhando, ah!

— Desculpa, *swamini.*

— Há quanto tempo você vem aqui, Sena Pathirana?

— Há umas trinta e cinco luas.

— E quem pode me chamar de *swamini*?

— Seus discípulos, *sw...*

— E o que fazem meus discípulos?

— Visitam o senhor a cada três luas.

— Correto. Você me prometeu um exército. Cadê?

— Já divulguei a mensagem. Vou cumprir o que prometi.

— E só consegue me trazer isso aqui? O que é isso? Outro do JVP?

— Ele foi morto por tirar fotos da guerra. Precisa conversar com a namorada.

Mais risinhos vindos das sombras. Dá para distinguir figuras que parecem muito desproporcionais para serem humanas.

— Seu nome?

— Malinda Almeida.

— Almeida, você me parece atormentado. E eu não me importo. Não me importo com você, nem com o que você acredita ou com o que fez. Só me importo com a transação. Se me ajudar, eu ajudo você. Só isso. Está claro?

Você faz que sim com a cabeça e observa uma figura que emerge das sombras. É um garotinho, sem uma das mãos. Ele se senta na mesa com um pedaço de papel e dá grãos-de-bico para os pardais comerem. Você não tem certeza se é de carne ou espírito, só que não parece ser nem um, nem outro.

— O tio Corvo não consegue enxergar nada sem os óculos — Sena explicou a caminho da caverna. — Há quem diga que foi por causa da bomba de 1988, há quem diga que foi por causa de uma mina terrestre e há quem diga que foi uma picada de cobra. Na caverna dele, só ele pode fazer piada. Não seja engraçadinho.

"Quando ele tira os óculos, o mundo vira um borrão e não dá para ver os pássaros que ele alimenta, os favelados para quem ele constrói santuários, nem os clientes para quem ele mente. Mas ele consegue ver espíritos, consegue ouvir os fantasmas e eles conseguem ouvi-lo também."

A história do Menino-Pardal também tem diversos autores. Ele perdeu a mão no trilho do trem, ou na bomba de 1988, ou por causa de um tio abusivo. Ele se senta na mesa, segurando uma caneta com a mão que sobra. Às margens, você vê bonecas grosseiras feitas de folha de coqueiro, uma tigela cheia de carvões e uma caixa com coisas gravadas nela.

— Devemos convocar a sua namorada para que ela venha para cá primeiro — diz o tio Corvo.

— Por meio de magia negra? — você pergunta. — Usando *huniyam*?

— Não, idiota. A gente escreve um cartão-postal pra ela.

Sena desapareceu nas sombras, onde papeia com os seres invisíveis. Sena lhe disse que o garoto não fala, e falar com ele antes de falar com o tio Corvo é um ato de desrespeito grave.

— O nome da sua amiga?

— Jacqueline Vairavanathan.

— Endereço?

— 4/11, Galle Face Court.

— Marcarei um horário com ela amanhã. Tem certeza de que ela vai vir?

— Espero que sim.

— Isso não basta, nunca. — Ele usa dois dedos para apanhar um pouco de um unguento que está numa tigela de latão brilhante e passá-lo no cartão. — *Kolla*, entrega isso pra mim? Ah, sim. Ela precisa trazer um pertence pessoal que tenha sido seu. Algo que seja caro a você. Diga para mim qual é o objeto e onde ela poderá encontrá-lo.

Você pensa por um segundo e cartas de baralho voam diante dos seus olhos. Ases e Reis e Rainhas e cães mortos. Você conta para ele. O garoto sai devagar pela porta lateral e, diferente da maioria dos clientes, não precisa se curvar para sair.

— Malinda. É assim que funciona. Eu tenho uma dádiva e uma maldição. Vivo num mundo borrado, mas vejo tudo. Os mais ricos, os mais poderosos, todos vêm buscar a minha ajuda. Porque sou humilde. Porque sou brilhante.

Há sombras agachadas atrás dele, sussurrando no seu ouvido. Ele faz que sim com a cabeça e depois a balança de um lado para outro.

— Você está proibido de me questionar. Vai me dizer o que precisa e, dentro do que está em meus poderes, eu o providenciarei. Se quiser falar com os vivos, posso ajudar. Se quiser abençoar alguém, é possível. Se quiser amaldiçoar, o custo é maior. Mas vai ficar me devendo favores. E você vai cumprir. Está claro?

As sombras se amontoam ao redor dos lóbulos da orelha dele, e Sena se encontra em pé, no canto, gesticulando para que você se curve diante dele. Nem a pau você faz uma coisa dessas.

— Posso lhe conceder o poder de sussurrar no ouvido dos outros. Posso até mesmo lhe conceder o poder de possuir os vivos. Mas precisa me ajudar. Está disposto a isso?

Você dá de ombros, e Sena intervém.

— Sim, *swamini*. Estamos dispostos.

— Me traga o exército que você prometeu. Senão, cale a boca. Quero ouvir da boca desse otário aí.

— Não vou me curvar diante de você — você diz.

— Então por que já está de joelhos? — pergunta ele.

Você fica estarrecido em descobrir que não é nem a primeira nem a última vez na história ou na mitologia que um homem ruim de vista fala a verdade.

LIVROS DE DIREITO ROMANO-HOLANDÊS

O Menino-Pardal espera do lado de fora do elevador quando Jaki retorna do serviço. Ela teve que aguentar de ressaca o turno matutino na SLBC. Dá sempre para saber quando ela andou bebendo ou jogando pelo modo como ela se arrasta. O menino caminha pelo saguão e lhe entrega um cartão--postal. Ele gruda ao toque e tem cheiro de lavanda e *gotu kola*.

— Que é isso?

O garoto aponta para sua boca, abrindo-a e fechando-a, sem emitir um único som. Ele mostra o endereço no rodapé do cartão, e a Jaki o lê enquanto você se inclina no ombro dela e sussurra no seu ouvido. Sua orelha é gordinha e cheia de curvas. Você se pergunta que vidas estão ocultas naquelas dobras de cartilagem.

> Srta. Jaki Vayranathan
> Almayda qué falá contigo.
> Diz pra trazê agenda. No armário. Debaicho do urso. Amanhã de manhã na rotatória Kotahena.
> O Kolla leva você.

Quem senão a Jaki responderia a uma convocação tão besta? Uma vez ela apareceu no Cassino Pegasus com o cartão de crédito da mãe e não disse nada sobre o sermão que teve que ouvir por causa das ligações de longa distância. Uma vez ela lhe deu seu último remedinho da felicidade quando você contou sobre os restos mortais fumegantes de uma criança que viu em Akkaraipattu.

— Por que você não para com isso? — ela perguntou. — O pagamento é tão bom assim?

— Não. Eu que sou.

— Beleza.

— Nunca fui bom em nada. Mas sei como chegar perto e conseguir a foto. Não sou o melhor com a câmera. Mas sempre chego aonde preciso. Não importa de que lado seja.

Você já carregou a Jaki bêbada e a tirou, rolando, de táxis. Você já a protegeu de muitos rapazes desagradáveis. Ela deu conta do seu aluguel enquanto você estava viajando. Ela já mentiu para o DD quando você estava na jogatina.

Ela te levou às boates de Colombo 3, aos salões de Colombo 4, aos cassinos de Colombo 5, às festas de Colombo 7. Lugares que o Sena pagaria só para dar uma espiada. Você gostava dos remédios que ela comprava com receita e misturava com gim. E gostava de resolver os dramas dela no serviço e questões com parentes, embora você mesmo nunca tivesse trabalhado num escritório, nem tivesse um tio de cujo nome se lembrasse.

Quando ela te sugeriu ver o psiquiatra dela, que era, com efeito, o traficante de remedinhos da felicidade, a fim de falar sobre os seus pesadelos, você não ficou ofendido.

— Que pesadelos?

— Aqueles que você tem toda noite.

— Eu nunca sonho — você diz.

— Não. Não parece sonho mesmo.

— Como você saberia? Tem entrado no meu quarto?

Eram os toques que acabaram virando um problema. Começou com isso de dar as mãos e fazer massagem no ombro, depois uma noite virou uma mão na sua coxa e os dedos no seu cabelo, e cada toque parecia um palhaço fazendo cócegas. Quando ela levou os lábios dela até os seus, você estremeceu e soltou um risinho. Depois disso, as coisas ficaram esquisitas.

— Você é o *kolla*, imagino — diz ela ao garoto.

Ele faz que sim com a cabeça e vai esticando os dedos, feito uma criança aprendendo a contar.

— Já comeu? Quer *malu paan*?

Ele faz que não com a cabeça.

Ela tira dois salgados recheados de peixe da sua bolsinha marrom, o lanchinho que sempre trazia de casa e que não tinha comido ainda.

— Pega. Pode comer. Não se preocupe, sou sua amiga.

O Menino-Pardal fica encarando enquanto morde o salgado.

— Vamos amanhã?

Ele faz que sim com a cabeça, as bochechas sujas de migalhas.

— De manhã?

Ele faz que sim com a cabeça, saboreando seu banquete e dando um indício de um sorriso.

— Você vem aqui?

Ele aponta com o cotoco para as palavras "rotatória Kotahena", que ele mesmo havia rabiscado naquele cartão-postal poucas horas antes. Jaki assente e entra no velho elevador.

Ela nunca discutiu contigo, nunca fez o papel de *drama queen*, nem fez ceninhas que nem o DD. Em vez disso, ela dizia "Beleza" e ficava em silêncio por um tempo. Mas seus olhos ficavam meio vidrados e ela fazia aquele meio sorriso, e aí você sabia que ela estava furiosa.

Ela disse "Beleza" quando você falou que não poderia conhecer os pais dela, quando disse que estava visitando o Blue Elephant sem ela e quando você disse que estava se mudando para o quarto vazio. O quarto no qual ela entra agora, pilhando o armário. Ela vê as fotos emolduradas das chapas de raios X, o desfile de paletós e camisas, os cordões com cianureto.

Os paletós e camisas eram de cores outonais, selecionadas para se misturarem com a selva e se destacarem na cidade. As chapas de raios X eram da sua boca e do seu peito, batidas após um acidente de carro que envolvia você, um senhor de mais idade e um boquete imprudente enquanto dirigia. Você tentou transformá-las num projeto artístico, que acabou abandonado, como a maioria das coisas. E aqueles frasquinhos você obteve com os cadáveres de Tigres mortos, que você fotografou em Kilinochchi para o exército.

Ela também avista um ursinho de pelúcia que o seu pai trouxe de volta para Colombo junto com uma doença sexualmente transmissível, que foi o presente de despedida dele para a sua *amma*. Essa doença se chamava desespero. Seu *dada* morreu num hospital no Missouri, enquanto você estava preso no aeroporto LaGuardia, a caminho do seu leito de morte. Qualquer drops de sabedoria que ele tivesse para dizer, você recebeu pelo telefone.

— Não culpe a sua *amma*. Foi uma boa mulher. Não combinávamos. Nunca fique com alguém que não ri das suas piadas. Por que está aqui agora? Você nunca nem respondeu nenhuma das minhas cartas.

Ele disse que escreveu para você todo aniversário, pedindo desculpas pelas coisas e dando conselhos. Recusa-se a acreditar que você nunca nem viu a cara dessas cartas.

— E se as suas piadas não tiverem graça? — você perguntou.

— Ainda está nisso de fotografia? — perguntou ele.

— Estou fotografando a guerra.

— Achei que estivesse num MBA.

— Isso foi dez anos atrás.

— Que guerra sem propósito. Agora os tâmeis querem metade da ilha. Não sei por que está perdendo seu tempo com isso.

— Você está se sentindo melhor?

— Estou morrendo. É o meu conselho pra você. Faça o que diabos quiser, porque vamos todos morrer mesmo.

— E o que foi que você fez?

Estava num aeroporto estrangeiro, cozinhando naquele calor, escutando aquele homem, o culpado por tudo, ter a última palavra. Não, *dada*. Não desta vez. Você segura o orelhão e insere mais três moedas de 25 centavos, imaginando que é um caça-níqueis do Pegasus.

— Como é?

Você puxou a alavanca e mandou bala.

— A sua geração fodeu com este país. E aí depois você pulou fora.

— Agora vai me dar um sermão por ter ido embora?

Você ouviu um suspiro do outro lado da linha e fez uma pausa antes de pronunciar as frases que passou toda a sua vida ensaiando em quartos adolescentes.

— Você nunca fez nada. E agora jamais vai fazer. Eu registrei imagens que vão durar mais que todos nós. A única coisa boa que você já fez na vida foi ter me gerado.

Quando enfim chegou ao Missouri, descobriu que seu pai havia morrido de parada cardíaca enquanto conversava com você, e a tia Dalreen mandou que ficasse longe do velório. Suas duas meias-irmãs não atenderam a porta. Ambas, Jenny e Tracy Kabalana, se recusaram a atender o telefone.

• • •

Jaki pega o urso, vê a sua agenda embaixo dele e diz "Beleza". Você o pegou numa lojinha de suvenir de Goa e ele durou mais que todos os livros da sua prateleira. Ela faz careta para os nomes que não reconhece ali e então vê um símbolo conhecido, a Rainha de Espadas, junto com o número do Hotel Leo.

"Beleza", ela diz e o leva para seu quarto. Na saída, repara numa bandana vermelha pendurada no gancho da sua porta. Está toda manchada e, se ela conseguisse escutar, você lhe diria quais das manchas ali são de lama, quais são de gasolina e quais são de sangue.

As cortinas do quarto dela estão fechadas, e as luzes baixas, com a trilha sonora de algum grupo inglês pavoroso que não cala a boca. Do lado do espelho dela tem um mural de fotografias, muitas das quais foi você que tirou, onde aparece o Trio Incrível, que era como vocês se chamavam quando não estavam discutindo por causa de bobagem. DD, Jaki e Maali de férias em Yala, Kandy e Viena, enchendo a cara no Clube do Centro de Artes.

Os nomes na agenda estão rabiscados em canetas de cores diferentes em estágios diferentes das suas muitas vidas. Contém tias, primos, amantes, encanadores, jogadores, ladrões e alguns homens e mulheres bem importantes. Alguns nomes fazem acender uma luzinha na cabeça, outros oferecem apenas silêncio, e são esses que o deixam apavorado. Jaki reconhecerá apenas uma fração dessas alcunhas, mas isso não vai nem surpreendê-la, nem perturbá-la. Diferente de DD, Jaki chegou à fase de aceitação de que não possuía a menor jurisdição sobre a sua vida, seu tempo ou seu afeto.

Ela passa os dedos nas páginas de Alston Koch até Zarook Zavahir, e descobre mais alguns símbolos de cartas desenhados com caneta esferográfica ao lado de números sem nomes. São os mesmos símbolos dos envelopes, o mesmo *royal straight*. Ela posiciona a agenda no colo e fica olhando para o nada. Será que está se perguntando se você está vivo ou foragido? Será que está se lembrando das tardes de remedinhos da felicidade, vinte e um e da vitrola antes de quebrar? As noites que passaram ouvindo Shakin' Stevens, Elvis Presley e Freddie Mercury — sem um encostar no outro.

Então ela abre a agenda de novo e vai passando as páginas até chegar a uma com um número e um Ás de Ouros desenhado ao lado com uma caneta esferográfica vermelha. Ela a mantém aberta enquanto vai caminhando até o telefone.

...

Ser um fantasma não é tão diferente assim de ser fotógrafo de guerra. Longos períodos de tédio, espaçados entre breves surtos de terror. Por mais animada que tenha sido a sua festa *post mortem*, a maior parte dela você passou observando pessoas olhando para as coisas. As pessoas olham muito para as coisas, peidam o tempo inteiro e tocam suas genitálias demais, demais.

A maioria das pessoas pensa que está sozinha e, como sempre, se engana. No mínimo do mínimo, há centenas de insetos colados em você e alguns trilhões de bactérias em tudo que você toca. E, sim, alguns deles estão de olho em você.

Sempre vai ter alguma coisa pairando por ali ou de passagem, mas a maioria das coisas que pairam e passam têm tanto interesse por você quanto você tem por minhocas. Há, pelo menos, cinco espíritos vagando pelo espaço onde você está agora. Capaz de ter um lendo por trás do seu ombro.

Você observa Jaki sentada ao lado do telefone. Está comendo o próprio cabelo, um hábito feio de se ver que ela adquiriu na mesa de apostas. Ela puxava uns fios de trás da orelha, colocava entre os dentes e ia mordiscando quando não sabia se devia pagar para ver ou pedir mesa.

Não devia estar abrindo a agenda, nem ligando para aqueles números. Deveria se concentrar em ir atrás daqueles negativos ou era bem capaz de terminar igual a você.

Você sussurra no ouvido dela, para na frente dela e grita. Tenta até cantar alguma coisa do Shakin' Stevens. E então, uma cabeça aparece na janela, esbaforida e febril, flutuando quatro andares.

Sena está inchado que nem o Elvis em Vegas, como se seu rosto tivesse sido devorado por vespas. Seu nariz achatado parece havaiano, seus cachos, africanos, mas a boca continua toda Gampaha.

— *Ado hutto*, vem cá. Temos um trampo.

...

Sena te conduz até o norte, por meio de Pettah. Os ventos correm suavemente, e então param sem aviso.

— Que noite travada — diz Sena. — Tem encostos demais no ar.

Não está errado. Em Dematagoda, Encostos com Presas encaram os semáforos, procurando motoristas de triciclo para mutilar. *Pretas* passeiam ao redor das latas de lixo nas quais os mendigos fuçam, roubando o sabor e fazendo a comida apodrecer.

Ele não conta para você aonde estão indo. Em vez disso, dá uma aula de economia.

— A moeda por aqui não são rupias, nem rublos, ações ou cocos. É *varam*. Quanto mais *varam* adquirir, mais útil você se torna. Para si mesmo. E para os outros.

Ele conta que o melhor modo de obter *varam* é fazendo as pessoas rezarem por você, acenderem velas, darem flores e acenderem incensos e pós de cheiro pungente só para você. Demônios como Bahirawa, Mahasona, Kadawara e o Príncipe Sombrio, todos derivam seu poder dos cestos de frutas podres entregues a seus pés por aqueles que se ajoelham.

— De fato. Mas não somos deuses. Não temos santuários. Como é que um bando de zés-ninguém como a gente consegue *varam*?

Sem responder, ele desce, flutuando, até as margens do canal, até um caminho pavimentado por pedaços de tijolos, diante de um bairro favelado. O caminho se insinua pelo meio do lixo boiando e vai até uma mesa de pedra sob uma mangueira.

Segundo Sena, o tio Corvo tem uma congregação dos pobres, coitados e mutilados. Gente da rua, favelados e mendigos que visitam esse frágil santuário. É um arco dilapidado erguido a partir de um barracão derrubado, equipado com uma mesa de pedra e preenchido por estatuetas de deuses e máscaras de demônios. Buda, Ganesh e Mahasona estão todos cercados por flores mortas, mas não são a atração principal.

No meio do santuário, há uma pintura de um demônio, tosca e cartunesca, no estilo de desenho tibetano que geralmente não se vê na linha de budismo que temos aqui. Você reconhece os olhos pretos, as presas e o cabelo de serpente. Tira o olhar do colar de crânios para o cinto de dedos decepados até os rostos aprisionados na carne.

— Eles fazem suas preces para a Mahakali — você diz, sibilante, e Sena responde com uma careta.

O tio Corvo mandou o Menino-Pardal levar alguns objetos pessoais para o santuário, cada um dos quais representa uma alma que busca o seu conselho. Aqueles que ajudam o tio Corvo recebem as preces das miríades e acumulam *varam* o suficiente para adquirir habilidades.

— É bom ter o poder do seu lado.

— Isso, você fala como um verdadeiro camarada.

— Se quiser falar com a sua amiga, esse é o modo mais fácil.

O *kolla* não consegue te ver. Não tem o dom, ou a maldição, do tio Corvo. Mas sente os ventos que você traz. Você já o viu estremecer ou ficar todo arrepiado sempre que se aproxima. Você o observa enquanto coloca objetos aleatórios no santuário — pedaços de tecido, livros com nomes escritos, dentes embrulhados em cabelo.

— Ele precisa de um item pessoal. Meu *thathi* trouxe o meu uniforme da escola de lá de Gampaha.

— E qual é o problema do Menino-Pardal?

— Pergunte você pra ele.

O menino parece agitado. Acendeu um punhado de palitos de incenso e está atirando fumaça e cinzas pelo ar, como um mágico aprendendo a usar a varinha.

— Encontrem o sr. Piyatilaka — diz ele, chicoteando o ar com seu incenso. — Vão lá encontrar o lugar onde ele esconde o ouro.

Não te vê, embora olhe diretamente na sua direção. Golpeia o ar com o incenso e um vento vindo do leste te encontra. Ele te joga de lado.

— Aguenta firme — diz Sena. — Sua primeira missão começa aqui.

• • •

O fantasma previamente conhecido como sr. Piyatilaka não é uma figura impressionante. É um homem calvo que pensa que tem cabelo, um desdentado corcunda que pensa que seu bigode aparadinho compensa pelo restante das suas feições. O que faz com que o lar palaciano que ele assombra seja ainda mais impressionante.

Não fica longe do cemitério Borella e é decorado com a fauna de todo o Sri Lanka, exceto pela região de Colombo 8. Sua casa principal é projetada como uma antiga casa *walauwa*, o jardim tem espaço para uma segunda construção e a garagem está cheia de carros clássicos. A mulher rechonchuda da caverna do Homem-Corvo, que ainda usa maquiagem de mais e desodorante de menos, está instruindo um jovem com bíceps avantajados a revirar as botas e olhar embaixo dos bancos do que parece ser um Jaguar da década de 60.

O sr. Piyatilaka fica observando com raiva, mas achando graça ao mesmo tempo. Ao olhar para cima e flagrar você flutuando junto de Sena, ao lado do Morris Minor verde, toda a parte da graça desaparece.

— Agora o tio Corvo me manda uns veadinhos, é? Que legal. Por favor, vazem da minha propriedade.

O jovem agora está embaixo de um Ford dos anos 70 e começou a bater no chassi de metal.

— Pode quebrar tudo, seu palhaço. Que me importa? Essa puta da minha filha já está de saco cheio de você. Ela que tente vender esses carros depois que você mutilou tudo, seu cretino.

O sr. Piyatilaka sai flutuando da garagem, entrando no jardim tropical.

— Como se eu fosse esconder o tesouro nos meus carros! — ele debocha. — Eram heranças que me foram repassadas pelo avô do meu avô. Talvez os meus netos um dia sejam dignos delas.

Na ponta do jardim, há uma construção com um único cômodo. É pequena demais para ser um chalé e grande demais para chamar de paiol. O velho se senta na varanda e sorri.

— Vocês otários estão perdendo tempo. Deixe-me adivinhar. O Homem-Corvo disse que vão ganhar *varam* para me entregarem, né? Ele está fazendo vocês de trouxas!

— Senhor, essa joia não lhe serve de nada. Para que se apegar a ela?

Você flutua até um cômodo que se parece com aposentos reais. Há livros de Direito preenchendo as prateleiras nas duas paredes. O resto são imagens emolduradas de diplomas e certificados, além do sr. Piyatilaka com suas filhas.

— Sabe, eu sou o único na família que estudou. Todos os meus irmãos ficam sentados lá em Polonnaruwa, jogando conversa fora.

— Esses livros são seus?

— Meu pai foi o advogado. Eu fui para a administração. Mas conheço a legislação. E sei como funciona o *varam*.

Sena desaparece entre os armários e sapateiras. Ele se abaixa até as tábuas do assoalho e sobe no teto, ao que o antigo morador dali acha ainda mais graça.

— Não vão encontrar nada. Minha filha já mandou um dos garotos dela Lá Em Cima. As crianças deveriam fazer por merecer para ganhar suas heranças. Alguém devia fazer disso uma lei.

Sena dá uma bronca em você para começar a meter a mão na massa, mas, a julgar pelo comportamento do anfitrião, você suspeita que não vão achar ouro nenhum por aqui. Você ouve os gritos estridentes da filha com o namorado na garagem. Ouve os ruídos do namorado usando uma chave inglesa no carro, o que, de imediato, corta o seu valor pela metade.

— Podem voltar para o Homem-Corvo. Não tem nada para se ver aqui — diz Piyatilaka, admirando seus livros de Direito com carinho. — Advogado é tudo cuzão. É por isso que eu nunca fui um. Mas as leis são necessárias. Porque religiões inventadas não bastam.

— Mais um ateu — você proclama, metendo a cabeça nos livros de Direito.

O além te parece o oposto de uma trincheira. Os livros têm cheiro de limo e umidade, e você sai dali tossindo, sem ter encontrado um único fundo falso cheio de joias. Os livros são volumes com o mesmo título. *Comentários sobre o Direito Romano-Holandês*, de Simon van Leeuwen, 1652. O Sri Lanka continuou seguindo as leis do Direito Romano-Holandês muito depois de os romanos e dos holandeses o terem abandonado.

— Não fui religioso, mas eu tinha crença, sim — diz ele. — Aí eu fiquei com câncer. Aí eu li os livros santos e visitei os homens santos nos lugares santos. Ninguém me escutou.

— As pessoas nas zonas de guerra rezam todos os dias — você diz. — Soldados, civis, até os jornalistas. Ninguém nunca escuta.

— Precisamos desses livros de Direito, porque a religião não proíbe nem o estupro. Sabia disso? Os mandamentos castigam quem usa o nome do Senhor em vão num domingo, mas não tem nenhum "Não estuprarás".

— Não pode ser verdade — você diz.

— Os discípulos hindus mencionam o *brahmacharya* e a fidelidade, mas nada sobre estupro. O *kaamesu michch charya* do budismo não especifica o estupro. O islã proíbe bacon, prepúcios e apostas. Mas nada de estupro.

— As leis são escritas pelos homens — você afirma. — Que não ligam que aconteçam coisas ruins a pessoas que não são eles. — Você pensa em DD e no egoísmo adquirido na Faculdade de Economia de Londres. E em uma de suas discussões recorrentes.

— As pessoas sempre sofreram — disse DD. — É possível legislar contra isso, reduzir o sofrimento a nível macro. Mas nunca dá para eliminá-lo. O melhor que dá é esperar que as coisas ruins não aconteçam com alguém que você conhece.

— Não devíamos nos parabenizar pelos acidentes de quando nascemos.

— Não — respondeu ele. — Mas podemos desfrutar deles.

— Que as coisas ruins aconteçam com os outros — você murmura. — Frase digna de um republicano *tory*.

Sena vasculhou o cômodo, a garagem e a casa, mas não encontrou nada.

— Vamos, Maali. Deve estar enterrado no jardim.

— A puta da minha filha mandou vir um sujeito com um detector de metal — ri o sr. Piyatilaka. — Foi engraçado. Mas não tão engraçado quanto ver duas mariconas-fantasma chafurdando na minha lama.

Você olha para os volumes de livros de Direito Romano-Holandês e para o velho arrogante apegado ao ar e a seus rancores. Fica se perguntando se o seu pai está preso no Interstício do Missouri e se ele pensa em você de vez em quando.

— Não se dê ao trabalho, Sena. Não vai encontrar joia nenhuma aqui.

— Exatamente. Pode voltar e falar para o Homem-Corvo para ele parar de arrancar dinheiro da minha filha.

— Não tem joia nenhuma.

— Já falei pra vocês! Dei para a minha amante de 1973.

— Se eu contar para você onde o tesouro dele está, o Homem-Corvo vai me dar o poder de sussurrar?

— Claro, Maali *hamu*. Com certeza.

Sena olha para você intrigado e os olhos do sr. Piyatilaka perdem o brilho.

— Acho que está na hora de vocês dois irem embora.

— Os livros de Direito. São de trezentos anos atrás, primeira edição, quarenta e nove volumes. Valem mais do que todos os carros na garagem.

Piyatilaka grita e parte para cima de você. Sena tira você do caminho e o filho furioso do advogado se choca contra a prateleira, trazendo consigo um vendaval que bate à porta. O vento faz o volume 49, já meio instável na prateleira carcomida por cupins, tombar sobre o volume 32, abaixo dele. O volume 32 derruba os volumes 33-38, que caem numa avalanche até a prateleira inferior, que acaba partida ao meio por conta do impacto, fazendo os volumes 1-23 caírem em cascata, feito os escombros de um prédio em um bombardeio aéreo.

A filha de Piyatilaka e seu gigolô vão correndo até lá e encontram cheiros estranhos, ventos frenéticos e um monte de livros de Direito caídos no chão.

Terceira Lua

Você se esquece daquilo que quer se lembrar e se lembra daquilo que quer esquecer.

Cormac McCarthy, *A estrada*

A VOZ

— E agora? A gente se esconde aqui nesta árvore daquele psicopata do Piyatilaka?

— Paciência, *hamu*. Vamos ficar sentados nesta árvore e esperar o chamado do tio Corvo. Logo vem.

Você sobe até um dos galhos mais altos da copa caduca da árvore *mara*; suas folhas parecem vivas contra o vento, como dedos arranhando seu rosto; suas flores são da cor de feridas na carne, de pele dilacerada por estilhaços.

Sena segue tagarelando sobre as habilidades que o tio Corvo poderá lhe ensinar.

— Doutor, dá para comandar insetos, aparecer em sonhos, até mesmo possuir os vivos.

Você olha para as pessoas que caminham pelo parque. Essa gente ordinária e cotidiana que não te vê. Mais de metade delas têm espíritos empoleirados nas costas, que correm ao seu lado, que sussurram nos seus ouvidos.

Sempre pensou que a voz na sua cabeça pertencia a alguma outra pessoa. Que conta a história da sua vida como se já tivesse acontecido. O narrador onisciente que soma um *voice-over* ao seu dia. O treinador que manda parar de se lastimar e fazer aquilo que você faz bem. Que era ganhar no vinte e um, seduzir jovens camponeses e fotografar lugares medonhos.

Foi a voz que te levou em excursões por zonas de guerra em cinco ocasiões, cada uma para um mestre diferente. Foi a voz que te levou até os cassinos e becos e garotos estranhos em selvas obscuras. E, no entanto, você tem dúvidas quanto a essa voz. Se havia um espírito encostado que sussurrava no seu ouvido, como poderia saber? E, mesmo que soubesse, será que daria para separar essa voz de todos os outros sussurros?

Você ouve alguém mencionar o seu nome e o de Sena. É o tio Corvo, com a mesma irritação na voz que você mesmo sente. Mais uma vez, você evapora, uma sensação com a qual já está familiarizado e que não é de todo ruim. Está de volta numa caverna repleta de aves, frutas e uma miríade de fileiras de velas que cantam com suas chamas.

Você paira perto da janela redonda com uma grade que a divide ao meio e dá para um santuário com muitos deuses, o maior dos quais ostenta um colar de crânios e tecnicamente não é uma deidade, embora o Buda também não fosse. Rodeando-a, com as cabeças baixas, encontram-se famílias de pessoas sem-teto, mais conhecidas por estas bandas como mendigos. Há uma senhora que faz *roti* ao sul do canal, um vendedor de bilhetes de loteria de cadeira de rodas e um sapateiro que parece que seria esperto ou burro o bastante para tocar uma empresa de ações de primeira linha, caso tivesse nascido em Colombo 7.

— Até que enfim! — vocifera o tio Corvo, enquanto seus olhos cegos correm pelo espaço até se acomodarem naquele canto onde vocês dois se veem acovardados. — Fizeram um bom trabalho com o tal Piyatilaka. Espero que continuem assim, ah. — Então ele espirra num lencinho vermelho e esvazia o ranho do nariz.

— Quando vou aprender a sussurrar? — você grita. — Tem alguém com quem preciso falar.

— Aprenda a rastejar antes de pular, sr. Maali.

Sena tira o capuz e sorri.

— Desculpa, *swamini*. Estamos aqui apenas para servir.

— É mesmo, sr. Sena? Eu também sirvo, mas apenas àqueles que são dignos. Venha, sr. Maali. Venha encontrar aquela que veio visitá-lo.

Você repara no garoto sentado sobre um banquinho do lado da porta, coçando a orelha com os três dedos da mão boa. Você repara que a cadeira vazia para visitantes já não está mais vazia. Pois nela está sentada a sua melhor amiga, não namorada, Jaki Vairavanathan.

Agenda

Jaki apoia o queixo numa das mãos e com a outra segura sua sacola de pano. Você sabe que ela tem uma lata de spray de pimenta, parte de uma caixa com doze que o seu primo de Detroit mandou para ela, horrorizado de pensar numa garota solteira de vinte e poucos anos andando sozinha pelas ruas perversas de Colombo.

Você se pergunta o que ela está pensando enquanto seu olhar varre a caverna procurando algo que se mexa. Há muita coisa se mexendo nesta caverna, é claro, mas nada que ela consiga ver.

O vento que te acompanha apaga a vela, e Jaki dá um pulo.

— Ele está aqui, senhorita. Trouxe algum pertence dele?

— Quem te deu o meu endereço?

O Homem-Corvo apara um espirro com um lenço estampado com a sílaba Om. Ele assoa um monte de catarro em cima do símbolo do infinito interior e do infinito exterior. Depois tosse.

— Me desculpe, senhorita. Mas seu amigo faleceu. Está conversando comigo agora mesmo.

— Vou te denunciar para a polícia — afirma Jaki. — Está me ouvindo?

— Fala para ela calcular as probabilidades — você diz.

— Hein?

— As probabilidades. Pergunte para ela: "Quais as probabilidades?"

— Que probabilidades? Desculpa, senhorita, estou com um resfriado hoje. Ele me atrapalha de escutar.

Jaki tira o rosto da palma da mão e levanta uma sobrancelha bem arqueada.

— O que foi que você disse?

— Pergunte para ela qual a probabilidade de alguém ter conhecimento da agenda embaixo do ursinho de pelúcia.

— A probabilidade da agenda o quê?

— Diga para ela que a probabilidade é de uma chance em 23.955. Menos que a de um *straight flush*. Diga para ela que o universo é só Matemática e probabilidades. Que não somos nada para além dos acidentes do nosso nascimento.

O tio Corvo repete essa fala palavra por palavra. Quando chega ao fim, uma lágrima desponta dos olhos perdidos de Jaki.

— Você sabe onde ele está?

— Está aqui, senhorita. Mandou esquecer a caixa embaixo da cama.

— Não tem mais caixa nenhuma. Levaram embora.

— Ele sabe. Diz para não se preocupar. Encontre os negativos, ele disse.

Só de observá-la, você começa a chorar, embora não tenha mais olhos, nem lágrimas, nem nada para fazer soluçar. E chorar era, para você, um hábito tão frequente quanto fazer sexo com garotas. Não chorou quando pisoteou cadáveres para fotografar a retirada dos Tigres, nem quando observou o menino de oito anos ninando a irmã morta, nem quando ouviu que seu pai morreu enquanto você estava preso na alfândega.

— Preciso de um objeto. Posso ficar com a agenda?

— Não.

Jaki tira a mão da sacola e saca dela, em vez do spray, uma bandana vermelha toda manchada. Seca as lágrimas nela, sente o seu cheiro e a deposita sobre a mesa. Seu cérebro é inundado de imagens numerosas e grotescas demais para se descrever. Feito a vida de outra pessoa que passa num flash diante de você, de alguém que viveu uma vida repleta de cadáveres e sangue.

Você dá um berro, e o tio Corvo tapa os ouvidos, depois tem outro acesso de tosse.

— Acalme-se, senão a gente não vai chegar a lugar nenhum. Senhorita, ele quer que você entregue a agenda.

— Por quê?

— Ele me diz que tem algo a ver com o Rei. Rei da Pélvis? Ou Rainha? Algo assim.

O tio Corvo não para de espirrar e assoar o nariz, e você não para de gritar com ele.

— Ele diz que os negativos estão com o Rei da Pélvis e a Rainha. Sena, você está por aí? Fala pra ele que não consigo ouvir quando ele grita.

Você passa a falar com calma, mas ele ainda não consegue decifrá-lo.

— Me desculpe, senhorita. Não estou bem. Ele diz que tem os registros de algo negativo. Sobre Reis e Rainhas e o DD e algo assim. Ele quer que você entregue a agenda. Vai ajudá-lo a ganhar *varam*.

— Não posso entregar mais nenhuma das coisas dele — diz Jaki. — Se ele morreu, onde está o corpo?

O tio Corvo toca a bandana e a entrega para o garoto.

— Coloca isto aqui no santuário, *kolla*. Senhorita, eu não estou bem. Apareça na semana que vem e a gente vai fazer isso direito. Lamento muito pela sua perda. Não esqueça de fazer a doação. Para os pobres.

O garoto pega a bandana e dá um passo na direção de Jaki. Ela faz uma careta, como se estivesse tentando dizer uma palavra, mas sem voz. Vai abrindo e fechando a boca devagar. A palavra que ela diz em silêncio poderia ser qualquer coisa, mas você suspeita de que seja "amigo". Ela se levanta, leva uma mecha de cabelo à boca, dá uma mordida e depois se abaixa pela saída lateral. Carrega consigo a agenda e suas páginas de cartas de baralho, sem ouvir que você está gritando para que ela deixe isso para trás.

· · ·

— Ele é um o quê?

DD acabou de voltar do jogo de badminton no Clube Aquático das Lontras e está com o cheiro que você imagina que uma lontra tenha.

— Sei lá, cara. Astrólogo ou coisa assim.

DD se senta à mesa onde você costumava apoiar os pés e levar bronca por isso. O pai dele uma vez foi enviado como embaixador para um Estado árabe onde colocar os pés para cima era sinal de desrespeito. DD aprendeu certos tiques por socialização. Como a incapacidade de pedir desculpas e uma avidez em discordar.

— Não é um curandeiro? Ou um mago? Ou um Jedi?

— Já terminou?

— Eu tenho ido e voltado das audiências, tentando pegar as fotos do Maali de volta. E você andou visitando adivinhos?

— Por que essas audiências? Eu achava que o Ministro Cyril fosse o macho do seu *appa*.

— Os policiais dizem que a caixa está cheia de provas. O advogado de Cyril Wijeratne quer seis semanas para averiguar essa alegação. Seis semanas!

Ela saca a agenda do meio da bagunça na sua sacola. Ela olha para ele e espera seus olhares se cruzarem, o que nunca acontece. O jovem Dilan nunca foi muito de contato visual, o que era um sinal de autismo, embora o DD não seja nenhum Rain Man.

— Acha que ele morreu?

— Nunca diga isso — ele respondeu. — Se estivesse morto, eu saberia.

— Como?

— Eu saberia.

— Você ficaria sabendo se ele estivesse sendo torturado?

— Não posso pensar nessas coisas.

— Por que não?

— Porque pensar não resolve nada. Nem ficar visitando astrólogos.

— Ele disse coisas que só o Maali diria.

— Tipo o quê?

DD sempre esfrega o nariz quando está escondendo algo. Era o pior jogador de pôquer que você já viu — e olha que você já conheceu alguns bem ruins. Ele para de esfregar o nariz e passa os belos dedos pelo cabelo suado.

Ela deposita sua agenda no colo de DD. Você a comprou na livraria KVG no shopping embaixo do Hotel Leo. Ele a abre e reconhece alguns dos nomes. A página marcada com "Valete de Copas" está repleta de números e apelidos. A lista o faz franzir a testa — Byron, Hudson, George, Lincoln, Brando — e imaginar o pior.

— O Homem-Corvo me disse que isso aqui estava escondido no armário dele. Debaixo do ursinho de pelúcia. Como ia saber?

— O Maali falava com todo mundo. Talvez tivesse deixado escapar.

— Para um astrólogo cego dentro de uma caverna?

— O Maali anda com todo tipo de gente. Quem é o sujeito?

— Diz que ajuda políticos, jogadores de críquete e agências de publicidade.

— Fazendo o quê?

— Amuletos e horóscopos. Maldições. Coisas tipo mau-olhado. Diz que conversa com espíritos. Sei o quanto isso parece idiota.

— Parece patético.

— Minha tia disse que eu não devia nunca usar minissaias, que eu seria amaldiçoada com *huniyam* ou algo assim. Que o mau-olhado poderia me enfeitiçar.

— E você foi enfeitiçada?

— Ele vende uns troços tipo essa coisa aí no seu pescoço.

Diferente de você, DD tem uma única coisa pendurada no pescoço. Um pequeno cilindro de madeira com palavras em sânscrito entalhadas nele. Veio como parte de um parzinho, cada um dos cordões ficava no pescoço dos pais do DD, até o câncer levar sua *amma* embora, cinco anos atrás. O tio Stanley deu os dois para DD e o mandou dar para a garota com quem ele fosse se casar. Disse que funcionava melhor se misturasse o sangue do homem e da mulher e usasse para lambuzar o cilindro. DD achou isso nojento e deu a outra metade do par para você numa viagem para Yala. E depois pintou o quarto de roxo. Foi então que o tio Stanley parou de visitar e começou a cobrar aluguel de você. Não cobrava do filho, até DD pedir demissão da advocacia.

— Como era a cara desse tal Homem-Corvo?

— Que nem o daquele monge em *Kung Fu* que diz "gafanhoto".

Você solta um risinho e ninguém escuta. DD nunca assistia à TV normal, muito menos aos faroestes budistas. Só alugava vídeos de documentários e musicais. O primeiro filme que você viu com ele foi *Blade Runner* no Liberty e ele roncou durante a maior parte do filme. O único seriado que viram juntos na vida foi *Crown Court*, da Yorkshire Television.

— Nunca vi *Kung Fu*.

— Ele espirra muito e mora numa garagem cheia de gaiolas. Falou que o Maali morreu.

— Onde foi isso?

— Kotahena.

— Quem foi com você?

— O criado dele, um garoto.

DD fica em silêncio e aperta a gravata.

— Acha que eu já não tenho coisa suficiente para lidar aqui? Estou há três dias sem dormir. Não posso ir caçar você na caralha de uma caverna em Kotahena. Sabe quantos casos de sequestro tem neste país?

Jaki pega a agenda de volta com DD.

— Tem cinco números nesta agenda com desenhos de cartas de baralho.

— É mesmo?

— Um deles é o seu.

— O quê?

— O seu, o nosso, o do apartamento. É só o nosso número e o Dez de Copas.

— E o que eram os outros?

Ela marcou as páginas dobrando de um jeito que você nunca faria. Vai virando até chegar a cada página e apontando para os desenhos em vermelho e preto.

— A Rainha de Espadas dá no escritório do CNTR no Hotel Leo, onde aquela tal de Elsa Mathangi trabalha.

— Você ligou pra lá?

— Liguei para todos os números marcados. Ela queria saber se a gente tinha os negativos.

— E temos?

— Hum. Negativo.

DD repara na bagunça em cima do sofá. O motivo que levou a sua cabeça de vento a se sentar na mesinha de centro na qual ninguém tinha permissão de botar o pé. É o que sobrou da caixa embaixo da sua cama. O papelão rasgado e os discos que ninguém escuta. As vozes emotivas de Elvis, Shakin' Stevens, Freddie Mercury, exilados de casa depois que as fitas cassete substituíram os vinis e o A-ha, Bronski Beat e os Pet Shop Boys substituíram o rock'n'roll.

— Por que trouxe isto pra cá?

— Porque eram dele — diz Jaki. — E eu gosto de Shakin' Stevens.

DD analisa as unhas antes de roê-las.

— O Maali me contou do trabalho dele para a Associated Press. Algum sujeito inglês. Joey ou Jerry.

— Jonny. Jonny Gilhooley. Deve ser o Ás.

Bendita seja, Jaki. Só você deu ouvidos.

Jaki caminha até o telefone e disca o número da Associated Press. Atendem ao primeiro toque.

— Alô.

— Posso falar com Jonny Gilhooley, por favor?

— É ele.

Ela levanta a sobrancelha olhando para DD.

— Estou ligando para perguntar de Maali Almeida.

— Que tem ele?

— Está desaparecido.

Você se encosta atrás da Jaki e fica ouvindo aquela voz que já conhece até bem demais.

— O quanto ele está devendo para vocês?

Jaki fica encarando DD, que tem em mãos dois dos discos empilhados no sofá. A cópia, que pertence à sua *amma*, de *Twelve Songs of Christmas*, de Jim Reeves, e a que pertence a você, de *Give Me Your Heart Tonight*, do Shakin' Stevens.

— Muito.

DD franze a testa ao ouvi-la falar.

— Se for menos de 20 mil, posso acertar com você.

— Sou a namorada dele — diz Jaki. — Posso me encontrar com você?

Vem uma risada do outro lado do telefone.

— O Maali tem namorada? Claro que tem.

— Sr. Jonny, tem uma caixa com as fotos dele.

Dá-se uma pausa.

— Você está com essa caixa?

— Estamos, sim.

Jaki mente que nem uma profissional, porque aprendeu com o melhor de todos.

— Pode vir ao Consulado Britânico, por favor?

O Ás de Ouros

DD e Jaki vão discutindo no caminho até lá. É uma discussão infinitamente tediosa, uma discussão entre primos ciumentos que já se repetiu mais vezes do que devia. Assim como os debates sem propósito sobre a quem pertencem as nações, quais deuses vale a pena temer e se devemos ajudar ou desdenhar dos pobres. Essa discussão agora é sobre você.

— O que ele falava da Associated Press? — pergunta Jaki.

— Que pagavam em dia. Mas nunca publicavam nada — diz DD. — Ele contou para você que estava com o JVP?

— Não acredito nisso. Maali era esnobe, esquece essa bobajada comuna. Ele desprezava os camponeses, igualzinho a você e ao tio Stanley.

Essa pentelhinha debochada, você pensa.

— E você é uma mulher do povo, imagino? — diz DD.

Não pela última vez, você sente vontade de abraçá-lo.

— Por que é que a Associated Press está na Embaixada Britânica?

Jaki entra de ré no estacionamento com um dedo no volante e outro apontando na cara do DD. Ela guia o seu carro *hatch* até um canto do estacionamento e dá uma bronca nele, do tipo que você mesmo nunca levou.

— Você devia ter falado com ele — diz ela. — Ele dava ouvidos a você.

— Ele não dava ouvidos a ninguém.

— Ele dava ouvidos a você — afirma Jaki.

— Você acabou de falar que era a namorada dele.

— Não, DD — diz ela. — Você que era.

DD levanta a mão e a Jaki nem hesita. Ele bateu em você muitas vezes. Tapas na cara deixando marcas que levavam vários minutos para desaparecer. Alguns você até que mereceu. Mas o filho do Stanley nunca bateria numa garota.

— Tá tudo bem. Ninguém sabe. Só eu.

DD abaixou a mão e ficou encarando o retrovisor.

• • •

No primeiro mês, você mal disse uma palavra, embora tivesse prestado atenção. No modo como ele passava furtivamente pela cozinha de sarongue e camiseta, com um café preto na mão, evitando o seu olhar. Acordava cedo e trabalhava até tarde. Você acordava no meio da tarde e começava o dia depois que escurecia. O crepúsculo depois do jantar era a única hora em que a agenda dos dois batia.

No segundo mês, você começou a perguntar para ele como tinha sido o dia dele e a contar como tinha sido o seu. Imaginava que advogados raramente falassem de trabalho porque seus trabalhos eram complexos e confidenciais. Você descobre então que era só porque a maior parte do trabalho era um tédio e raramente parecia com *Crown Court*, que passava no canal ITN três noites por semana. Apesar de que, quando Dilan Dharmendran contava para você das medidas liminares com o objetivo de impedir as florestas de serem desmatadas para abrir terreno para fábricas, você fingia achar tudo isso fascinante.

Por volta do terceiro mês, você começou com o hábito de tomar chá preto na mesa de jantar e de contar para ele que poderia haver uma escalada de violência nessa guerra, que os Tigres não seriam derrotados, que a Índia poderia invadir, que as companhias de mineração de fosfato dos EUA e os traficantes de armas ingleses haviam sido avistados na zona de guerra, e ele começou a usar cuecas samba-canção e a ficar enrolando na mesa para tomar uma segunda xícara depois do jantar.

Por volta do quarto mês, Jaki tinha parado com as apresentações madrugueiras na SLBC e vocês três se sentavam ao redor da mesa, às vezes bebendo algo além de chá ou café. Ela contou para o DD que sempre o achou enfadonho, mas estava errada. DD disse que sempre a achou esquisita, e tinha razão. Depois ele perguntou se você e a Jaki iam sair juntos, e Jaki olhou para você, corou e disse que vocês dois eram melhores amigos.

Por volta do quinto mês, já estavam viajando juntos. Primeiro até Galle, depois Kandy, depois Yala. Começaram a alugar vídeos da Nastars juntos. Enquanto Jaki assistia aos vencedores do Oscar, *Platoon*, *O Último Imperador* e *Rain Man*, você e o DD devoravam fitas VHS de *Falcon Crest* e *Crown Court*. Naquele mês, Jaki visitou o seu quarto de noite, perguntou se podia ficar e você disse que não.

E então, no sexto mês, você foi até o quarto dele, sentou na cama e tocou o seu cabelo enquanto ele fingia estar dormindo. Teve um repeteco disso na noite seguinte, mas desta vez você acariciou a pele dele. E, na noite seguinte, começou a massageá-lo, e então ele abriu os olhos, disse que não podia fazer isso, porque era errado e a família dele ficaria revoltada. E, por um tempo, ficou por isso mesmo.

• • •

Como foram instruídos, eles evitam as filas que dobram as esquinas da Embaixada, onde as calhas lançam sombras sobre aqueles que procuram um visto para o Reino Unido. Os migrantes esperançosos ficam na sombra e ensaiam suas meias-verdades. Jaki e DD seguem uma placa que diz "Sala de Cinema" e adentram, por uma porta de vidro, na brisa do ar-condicionado.

A sala tem uma tela gigante de TV e fotografias de ingleses famosos, nenhuma das quais foi você quem tirou. Nunca esteve aqui, não reconhece os sofás, nem o ar respirável. Não dá para dizer o mesmo do homem corpulento que fica atrás da escrivaninha.

— Então, você que é a esposa? — ele berra, com um risinho.

— Na verdade, não — diz Jaki, apesar de ele estar voltado para o DD.

— Justo — diz Jonny, admirando o belo garoto. — O Maali me falou muito desse rapaz bonito. — Seus olhos disparam de volta para a menina tristonha. — De você, nem tanto.

Jonny serve chá com uma infusão de gengibre e geleia real. Do jeito que ele te ensinou a fazer.

— Ele nunca falou de você — diz DD, um bebedor de café que só tinha desprezo pela principal exportação do Ceilão. — Há quanto tempo se conhecem?

— Há tempo o suficiente — diz Jonny, servindo chá como se fosse cerveja.

— Ele trabalha pra você?

— Não exatamente. Mas eu não ficaria preocupado, filho. Ele já ficou sumido antes. Vai aparecer. Sempre aparece.

— Ele contava pra gente sempre que ia pra qualquer lugar — diz DD, com os olhos brilhando. — Desta vez, não disse nada. Nem um pedido de desculpas.

— Se for esperar desculpas de Maali Almeida, é bom esperar sentado. Chuto que vocês não estão com a caixa.

— Está no carro — afirma Jaki.

— Não é o que eu tenho ouvido.

— E o que você ouviu?

— Que aquele lá, o Ministro de Justiça, levou para casa. Foi o que ouvi.

— Quem disse isso?

— Vocês nunca mais vão ver essa caixa de novo. Sabem onde estão os negativos?

DD fica encarando a base das mangas de Jonny, logo acima do cotovelo. Quando ele serve o chá, sua manga sobe e revela um Ás de Ouros tatuado em vermelho em sua pele rosada.

— A caixa continha cinco envelopes. Um dele tinha um Ás de Ouros desenhado.

— Tenho essa tatuagem desde a época de Uganda. Aonde quer chegar?

— Um daqueles envelopes continha fotos que ele tirou para vocês.

— Ele nunca tirou fotos para a gente. Só fazia serviço de *fixer*.

— Por que a tatuagem do Ás de Ouros? — pergunta Jaki.

— É sempre bom ter um ás na manga. E eu já fui jovem e bobo. Que nem vocês.

— Então por que o Maali marcou o envelope com isso?

— Por que ele usava aquela bandana besta? Quem lá sabe o motivo de qualquer coisa que o Maali faz?

— Maali disse que ser um *fixer* era como ser um serviçal que fala inglês — diz DD, engatando o modo advogado. O que significa que ele intensifica-va o sotaque e imitava as pausas do pai. — O Maali sempre foi de exagerar tudo. Você deve saber disso. Ele aceitou o trabalho e descontou os cheques. Vocês já ligaram para qualquer um dos outros?

Fez-se silêncio. Jaki esfrega a testa e DD corre os dedos pela ankh em seu pescoço.

— Não devo ter sido a única carta de baralho naquela caixa.

— Como você conheceu o Maali? — pergunta DD.

— A gente se conheceu numa festa. E vocês?

— Que festa?

— Acho que você sabe qual festa.

— Não sei — diz DD, embora soubesse sim.

— Então você não faz ideia do que há no envelope marcado com o "Ás de Ouros"? — pergunta Jaki, enquanto dá um gole da sua xícara. O chá adocicado é servido em um jogo de porcelana de ossos, talvez roubado por seus conterrâneos durante as guerras do ópio.

— Ele levava a câmera dele para todos os lugares, então, quem pode sa-ber? Talvez fossem fotos de festa. Fazemos algumas reuniõezinhas aqui na Embaixada. O seu pai, Stanley, até veio numa delas.

— Por que ele a escondia embaixo da cama?

— Todos nós temos coisas escondidas embaixo da cama, rapaz. Maali tinha mais do que a maioria. Eu não ficaria preocupado. Vou perguntar por aí. Tenho certeza de que ele está bem. O seu pai prefere o federalismo ou a proposta de dois estados?

— Não entendo a sua ligação com ele. Eram amigos?

— Homens como nós somos aliados. Você sabe disso.

— Não frequento essas festas.

— Pois deveria.

Jaki se levanta e examina a parede. Vai caminhando em frente aos retratos de Lorde Mountbatten, Sir Oliver Goonetilleke, Rainha Elizabeth, Sir Richard Attenborough e do Alto Comissário da Embaixada Britânica. Do lado da TV imensa há um bar bem equipado, sobre o qual Jaki corre um de seus dedos. Do lado, há uma mesa repleta de notas e papéis.

— Quer uma bebida mais forte?

Ela faz que não com a cabeça, depois olha para as notas e lê os papéis em cima.

Jonny corre para apanhar os papéis de qualquer jeito e enfia tudo numa gaveta, sorrindo como se não tivesse nada a esconder.

— Não repara a bagunça aqui.

Jaki volta para o seu lugar e começa a mordiscar o cabelo. DD dá um gole no chá e faz careta. O seu bofe tinha um desdém por mel quase tão grande quanto desprezava chá.

— Você trabalha para a Embaixada ou para a Associated Press?

— Para a Embaixada. Quem trabalha para a Associated Press é o Robert Sudworth. Ele precisava de *fixers*. Eu arranjei o contato dele com o Maali. Só isso. A AP, a Reuters, a BBC, até o *Pravda*, todo mundo vem parar nas festas daqui. Quando me pedem alguém que possa arranjar uma entrevista com o exército ou os Tigres, eu recomendo o Maali.

— Há quanto tempo você arranja esses serviços para ele?

— Faz uns anos. Eu só marco as reuniões.

— Você jogava com ele?

— Não sou de cassino. Não vou num desde a época em que estava em Entebbe. Pra mim, apostar... é ser um escroto.

— E as tatuagens de baralho são o quê, então? — pergunta Jaki.

DD se intromete antes que Jonny possa responder:

— A última vez que viram ele, estava conversando com um homem europeu de meia-idade no Pegasus.

— E por acaso sou o único *suddha* na cidade? Não seja bobo. Andy McGowan da *Newsweek* usa ele bastante. Disse que era o único *fixer* respeitado por ambos os lados.

— Porque falava todos os três idiomas?

— Talvez por isso. Talvez fosse a bandana vermelha.

DD aperta os olhos, e Jaki arregala os dela. Nem todo mundo sabia das bandanas que a Cruz Vermelha entregava a repórteres, médicos e outros não combatentes em campo. Porém, assim que foram encontrados reféns amarrados com as supracitadas bandanas durante o cerco de Dollar Farm, bandanas vermelhas, médicos e repórteres praticamente desapareceram da zona de guerra. Tornaram-se tão escassos quanto forças pacificadoras da ONU. Mas você continuou usando a sua, e as balas e a morte continuaram a evitá-lo.

— Olha só, eu ligo se ficar sabendo de qualquer coisa. Mas tenho certeza de que ele vai dar as caras.

O melhor detalhe da Nikon 3ST que o seu *dada* mandou para você do Missouri era que ela não fazia barulho quando você clicava. Mais fotos foram tiradas nessas missões imbecis como *fixer* do que nas missões fotográficas em campo.

— Quando foi a última vez que você viu o Maali?

— Faz umas semanas. Numa reunião da imprensa. Disse que ia parar de trabalhar na zona de guerra. Eu achei que era razoável.

Jonny devia ser jogador de pôquer. Era capaz de mentir pelos olhos, pelo nariz e pelos dentes.

— O que você sabe do CNTR?

— Já ouvi falar. Acho que é uma organização de auxílio humanitário. O que pode significar um monte de coisas.

— Então você conhece eles?

— Na verdade, não. Pode ser que o CNTR esteja arrecadando dinheiro para grupos políticos. Ou arranjando armas para grupos militantes. Ou podem estar genuinamente ajudando inocentes. Difícil saber quem faz o quê hoje em dia. Por acaso o seu papa Stanley sabe que você está andando por aí brincando de detetive Colombo?

— Por que você se ofereceu para pagar a dívida de Maali?

— Não é a primeira vez. A AP me usa de intermediário para pagar o Maali. Ainda tenho um valor sobrando de um pagamento atrasado.

— Por que usam você?

— A gente terceiriza o trabalho administrativo para a mídia internacional. É o que permite que os jornalistas protejam suas fontes, ao mesmo tempo que se preserva o rastro de documentação.

— Você sabe o que tem nos cinco envelopes?

— Não preciso saber. Posso adivinhar. Tem duas guerras acontecendo. O que significa que o pessoal acaba fotografando um monte de coisas horríveis. Maali provavelmente está escondido agora. Sugiro que façam o mesmo.

Dois senhores mais velhos entram de supetão na sala, sem bater. Um deles parece estar bêbado e o outro, furioso. Jonny Gilhooley se levanta de imediato.

— *Ade*, Jonny, o jogo começa daqui a pouco — diz o bêbado.

— Desculpa interromper — diz o furioso, tirando o outro do caminho da porta.

— Precisamos parar por aqui, pessoal — diz Jonny. — Confiem mim, ele provavelmente está em missão agora. Aviso vocês se eu souber de qualquer coisa.

Na viagem de carro na volta, Jaki fica olhando os corvos e postos de controle pela janela.

— Tinha um *voucher* de bebida na mesa dele. Era um dos papéis que ele guardou.

— O que é isso?

— Eles dão junto com as fichas de aposta. Um vale para ganhar bebidas grátis durante uma hora. Tem a data e o horário nele.

— Não gostei do sujeito. O inglês, quanto mais educado, mais mentiroso é.

— E quem é que tatua carta de baralho no braço?

— E aí, o que tem o folheto?

— Era do Cassino Pegasus, com a data de segunda-feira, 23h22 da noite. Estranho para alguém que diz que apostar é coisa de gente escrota.

A BANDANA VERMELHA

Jonny se gabava de que a ideia da bandana vermelha fora dele. Mencionou isso para Gerta Müller da Cruz Vermelha num coquetel da Embaixada, e ela, demonstrando a eficiência estereotipada de seus conterrâneos, não demorou nem um mês para liberar várias caixas de bandanas. Era o equivalente a uma bandeira branca para não combatentes, uma zona de cessar-fogo nos campos de batalha, um talismã para defletir as pedras e flechas como o mítico *henaraja thailaya*. Quase todos pareciam ignorar o fato de que era uma bandeira vermelha e que a maioria das pessoas brandindo armas na zona de guerra eram touros.

Você gostava de como ela combinava com a sua jaqueta safári e os cordões, mas isso foi antes de os JVPeiros começarem a aceitar dicas de moda do Khmer Vermelho.

— Foi uma boa ideia — disse Jonny, muito depois de ela ter falhado. — Pena que os seus *yakos* foram incapazes de honrá-la.

— Por que é que faz vinte anos que você mora aqui, se detesta tanto assim os nativos? — você lhe perguntou uma vez.

— Sabe o que dizem sobre terra de cego?

— Você soa igual aos seus avôs colonizadores.

— Eu morei em Newcastle Upon Tyne durante cinco anos — disse Jonny. — Detesto os nativos de lá também. Nada pessoal, rapaz. Todos os humanos são escória.

— O *suddha* veio, vendeu coisas que não lhe pertenciam, ficou rico e pulou fora.

— Por quanto tempo? Por quanto tempo vão cantar essa canção? — cantou Jonny, desafinado.

Jonny e você nunca tiveram nada além de uma relação profissional. Embora seja preciso confessar que esse diálogo se deu enquanto vocês estavam sentados de cueca na jacuzzi dele. Estavam ambos sendo apalpados por jovens pardos e fortes. Ratne e Duminda tinham os seus vinte anos e fingiam trabalhar como pedreiros na mansão de Jonny, em Bolgoda. Por algum motivo, passava um jogo de críquete na tela grande da TV dele.

— Por que é que a gente está assistindo a essa merda?

Jonny era um adido cultural da Embaixada Britânica, embora andasse metendo os dedos em vários lugares, inclusive três deles na boca aberta de Duminda no momento. Fazia mais de uma década que estava no Sri Lanka e havia construído muitas casas gloriosas. Estava ocupado cuidando desse catamita e demorou para responder à pergunta:

— Desculpa, gostoso, se não gosta de críquete, não pode peidar na minha banheira.

Você já havia dado uns amassos com o chefe do DD, teve relações com a prima dele, recebeu boquete de membros do time de futebol dele e comeu um garçom no banheiro enquanto estavam saindo juntos. Mas nunca nem imaginou fazer qualquer coisa que fosse com Jonny Gilhooley.

— Essas missões em que você me manda. Esses serviços de *fixer*. Sei que não são para a Associated Press.

— Por que é que você se importa com quem assina os seus cheques?

— O mesmo motivo de Maggie Thatcher se importar com nossa guerrinha besta.

Jonny deu um trago num charuto *beedi* posto na sua boca por Duminda, que então tragou também e soprou a fumaça no ouvido de Jonny.

— O que te deu essa ideia idiota? Você não fica tão bocudo quando falta dinheiro, fica, rapaz? Mas, já que estamos tendo uma conversa franca, vou te dizer a verdade. Estamos aqui para promover a democracia, a liberdade e os direitos humanos.

Os dois riram que nem duas drag queens, e os garotos também, embora não tivessem conseguido escutar a piada. Você pede a Ratne para que busque outra cerveja e não pare o que estava fazendo com a outra mão embaixo das borbulhas na água. Você faz que não com a cabeça para Jonny.

— Aparentemente, é o que os EUA estão fazendo no Panamá, na Nicarágua e no Chile.

— Éramos donos deles também. Segue a posição oficial de Sua Majestade. A Britânia está de saco cheio de ser dona do mundo. A gente prefere só ficar assistindo.

— Que nem aquele pastor, o Jimmy Swaggart.

— Escolhemos o lado certo. Apoiamos o time certo. E estamos certos na maior parte do tempo. Ninguém está certo o tempo todo.

— Parece um slogan. "A Nova Britânia. Das Malvinas às Maldivas. Certos na maior parte do tempo."

Deu-se uma pausa, durante a qual os dois ficaram distraídos pelos acompanhantes. Os garotos saíram para fazer o almoço, enquanto você ficou ali curtindo na água quente. Jonny estava de olho no jogo de críquete, enquanto você estava de olho nele.

— Algo te incomoda, rapaz?

— Não gosto de correr perigo. Preciso de um jeito melhor de ganhar dinheiro.

— Justo — disse Jonny. — Eu fiz uma solicitação. Que foi rejeitada, por causa dessa sua língua de trapo.

— O quê?

— Era pra você ser um *fixer* para a AP. Levar repórteres aonde querem ir. Marcar as entrevistas. Garantir que ninguém mate eles. Ninguém pediu para você bater foto. Ou ficar se gabando de que é espião da Rainha.

— Me gabando?

— Você contou para aquele seu bofe. Que contou para o pai. Que contou para o chefe. Que foi chamado para uma reunião com o meu chefe.

— O Bob Sudworth é jornalista de verdade?

— Não cabe a mim falar. Nem a você.

— Os ingleses acabaram de perder um contrato importante de venda de armas para os chineses. Parece que o governo do Sri Lanka tem outras opções. Triste para vocês.

— Eu trabalho com inteligência. Não me envolvo com equipamento.

— E o que acontece com todo o equipamento que não for vendido?

— Sabe que já fui hippie? Porra, eu sou um pacifista.

Os garotos voltaram trazendo roupões de banho e a notícia de que o almoço estava pronto. Duminda era mais bem-dotado do que Ratne, cujo volume na cueca lembrava o de um menino pequeno ou uma menina grandona. Jonny botou o roupão e deu uma apalpadela. Duminda abriu o seu sorriso bem ensaiado.

— Se você conseguir guardar os comentários políticos para si mesmo, talvez a gente possa pensar naquele aumento — disse Jonny.

●●●

A regra imposta pelo governo do Sri Lanka a todos os jornalistas militares era que eles não deviam se abrigar nem socializar com terroristas. Essa não era uma política oficial da AP e, sob a névoa da guerra, estava sujeita à discrição do repórter e do *fixer*.

Jonny te apresentou a muitos jornalistas, todos os quais faziam os mesmos pedidos. Podemos ver os corpos? Podemos marcar uma entrevista com o Líder? O primeiro pedido era possível, mas o outro, não mesmo. Você explicava para eles que não dava para se entrosar com nenhuma das forças combatentes sem tomar um chá com eles. E falar com o Supremo era tão fácil quanto uma entrevista exclusiva com o Elvis.

Era o começo de 1987, uma das suas primeiras missões. Seu repórter era Andy McGowan, um sujeito entusiasmado com um coração partido que fazia frila para a *Newsweek*. Jonny pagou um belo valor adiantado, que você, gloriosamente, conseguiu dobrar no Pegasus, antes de reduzir tudo, espetacularmente, a um quarto do total num jogo de pôquer com outros correspondentes de guerra.

Era a sua segunda visita a Vavuniya, atrás de crianças-soldado. Havia relatos de adolescentes sendo treinados para esquadrões suicidas e de órfãos aprendendo a usar fuzis T56, e você levou Andy bem lá para o norte, mas não encontrou prova de nada disso.

Na caserna de Vavuniya, você encontrou o correspondente Robert Sudworth, da Associated Press, furioso de ter levado um cano do seu *fixer* quando ele pediu para explorar as selvas de Vanni. O oficial comandante, Major Raja Udugampola, futuro chefe da STF, se recusou a conceder-lhes proteção do exército em território inimigo. Era o seu antigo chefe e não tinha lá grandes chances de te oferecer qualquer favor especial, considerando como você se despediu dele.

Diferente de Andy, com seu estilo gonzo desalinhado, Sudworth estava sempre nos trinques. Mesmo em campo, ele usava roupas camufladas de grife e calças de alfaiataria. Havia conquistado McGowan com os charmes de sua ofensiva de sempre:

— Lamento muito dizer isso, mas a perspectiva das crianças-soldado é inviável. Recebi umas pistas em Akkaraipattu, mas os Tigres não deixam tirar foto, nem entrevistar. E nenhuma família que tenha filhos vai dizer nada.

Sudworth levou vocês dois até o seu Jeep emprestado e lhes falou o seguinte, com um tom de voz baixo:

— Tem uma outra história, camaradas. Se juntarmos nossas forças, podemos dividir a exclusiva.

As forças de Bob Sudworth incluíam um guarda-costas chamado Sid, um escocês que aparentemente falava inglês, mas você não entendia uma única palavra que saía da boca dele. Robusto feito um tanque e designado pela KM Services, uma firma de segurança privada para mercenários, ele usava camuflagem e coturnos e carregava uma Uzi.

Segundo Sudworth, havia uma vila de civis que estavam sendo treinados à força para combate pelo LTTE. O exército possuía a localização, mas não estava pronto para enviar combatentes para lá. Não tinha como você entrar e foi o que você disse, mas então Sudworth revelou que o orçamento que tinha espaço para um guarda-costas também contava com uma reserva generosa para você.

Após muitos avisos, você concordou em levá-los até lá e ficou deslumbrado ao ver a facilidade com a qual conseguiu passar uma conversa nos guardas do posto de controle de Nambukulam até o de Omanthai. Ao chegar à aldeia, ficou evidente o porquê.

Havia homens de idade e mulheres jovens. Tios, avós, fazendeiros, vaqueiros e professoras de escola, todo mundo carregando seus fuzis e praticando tiro ao alvo, tudo sob a supervisão do Coronel Gopallaswarmy, também conhecido como Mahatiya, um dos membros do quadro de fundadores dos Tigres, da aldeia do Supremo, que vinha subindo na cadeia de comando. O Coronel, alto e bigodudo, era uma versão mais magra e mais faminta do Supremo e concordou em conceder entrevistas para Sudworth e McGowan, além de dar permissão para fotografar os aldeões.

Ninguém ali admitiu ter sido coagido a nada, e ninguém pareceu estar sob pressão:

— Temos mais medo do exército do que deles. O exército queimou nossa aldeia — disse um garoto mal saído da escola, mas velho demais para ser considerado uma criança-soldado. — Estamos treinando para nos protegermos de ameaças como essa.

A equipe do Major Raja viu essa história como exemplo da opressão sofrida pelos civis sob o LTTE. Mas os Tigres a apresentavam sob o viés de uma história do poder popular. Essa guerra jamais terá fim, você pensou, ao observar os aldeões atirando com suas armas. Teve permissão para usar a sua Nikon sem restrições, com ordens apenas para "nunca fotografar o Coronel", mas acabou que foi exatamente isso que você fez.

McGowan e Sudworth, que agora eram Andy e Bob para você, falavam que você era o "melhor *fixer* ao leste do México" e prometeram um bônus bem gordo além da taxa que cobrou. E foi aí que o exército anunciou que estava chegando, ao arremessar uma granada. Balas perfuraram o ar, mutilaram as árvores e abriram buracos no chão. E você, Bob e Andy foram correndo atrás do que parecia, mas não poderia ser, um arbusto de chá-da-índia. Você se abaixou sob uma rocha na base do arbusto. O guarda-costas Sid sacou sua Uzi, tomou tiros no braço e viu a arma que segurava ir embora no meio da poeira, xingando feito um escocês antes de desmaiar.

Dizem que o barulho é parecido com o de bombinhas, mas isso é verdade apenas em parte. São como bombinhas amplificadas por alto-falantes posicionados bem do lado dos seus tímpanos. McGowan começou a chorar, Sudworth repetia um único xingamento, e a poeira começava a pipocar ao seu redor, como se gotas de uma chuva invisível acertassem o chão. E então o ar era só fumaça, barulho e gritos. Vocês três se amontoaram debaixo de uma pedra chata, atrás daquele arbusto frágil, e rezaram para deuses nos quais não acreditavam.

Então você fez o que precisava fazer. Amarrou sua bandana vermelha a um graveto e o fincou no arbusto, onde ficou hasteada no alto, feito uma bandeira branca manchada de sangue. Durante os quarenta e cinco minutos daquele combate armado barulhento e mal resolvido, não teve uma única bala que veio na sua direção.

●●●

Quando o tiroteio terminou e o exército do Sri Lanka entrou marchando no acampamento, os aldeões ou tinham fugido ou já estavam mortos. Bob e Andy carregaram o corpo profundamente inconsciente e igualmente pesado de Sid, o escocês, enquanto você ficou com a bandana no graveto alçada acima da sua cabeça, feito o líder de uma banda de marchinha socialista. Você levantou os braços e gritou em cingalês:

— Somos jornalistas da imprensa internacional! Temos um estrangeiro ferido!

Vocês três foram caminhando devagar pelo nevoeiro, prontos para se abaixarem caso as balas começassem a voar de novo. Foram recebidos por médicos, que cuidaram dos seus feridos e detiveram aqueles que estavam apenas traumatizados para serem interrogados. Uma bandana vermelha e dois passes da imprensa permitiram a você e a Andy passar, mas Robert foi conduzido até a cabana ao lado dos coqueiros para um interrogatório. Ele foi sem reclamar. Ou o campo de batalha o transformou num guerreiro destemido ou o deixou tão assustado que não conseguia falar mais nada. Na hora, não dava para saber qual das duas possibilidades era real. Aquele jeito quietão dele é capaz de esconder todo tipo de segredos.

Estava caminhando ao lado de Andy, atravessando o coqueiral, quando deu uma espiadinha e avistou um segundo visitante na cabana. Era um prisioneiro, com um saco preto na cabeça. Ao fecharem a porta, você reparou na janela aberta e interpretou corretamente a luz e os ângulos. Andy te ajudou a trepar até a metade da árvore e era exatamente a elevação de que precisava para observar. Estava enquadrando a foto quando um terceiro personagem entrou na cabana. Era alguém conhecido e por isso você ficou colado na árvore com a esperança de que ele não te visse também.

Seus olhos flagraram uma mesa com documentos e as suas lentes de zoom entregaram os rostos das três figuras sentadas ao redor dela. Na ponta, Bob Sudworth. De lado, sem máscara, a figura suada e abatida do Coronel "Mahatiya" Gopallaswarmy, líder da maior facção dos Tigres. E, encabeçando a mesa, o oficial comandante das forças que haviam acabado de tomar a aldeia. Seu antigo chefe, Major Raja Udugampola.

• • •

Depois daquela viagem, Jonny o levou para tomar uns drinques no Clube do Centro de Artes e te entregou um envelope. Era um cheque maior do que você esperava, junto com uma fotografia tirada nos piores momentos do tiroteio em Omanthai. Jonny espiava os garotos magrelos que tocavam violão no palco e serviu mais cerveja por baixo da mesa. O Centro de Artes estava com problemas com a prefeitura por conta do alvará para vender bebidas, o que eles contornaram ao pedirem para os fregueses trazerem de casa, contribuírem para as despesas jurídicas e deixarem as bebidas escondidas.

— Bob ficou bem impressionado, rapaz. E o Andy também. Parece que a minha bandana vermelha não foi má ideia.

— Eu fiquei bem impressionado com o seu chapa, o Bob.

— Olha só. Pode dar uma pausa. Saia de férias. Fique longe do cassino. E, quando estiver pronto, a gente fala em trabalho.

— Setenta civis tâmeis foram mortos no massacre de Omanthai. Tinha crianças sangrando na minha frente. Mas eu tirei esta foto, em vez disso.

— Missão grande. Dinheiro grande. Chega de criança ensanguentada.

A fotografia não tinha nada de especial. Só uma mulher em um sári sendo tirada do caminho pelo Coronel nos primeiros momentos do tiroteio. Estava de frente para a câmera, como se estivesse espiando você escondido nas árvores. No momento em que a foto foi batida, ela enrolava o sári na cabeça, embora fosse tarde demais para esconder o rosto e o quanto era bonito, mesmo no meio dos redemoinhos de poeira.

— Esse é o Coronel Gopalla-sei-lá-das-quantas? Mahatiya.

— E essa é aparentemente a amante dele.

— Então, ele está contrariando a diretriz do Supremo de Sem-sexo-por--favor-somos-Tigres? Sujeitinho safado.

— São boatos que o exército anda espalhando. Tenho certeza de que nem o Supremo é celibatário. É tudo um complô para impedir os homens-bomba de arranjarem namoradas.

— Ainda assim, é uma foto valiosa.

— E o que Bob tinha a dizer?

— Considerando que o Mahatiya e o Supremo Prabhakaran andam se estranhando.

— Bob devia saber disso tudo. Ele teve um longo papo com o Coronel.

— Que bom pra ele. Tem mais alguma foto pra vender?

— Não pra você.

Um velho exemplar do jornal *Island* escondia as bebidas e você usou a seção de notícias para afugentar as moscas do seu prato de carne de porco apimentada. Nele, havia histórias de acordos de paz e especulações de que é possível que o exército indiano venha a redobrar sua presença em solo srilanquês.

— O pessoal da nossa inteligência pensa que esse serviço de *fixer* está abaixo do seu patamar — disse Jonny. — Você tem futuro. Não estrague tudo.

Ele ainda olhava os garotos no bar, que ele sabia que não poderia abordar nem mesmo num lugar como este.

— Então, o Bob nunca mencionou o papo com o Coronel?

— Não falei com o Bob.

— Para um mentiroso convicto, você mente muito mal, Jonny.

— Você precisa parar com essa palhaçada do JVP, aliás. Não tem nada mais patético do que um comuna de classe média.

Quando Jonny mudava de assunto, era sinal de que era o fim da discussão.

— Não é que eu não simpatize, só para constar. Já estivemos todos nesse mesmo barco. Posso até ter comemorado quando os vietcongues foderam com os ianques. Posso até ter chorado pelos camaradas massacrados na Indonésia. E não tenho dúvida de que os dedos do capitalismo vão estrangular a todos nós. Mas temos que encarar os fatos, rapaz. Os maiores matadores de comunas são os comunas. O único assassino mais produtivo do que Stalin, Mao ou Pol Pot é, Ela mesma, Deus em pessoa.

— Esse é um discurso e tanto — você disse, espiando o garçom de camiseta apertadinha.

— Dizem que o Coronel Gopalla-Mahatiya está abrindo uma facção rival. Motim contra o Supremo. Deus queira que não, rapaz!

— O Coronel não é burro de peitar o Prabhakaran.

— Parece que a censura do governo proibiu a notícia do aldeão do LTTE — disse Jonny, observando você de perto.

— Muito conveniente para o Bob. Ele pode posar de repórter sem fazer nenhuma reportagem de fato.

Você retribuiu o olhar. Ficaram se entreolhando em silêncio, enquanto a banda fazia mais uma pausa inesperada.

— Tem algo a dizer, Maali?

— Se eu tivesse uma foto do Bob com o Coronel Motim e o Major Raja Udugampola batendo um papinho confidencial. Quanto valeria uma coisa dessas?

Jonny franze a testa e balança a cabeça.

— Mas não teria como você ter tirado uma foto dessas, rapaz.

— Como você sabe?

— Porque esse tipo de foto custaria a sua vida. E você ama a vida mais do que ama a fotografia.

— Vão mandar Sid, o escocês, atrás de mim? Que belo uso foi desse orçamento mercenário.

— Não vão precisar mandar ninguém. Vão vir os Tigres e o exército atrás de você, armados com granadas. Nem brinque de tirar fotos que nem essa, Maali. É melhor que você esteja brincando.

— Claro — você disse, embolsando o cheque. — A única coisa que eu trouxe de volta da beira do precipício da morte foi aquela bandana vermelha. E esse coração mole.

DIGA MEU NOME

Você quer perguntar ao universo aquilo que todas as outras pessoas querem perguntar. Por que nascemos? Por que morremos? Por que qualquer coisa tem de ser como é? E tudo que o universo tem a dizer em resposta é: Sei lá, cuzão, para de perguntar. A Pós-Vida é tão confusa quanto a Pré-Morte, e o Interstício é tão arbitrário quanto tudo Lá Embaixo. E assim vamos inventando histórias, porque temos medo do escuro.

O vento traz o seu nome e você o segue por meio do ar, do concreto e do aço. Você avança pelas brisas por meio de um beco na Ilha dos Escravos e escuta os sussurros em todas as portas:

— Almeida... Malinda... — E então o vento sopra pelas ruas movimentadas de Dehiwela e você ouve mais vozes: — JVPeiro... ativista... Almeida... Maali... desaparecido...

Da Ilha dos Escravos até Dehiwela é um sopro, mais rápido do que uma viagem de helicóptero. Pelo menos a morte te libertou do trânsito da Estrada Galle, dos motoristas da estrada do Parlamento e dos postos de controle em cada rua. Você vai passando pelos rostos das pessoas que perambulam pelas ruas surradas de Colombo sem saberem de nada, os irmãos e irmãs mortais daqueles entes queridos que se foram e logo acabaram esquecidos. Você é uma folha num vendaval, soprada por uma força que é incapaz de controlar ou resistir.

O visionário srilanquês Arthur C. Clarke disse que há trinta fantasmas atrás de cada pessoa viva, numa proporção na qual os mortos superam os vivos em números. Você olha ao redor e teme que a estimativa traçada por esse grande homem tivesse sido conservadora.

Cada pessoa que você vê tem um espírito agachado atrás de si. Algumas possuem guardiões que pairam acima delas, afastando os encostos, *pretas*, *rahu* e os demônios. Algumas contam com membros distintos destes grupos diante delas, sibilando pensamentos ociosos bem na sua cara. Algumas têm diabos de cócoras nos ombros, enchendo os seus ouvidos de fel.

Sir Arthur passou três décadas da sua vida por esse território mal-assombrado e é claramente um srilanquês. A Áustria convenceu o mundo de que Hitler era alemão e de que Mozart era deles. É certo que, após séculos de pilhagens armadas, cortesia dos piratas de Londres, Amsterdã e Lisboa, nós, srilanqueses, podemos ter um visionário da ficção científica, pelo menos?

A chuva cospe relâmpagos e os trovões peidam. Você já perdeu a conta de quantas vezes choveu desde a sua morte precoce. Ou as monções chegaram mais cedo ou o universo está derramando lágrimas por você e sua vidinha besta. Hoje, as lágrimas caem, espessas feito gotas de tinta, mergulhando do alto das nuvens furiosas até as cabeças dos mansos.

•••

— Eu vi a lista dos desaparecidos — diz um europeu de capa de chuva para outro.

— Reconheceu algum dos nomes? — pergunta seu colega, correndo o dedo por uma folha datilografada e protegida por polietileno.

— Maali Almeida. Está listado aqui como JVPeiro e ativista. Não era nem uma coisa, nem outra.

O homem de capa de chuva é Andrew McGowan, correspondente de guerra e amigo, às vezes. Seu rosto está molhando e vermelho, mas não dá para dizer se é da chuva ou das lágrimas.

Você voltou para o começo, às margens do Beira, onde as chuvas pararam e uma multidão se reúne às portas do templo. Isso é raro, pois hoje não é nem Poya, nem dia de dar esmolas. Às margens da multidão, estão uns europeus corpulentos em capas de chuva de cor azul-clara, que parecem formar uma barricada. Chega um caminhão, e sete policiais saem dele. Entre os sete, estão os seus queridos amigos SA Ranchagoda e o Detetive Cassim, que ficam na retaguarda, aparentemente para observarem o caos, em vez de tentarem controlá-lo.

Os policiais e os europeus de capa de chuva se encaram como furões e serpentes. Um rumor emana da multidão, assim como ocorre nos céus, acima. Você se recompõe e olha ao redor. O fedor polui as narinas que você não possui mais. As chuvas sem-fim encheram o rio, que sobe pelas margens do Beira. A estrada em torno do lago está salpicada de plásticos amassados, peixes murchos, comida podre e papel molhado. Todo mundo parece estarrecido — quem diria que havia peixes sobrevivendo na imundície que é este lago?

A multidão olha para a polícia que está abrindo caminho na base da conversa e para os europeus que os estão convencendo a recuar de volta. Você tem mais interesse naquilo a que a multidão deu as costas. Na beirada do rio, há mais europeus de capas de chuva, alguns dos quais tiram fotos, outros seguram guarda-chuvas acima daqueles que estão com câmeras. E o que eles estão fotografando às margens do Beira são ossos. Ossos ensopados, dispostos sobre o plástico, com cartas de baralho dispostas sobre cada um deles. Há um *full house* de Ases e Valetes, um *straight* de Ouros, com um Nove alto e cinco cartas isoladas que não servem de nada para ninguém.

As cartas esvoaçam diante dos seus olhos, Reis e Rainhas e Valetes num rodopio insano, como a abertura de um filme do James Bond gravado durante o Verão do Amor. Desta vez, parece que a náusea está subindo até você vinda do centro da terra, entrando pelas solas dos seus pés e preenchendo seu ventre e sua garganta com argila. As cartas repousam sobre os ossos, sobre as colunas vertebrais, costelas e membros aleatórios. Entre eles, você conta quinze crânios e espia aquele que outrora foi o seu. A única parte do seu corpo que afundou antes de voltar à geladeira.

...

— Você teve notícias do Malinda?

— Nada.

— Os peritos da equipe da ONU vieram buscar os esqueletos — diz Stanley Dharmendran.

— Por que é que a ONU está aqui? — pergunta DD.

— Estão em Colombo para uma conferência.

— Sobre o quê?

— Isso é tudo bobagem. Obra da oposição. Para bagunçar as coisas para nós.

— A gente vai pedir mais lula?

Você raramente era convidado ao Clube Aquático das Lontras com o pai e o filho. Talvez porque fosse assunto frequente em suas discussões. O pai via a situação como uma oportunidade para uma conversa motivacional, enquanto o filho ia para comer de graça. Sobre um prato de porco na mostarda, Stanley comenta com o filho que teve um ativista dos direitos humanos do Partido da Liberdade do Sri Lanka, chamado PM Rajapaksa, que levou um folheto do CNTR intitulado "Mães dos Desaparecidos" para todos verem no parlamento.

— Temos necrotérios repletos de nossos mortos inocentes — disse o jovem parlamentar, de Beliatta. — Pelo menos deixem-nos identificar esses mortos e oferecer alguma paz para as famílias.

— Faz sentido — afirma DD, enfiando sua carinha linda num prato de colesterol apimentado. DD não foi o melhor amante que você já teve, mas era de longe a donzela mais formosa, um dez perfeito. Quando você se apaixona, não é por um rosto ou um corpo, mas pelo maior e mais importante de todos os órgãos: a pele. E a pele do DD era lisinha e preta, envernizada e sem marcas. Você queria poder esfregar o nariz nela e sentir seu gosto com os dedos. Você tenta, mas só consegue sentir um cheiro de cloro e suor. Não é muita coisa, mas serve por ora. DD enrola uma toalha nos ombros.

— É fácil gritar quando se é oposição — diz seu pai. — Deixa uma guerra na mão do jovem Rajapaksa e aí a gente vê no que vai dar. Se ele tivesse que lidar com o JVP, o que ele faria?

— *Appa*, estamos só falando de identificar corpos.

— Estamos falando. De deixar diabos estrangeiros. Se meterem em nossos assuntos.

— Não foi Sua Excelência, o Presidente, quem convidou o exército indiano? Eles são anjos, por acaso?

— Eu votei contra essa medida, Dilan. Você sabe disso. Pare de roer as unhas, homem. Quantos anos você tem?

A equipe forense da ONU foi convidada por Rajapaksa para treinar nossas autoridades locais na identificação de corpos, com base nos registros de pessoas desaparecidas. Enquanto isso, havia boatos de que a CIA andou treinando os nossos torturadores. A equipe da ONU ficava no Colombo Oberoi e organizava conferências para servidores do governo. Como exatamente eles fizeram para chegar aos ossos antes da polícia, há de continuar sendo mais um mistério sem solução nesta ilha de segredos.

— Estão pedindo registros das arcadas dentárias e tipos sanguíneos. Como se esses otários mascadores de bétele daqui fossem ao dentista.

DD olha ao redor enquanto continua mascando lula apimentada.

— Quanta classe, *appa*. Fala mais alto que eu acho que aquele jornalista ali perto da piscina não escutou.

Stanley inclina o pescoço para ver um homem de toalha virando um *arrack* e rabiscando num bloco de notas.

— Puro desperdício de tempo e dinheiro.

— E o que não é? — suspira DD.

Stanley desvia o olhar do prato para ver o rosto do filho:

— Para de falar desse jeito, Dilan. Está falando que nem o Maali.

— Como você sabe qual é o jeito dele de falar? Já conversou com ele?

— É um sujeito de talento. Espero que esteja em segurança em algum lugar. Mas precisamos encarar os fatos, filho.

— Aqui vai um fato, então. Em 1989, o Beira ficou na posição 46 da lista do Greenpeace dos lagos mais poluídos do mundo.

— O Maali é um jovem esperto. Mas às vezes não é bom ser esperto demais.

— O Sri Lanka já perdeu 20% da sua floresta desde a independência. O Sri Lanka tem a maior taxa de suicídio do mundo nos últimos dez anos. Nada disso chega às manchetes ou à página de esportes.

— Eu ficaria preocupado se ele tivesse sido preso. A STF não é de manter prisioneiros.

— Então onde está o corpo?

Stanley fica um tempão encarando Dilan.

— Fala sério, *appa*. Que ridículo.

— O Ministro Cyril Wijeratne me pediu para entrar em contato com a equipe forense da ONU.

— Pra quê?

— Ajudar com a investigação. Garantir que estejam seguindo os protocolos.

— E tem protocolos no Sri Lanka?

— Se ele não estiver morto, talvez não queira ser encontrado.

— E pra você seria ótimo, né?

— Se você não puder me ajudar, então vou ter que pedir para a Jaki.

É raro, desde que a mãe de DD morreu, o terceiro lugar nesta mesa estar ocupado. Jaki passou esse tempo sentada em silêncio, observando os nadadores e garçons. Ela olha para cima, para o tio Stanley e retira três itens de sua bolsinha marrom. Dois são as chapas emolduradas de raios X de um projeto artístico malfadado, e a outra é um cordão com uma cápsula de madeira.

— Beleza — ela diz, enquanto põe tudo na mesa.

Stanley olha para o filho e respira fundo.

— Dilan. Não acredito que você deu pra ele o cordão da sua *amma*. Ela usou isso durante vinte anos.

DD olha para cima e faz que não com a cabeça.

— Não é ele.

— O sangue no cordão. É seu ou dele?

O juramento de sangue em Yala foi ideia dele, alguma coisa de fraternidade meio New Age. Aparentemente, a mãe e o pai dele fizeram a mesma coisa como parte de um ritual hindu. Quando DD mencionou isso para Jaki e para o pai dele, nenhum dos dois achou muita graça. Por isso ele nunca mais trouxe o assunto à tona.

— Se as partes do corpo não forem dele, é melhor a gente saber — diz Jaki.

— É, sim — diz Stanley, e DD derruba o cordão dele com o seu sangue sobre o cinzeiro intacto, depois se levanta com tudo e vai para o vestiário.

• • •

No necrotério, os fantasmas se reúnem ao redor das mesas e resmungam. Os ossos foram dispostos sobre longas tiras de celofane, dois aparelhos de ar-condicionado foram trazidos para resfriar o ambiente, e cinco homens de jaleco branco se agacham sobre os ossos e os cutucam com utensílios prateados. Três patologistas do governo também estão na mesma sala, supostamente para aprender com os especialistas, ao mesmo tempo que espiam o que eles fazem.

Do alto do teto, você olha para essa cena toda lá embaixo e observa os outros espíritos espalhados que nem moscas nas paredes. Os escravos de origem kaffir se amontoam no canto, prostitutas mortas pairam acima de seus ossos, um garoto jovem com marcas de dentes nas costelas admira o arsenal de ferramentas prateadas, um inglês de chapéu branco amassado senta-se no canto, bocejando. Você reconhece os dois estudantes. Estão com os olhos roxos e as línguas de fora.

— O que você está procurando? — diz com deboche uma voz conhecida. Sena está agora de túnica e capa feita de um material preto, mas que não é mais um saco de lixo. — Acha que vai receber um enterro digno? Uma condecoração póstuma como cavaleiro? — ele diz para o inglês. — Serão todos despejados no incinerador. Só isso.

— Mas agora dá pra fazer datação de carbono e... — diz o estudante de Agrárias de Jaffna.

— E descobrir o quê? Que esse garoto foi devorado por um crocodilo, cinquenta anos atrás? Qual o seu nome, filho?

— Vincent Salgado — murmura o rapaz tímido de calção.

— Acha que vai ganhar uma estátua memorial chamada Vincent Salgado? — Sena zomba. Ele cambaleia atrás dos homens de jaleco branco e se esfrega contra os seus traseiros. Um por um, os cientistas forenses põem as mãos dentro dos jalecos e se coçam.

— Maali *hamu*!? Você por aqui também? Mas que diabos. Não deu ouvidos a nada do que eu disse?

Você não consegue explicar o porquê de estar aqui, nem o que espera ver, só que foi atraído para cá e não consegue sair.

— E se eles encontrarem o seu crânio congelado dentro do Beira?

— Aí eles jogam lá de volta — afirma Sena. — As chances de conseguirem identificar os ossos com os registros é...

— Menor do que a de uma mãe ter filhos gêmeos siameses, que é de uma em 200 mil.

Os fatos da *Reader's Digest* talvez sejam a última coisa que o cérebro consegue abandonar.

— Talvez a gente saia no noticiário — diz um dos defuntos marinheiros.

— Onde você assiste às notícias? — pergunta uma defunta prostituta.

— Eu espio pelas janelas dos apartamentos em Navam Mawatha — responde o marujo, ajustando o quepe. — O sinal é bom lá. Quer vir comigo? Está passando *Minha Bela Dama* no canal Rupavahini.

A defunta prostituta sorri e faz que não com a cabeça.

— "ONU oferece auxílio forense ao governo do Sri Lanka" — diz Sena. — Vai acabar virando só um artiguinho minúsculo no fim do jornal. Vocês acham que vão admitir que encontraram cadáveres no Beira? Vão sonhando, seus otários.

Seu olhar recai sobre uma caixa de iluminação na lateral da sala, com as chapas de raios X coladas em cima. A chapa de dois pulmões cheios de muco e três sisos enterrados sob uma fileira de molares. Foram tiradas de uma moldura que custou mais do que os raios X, guardados para lembrá-lo de uma carreira nas artes que não durou muito, mais uma das coisas que você amou e nunca levou adiante.

• • •

— Este é um relatório especial da Sri Lanka Broadcasting Corporation. Os restos mortais de quinze corpos não identificados foram encontrados às margens do Lago Beira. Uma equipe forense da ONU, em conjunto com os patologistas do governo do Sri Lanka, está tentando identificar a ossada. Um porta-voz do governo alega que os corpos seriam de antes de 1948, sem qualquer relação com a situação política atual.

Jaki recebe a sua primeira advertência por ler uma reportagem sem aprovação dos superiores. Seu chefe, um tal de sr. Som Wardena, diz que recebeu uma ligação de um ministro do governo que deu uma "reprimenda severa" à SLBC, com o aviso de que ações desse tipo não serão toleradas.

O pessoal da ONU arquiva um relatório, que o pessoal local vaza para o Ministro, que o compartilha com o Ministro da Juventude, Stanley Dharmendran, que o discute com seu filho, que mostra para sua colega de apartamento. Os dois choram durante a tarde, depois param. Ao longo dos dias que se passam após isso, Jaki vasculha os jornais antes de decidir tomar a atitude que vai gerar a sua demissão.

— Dois dos quinze corpos foram identificados. Um deles pertence a Sena Pathirana, de Gampaha, organizador do Janatha Vimukthi Peramuna, e o outro a Malinda Almeida, de Colombo, fotógrafo de guerra. Há suspeitas de que ambos teriam sido assassinados por esquadrões da morte do governo. A ONU alega que, só neste ano, foram enterrados 874 corpos não identificados e que 1.584 cidadãos srilanqueses foram dados como desaparecidos. Esta é uma reportagem especial da Sri Lanka Broadcasting Corporation.

Ela relata a notícia com um tom de voz impassível e sua voz não falha ao ler o seu nome. É demitida na hora e expulsa da SLBC por seguranças mal pagos. Ela pega um triciclo motorizado até a Galle Face Court e fica deitada na cama, olhando para o ventilador, folheando a sua agenda e chorando.

— Obrigado, chuchu — você sussurra. — Agora vai lá encontrar o Rei e a Rainha.

Ela não consegue te ouvir. Ela aumenta o volume da sua música soturna e manda para dentro dois dos seus remedinhos da felicidade.

— Os negativos estão com o Rei e a Rainha, mocinha. É agora ou nunca. Vai lá encontrar essas fotos. Você sabe onde.

Você sussurra, sibila, berra e urra — e ainda assim ela não te escuta.

...

— Você ouviu? Mataram Maali Almeida.

— Quem? O governo?

— Capaz de ter sido o LTTE. Vai saber...

— Pra que matar um fotógrafo?

— Os Tigres matam qualquer um que faça críticas. Especialmente quem é meio tâmil.

— Achei que ele fosse do JVP.

— Quem disse?

— Hoje em dia, quem é que sabe, né?

Dois jornalistas do Clube da Imprensa que trabalharam com você, mas não te conhecem. Ambos foram correspondentes de guerra, que ficavam sentados no escritório em Colombo e escreviam comercialmente para os *press releases* do governo. Você cospe neles e observa a saliva evaporar antes de chegar às suas testas sebosas. O vento traz o seu nome mais uma vez, e você pega carona nele, deixando para trás esses picaretas e suas reportagens não checadas.

— Uma pena. Almeida foi atirado no Beira de um helicóptero.

— Quem disse?

— Meu cunhado do exército.

— Seu cunhado só fala merda. Presidente nenhum ia desperdiçar um helicóptero com um JVPeiro.

— Não era do JVP. Ele tirou fotos do Bheeshanaya. E eu não falei que foi o presidente. Todos sabemos quem é que faz o trabalho sujo por aqui.

— Eu vi o Malinda encenar *Hamlet* na faculdade. Feito uma omelete.

— Era um canastrão, pelo visto.

— Foi feio, não?

Um círculo de homens que você nunca viu, em um boteco. Não sabem nada a seu respeito e menos ainda do que dizem. Embora fosse verdade que você estava péssimo em *Hamlet*. Você salta em mais um vento.

Dizem que a única coisa pior do que falarem de você é não falarem. Talvez isso seja válido para dramaturgos irlandeses na cadeia, mas não para *fixers* mortos no Oriente. Cai a escuridão, e você só consegue ouvir a algazarra que é o seu nome na ponta da língua das pessoas, levando cusparadas.

Discutem a seu respeito na Embaixada Indiana, onde o embaixador está numa reunião de emergência da RAW, uma reunião de espiões indianos, a fim de descobrir se você estava na folha de pagamento de algum deles. Todo mundo, exceto I. E. Kugarajah, faz que não com a cabeça, e a reunião termina.

Ao redor dos cassinos, mais jogadores jogam conversa fora. O Pegasus usa tela de galinheiro para proteger a sacada no sexto andar, e eles demitem o barman que costumava apalpá-lo na escadaria sem aviso prévio. Os fantasmas do Hotel Leo continuam tendo tão pouco interesse em você quanto o mundo tem neles.

Nunca foi um desejo seu ficar famoso. Apesar do pai ausente e da mãe indiferente, essa fantasia adolescente nunca lhe agradou. Nunca procurou popularidade, embora fosse precisamente isso que você ganhava sempre que botava a bandana vermelha. Tentava não ser amigo de ninguém e acabou sendo de todo mundo. Você se pergunta se as notícias já chegaram até o norte e o leste e se você será transportado para lá, caso alguém mencione o seu nome. Tudo no além parece vir acompanhado de uma delimitação de área e uma barricada.

— Você anunciou na rádio? Antes de contarmos para a mãe dele?! — Em sua fúria, DD adotou os ritmos do pai. — Você não tem cérebro, não?

— Havia nove nomes na agenda, na página do Valete de Copas. Todos disseram que era engano. Alguns deles me deram um esporro quando eu mencionei o Malinda.

— Vamos ter que contar para ela agora.

— Eles se odiavam.

— Não vão liberar o corpo.

— Ouvi falar que eram só pedaços.

Jaki morde o lábio e deixa escapar um soluço.

— Vamos ter que mandar fazer um velório. E exigir um inquérito. E vamos fazer tudo isso do jeito certo. — Não existe nada mais sexy do que o DD elencando uma lista de coisas que ele nunca vai conseguir fazer.

— Liguei para o número do Rei de Paus de novo. Ninguém atendeu. Depois veio uma voz grave. Perguntou se eu era da STF.

— Da STF? Não da CIA? Nem da KGB? Você sequer sabe o que está fazendo?

— Estou tentando descobrir como foi que o crânio do Maali foi parar no Beira. Ninguém mais parece se importar com isso.

• • •

A garota está brincando com fogo achando que é algodão-doce. Eles chegaram à casa da sua *amma* e a encontram esparramada no sofá. Acabou de voltar de um longo turno no serviço e está na terceira xícara de chá. Ao darem as notícias, suas mãos começam a tremer.

— A vida é assim — afirmar ela. — Sabia que isso ia acontecer. Garoto burro. Nunca, nunca me deu ouvidos.

— Beleza — diz Jaki.

— Não diga isso, tia. — DD está brincando com outro pingente de osso entalhado no pescoço. — Ele foi assassinado. O *appa* está cuidando do inquérito.

— Pra quê? — pergunta a sua *amma*, encarando a xícara vazia. — Não vão pegar ninguém. Não podem trazer ele de volta.

— Precisamos ter certeza de que é o corpo dele.

— Sabem, ele começou a mentir já desde cedo. Inventava histórias sobre os empregados. Quando queria dinheiro, chegava e dizia: "O *dada* fala que você é mão de vaca." Isso aos oito anos.

Sua *amma* não oferece chá para eles, o que é raro para ela. Sempre insiste em botar o bule no fogo, especialmente para as visitas que ela despreza. Dá um gole e sorri para os dois.

— Qual de vocês era íntimo dele?

Jaki e DD se entreolham.

— Ela — afirma DD.

— Eu, não — diz Jaki.

— Por acaso ele já contou para qualquer um de vocês que tentou suicídio uma vez? — questiona Lakshmi Almeida, levantando a sobrancelha, daquele jeito que ela fez quando você contou para ela da tia Dalreen.

Seu amante e sua amiga se entreolham e desviam o olhar.

— Quando o pai dele foi embora, ele botou a culpa em mim. Largou todas as aulas que o Bertie botou ele pra fazer. Esgrima, badminton, escoteiros, rúgbi. A culpa era minha por tudo que estivesse errado. E aí, durante o café da manhã, ele disse: "*Ammi*, se os Beatles se separarem, eu vou me matar."

— Os Beatles? — pergunta DD.

— Achava que ele preferisse os Stones — diz Jaki.

— Era uma piada para ele. "Se a rebelião de 1971 fracassar, eu vou me matar" ou "Se passarem mais um filme do Jerry Lewis no Liberty, eu vou me matar". Sempre querendo atenção. Sempre querendo me magoar.

— Não é verdade, tia. Ele te amava. — DD é um ator terrível e pior ainda contando mentiras.

— Ele roubou meus remédios para dormir. Mas não foi o suficiente para dar conta do serviço. Só pra me deixar mal. Que criança cansativa.

— Estamos todos em choque, tia Lucky. Não tem por que falar dessas coisas agora.

— Você nunca perguntou para ele por que foi que ele fez isso?

Jaki fita o bule e as xícaras limpas ao lado dele.

— Eu sei por quê. Porque o pai abandonou ele e se esqueceu da gente. E só tinha eu por perto, por isso virei o saco de pancada dele.

Você levanta o bule e o esmaga na cabeça da sua *amma*, então leva um caco pontiagudo até a garganta dela e pede para ela desdizer essa mentira. Aí você volta do seu devaneio e fica encarando o bule intacto e o pescoço intacto da sua *amma*, e se dá conta de que, de agora em diante, são as outras pessoas que vão contar a sua história e não há coisa alguma que você possa fazer a respeito. Por isso você fica subindo as paredes e gritando.

— Ele falava de mim? Dizia que eu era uma mãe ruim?

— Não muito — responde a Jaki, mentindo e servindo-se de uma xícara.

— Deixa eu preparar um bule fresco — diz sua *amma*, levantando-se.

— Ele me disse que você põe gim no chá — afirma Jaki, dando um gole e fazendo careta. — Achava que era história dele. Parece que não.

DD está com o rosto nas palmas das mãos. Não está claro se está chorando ou dormindo. Uma hora, ele se levanta e fica com os olhos voltados para o chão.

— Tia, a gente só veio te contar. Você vai ficar bem? Posso fazer os arranjos para o funeral.

— Ouvi falar que não tem muito o que enterrar — fala a *amma*, levantando a sobrancelha de novo.

— Ele queria ser doado para a ciência — diz Jaki, esvaziando a xícara e oferecendo um raro sorriso. — Era o que ele queria.

Que fofa, você pensa. A única que lembra.

— Acho que o melhor para todos vai ser cremar. Ele não era religioso nem nada assim — diz Lucky.

Eu nunca pedi uma lápide, você pensa, e amaldiçoa a sua *amma* por todos os dias chuvosos da sua vida desde que você nasceu. Ela não sabia que você tinha tomado os remédios no dia em que percebeu que gostava de garotos e que não havia nada que ela, ele ou qualquer outra pessoa pudesse fazer a respeito disso. Nem tudo gira em torno de você e do seu casamento de merda, mamãe querida.

Os três estão tendo aquela conversa obrigatória perto da porta.

— Vocês se lembram de quando ele foi para o Vanni e ficou três meses lá? Lembra, Dilan?

DD faz que sim com a cabeça.

— Ele me disse que nunca me amou e que era tudo culpa minha.

DD abraça a sua mãe. Jaki só faz que sim com a cabeça.

— Ele disse muitas coisas desagradáveis. Não era por mal.

— Ah, era por mal, sim — diz sua *amma*.

Assim que fecha a porta, ela vai até o sofá e confirma se Kamala e Omath não estão por perto. Fica encarando a janela e deixa a água escorrer dos olhos. Primeiro uma gota, depois vai ficando com o olho marejado e então vira uma fonte. Sua *amma*, que nunca chorou na sua frente, nem na frente de ninguém, está aos prantos.

A princípio, você queria poder aparecer diante dela, nem que fosse só para constrangê-la. Dizer para ela que as chances de sobreviver a um acidente de avião e as chances de sobreviver a uma abdução da STF são exatamente as mesmas: 38%. Mas então você decide fazer o contrário. Decide, bem ali, antes tarde do que nunca, alguns dias após a sua morte súbita, deixá-la em paz.

· · ·

Você sabe pouquíssima coisa a respeito deste Interstício, embora tenha aprendido a aproveitar os ventos. Nem todos os espíritos sabem, e é por isso que você encontra tantos deles confinados em salinhas medonhas, batendo a cabeça contra paredes imaginárias.

Se pegar o vento certo, ele pode levá-lo até certos lugares. Mas raramente às portas aonde você precisa ir.

— Já ouviu o que houve com o Maali?

Se o vento for um ônibus lotado, então ouvir o seu nome é um *tuk-tuk* que vai passando, aos trancos, de porta em porta. Que nem um teletransporte, mas nada que se compare com *Jornada nas Estrelas* ou *Blake's 7*. Num minuto, você está na copa de uma árvore, esperando o vento, e, no momento seguinte, está na sala de recreação da Embaixada, onde Jonny Gilhooley assiste a uma partida de críquete numa tela gigante.

— Ele já deu as caras?

— Dá para dizer que sim. Encontraram uma cabeça e uns ossos no Beira.

— Jesus.

Jonny fala usando alguma geringonça que parece um tijolo, que era para ser a mais recente evolução do telefone, mas não dá para imaginar ninguém carregando de bom grado um trambolho radioativo desses no bolso. Há dois velhos no mesmo espaço que ele, que você reconhece da outra vez. Parecem estar no meio de uma discussão que você não consegue acompanhar.

— Sei. É terrível. Estamos todos em choque.

Jonny coça a tatuagem na coxa, de uma serpente que come a própria cauda. Você se aproxima do fone no ouvido dele. A voz do outro lado tem uma cadência entrecortada e inconfundível, polida após anos latindo no ouvido de *fixers* em zonas de guerra.

— Jonny. Não era dos nossos, era?

— Não seja imbecil, Bob. Só tome cuidado. Talvez valha tirar umas férias.

— Acha que eu posso ser um alvo?

— Alguém viu quando você teve aquele seu papinho com o Coronel e o Major?

— Claro que não.

— Nem os outros jornalistas.

— Andy McGowan? Nem a pau.

Robert Sudworth, correspondente da AP, que passou 45 minutos contigo, abaixado atrás do arbusto, servindo de alvo de estande de tiro em Omanthai. Que tinha um gosto por donzelas camponesas e que não fazia uma única reportagem desde que havia chegado à ilha, um ano atrás.

— Não me refiro a ele, Bob.

— Acha que eles visaram o Maali? Quem?

E bem na hora chega o ciclo-riquixá, que não está sendo pilotado pelo Scotty da *Enterprise* nem pelo Villa da *Liberator*, e você se vê num quarto de hotel, onde há uma moça jovem e morena roncando embaixo dos lençóis, e Bob Sudworth de toalha, desgrenhado e de ressaca.

— Só tome cuidado, Bob. Só isso.

— Está me ameaçando, Jonny?

— Não deixe o seu negócio interferir no meu.

— Meu negócio é o jornalismo. Qual é o seu?

Você não tem certeza de onde fica este quarto de hotel, mas da janela, a meia distância, dá para ver a torre vermelha do Hotel Leo. Sudworth traga um Bristol e beberica uma lager Lion. A voz do outro lado é a própria versão asiática de um Geordie para Jonny, e no fundo dá para ouvir os dois velhos discutindo com arrulhos aviários.

— Bob, não sou criança. Você anda almoçando com israelenses. E se encontrando com Tigres. Chuto que você não está escrevendo reportagens sobre tráfico de armas.

— Está querendo dizer alguma coisa, Jonny? Maali era um camarada meu.

— Não estou dizendo que não era.

— Só estou aqui a negócios. Só isso.

— Pensei que fosse jornalista.

Há um clique na linha, e Robert Sudworth olha para baixo, para a cerveja na mesa e para a moça nos seus lençóis, então decide evitar tocar em qualquer uma das duas.

•••

Estão num escritório cujas paredes são adornadas por murais de madeira contendo fotografias dos bastiões do UNP. DS, Dudley, Sir John, JR, uma coletânea clássica de cuzões privilegiados que não têm a imaginação nem a compaixão necessárias para conduzir este paraíso rumo à glória. Você rodopia pela sala, feito um mau cheiro, e se acomoda na mesa de mogno, querendo socar os dois, mas se contenta em vomitar maldições que eles não podem ouvir. Sobre a mesa, há pastas, envelopes e uma caixa de sapato que não pertence a ninguém na sala que ainda respire.

— A questão aqui é Malinda Almeida, imagino.

— São as fotos que pertencem ao CNTR — diz Elsa Mathangi.

— Eu vi as fotos. Você deu sorte de não estar em cana.

— Só queremos o que é nosso, senhor. Pode ficar com o resto.

— Muito generoso da sua parte. Quem vai publicar?

— Não somos jornalistas.

— Como que a gente sabe que elas sequer são de 1983?

— De onde mais poderiam ser?

A mitologia popular em torno dos tumultos de 1983 é que tudo começou no Borella Kanatte, num funeral para os treze soldados mortos ali no norte pelos Tigres, no que então foi o maior atentado de todos. O episódio desses treze, o número do azar, parece um pequeno conflito em comparação com o rio de cadáveres que passou a correr depois disso. Na verdade, o tumulto se originou num escritório parecido com este, onde uns engravatados furiosos faziam cópias na Cyclostyle de formulários eleitorais para bêbados de sarongue.

— Parece que você tem um estúdio fotográfico bem grande. Como conseguiu ampliar os rostos e tudo o mais?

— Malinda cuidou disso. Disse que tinha quem fizesse.

— Não sou um china de rabo de cavalo. Por que é que eu liberaria essas fotos para vocês?

Ele abre a caixa e pega os envelopes. Ás, Rei, Rainha, Valete, Dez. De naipes diferentes. Um *royal straight*.

Elsa faz aquela cara que você já viu antes. Que ela faz quando pensa em praticar a diplomacia e decide pelo contrário.

— Não houve nenhum reconhecimento quanto ao julho de 1983. Esquecer as coisas não apaga nada. Se vocês conseguirem levar até mesmo um único assassino à justiça, vão reconquistar a confiança dos tâmeis. Jamais vencerão esta guerra sem isso.

O Ministro apanha o envelope marcado como "Rainha de Espadas" e o vira de ponta-cabeça. As fotos caem diante dela. Cada uma é um close, feito por Viran da lojinha FujiKodak, por um valor generoso e uma chupada complementar. O Diabo que dança, o homem do porrete, o garoto da lata de gasolina, a besta do cutelo marrom. Rostos ampliados até quase ser possível reconhecê-los.

— Se isso vier à tona, o país vai pegar fogo de novo. É isso que vocês querem?

Elsa reúne as imagens, com a esperança de que não serão roubadas de novo. Impressões em preto e branco de umas pessoas ateando fogo nas outras preenchem a mesa. Enquanto Elsa as coleta, o Ministro pega duas delas. Recosta-se na sua cadeira caríssima e levanta as duas fotos no ar:

— E quais são os seus planos para estas aqui?

Uma delas é uma versão ampliada da outra. A original mostra um homem tâmil, nu, sendo provocado por garotos com porretes. No fundo, vê-se uma Mercedes. A placa não é visível, mas o homem no banco de trás, sim. Ele espia por uma janela aberta e inspeciona a violência. É impossível ler a sua expressão facial, e sua boca está bem fechada. A outra foto é um close borrado do mesmo homem. Está na mão do Ministro Cyril Wijeratne, que pergunta, sibilante:

— Quais são os seus planos para esta aqui?

— O senhor admite que é uma foto sua? — diz Elsa, sabiamente optando por não sorrir.

— Tome muito cuidado, senhorita. Não é a primeira a me acusar de organizar linchamentos. Como se eu fosse poderoso assim. As multidões estavam furiosas e infelizmente os tâmeis precisaram sofrer. Só isso.

— Tâmeis inocentes.

— Foi tristíssimo.

— Então por que o senhor não impediu?

— Mil novecentos e oitenta e três foi culpa do seu povo, não minha — diz o Ministro. — Quem acorda um leão, sai mordido. Sempre se lembre disso.

— Como foi que a multidão soube quais eram as casas dos tâmeis?

— Você não está jogando suas cartas muito bem, sra. Mathangi.

— Senhorita.

— Pretendo lhe entregar as fotos. Exceto por estas duas, é claro.

— É claro.

— Mas quero os negativos. Onde estão?

— A namorada e o namorado do Maali talvez saibam.

— São meninos do Stanley. Não posso chegar perto deles.

— De um deles, não.

— Se você me arranjar os negativos, pode ficar com o resto.

— Se eu tivesse os negativos, não precisaria das fotos.

— Tem mais um favor que você pode fazer por mim.

Elsa tenta interpretar o sorriso do Ministro e espera cair a ficha.

•••

Você flutua até o teto e observa o Ministro Cyril, que conta para Elsa Mathangi a história de um traficante de armas inglês que tem mercadorias israelenses com quem o governo gostaria de conversar, mas não pode, dados os termos de seu novo contrato com a China. Ele conta que essas armas podem ser entregues ao Coronel Mahatiya, contanto que ele as utilize para usurpar a liderança do Supremo. Porém Mahatiya não confia nem no exército, nem nos ingleses. Por isso o governo precisa de um intermediário.

— Não mencione nada disso para o seu parceiro, Kugarajah. Nossas fontes indicam que ele tem vínculos tanto com os Tigres quanto com o serviço secreto indiano.

— Acha que eu já não sei disso?

— Em troca, você fica com todas as suas fotos, exceto por estas duas, é claro. E não vai para a cadeia. Uma oferta dessas é um sonho para alguém na sua posição. A melhor oferta possível.

— Eu vou é acabar morta. Se não for na mão de vocês, vai ser na mão deles.

— Nós só matamos pessoas ruins. E aqueles que ameaçam o Estado são pessoas ruins, possivelmente as piores.

— E quanto àqueles que morreram em 1983?

— Você sabe que 1983 já faz muito tempo. E não faz muito sentido trazer nada disso à tona agora. A não ser que queira que aconteça tudo de novo.

— E se eu levar os negativos de volta comigo para o Canadá e contar à imprensa que o governo do Sri Lanka está armando terroristas?

— Mas você é mais esperta do que isso. Preciso saber da sua decisão antes de você sair desta sala. — O Ministro poderia ter usado um "se", mas não foi necessário. Ter poder significa fazer ameaças sem precisar verbalizá-las.

— Se é para fecharmos um acordo com o CNTR, queremos que a Índia vá embora. E queremos a proteção dos civis tâmeis.

— Nada do CNTR. Só você. Parece que se esqueceu do Almeida. Não matamos ele. Mas não temos tanta certeza quanto a você e seu tal de Kuga.

— Não estamos nesse ramo de negócios, senhor.

— Não me parece muito abalada em ter perdido um dos seus colegas.

— Já perdi muitos deles, senhor. A gente se acostuma.

— E eu também, minha cara — diz o filho de um grande homem e o tio de um usuário de boás de pena. — Nunca se esqueça disso.

— Vou me esforçar — Elsa nunca jogou pôquer, mas teria sido uma jogadora excelente.

— Te dou o fim de semana para conseguir os negativos. Não mais do que isso. Preciso deles e preciso da sua presença em reunião comigo no domingo.

— Posso já levar as fotos?

Você observa o Ministro apanhar o telefone e rosnar uma ordem. E então, vê chegarem os homens de preto, armados, que não são nem da polícia, nem do exército, para acompanharem Elsa Mathangi até a saída. Um deles fica para trás para guardar os envelopes. Elsa para de sorrir e balança a cabeça enquanto a expulsam da sala.

O Ministro desliga o telefone e faz um gesto com a cabeça.

— Quarenta e oito horas. Começando agora. Quero os negativos e a sua palavra, agora. Até lá, eu fico com as fotos.

• • •

— Se eu receber mais uma ligação falando de Maali Almeida, juro que mando você (sim, você, em pessoa) pra Jaffna, pra trabalhar pros indianos.

Ele usa uma faca de cozinha para abrir um envelope postal e quase arranca a pontinha do dedo.

— Desgraçado do cacete. Aposto que o fantasma daquele veado está aqui para estragar o meu dia.

Ah, se ele soubesse, você pensa. Ah, se ele soubesse.

— Mendis, você me ouviu?

— Sim, senhor — o cabo robusto solta um pio tímido, enquanto organiza as pastas no canto.

— Disse que tínhamos visitas?

— Sim, senhor. Dois policiais.

— Pode mandar entrar. Não aceite nenhuma dessas porras dessas ligações, a não ser que sejam de você-sabe-quem.

— Sim, senhor.

O homem robusto sai pela porta, passando pelo arquivo. A sala é comprida e bagunçada, com pastas, mapas e mesas com armas em cima. Uma Uzi, uma Kalashnikov, uma Browning 38, umas granadas e balas dundum ocupam uma cristaleira, trancadas à chave. A mesa no canto tem múltiplos telefones e uma plaquinha que diz "Major Raja Udugampola". Você já se sentou a esta mesa antes, pediu favores e recebeu ordens de volta.

O homem robusto retorna com dois policiais. Um deles é corpulento e quietão, e o outro, magrelo e tagarela. O Major não para de abrir cartas à faca e fazer caretas para elas.

— SA Ranchagoda. Detetive Cassim. Eu escolhi os senhores porque me foram recomendados. Vocês têm muito trabalho pela frente, rapazes.

— Senhor!

Os dois estão em posição de sentido e evitam o olhar do brutamontes.

— Quanto de lixo sobrou no Leo?

Cassim está com a mão coçando para pegar o caderno onde constam esses dados. Mas talvez se lembre da história da vez em que o Major Raja quebrou o nariz de um soldado por ficar inquieto demais.

— Setenta e sete — ele grita.

— Não minta. Achei que fosse quarenta e poucos.

— Apareceram mais na semana passada, senhor — diz Ranchagoda.

— Eu mandei instaurarem um toque de recolher. O Ministro vai ligar agora. Você supervisiona os transportes. No Kanatte, a STF vai assumir. Têm veículos o suficiente?

— Temos três caminhões.

— Ah! Não é o suficiente. Posso arranjar motoristas. Precisaremos fazer mais de uma viagem. Também ando ouvindo umas histórias péssimas.

— Senhor?

— De que estamos contratando criminosos. Tem gente falando de darem corpos para os gatos comerem. É melhor que seja mentira.

— Difícil achar bons lixeiros, senhor. Ninguém em quem dê para confiar. Esses filhos da puta dos nossos não são santos, mas também não são assassinos, nem traficantes. — Quem fala é Ranchagoda, enquanto Cassim está com os olhos colados no chão.

— Que bom.

— Não sei nada a respeito de gatos, senhor.

— Certo. Vamos ver. Resolvam aí. Agora vazem.

Enquanto os policiais estão saindo, um dos telefones toca. Você fica atordoado ao acordar de um devaneio, no qual trocava envelopes na recepção ali do lado de fora. Em apenas duas ocasiões foi convidado a entrar. Uma vez, para ser elogiado pelo seu trabalho, e outra, para ouvir que os seus serviços já não eram mais necessários.

Uma luz pisca ao lado do telefone e o Major atende.

— Pois não?

— Posso falar com o Major Raja Udugampola, por favor?

— Quem é?

— Meu amigo tem esse número na agenda.

— Quem é esse seu amigo?

— Malinda Almeida.

Clique.

— Mendis!

Ele bate o telefone e espera o cabo atravessar o longo corredor.

— Seu babuíno de merda! Eu falei que não era para aceitar ligação.

— Senhor, foi na sua linha privada.

— Mas ninguém tem esse número.

A luz do telefone acende de novo.

— Beleza, vaza daqui!

Ele espera até o cabo sair e fechar a porta.

— Pois não?

— Como o senhor conhece o Malinda?

— Moça, aqui é um quartel do exército do Sri Lanka. O meu número é sigiloso. Vou mandar rastrearem a sua linha e colocá-la sob detenção.

— Por que é que o Maali tinha esse número?

— Eu sou o Major Raja Udugampola, do exército do Sri Lanka. Dei uma declaração à imprensa. Empregamos Almeida como fotógrafo do exército entre 1984 e 1987. Nunca conheci o babaca pessoalmente. Há três anos ele não tem qualquer assunto com o exército. Se me ligar de novo, eu vou massacrar você.

Ele bate o telefone e limpa a mesa. Coloca as cartas numa bandeja e enfia os envelopes numa lata de lixo. O telefone pisca mais uma vez. O Major quase xinga, mas fica feliz de não ter feito isso.

A voz na linha fala alto o suficiente para ser ouvida do outro lado do corredor.

— Ah, Raja. Não pode falar que eu não te dou apoio, hein?

— Senhor, agradeço muitíssimo.

— Já tem o seu toque de recolher. De meia-noite a meia-noite. É bom que seja o suficiente.

— Sim, senhor. É mais que o suficiente. Obrigado, senhor.

— O presidente me perguntou o porquê.

— E o que o senhor disse?

— Contei para ele.

— E?

— Ele disse: "Tem certeza de que vinte e quatro horas são o suficiente?"

Dizem que o riso é música, mas essa é só mais uma das mil inverdades que servem de chupeta para a gente se acalmar. Algumas risadas são picantes, outras hediondas, algumas capazes de fazer gelar o sangue. O som das gargalhadas do Major Raja Udugampola e do Ministro Cyril Wijeratne, em uníssono, é a música mais horrenda a chegar às suas orelhas recentemente examinadas.

— E mais uma coisa.

— Diga, senhor.

— Mais uma coleta.

— Tem o nome, senhor?

— Elsa Mathangi. Você vai encontrá-la no…

— Sei, senhor. No Hotel Leo.

— Fica de olho nela. Esteja pronto para pegá-la quando eu mandar.

— Que tipo de convidada ela é, senhor?

— Pode dar o tratamento real.

— Informações ou punição?

— Os dois.

— Então vou chamar o Mascarado.

— Use qualquer *yaka* que você quiser. Não cague no pau.

Quarta Lua

Eu sou um anjo. Mato primogênitos enquanto as mamães assistem. Transformo cidades em sal. Até, quando me dá vontade, levo as almas de garotinhas, e, a partir de agora até o fim dos tempos, a única coisa garantida em toda a sua existência é que você nunca vai compreender o porquê.

Greg Widen, *A profecia*

TOQUE DE RECOLHER

Nos dias de toque de recolher, nada se mexe, exceto pelos ventos e pelos espíritos, além dos olhos dos guardas nos postos de controle. Você passou a noite empoleirado numa árvore, observando a meia-lua e as nuvens que a obscurecem. Perguntando-se o que cada Bodhisattva e cada um dos trinta fantasmas de Arthur C. já se perguntaram antes. É possível fazer tudo isso parar?

Os primeiros toques de recolher de que você tem memória foram aqueles que vieram após o massacre de 1983. Depois disso, ficaram tão comuns quanto os feriados de Poya. Vinham no rastro de alguma explosão de violência, assim como as enxurradas vêm no rastro das chuvas. Lá embaixo no sul, lá em cima no norte e bem aqui neste oeste de faroeste selvagem, o governo tirava as pessoas da calçada, os carros da rua e as liberdades da mesa. Jonny uma vez disse que toques de recolher eram para o governo manter a ordem, pegar os bandidos e "fazer coisas que não se pode fazer à luz do dia".

A sua árvore ficou abarrotada de suicidas murmurantes. Os suicidas são os mais fáceis de identificar depois dos *pretas*; seus olhos são verde-amarelados, seus pescoços muitas vezes estão quebrados e estão sempre tagarelando, embora apenas para si mesmos. Você deixa que o vento te leve de posto a posto de controle, passando as ruas vazias e os pontos de ônibus desabitados. Gatos patrulham as ruas paralelas, corvos guardam os telhados e criaturas sem alento caminham mais devagar do que a maioria.

Vem um caminhão, roncando pela estrada principal, um Ashok Leyland azul-claro, o primeiro veículo a aparecer desde que amanheceu, num ponto que costuma ser o trecho mais movimentado da Estrada Galle. Ele não desacelera para passar o posto de controle de Bamba e os guardas não levantam nem a mão, nem uma sobrancelha. Alguns momentos depois, eles param um Toyota verde e o motorista é removido do veículo e revistado. O homem aponta para o adesivo médico no para-brisa e é liberado.

Um segundo caminhão, desta vez vermelho, com painéis de madeira, ganha velocidade no posto de controle e os guardas dão tchauzinho. Você sobe nele ao virar na Estrada Bullers. É uma viagem sacolejante, com um fedor magnífico. A falta de um nariz não te poupa das fragrâncias dos cadáveres congelados em decomposição.

Não está sozinho no teto do caminhão. Há outras criaturas sem alento que boiam junto contigo. O vento passa por elas e risca seus rostos. Sorrisos esquecidos e olhos perplexos pairam no vento, conforme o caminhão se transforma num *kanatte*.

Há dois veículos, ambos caminhões, ambos com caçambas abertas, ambos com homens descarregando material. A carga são cadáveres, expostos e flexíveis, alguns ainda congelados, outros apodrecendo. O ar está pesado com moscas zumbindo de prazer diante do banquete à sua frente. Os homens que fazem o serviço estão de máscaras espessas, a maioria feita de sarongues velhos enrolados em torno da boca e do nariz, como se fossem salteadores ou assassinos, e é bem provável que um número considerável deles seja.

Queria ter a sua câmera consigo, assim como queria ter algum lugar para revelar os negativos e alguém para mostrá-los. Assim como queria ter mais tempo e algo com que se importar. Assim como queria saber quem foi que te matou. Ninguém está de farda, embora alguns dos homens andem que nem soldados, com a coluna ereta e movimentos ligeiros, sem muita conversa, nem pausas.

Ao portão, há dois policiais e dois homens, nenhum dos quais é do exército, nem da polícia, que conferem as identidades e anotam seus números. É um exemplo solitário de ordem e organização neste pandemônio de macas e carrinhos de mão. Alguns estão de luvas, outros com sacolas *siri-siri*. Alguns estão de sapato, outros de chinelo. Não há nenhum som de conversa, exceto pelos resmungos, conforme os cadáveres são alçados até as lajes e levados em carrinhos de mão às torres do crematório. Os resmungos vêm tanto dos homens fazendo força quanto dos espíritos que observam.

Os homens de preto gritam as ordens e conferem se os corpos estão empilhados direito. Se um carrinho de mão virar, vai atrasar todas as tortuosas filas srilanquesas atrás.

O caminhão que acabou de chegar está fazendo a descarga no estacionamento, um segundo tem metade da carga já nos carrinhos de mão e um terceiro está se enchendo de macas vazias que voltam do crematório. Há três homens caminhando até o terceiro caminhão que, apesar de cobrirem metade dos rostos, são reconhecíveis por conta do porte vagaroso, que é mais bovino do que humano. Balal e Kottu cambaleiam que nem búfalos; Motomalli anda trotando, com sua bota postiça.

À margem do caos, os oficiais Ranchagoda e Cassim estão parados em pé que nem semáforos. Tentam regular o caos enquanto acabam contribuindo com ele. Sobre a maioria dos cadáveres, seus espíritos se acocoram que nem um súcubo, encarando o chão feito uma criança de luto e tentando dar um jeito de serem aspirados de volta para suas carcaças.

Você olha para a chaminé gigante acima que vomita uma fumaça preta contra os céus, onde as estrelas viram a cara e os deuses se recusam a ouvir. Você se lembra das muitas vezes que viu o ar de Colombo se encher desta fumaça. Não está mais em meio a essas pilhas de carne — isso você sente nos ossos que não mais possui. Os carrinhos de mão e as macas são conduzidos até a torre, direcionados para o buraco gigante na parede e esvaziados dentro da fornalha. O inferno ali aceita os cadáveres com um silvo e um arroto, enquanto cada espírito ulula, ouvido apenas por aqueles que já pararam de escutar.

Do lado de fora, você ouve um derrapar de pneus e alguém levantando a voz. Sai voando do crematório e vê o Major Raja Udugampola acenando com os braços para a multidão. O ar está úmido de sussurros, recortado pelo ganido cantado do Major:

— O que diabos vocês jumentos estão tentando fazer?

Se fechar os olhos, as enunciações esganiçadas do Major até parecem cômicas, como se ele estivesse dublando o Pernalonga em cingalês. É só ao ver o seu porte de orangotango encurvado que você percebe que esta voz é capaz de golpear o seu peito com os dois punhos até trincar as suas costelas.

— Estamos com duas horas de atraso, seus preguiçosos do caralho! Meus homens vão fazer a descarga. Tragam o resto do lixo. Agora! Ou vou jogar todos vocês no fogo!

Dá-se uma comoção quando os homens de preto, que não são nem do exército, nem da polícia, rosnam para os policiais à paisana. Ranchagoda e Cassim gritam com Balal e Kottu, que empurram Motomalli, que pragueja contra o governo enquanto obedece às ordens. Os policiais invadem a cabine com o motorista, enquanto os lixeiros lavam o interior do caminhão com uma mangueira. Lavam os matizes de vermelho, marrom, amarelo e azul, um caleidoscópio feito a partir das entranhas dos defuntos.

— Aonde vamos, senhor? — pergunta Motomalli, enquanto faz o motor roncar.

Ranchagoda sorri para ele, com seu dente lascado.

— Aonde acha?

O Detetive Cassim está em silêncio e o SA Ranchagoda não aguenta mais.

— Esta sua cara parece um prato de *pittu*. Não tem por que ficar remoendo isso. Todos esses são terroristas e bandidos.

— Não são.

— Até parece que você sabe.

— São jovens. Não concordo com isso. Nunca concordei. Solicitei a minha transferência no ano passado. Ainda estou esperando.

— O JVP ameaçou o exército e a polícia, assim como suas famílias. Estamos protegendo nossas famílias. Quem tem idade para matar tem idade para morrer.

— E as famílias deles? Quem que protege?

— Deviam ter cuidado melhor dos filhos. Motomalli, qual é a treta?

— O Sri Lanka vai ser destruído. Primeiro pelo fogo. Depois pelo dilúvio — murmura Motomalli, pisando de leve com sua perna boa.

— O que você disse?

— Nada.

Você se senta sobre o capô do caminhão enquanto ele ganha movimento, com um ronco. Ouve seu nome, à deriva no vento, entregue por uma voz que você não consegue localizar, privada de seu drama de sempre.

242

• • •

— Vou trazer o corpo do Maali de volta para a família — diz Stanley a seu filho.

— Não sobrou um corpo, *appa* — afirma DD, com a voz baixa e os olhos brilhosos.

— Quem disse isso?

— A equipe forense da ONU.

— Você falou com eles?

— Eles falaram comigo.

— Onde?

— No Clube do Centro de Artes.

— Não devia ir lá.

— Por quê?

— Cheio de viciado e boiola. Vai rolar uma batida policial, logo, logo.

Seu *dada* e Stanley teriam se dado bem um com o outro. Feito uma casa em chamas, entupida com os cadáveres de bichas em chamas. Você tenta imaginá-los vestidos como tias, comparando os horóscopos e escolhendo os vestidos de casamento dos filhos.

— Vou sair do Earth Watch Lanka — diz DD.

— Acho. Que é uma decisão sábia — opina seu pai. — Você chegou bem perto. Tirar um tempo vai servir pra clarear a mente. Quando estiver pronto, sempre pode trabalhar para a firma.

— Já aceitei fazer um serviço para a ONU.

— Entendo. É no Programa Ambiental?

— Estou montando uma unidade forense local para identificação de corpos.

— É com aquele tal do Rajapaksa?

— Será uma unidade apolítica.

— Nada neste país é apolítico. Queria que você crescesse, Dilan.

Stanley se inclina e apoia as mãos nos ombros do filho. Dá para ver que ele está fervendo de raiva, mas DD não consegue enxergar isso, e daria para construir catedrais inteiras a partir das coisas que o DD não consegue enxergar, saber ou compreender. O pai solta um suspiro profundo. De perfil, os dois parecem idênticos o suficiente para serem gêmeos.

243

— Se a gente não conseguir melhorar este país, quem é que vai? — questiona o mais novo.

— Faça o que precisa fazer, filho — murmura o mais velho. — Faça o que precisa fazer.

É só quando a Jaki sai tropeçando da cozinha que você percebe que está de volta ao apartamento em Galle Face Court. Fica se perguntando o que há de diferente na sala e repara nos espaços em branco na parede onde suas fotos ficavam penduradas.

Ela interrompe o momento de pai e filho feito um JVPeiro com uma buzina, feito um jagunço com uma lista eleitoral. Está com a agenda na mão e uma folha de papel contendo os nomes de cinco cartas de baralho.

— Já descobri. Estou com todos os nomes.

DD parece exaurido e sobrecarregado:

— Que nomes? Do que está falando?

— Os cinco envelopes que tinham cartas de baralho desenhadas neles...

— Tá, tá. E as mesmas cartas desenhadas na agenda do lado dos telefones.

— Sei de quem é cada número — afirma Jaki.

Você não sabe se devia ficar animado por causa disso ou temeroso pela Jaki. E, a julgar pelo olhar no rosto dos dois, o pai e o filho também não sabem.

Jaki abre a sua agenda nas páginas marcadas:

— Tem um Ás de Ouros. Esse número pertence a Jonny Gilhooley. O cara sinistro da Embaixada. — Jaki circula o nome no papel. — Maali também mencionou um sujeito chamado Robert Sudworth da AP.

— Eu trabalho com a AP. Nunca ouvi falar de um Sudworth — diz DD. — Está pensando naquele esquisito do Andy McGowan.

— Sudworth? — Stanley balança a cabeça de um lado para o outro. — Tem um representante da Lockheed Systems com esse nome.

— Lockheed o quê? — pergunta DD.

— Vendem armas para a maioria dos governos da ASACR.

— Só falta falar agora que o Maali era traficante de armas.

— Disso eu duvido — acrescenta Stanley. — Traficantes de armas conseguem pagar o aluguel.

Ele olha para o filho, que desvia os olhos.

— A Rainha de Espadas dá na Elsa Mathangi do CNTR — diz Jaki.

— *Appa*, você conferiu aquilo? — pergunta DD.

— Já falei pra você. Emmanuel Kugarajah tem vínculos com o LTTE por tabela, via EROS. E com o RAW, Serviço Secreto Indiano. Foi preso por agressão no Reino Unido, mas não prestaram queixa. Elsa Mathangi arrecadava fundos para os Tigres na Universidade de Toronto. O CNTR é financiado pelos governos do Canadá e da Noruega. Mas também pelo Fundo para a Paz, dos Estados Unidos.

Ou Stanley botou o seu pessoal do Ministério da Juventude para fazer muito dever de casa ou está inventando histórias para o seu filho crédulo.

— Existe um Fundo para a Paz nos Estados Unidos? — pergunta DD.

— Por acaso o orçamento deles é o mesmo que o fundo para a guerra? — questiona Jaki, e ninguém nem sorri.

— Se o CNTR for uma fachada para o LTTE ou o RAW, o resto dá para adivinhar.

— Dá mesmo? — diz DD.

— Nenhum dos dois é avesso a silenciar os próprios funcionários.

Uma pausa e então Jaki dá uma tossida:

— O Valete de Copas é acompanhado por estes nomes. Byron, George, Hudson, Guinness, Lincoln, Brando, Wilde. A maioria disse que era engano. Alguns desligaram na minha cara quando eu mencionei o nome dele.

Alguns homens que você provou te deram seu número, e você os anotou, mas nunca ligou. Quando pediram o seu, você passou um número falso, mas só depois de eles se deixarem fotografar.

— Talvez outros membros do JVP. Devem ter ouvido notícias do corpo — afirma Stanley.

DD faz que não com a cabeça e brinca com o próprio cabelo.

— Maali era amigável com todo mundo. Disso nós sabemos, Jaki. E aí, o que é o Rei e o Dez?

— O Rei de Paus dá direto na sala de um tal de Major Raja Udugampola.

— Vocês estão loucos? — A gravata de Stanley balança na brisa. — Udugampola é o chefe de operações da STF. Vocês ligaram para a linha direta dele?

— Eu testei o número de telefone.

245

— Por favor, me diga. Que vocês não falaram com ele. — A mão de Stanley treme.

— Não — diz Jaki, forçando a barra na mentira.

Stanley aperta os olhos na direção dela, mas acaba comprando o blefe.

— Isso não é um jogo, Jaki. Udugampola é um bandido. Tem torturadores treinados pela CIA na equipe dele. Já ouviu falar do Mascarado? Se Malinda estava envolvido com ele, é melhor a gente baixar a bola.

— Vamos recuperar as caixas do Maali?

— O Ministro Cyril Wijeratne me deu a palavra.

— Beleza — diz Jaki.

— O que tinha naquelas caixas?

— Todos queremos saber. Tio, você ligou pra ele?

— Quantas vezes preciso dizer? Não acreditam? Ligo pra ele agora.

— Beleza — diz Jaki.

Stanley Dharmendran entra, apanha o telefone e começa a discar sem precisar conferir o número. O número contém vários zeros, que testam a paciência do dedo de Stanley no disco circular.

— Então o Jonny é o Ás, a STF é o Rei, Elsa é a Rainha, Valetes são do JVP. O que é o Dez?

— Já falei pra você. O Dez de Copas está bem do lado do número do nosso apartamento.

— Então, o que isso quer dizer?

— Talvez sejam fotos nossas? — questiona Jaki. — Ou talvez só suas?

DD toma a agenda da mão de Jaki e começa a virar as páginas.

— Seu nome está aqui no J. Diz Jaki. E entre colchetes diz Primo Dilan. Quantos anos tem esta agenda?

Vem uma pontada de dor onde antigamente ficava o seu peito que faz os seus braços invisíveis doerem também. Você pensa em todas as fotos no envelope com o título "O Dez Perfeito". E então se dá conta de que, para você, aquelas são as fotos que menos vale a pena roubar e as que mais vale proteger.

SEU PONTO FRACO

Você está de volta ao Clube Aquático das Lontras, a primeira e última vez que foi convidado ao papo semanal de pai e filho. Esteve lá também no papel de namoradinho da Jaki e nunca foi convidado de novo. Isso foi nos primeiros seis meses ainda, quando você e ela frequentavam as boates e cassinos e se comportavam que nem um casal, exceto na cama.

Stanley agia cordialmente e bancava com vontade o papel de anfitrião, pedindo cerveja importada e pratadas de lula. Você jogou a sua primeira e última partida de badminton com pares mistos: DD e Jaki *versus* Stanley e você. Por volta da metade da partida, ficou claro para todo mundo que a Jaki jogava mal e, ao fim do jogo, era evidente que você era pior ainda. Mas o que te faltava em habilidade com a peteca, você compensava com o papinho:

— DD. Acho que eu encontrei seu ponto fraco.

— Qual é?

— Badminton.

Stanley não disse nada, mesmo depois de você errar jogada atrás de jogada, o que rendeu a vocês dois uma derrota atrás da outra. A exceção foi no fim da partida, quando se viram milagrosamente empatados e você mandou a peteca na rede e o ouviu murmurar: "Merda do caralho!", com uma quantidade maior de raiva acumulada do que em todos os golpes furiosos que ele deu.

Vocês começaram discutindo *North & South*, uma minissérie americana estrelando Patrick Swayze, na qual os três estavam viciados. Stanley ficou com um olhar vazio acima do sorrisinho amarelo. Você falava de como as sequências de combate não eram nada realistas quando ele mudou de assunto:

— Uma vez jogaram uma granada no meu carro. Perto daqui. Descendo a Bullers Lane.

DD falava muito sobre como o seu *appa* esteve na lista de alvos do LTTE até o Acordo de Paz de 1987. Até hoje, eles viajam em veículos separados, até quando vão ao Lontras.

— Malinda, sua mãe é tâmil?

— Meio burgher, meio tâmil.

— E o seu pai?

— Morreu faz três anos. Era cingalês.

— Lamento muito por isso. E você é o quê, então?

— Srilanquês.

— É o que os jovens dizem. Espero que a sua geração seja capaz de pensar nesses termos. Para nós, já é tarde demais.

— É tudo uma bobajada tribal — afirmou Jaki. — Pôr a raça na frente do país.

— Há uma verdade. No tribalismo, minha cara — disse Stanley. — Os cingaleses são mais numerosos do que os tâmeis. Mas os tâmeis são mais espertos que os cingaleses. Trabalhamos com mais afinco. E precisamos ser melhores. E precisamos esconder isso também. Ou então os cingaleses ficam com inveja.

— Você ainda fica preocupado com a sua segurança, tio? — Você tenta conversar com ele olhando no olho, mas não consegue não reparar, de relance, no filho dele, que estava se despindo para nadar. A camiseta suada e os shorts foram trocados por uma sunguinha azul.

— Eu mantenho minha distância e fico de cabeça baixa. Me abstenho no caso dos projetos de leis complicados. Não confronto os cingaleses. Colaboro com eles. Todos queremos paz em nossas vidas. Não é, Malinda?

E então Stanley deu uma palestra sobre as terras tradicionais tâmeis e como os tâmeis governaram os seus reinos no norte ao longo da história do medievo e do governo colonial. Jaki perguntou por que os cingaleses eram tão inseguros e Stanley respondeu que é pelo mesmo motivo pelo qual os brancos nos Estados Unidos têm medo dos negros que costumavam escravizar, e o DD dá duas braçadas de nado golfinho, depois começa a nadar de peito.

— Mas raça não é fato. É ficção — afirmou Jaki. — É uma merdarada que o homem inventou. Quem consegue distinguir um cingalês de um tâmil?

— Não é verdade — disse Stanley. — É fato que os negros correm mais rápido, que os chineses trabalham com mais afinco e que os europeus inventam coisas. — E então ele entrou num monólogo sobre natureza *versus* cultura, no qual conseguiu, de algum jeito, mencionar que ele mesmo foi atleta, de natação e corrida, para o Royal College na década de 50. Sua conclusão era a de que a sua raça, sua escolaridade e sua família ditam a sorte que terá na vida.

DD chegou de toalha e massacrou as lulas, mas não sem antes te dar um sorrisinho. Gesticulava com a cabeça, como sempre fazia durante as palestras do pai. Você e Jaki, não.

Quando acabaram as lulas, Stanley pediu a conta e, pela primeira vez desde o jogo de badminton, te olhou nos olhos:

— Somos tâmeis de Colombo com boa educação formal. Devemos tomar cuidado para não atrair atenção. Você entende, não?

Você pensa na loteria do nascimento e como todo o resto é só mitologia, histórias que o ego conta para si mesmo, a fim de justificar o acaso ou arranjar desculpas para a injustiça. Você se pergunta se deve se segurar ou não.

— Tio, este país foi herdado por bebedores de *arrack* que mandavam seus filhos para escolas britânicas. A maioria cingalesa... mas não todos. O que todos eles eram é colombenses. E ser um colombense falante de inglês nos isenta do resto dos sofrimentos deste país.

— Não sabia que ainda restavam marxistas neste país — fala Stanley, oferecendo o sorriso mais falso do mundo enquanto começa a se levantar para ir embora. — Diga-me, Maali. Quanto é que você ganha fotografando?

— *Appa!* — DD parecia constrangido e abismado.

— Tudo bem, DD — você disse. — Tudo bem perguntar isso, contanto que você esteja preparado para responder também. Quanto é que você ganha ao evitar votar nos projetos de lei complicados?

— Assunto sério. E eu preciso ir embora. Outra hora, talvez.

Stanley parecia irritado em deixar a máscara escapar na frente do filho.

— Sem problemas, tio. Se te deixa desconfortável falar, não deveria perguntar. Mas eu fico feliz em contar pra você.

— Não me interessa. — E Stanley paga a conta.

— Eu ganho o que todos os milionários do mundo não ganham.

Stanley levantou a sobrancelha.

— E o quanto é isso?

— O suficiente.

Você sorriu, Stanley foi embora e Jaki revirou os olhos, tendo já ouvido essa piada antes, sem ser da sua boca.

DD envolveu o seu ombro com o braço, te dando um abraço lateral, que parecia fraterno, mas não te passava essa sensação.

— Adoro ver quando alguém manda a real para o *appa*. Jaki, onde foi que você encontrou este sujeito?

Jaki apagou o cigarro e deu de ombros.

— Ele que me encontrou.

Ela sorria com a boca, mas não com os olhos.

• • •

Meses depois, durante a janta, vocês tiveram uma discussão sobre o *appa* dele e como ele se recusou a condenar o governo por fuzilar civis em Jaffna.

— O *appa* condena todos os atos de violência. Sempre foi assim.

— E alguma vez ele tentou impedir? Ou pelo menos questionar?

— Ele não deve nada a ninguém. Não podemos mudar o mundo, Maali. Só podemos resolver coisinhas aqui e ali.

— É bem a opinião de um babaca privilegiado.

— E lá vamos nós. O sermão da loteria do nascimento. É fácil ser um indignado quando o seu *dada* te deixou um dinheiro no Missouri porque se sentiu culpado.

— Você pode usar o seu privilégio para ajudar os outros ou para excluí-los.

— Então, o que você quer que eu faça?

— Nada. Só continua lá, salvando as árvores.

— Melhor que fotografar cadáveres.

— Beleza, você me convenceu. Vamos para São Francisco, fazer dinheiro e amor e deixar este país de merda terminar de queimar.

— Ele vai queimar, você fotografando ou não.

— Não, eu falo sério. Vamos lá. Estou pronto.

— Você é covarde demais — afirma DD. — Só fala. Nunca faria isso.

DD pegou o prato e o despejou na pia, junto com a frigideira que havia acabado de estragar pelo excesso de calor e falta de óleo. O que significava que ele ia ficar emburrado e não lavaria a louça de novo esta noite, e se formaria uma pilha até Kamala chegar na quinta-feira.

— Faria o quê? — disse Jaki, em pé na porta.

• • •

DD contou que queria sair do armário para o *appa* e você lhe disse que essa seria uma ideia terrível, então ele te acusou de ser uma bicha que se odeia e disse que ia sair do emprego e fazer o mestrado em Tóquio.

E foi então que você perguntou se poderia pedir dinheiro emprestado, ele perguntou quanto e você lhe disse, ele perguntou para quê e você respondeu que ia passar um mês lá no norte, num campo de refugiados de Vanni, ele perguntou para quê e você lhe contou mais uma mentira.

— Algum dia isso vai parar, Maali?

— Se não pode me dar o dinheiro, é só dizer. Não preciso do sermão.

— É para a Associated Press? Ou o exército?

— Não posso falar.

— Então não posso dar.

— Tudo bem. Vou pedir emprestado de alguém que não diz que me ama.

— Por que não fala com a Jaki?

— Está mais falida do que eu.

— Falar da gente.

— Que que tem a gente?

— Ela precisa ouvir da sua boca. Ela te segue feito um cachorrinho pedindo atenção. Dá nojo.

Você saiu, tendo prometido que ia contar para Jaki, e não o fez. Ele partiu, dizendo que não poderia te emprestar o dinheiro, e é claro que acabou emprestando. Você perdeu uma pequena porção desse dinheiro na mesa da roleta, usou uma parte para pagar por uma chupada em Anuradhapura, e o resto deu para uma família que fugiu do massacre em Vavuniya.

●●●

Vocês tiveram a conversa enquanto estavam no carro, indo assistir a alguma peça da Jaki, escrita por algum russo famoso e estrelando Radika Fernando, a mulher que lia as notícias. Ele disse que só tinha namorado mulheres até então e que você estava namorando a prima dele e que nada disso fazia sentido, que o seu *appa* ficaria horrorizado e que ele não precisava desse drama na própria vida. Você falou "beleza" e deixou seus dedos serpentearem até o colo dele durante toda a apresentação. Mais tarde, disse a Jaki que ela tinha muita química com sua coestrela e ela respondeu que talvez tivesse uma paixonite por ela, ao que você riu e disse:

— Exatamente, eu sabia que você não ia ligar.

●●●

Na semana após o seu retorno do Vanni, a porta que conectava o seu quarto ao dele ficou trancada. Você passou dias no cassino, enquanto Viran revelava os seus rolos de filme. O garoto vinha encomendando equipamentos novos pela lojinha FujiKodak e trazendo para casa junto com suas fotos.

Havia um zumbido na sua orelha que nenhuma fumaça ou maré de sorte no jogo poderia resolver. E, ao fechar os olhos, dava para ver as crianças nos bunkers, abraçadas umas às outras, as cabecinhas aninhadas embaixo dos cotovelinhos, os olhos arregalados e vazios.

E então ele voltou bêbado da festa na firma e te flagrou no sofá, assistindo a episódios gravados de *Crown Court,* e te arrastou para a cama, embora a Jaki ainda pudesse estar no quarto dela e vocês nunca faziam coisas quando ela estava em casa e acordada.

E, durante aquela trepada das mais furiosas e suadas, ele ficou puto quando você tirou uma camisinha da carteira, e aí perguntou se você tinha AIDS, você disse que não, mas que ia se testar, e ele perguntou se você transou com mais alguém no Vanni e você disse que não. Porque um boquete não é sexo e não é sexo se você não vê a cara da outra pessoa e não conta se você estiver pensando nele durante o ato.

Depois que você conseguiu fazer aquilo de que ele mais gostava com ele e estava deitado, exausto, em sua cama bagunçada, ele te puxou pela barba, trouxe o rosto, que ainda tinha cheiro de bebida cara, perto do seu e disse:

— Se você fizer isso com mais alguém, eu vou te matar. Não pense que estou de brincadeira.

Você se assustou quando a porta da frente abriu e a Jaki entrou, aos tropeços. Parecia que ela estava acompanhada, mas também podia estar só falando sozinha, o que ela fazia às vezes.

Ele olhou para você e apertou os olhos e você acariciou aquela sua pele de ébano, como se fosse a pelagem de um pônei premiado.

— E se a Jaki descobrir isso aqui, ela vai matar nós dois. — Você deu-lhe um beijo na boca, ainda exuberante, embora tivesse gosto de uva fermentada.

Você ouviu a voz da Jaki enquanto ela desabava no quarto, conversando com uma visita, imaginária ou não, e então fechou e trancou a porta. Claramente ela tinha coisas melhores para fazer do que assassinar os seus colegas de apartamento na cama.

A LUA NEGRA

As lentes dos óculos do Ministro ficam coloridas sob a luz do sol, como se fossem protegê-lo daquele estacionamento conspurcado, do crematório movimentado e do cemitério repleto de espíritos furiosos, muitos ali exilados por ordens proferidas pela garganta dele.

— Stanley, não há prova de que essas fotos foram tiradas por Malinda Almeida. Então como poderiam ser propriedade dele?

Viajar para você virou algo mais rápido do que qualquer coisa saída de *Jornada nas Estrelas* ou *Blake's 7*. A menção ao seu nome parece transportá-lo de uma ponta a outra na linha telefônica, e agora você está numa Mercedes confortável, sentado bem do lado do Deplorabilíssimo Ministro da Justiça. Seu Defunto Guarda-Costas se senta no capô, inspecionando o ambiente em busca de assassinos. No banco da frente, tem um motorista e um de seus capangas, ambos de preto e boina.

O Ministro tem um telefone no carro, num país onde menos da metade da população pode pagar para ter um em casa. Está conversando no seu tijolão e você nem precisa ouvir o outro lado da conversa:

— ... Eu sei, eu sei, homem. Mas estou olhando para isso de um viés objetivo. Puramente da perspectiva da justiça. Você está próximo demais, Dharmendran. É preciso ser imparcial. Colocar os interesses do país em primeiro lugar.

"... Sim, Stanley, a ONU ainda tem os tais corpos. Uma bobagem do cacete, homem. Já solicitamos a devolução. Vamos pegá-los e identificá-los direito.

"... Tem algumas fotos perturbadoras naquela caixa. Minha equipe jurídica está analisando. Não quero que me passem a perna. Algumas são propriedade sigilosa do exército. Não sei se levá-las a público vai ser bom para o país.

"... 1983? Sim, acredito que tenha algumas daquele ano. Não acho que trazer tudo isso à tona seria útil neste momento. Sei que você concorda.

"... Olha só, Stanley, tenho trabalho a fazer. Quando eu pegar as fotos de volta, vou marcar uma reunião contigo e a gente repassa cada uma delas e você me diz o que é para fazer.

"… Precisamos da sua opinião, Stanley. Este pode até ser um país cingalês, mas nós cuidamos de todo mundo. Essa é a prioridade. Todas as grandes nações já foram governadas por punhos de ferro. Inglaterra, França, Japão, Alemanha, e olha só como está Cingapura agora.

"… Falei que estou ocupado. Te conto assim que eu chegar a um veredito. Tem a minha palavra.

"… Sabe, Stanley. Este é o pior momento para o Sri Lanka. Meu astrólogo diz que é a lua negra. Um momento *rahu* ou *apale*. A ONU pode vir dar o seu sermão, mas o que estão fazendo quanto à África do Sul, à Palestina ou ao Chile? Mais ninguém pode resolver os nossos problemas, estou certo?"

A Mercedes vai passando pelo estacionamento do cemitério e se instala à sombra, não longe da chaminé gigante. Os homens de preto saem e abrem as duas portas, o que te parece meio esquisito. Será que o Ministro planeja sair de ambos os lados? O motorista estica o braço e agarra uma caixa no assento, enquanto o Ministro sai pela esquerda. Você não reparou do lado do que estava flutuando.

— … Tenho negócios a fazer, Stanley. Te ligo assim que tiver notícias.

Um guarda, que não é nem do exército, nem da polícia, abre o porta-malas e puxa um saco de estopa e você tem a sensação de que tem alguém andando em cima da sua cova e defecando nela. Atrás de você estão Sena, o estudante de Engenharia de Moratuwa e o estudante de Agrárias de Jaffna, alguns Tigres mortos e alguns outros que você não reconhece. Não foi só o seu nome que te trouxe aqui tão rápido, foram os ossos no saco.

— É assim que você se veste para o seu funeral? — zomba Sena. Ele agora está com um manto mais longo, tem o cabelo espetado e os dentes serrilhados. — Vamos lá junto com os enlutados.

O Ministro é acompanhado pelos seus dois oficiais de preto e um Demônio na sombra. Um dos oficiais traz o saco de estopa, o outro, uma caixa caindo aos pedaços com um *straight flush* com um ás alto. Geralmente é uma mão vitoriosa, mas não desta vez.

É então que você perde as estribeiras e começa a arranhar o rosto do Ministro, a sua garganta, a sua nuca. O Demônio dele se mete entre você e seu mestre, empurrando você para longe. Ele te arremessa por sobre a Mercedes, até os braços de Sena, num abraço frio, mas estranhamente reconfortante. O Ministro vai caminhando diante dos três caminhões estacionados e dos homens de sarongue que os lavam com mangueiras.

— Posso te ajudar a matar os seus assassinos — sussurra Sena ao seu ouvido.

Na entrada do crematório estão Ranchagoda e Cassim. Os dois batem continência para o Ministro.

— Está tudo limpo? — pergunta Cyril.

— Sim, senhor — responde Cassim.

— Sim, senhor. Quase — diz Rancha.

— O toque de recolher vai acabar logo — afirma o Ministro Cyril. — Resolvam isso.

Tem menos fumaça no ar, e o cheiro agora não é de carne queimada, mas dos barris de produtos químicos aplicados para mascará-lo. Tudo o que resta dos 77 corpos são brasas fumegantes, um fedor minguante e uma sombra que nenhum dos vivos é capaz de ver. A abertura da fornalha tem uma maca em frente. Um homem de preto coloca um saco em cima dela. Outro coloca a caixa. Ele empilha a caixa e o saco, e você fica observando os dois caírem.

O Ministro suspira enquanto seus ossos e suas fotos tombam para dentro da fornalha. Então ele dá meia-volta e vai caminhando até o carro. O Demônio do Ministro sobe no capô, dá de ombros e te saúda.

TRÊS RATOS

Você não sabe quanto tempo ficou ali, encarando a fumaça. E não estava sozinho. Nem de muito longe. Setenta e sete almas olham fixamente as brasas e cinzas que outrora abrigaram seus espíritos, o que é tão relaxante quanto se sentar numa cadeira de *haansi* e ficar assistindo enquanto a sua casa pega fogo. As ululações cessaram e, por ora, até mesmo os morcegos e corvos se calam.

O sussurro te atinge entre as orelhas, como a maioria dos sussurros parece preferir. Sena está com a cabeça no seu ombro e a voz no lóbulo da sua orelha.

— Sinto muito pela sua perda.

— Vaza daqui.

— E eles vão se safar. Porque o karma é bobagem.

Você se sente atravessado por um calafrio. Sua voz crepita como se tivesse sido duplicada num tom mais agudo e canalizada por frequências conflitantes.

— Vou ter que ouvir outro sermão?

— Sabe qual é o problema com o karma, chefia?

— Sena, não estou no clima.

— É isso de presumir que tudo está no seu lugar certo. Então, a gente não faz nada e deixa que o karma resolva as coisas. É tão sem sentido quanto dizer "Inshallah".

— Eles tostaram o seu cadáver também?

— Essa apatia só serve aos privilegiados. Aquele aleijado ali, ele quebrou as pernas de alguém na vida anterior. Bem feito. Aqueles camponeses foram pródigos em vidas passadas, por isso hoje passam fome. Aquele dono de fábrica já foi um Bodhisattva da generosidade. Por isso merece todas as suas casas. E, se eu polir o Porsche dele, talvez pegue um pouco do seu *varam*.

— Não fale comigo. Não consigo sussurrar nada para os vivos, nem conduzir ninguém até os meus negativos, nem encontrar quem me matou. Você é só mais um garganta do caralho.

As cicatrizes e os hematomas no corpo de Sena estão começando a parecer estilosos, como se tivessem sido retocados por um tatuador.

— O budismo obriga os pobres a acreditarem que pertencem ao lugar onde estão. Fazem parecer que é uma ordem natural. É uma baboseira egoísta que serve para manter os pobres na doença.

— Queimaram as minhas fotos, Sena. O que restou?

Você o vê sair flutuando com uma elegância que nunca teve antes. Tem mais alguma coisa estranha nele. Demora um momento para você perceber, mas então percebe. Ele já não te chama mais de "doutor".

— Todas as religiões mantêm os pobres dóceis e os ricos em seus castelos. Até mesmo os escravos americanos se ajoelharam diante de um Deus que desviou o olhar diante dos linchamentos.

— Aonde você quer chegar? — você diz.

— Aonde eu quero chegar, sr. Maali, é que o karma não equilibra as coisas. Faça algo de bom agora, receba o bem depois. Colha o que plantou. Faça pelos outros. Tudo bobagem.

— Um comunista ateu. Fascinante.

— O que mais?

— Os soviéticos, os chineses e os khmers eram todos sem deus. Talvez não acreditar nos deuses te dê permissão para se tornar um demônio.

— Como se acreditar em Deus ou no karma te fizesse bondoso.

— Concordo, camarada Pathirana. Somos todos selvagens, não importa para o que nos ajoelhamos.

— É aí aonde eu queria chegar. O universo tem, sim, um mecanismo de autocorreção. Mas não é Deus, nem Shiva, nem o karma.

Ele dá um rasante sobre o caminhão trepidante.

— Somos nós.

•••

Sena espera que você o siga, e é claro que você o segue. A caminhonete foi lavada, mas ainda tem cheiro de carne. Motomalli está ali todo corcunda em cima do volante e tem dois encostos empoleirados nos seus ombros, assoviando em seus ouvidos. Ele dá a partida no motor, e Balal e Kottu trepam na cabine e se deitam no estofamento todo em frangalhos. Suspiram e fecham os olhos, apalpando a gordura em suas barrigas e o dinheiro no bolso.

— Pronto para castigar os homens que mataram a gente?

— Eles queimaram tudo. Tudo o que eu fiz. Tudo o que eu vi. Já era.

— Vai precisar de mais do que só umas fotos para parar esse trem, *putha*. Para com essa choradeira, irmão. Pense no porquê de você ter estado Lá Embaixo. Qual era o seu propósito? Era só apostar, tirar foto e pegar no pau dos outros?

— Eu estava lá para ser testemunha. Só isso. Todas aquelas auroras e massacres só existem porque eu filmei. Agora, estão tão mortos quanto eu.

— Você pode choramingar. Ou pode trabalhar.

Tem sete flutuando em cima do caminhão, vocês dois, os dois estudantes, um de Jaffna, outro de Moratuwa, e três grotescos que você tenta não ficar olhando, mas é claro que olha. Um deles tem marcas de facada no rosto e vermes que saem rastejando delas, outro está com quatro membros partidos e um com aquela palidez cinzenta de alguma coisa que morreu afogada.

Foram todos vítimas do Bheeshanaya dos últimos doze meses, o expurgo que esmagou o JVP. E todos parecem ser seguidores de Sena.

— O que está encarando, *ponnaya*? — diz a coisa com os vermes na cara.

Você sofreu mais ataques homofóbicos no além do que em seus vinte anos brincando com garotos.

Sena se levanta e faz o seu discurso:

— Camaradas. Fiquem frios. Eles tentaram nos matar, mas cá estamos nós. Somos parte de algo vasto. A força de nossa injustiça varrerá esta terra. O Interstício é igual a Lá Embaixo. Não é diferente da Luz. Não tem nenhuma força que governe as borboletas, ou os Budas, ou o que é justo. O universo é anarquia. São trilhões de átomos, um empurrando o outro, tentando abrir espaço.

Cai uma chuva na noite do toque de recolher, onde nada se mexe, exceto os ventos, os espíritos e esta caminhonete solitária. Os prédios lotados e as estradas movimentadas encontram-se vazios, em silêncio. Sena olha para cima, vê os céus se abrirem e dá risada.

— Parece que o universo está com a gente também! Estão prontos, meus guerreiros?

Os estudantes assentem, os grotescos assentem e você dá de ombros.

— Enquanto estava dormindo, Maali, meu irmão, nós andávamos ocupados. O tio Corvo perguntou de você pra gente. Talvez seja hora de acordar, não?

— E fazer o quê? — você responde. — Mais discursos?

— Não é como a gente morreu. É como nos obrigaram a viver. Hoje vamos equilibrar a balança.

— Achei que a balança nunca ficasse equilibrada. Nem mesmo a longo prazo — você diz.

Os guerreiros que já foram estudantes de Engenharia franzem a testa cada vez que você abre a boca.

— O tio Corvo me ensinou uns truques. Mas eu encontrei uma professora ainda melhor.

— Você se uniu à Mahakali?

— Nós nos aliamos a quem puder nos ajudar.

O que acontece na sequência acontece rapidamente, como um tiro ou um infarto. É só quando você se senta à árvore *mara*, bem depois, que dá para montar as partes móveis disso tudo. Os estudantes escorregam até o capô do veículo, enquanto os grotescos correm ao seu lado e fisgam a atenção de Motomalli.

Sena traz o rosto para perto do seu. Não está claro se ele está prestes a te beijar na boca ou devorar o seu nariz.

— Todo mundo é pacifista. Todo mundo defende a não violência. Exceto quando se trata de mosquitos, ratos ou baratas. Ou terroristas. Então é matar ou ser morto. Como se algumas vidas significassem mais do que outras, o que é claro que é verdade. Os mosquitos já mataram metade da raça humana. Não tenho o menor problema em usar DDT. E responderei a qualquer deus que vier me questionar.

Sena mergulha no assento do motorista e rosna no ouvido de Motomalli. Seu discurso é um ácido temperado com xingamentos, o que leva o motorista a franzir a testa. A caminhonete acelera na estrada vazia que leva ao Hotel Leo, onde os corpos são estacionados, e os segredos, enterrados. Este veículo não vai chegar até lá.

Os grotescos param no meio da estrada e agarram os ossos em seus pescoços. Entoam um cântico que você não consegue decifrar, embora suspeite de que seja um misto de páli, sânscrito, tâmil e a língua dos demônios.

Motomalli aperta os olhos diante do que vê e depois balança a cabeça de um lado para o outro. Pronuncia palavras que passam das orelhas à boca.

— Responderei a qualquer deus que vier me questionar.

Ele esfrega os olhos e fica boquiaberto diante dos grotescos parados no meio da rua. Tenta desviar, mas é claro que os freios não dão conta, porque um dos estudantes de Engenharia está embrulhado ao redor das pastilhas, de modo que a caminhonete acaba se atirando contra um ponto de ônibus ao lado de um transformador, e você pensa ter visto pessoas sentadas ali, mas aí a caminhonete acerta o transformador, o que causa uma barulheira onipotente, o ruído de um ser onipotente que levou um chute na canela.

Depois ele quebra e cai em cima do ponto de ônibus e da fila que está um pé ao lado.

O rosto de Motomalli atinge o volante, os jagunços sonolentos voam para o teto e acordam tossindo. Então alguma coisa pega fogo e explode, e há gritos no interior do veículo. Sena e seu bando de homens furiosos dançam entre as chamas e cantam maldições e insultos, enquanto três ratos queimam dentro do caminhão.

Você olha ao redor e enxerga pedaços de corpos que não pertencem aos ratos na caminhonete. Quantos havia no ponto de ônibus com o toque de recolher? Três? Cinco? E então você vê uma mãe e um filho da zona de guerra, o velho com o estilhaço e o cão morto. E estão te dizendo algo que você não consegue ouvir. Pedindo algo que você não consegue dar. Em seguida, o cão fala e você retorna ao presente, observando enquanto Sena e sua equipe de demolição fazem algo ainda mais estarrecedor.

Algo curioso para um pessoal que acabou de causar um acidente e que dança nas chamas. Eles forçam a porta do motorista e ela abre, rangente, apesar de as dobradiças terem sido esmagadas. Motomalli sai dali se arrastando e choramingando, enquanto as chamas lambem a sua perna postiça. Os espíritos dão cutucões neles e cantam para a caminhonete em chamas. Quando Motomalli desmaia, as chamas sobre seu corpo desaparecem.

As multidões se reúnem rapidamente sempre que há um desastre, pelo mesmo motivo que você espia o lenço depois de assoar o nariz. As pessoas saem aos montes dos comércios de beira de estrada, ignorando o toque de recolher, e ficam paradas ao longe, dando gritos estridentes para a caminhonete em chamas. Alguns deles trazem baldes de água para jogarem em Motomalli e o tiram do meio da carnificina. Há pessoas no chão, sangrando e gritando. Algumas não se mexem.

Aquelas que não se mexem já têm figuras de jaleco branco em pé atrás delas. Parece que os Assistentes chegam aqui antes das ambulâncias nesta cidade. Os mortos são levados para longe, com uma expressão confusa em seus semblantes, uma expressão com a qual você está mais do que familiarizado.

Duas figuras saem se arrastando da caminhonete em chamas, e Sena e seus encostos dão o bote em cima delas. Balal e Kottu são detidos pelos estudantes de Engenharia e levados até o campo do lado da estrada. Não relutam. Ficam apenas encarando a caminhonete em chamas e seus corpos fumegantes.

Sena e sua gangue vão cantando enquanto levam os lixeiros até atravessarem o gramado irregular. Lá você avista uma figura em pé, com fios soltos de cabelo e um cordão de caveiras. Não está perto o suficiente para enxergar os rostos marcados em sua pele, nem gostaria de estar. Sena se vira para você e gesticula para que o siga. Seus olhos são um misto de vermelho e preto. O zumbido dos confins do universo preenche suas orelhas já examinadas. Você não o segue.

O Mascarado

Você não sabe o nome da árvore na qual está empoleirado, só que ela tem folhas espessas que parecem apanhar os ventos e sussurros. Fica observando a fumaça que sobe dos telhados distantes e se perguntando se são gente ou fotografias que estão queimando lá.

Seu nome vem, à deriva, do leste, e você tenta ao máximo ignorá-lo. Tudo que você foi e tudo que fez agora é pó. Não tem ninguém para recuperar os seus negativos, exceto pelos insetos que vão mordiscá-los até que o preto vire branco. Logo, você não ouvirá mais o seu nome e esse será o fim de tudo.

— Pare só por um minuto, é só isso que eu digo. Esse caso do Malinda te deixou em pânico.

— Não. Foi o caso do Ministro que me deixou em pânico, Kuga. Sei que você não está trabalhando para o CNTR. Isso me deixa em pânico.

Você abandona a árvore sem nome e se flagra na suíte do sétimo andar do Hotel Leo. A sede do CNTR foi reduzida a caixas de papelão e sacos de lixo. As paredes ostentam quadrados vazios, as formas das fotografias que ficavam penduradas ali.

Kugarajah está em pé do lado da janela, fumando, enquanto Elsa Mathangi enche uma valise com pastas.

— E se te pararem na Alfândega?

— Aí eu digo que são pastas da Embaixada Canadense, onde eu trabalho.

— Podemos discutir isso?

— Tem uma van lá fora?

Kuga abre as cortinas e tem uma visão privilegiada da Ilha dos Escravos. Ele traga o cigarro e faz que não com a cabeça.

— O toque de recolher ainda está valendo. Tem três vans lá embaixo. E um Jeep. Só estou falando. E se a gente for na onda por ora? Pelo menos até pegarmos as fotos. Não é ruim ter o governo te devendo um favor.

— Use a cabeça, cara. O Ministro não vai dar as fotos pra gente. E como você acha que isso vai terminar? Quando os Tigres descobrirem que eu estou marcando uma reunião do Mahatiya com o governo, vão quebrar o meu pescoço.

— Os Tigres não vão te fazer mal. Isso eu garanto.

— Ah, garante, é?

— Eu nunca deixaria você correr perigo.

— Então por que não se voluntaria para fazer os acordos com o Coronel Mahatiya?

Elsa observa a bagunça enquanto fecha o zíper da valise. Você olha as caixas amordaçadas com fita-crepe e se pergunta se estão destinadas à Embaixada ou ao incinerador.

— Não sou de apostar que nem o Malin. Talvez ele esteja lá fora. Vendendo os negativos para os israelenses.

— Ele morreu.

— Você sabe quem matou?

— Você sabe?

— Se mataram ele por causa das fotos, nós estamos em perigo.

— Certo. Eu vou comprar sua passagem. Canadá, Noruega ou Londres?

— Eu compro minha própria passagem, obrigada. Você só precisa me tirar daqui.

Você fica observando os dois amantes se rodeando. Elsa puxa a mala até a porta. Você lembra de ter pegado o cheque deles e depois se demitido. Mas ainda não consegue lembrar o porquê.

— Cuida das caixas?

— Estarão organizadas pela manhã. O que diz o CNTR?

— Não vou ligar para ninguém até sair do país. Contei só para você, em quem eu nem confio.

— Então é isso? Vai desistir?

— Eu vim aqui para ajudar o povo tâmil. O meu cadáver não ajuda ninguém.

Kuga anda até ela e levanta a mão. Elsa recua e ele tira uma mecha de cabelo da cara dela.

— Você nunca me pediu para ir com você.

— Venha comigo, então.

— Tenho mais um serviço para fazer.

— E foi por isso que eu não pedi.

262

— Qual o seu plano?

— Tem um ônibus cheio de alemães saindo do Hilton agora de tarde. Você pode me colocar a bordo desse ônibus?

— Eles provavelmente estão de olho nas duas saídas.

— Mas não no elevador de serviço.

Kuga sorri e pega o telefone:

— Diga para o Ministro que você tem uma pista e que espera obter os negativos por volta da noite de domingo.

— Você consegue me botar a bordo do ônibus?

— Alguma vez eu já te decepcionei?

Elsa respira fundo, pega o telefone e faz o que tem que fazer. Na sua última noite, ela te disse que os moderados nesta cidade acabam indo parar ou em aviões ou em lajes de concreto.

O toque de recolher de vinte e quatro horas limpou as ruas e renovou a atmosfera. Ela se vê purificada do fedor de bafo, e os ventos sopram livremente, trazendo apenas um toque ocasional de fumaça e poeira. De frente para o hotel, há uma van Delica preta, com vidro fumê, e no assento de trás está o SA Ranchagoda, que parece raivoso, sem dormir, com os olhos caídos apontados para a entrada do hotel.

Um Jeep estaciona ao lado deles e abaixa as janelas. O homem pançudo ao volante está de óculos escuros e máscara cirúrgica. Ao lado dele está o Major Raja Udugampola com um walkie-talkie na mão.

Ele olha para o policial, que endireita a coluna e assume a posição de sentido.

— Quero que fiquem de olho nas duas entradas. Me digam quando ela sair. Sigam ela e não percam de vista. Levem ela ao meu comando. Está claro?

— Sim, senhor — responde Ranchagoda.

O Major leva o walkie-talkie até a boca.

— Não houve nenhum movimento ainda. Mas estamos de olho. — Faz-se um ruído no walkie-talkie.

O Major franze a testa e fica escutando.

— Sempre há vagas no Palácio, senhor.

Mais estática e o Major olha para Ranchagoda.

— Se não tiver, a gente abre espaço — diz ele.

Ele não responde ao ruído final. Guarda o walkie-talkie e conversa devagar com o SA.

— Você me traga a garota ou os negativos. Se voltar com ambos, eu te pago hora extra. Se voltar com um dos dois, ficarei feliz. Se não voltar com nenhum, não.

— Preciso fazer isso sozinho, senhor?

— Está com medo? *Aney*, querido. Não se preocupe, *baba*. Meu amigo vai se sentar com você e pegar na sua mão.

O homem de máscara desce do Jeep e, embora seus olhos e sua boca não sejam visíveis, fica claro que ele está sorrindo.

O Palácio

O Major Raja Udugampola era um soldado de escritório. Você o viu em campo apenas uma única vez. Akkaraipattu, em 1987. Primeiro, ele mandou as escavadeiras abrirem covas grandes o suficiente para enterrar aldeias inteiras, depois mandou os soldados botarem uniformes dos Tigres nos corpos para posarem. Depois, obrigou você e os picaretas da Lake House a tirarem as fotos. Depois, confiscou o seu filme.

Nenhum dos outros fotógrafos aguentou mais do que dois massacres. A maioria não aguentava a carnificina e muitos eram avessos a um serviço de riscos elevados e pagamentos medianos. Mas você estava viciado.

Porque, segundo este seu eu velho e bobo, o problema era que o pessoal de Colombo, Londres e Delhi não sabia a real dimensão do horror. E talvez este seu eu jovem e esperto fosse capaz de produzir a foto que mudaria a opinião dos políticos, para que passassem a se posicionar contra a guerra. Fazer pela guerra civil do Sri Lanka o que a garota nua do napalm fez pelo Vietnã.

O Major deu ordens a todos os jornalistas militares para que ligassem para ele se algum dia houvesse algum indício de onde o Supremo estava escondido. Mostrou um valor de seis dígitos e pendurou essa recompensa de seis dígitos na frente de qualquer um que o levasse a Prabhakaran, e desta vez o valor não era em rupias.

Ainda era o começo da guerra, quando o exército era burro o suficiente para crer que dava para pegar o Supremo e ganhar a guerra. Para o Major Raja, os jornalistas eram mais descartáveis do que as balas que os seus chefes compravam com os ingleses. Que é mais um motivo de tantos deles se demitirem.

A lembrança chega na forma de uma tosse. Uma tosse de cachorro que dói no seu cérebro e te faz cair prostrado. Ela chamusca as beiradas dos nervos que você não mais possui e te leva até um lugar que era ao mesmo tempo sala e corredor. As paredes forradas de arquivos e cristaleiras. Metralhadoras Uzi, revólveres Browning, balas dundum e granadas bumbum, tudo preservado debaixo do vidro num museu militar pertencente a um major que nunca disparou uma única arma na raiva ou com medo.

Você estava em pé à mesa, olhando para baixo, para a cabeça calva daquele homenzarrão. Tentou pigarrear, o que resultou numa tosse, ainda mais violenta do que o esperado. O Major Raja Udugampola, conhecido como Marajá Raja, olhou para você com repulsa.

— Precisa ver um médico?

— Não, senhor. Só tosse de fumante.

— É assim que vocês chamam? Não é tosse de veado?

Você ficou um tempão bem paradinho enquanto ele te observava. Havia um lugar vago à sua frente, e ele não o ofereceu para você se sentar, por isso continuou em pé. Sobre a mesa, havia uma pasta contendo seu nome e as fotografias do front que você tirou — em preto e branco, dezoito por cinco polegadas, acabamento fosco. Foi o bombardeio de VVT, onde o morteiro fez com que os corpos em chamas fossem parar em cima dos coqueiros. Fica em cima de uma pilha de fotos, e você se lembra de cada uma delas. Foi uma temporada de chacinas mensais. Quando ambos os lados se revezavam em massacrar as aldeias como vingança pela carnificina do mês anterior. O Major deu ordens para tirar fotos apenas das atrocidades dos Tigres. Kokilai, Kent Farm, Dollar Farm, Habarana, Anuradhapura. A chacina patrocinada pelo Estado raramente exigia registro fotográfico.

— Esse trabalho é dos bons. Precisamos documentar essas coisas. O que os Tigres fazem com mulheres, crianças e bebês inocentes. Do contrário, os tâmeis vão dizer que nada disso aconteceu.

Uma pausa paira no ar entre vocês.

— Que pena quanto à outra coisa lá, né?

— Senhor?

— Malinda Albert Kabalana — disse ele, olhando para a sua pasta. — Não vamos renovar o seu contrato depois de hoje.

— Meu contrato só vence em 1990.

— Correto. Mas o seu comportamento viola o código penal 1883.

— Não estou familiarizado com...

— Você anda tendo relações antinaturais com os soldados. Não dá para tolerar isso em tempos de guerra. Ou em qualquer tempo. Já foi avisado antes.

Qualquer relação numa zona de guerra é antinatural. As amizades são forçadas e frágeis. Pode ser que sejam destiladas alianças estranhas por causa do terror, do tédio e da solidão, e encontra-se conforto nos braços de um estranho. Você sabia como identificar um belo garoto que gostava de homens bonitões, não importava se ele estivesse de farda, sarongue ou trajes típicos. Não importava se eles estivessem sorrindo no ônibus ou discutindo com as esposas. Brincava apenas com os quietinhos, os garotos do interior, os solitários confusos, aqueles que não tinham ninguém para abrir a boca, ou pelo menos era o que você pensava.

O Major se levantou, foi marchando devagar ao redor da mesa e parou do seu lado. Ficou te observando por um tempo e você ficou olhando reto para a frente. Ele esfregou a mão na sua bochecha e deixou os dedos correrem pelo seu pescoço.

— Você é maricona?

— Não, senhor.

Seus dedos roçaram pelas coisas penduradas no seu pescoço, na época em que você usava mais de três delas. A ankh, o Om, a plaqueta de identificação militar, as cápsulas, o frasco com sangue, e foi descendo até a sua barriga e mais abaixo, até a sua virilha. Ele esfregava as costas dos dedos, não com força, mas também não era lá muito suave. Como se estivesse procurando rolos de filme escondidos atrás da sua carne delicada. Tinha as mãos calejadas e um toque tenro. Você ficou em posição de sentido e manteve uma flacidez estoica.

— Você sabe que não é só um problema.

Continuou congelado, enquanto os dedos dele se demoravam sobre o seu pau, cada vez mais encolhido.

— Há boatos de que você está doente. Por acaso vou pegar AIDS por tocar em você?

Ele afastou as mãos de você, foi dando a volta atrás da mesa e pegou o chapéu num prego na parede.

— Vamos.

● ● ●

Quem dirigia o Jeep era um jovem soldado com uma perna protética que nem te olhava. O Major Udugampola estava sentado de frente para você, com o joelho ultrapassando o espaço entre os seus dois. Se se inclinasse para a frente, poderia sufocar as suas bolas com o joelho.

— Não se engane. Temos fotógrafos melhores do que você — disse ele.

— Uns companheiros leais. Companheiros que defendem os seus. Que não são linguarudos.

— Senhor, aonde estamos indo?

— Os garotos chamam de Raja Gedara. Talvez seja em minha homenagem. A Casa do Marajá. Palácio. Uns camaradas engraçados. Eu ajudei sim com o projeto, é claro. Devo te contar por que é que vamos ter que demiti-lo?

— Meu contrato diz que eu posso trabalhar de freelancer.

— Só com permissão. Por acaso teve permissão para levar Robert Sudworth para ver um coronel dos Tigres?

— Eu sou *fixer* da Associated Press. Robert Sudworth era deles.

— E quanto ao guarda-costas dele?

— Bob Sudworth é paranoico.

— Um mercenário da KM Services. Você levou combatentes ao front sem autorização.

— Os documentos deles estavam carimbados.

— Não fui eu quem carimbei. Você tinha permissão para levar a AP até o acampamento militar de Vanni. Não para levar traficantes de armas para jantar com o inimigo.

— Traficantes de armas?

— Já conheci o Sudworth uma vez. No Vanni, para ser mais exato.

— É mesmo?

— É mesmo? Você estava lá.

— Eu estava lá?

— Depois de atacarmos o acampamento. E levarmos o Coronel como prisioneiro. Não lembra?

— Fui ferido no tiroteio. Não me lembro de nada.

— Que ferimento?

— Eu não vejo o que não é para eu ver.

— *Aney.* Que garotinho meigo e inocente.

Ele se inclina para a frente e o joelho roça no seu pau.

— Eu gostaria de saber de que lado você estava.

— Bons jornalistas não tomam partido.

— Verdade. E fotógrafos veados?

— Como é?

— Ouvi sete reclamações de cadetes que foram abusados por você.

Você espiou pelo vidro fumê das janelas, as ruas cada vez mais vazias, e ficou se perguntando se haviam anunciado um toque de recolher. Não tem como provarem, pensou. Só sete, também pensou. Ninguém ali tinha sido abusado, e vocês dois sabiam disso. Abuso foi o que aconteceu momentos atrás, no gabinete do Major. Você repetiu o mantra que te fez sobreviver durante trinta e quatro anos:

— Não sou homossexual. Tenho namorada.

— Não me vem com esse papinho de merda. Houve reclamações. Quando se viaja com o exército, tem que seguir as normas militares. Um jovem cabo nos exames médicos da divisão de Vijaya voltou com HIV positivo. Não posso ter o seu tipinho aqui.

— Não conheço cabo nenhum.

— Cale essa sua boca. Eu te contratei. Não vou trazer doença para o exército.

— Não estou doente.

— É por isso que usa camisinhas da Cruz Vermelha? Estou vendo essa sua tosse. Estou vendo as marcas na sua pele. Isso não vai prestar.

O Jeep virou à direita na Estrada Havelock e seguiu, com um rumor atravessando uma avenida coberta de folhas, onde as casas eram vistosas, os muros altos e o lixo não se acumulava na rua. A estrada deu mais duas voltas e o motorista adentrou uma via secundária.

— Tem boatos mais perturbadores, claro. Que não posso provar. Estamos lutando uma guerra em dois fronts. Não tenho tempo para ficar correndo atrás de bichas com câmeras.

Ao pé do beco sem saída havia um portão enorme, que abria por controle remoto e revelava dois guardas munidos de metralhadoras, ambos os quais prestaram continência.

— Este lugar ainda não está plenamente funcional. Mas estará em breve.

Os soldados confiscaram sua câmera e sua carteira, mas você não ficou com medo. Assim como nunca teve medo de andar em campos minados ou de subir a bordo de barcos com Tigres. Acreditava que mal algum poderia atingi-lo, porque estava protegido, não pelos anjos, mas pelas leis da probabilidade que ditavam que as coisas ruins de verdade não aconteciam com muita frequência, exceto quando aconteciam.

À primeira vista, o local parecia um desses motéis que se pagam por hora, um lugar aonde você levaria um de seus troféus de classe média. Você tinha o seu procedimento padrão para levar os garotos escondidos nesses lugares, que era botar neles a burca que você encontrou no varal de uma aldeia em chamas, perto de Akkaraipattu. O único modo de conseguirem passar pela recepção sem ninguém fazer careta.

Os fundos do prédio ficavam virados para o portão, e os soldados nos andaimes o pintavam de verde. O trajeto passava por caminhões estacionados e carrinhos de mão abandonados, chegando a uma escadaria de concreto inacabada. Havia três andares, cada um dos quais contava com sete salas. As salas todas tinham grandes janelas de vidro fumê, o que não é uma característica típica de um motel. Dava para ver um arranjo idêntico em cada uma delas. Mesa de madeira, balde, cordas, vassoura, cano de PVC, arame farpado, uma torneira numa das paredes e uma tomada na outra.

— Eu te trouxe aqui só para contar o seguinte.

O Major foi andando atrás de você e sacou o cassetete. Você não tinha reparado nas coisas que pendiam do cinto do militar até agora.

— Muitos que são dispensados do exército, que viram o que você viu, se sentem encorajados a se tornarem ativistas. Virarem a casaca. Não é uma boa ideia.

Você não viu nenhum fantasma nas salas vazias do primeiro andar, mas deu para senti-los. Isso foi antes de saber que espíritos existiam. Tendo visto como era fácil para uma bala apagar uma alma no campo de batalha, tendo observado criaturas que respiravam virarem carniça diante dos seus olhos, você não tinha o menor espaço para a crença. Foi então que visitou o Palácio e sentiu aquele medo que formigava pela atmosfera fétida e ouviu os sussurros nas sombras.

O cheiro de merda e urina te atingiu assim que subiu as escadas. As salas do segundo andar eram idênticas às do primeiro, só que havia gente nelas. Uma pessoa em cada, todos eles garotos, todos de pele escura e todos machucados. Alguns estavam sentados, abraçando os joelhos, outros encaravam do outro lado da janela, sem te ver passar.

— Essas janelas comeram metade do meu orçamento — disse o Major, tocando com o cassetete a lateral do próprio joelho. — São espelhos falsos, com isolamento acústico. Mandei vir da Diego Garcia.

O garoto da última cela olhava pela janela, na sua direção, com a boca aberta e olhos arregalados. Demorou um momento até você se dar conta de que ele estava gritando contra o isolamento acústico da janela. Diego Garcia era uma ilha em formato de ferradura ao sul do Sri Lanka, comandada pelos ingleses após as Guerras Napoleônicas, que expulsaram seus 2 mil nativos e a arrendaram para os Estados Unidos. Por volta dos anos 1980, era uma base militar que exportava mais do que meros espelhos falsos para os aliados ocidentais na Ásia.

— Estão me enviando instrutores para fazerem o treinamento dos meus interrogadores. Até convenceram o governo a ampliar meu orçamento.

O terceiro andar era idêntico aos dois inferiores. Salas retangulares, janelas escuras, um mínimo de mobília, um fedor insuportável. Mas as salas ali contavam com mais de um ocupante.

Na Sala Um, dois homens de máscara munidos de canos espancavam um garoto. Na Sala Dois, um garoto estava amarrado a uma cama e gemendo. Na Sala Três, dois garotos estavam pendurados de cabeça para baixo, com sacos na cabeça. Na Sala Quatro, um homem de máscara cirúrgica e óculos escuros se inclinava sobre um homem numa cadeira.

— Aquele é o Mascarado. É o primeiro a receber todos os hóspedes do Palácio.

Na Sala Cinco, havia uma garota nua, ajoelhada e chorando de soluçar, enquanto um homem sem camisa a rodeava. Ambas as Salas Seis e Sete continham garotos deitados sobre uma mesa, sem se mexer.

O Major Raja Udugampola te agarrou pelos ombros e te prensou contra a outra parede. Atrás do ombro dele, havia uma janela que dava para a visão de corpos em cima de mesas.

— Vou te demitir antes que você possa me fazer passar vergonha.

Você colocou as mãos no pau dele e esfregou. Então ele afrouxou o aperto e respirou fundo, depois afastou as suas mãos e as prensou contra a parede.

— Mas se me fizer passar vergonha, tem coisas piores que poderiam acontecer com você do que perder o emprego.

Ele te deu um beijo na bochecha e depois na boca. Depois te deu dois tapas, bem fortes. Depois coçou a sobrancelha, cerrou o punho e te deu um soco no estômago. Você sentiu o ar sair do seu ventre e os seus olhos perderem a visão enquanto se preparava para um segundo golpe, que nunca veio.

E aí ele te deixou ir embora.

PAPO COM UM DEFUNTO ECLESIÁSTICO (1962)

Você sai de Galle Face Court e paira até voltar àquele local que nunca pôde revisitar. Em muitas noites escuras, muito antes de a noite escura te levar de vez, você costumava se perguntar se um dia poderia voltar lá com uma câmera, sentar-se na mangueira atrás da alameda e bater os cliques que te renderiam um Pulitzer.

O Major não te fez usar uma venda, porque sabia que você não retornaria jamais. Não restavam dúvidas de que todas as vinte e uma salas do Palácio estavam completamente ocupadas durante o Bheeshanaya do ano passado. A chacina dos suspeitos de anarquismo não foi tão vasta quanto o massacre promovido pelo estado da Indonésia de 1 milhão de comunistas em 1965, por isso ninguém se deu ao trabalho de contar. Há quem diga 5 mil, outros 20 mil, alguns dizem 100 mil, e outros nem tanto.

Além do mais, só os americanos ganham Pulitzers. Os americanos, cuja CIA patrocinou o massacre indonésio e que têm uma base naval ao sul das Maldivas e que enviaram equipes de instrutores de interrogatório para este suposto Palácio neste suposto paraíso.

Você nunca voltou para cá, porque sabia que ninguém saía do Palácio com vida. Já viu os cadáveres trazidos de volta e posicionados sobre as lajes de delegacias de polícia e casernas militares. Os "suspeitos" mortos que são úteis para fazer propaganda na luta contra insurgentes, agitadores, criminosos e terroristas. Só que a maioria deles não era nada disso. De vez em quando, você identificava um jornalista ou professor numa das celas, um rosto conhecido, espancado até tornar-se irreconhecível. E você batia um clique adicional e o escondia na sua caixa, guardando o negativo no seu esconderijo, um lugar onde ninguém que tivesse um bom par de ouvidos iria procurar.

Do seu galho na mangueira, você vê as luzes piscando no segundo andar e ouve os chiados, gemidos e o crepitar da eletricidade. O cheiro de bile paira na brisa. O fedor malquisto do vômito alheio, um buquê rançoso de comida enfiada goela abaixo e de suor com cheiro de terror. Mais luzes se acendem, acompanhadas de mais gritos. O que poderia ser? Água nas narinas, eletricidade na virilha, pregos nos pés?

Você nunca voltou para cá, porque tinha medo do que veria e medo de você próprio acabar na masmorra. Agora, depois de todas as coisas ruins já terem acontecido, você ainda não consegue se fazer atravessar, flutuando, o jardim onde estão as luzes que piscam.

— Vem para mais perto — uma voz rouca resmunga. — Não precisa olhar se não quiser.

No telhado você avista a sombra. É grande e amorfa, e você não vê olho algum, nem mesmo os olhos vermelhos. Uma fumaça preta se estende do telhado, embora não haja nenhuma chaminé. Ela se estende como tentáculos que alimentam a massa obscura. Você se flagra flutuando na direção dela, seduzido pela voz.

— É tudo tão terrível, terrivelmente errado. Eu costumava ser um sacerdote, sabe?

— Budista? — você pergunta. — Ou católico?

— Tem importância? Eu fui testemunha do coração obscuro do mundo. E ainda nada de conhecer o meu criador.

— Por que você fica sentado aqui?

A criatura ganha forma e você vê os seus dentes e olhos pretos e o contorno de suas costas agachadas.

— Tem energia aqui. Venha, sente-se comigo. Não há nenhum Deus a seguir, nenhum Diabo a se temer. Só o que tem é a energia.

— Você vive aqui? — você pergunta, sabendo que essa escolha verbal não é muito precisa. Sequer pisa no telhado.

— Quando fui sacerdote, os descrentes vinham discutir comigo. Ou Deus está disposto a impedir o mal, ou não está. Ou Deus é capaz de impedir o mal, ou é incapaz.

— Já ouvi essa piada antes.

De repente você sente falta da dra. Ranee e se pergunta por que é que faz um tempo que não a vê. Será que ela sabe que você estava andando com Sena, que acabou de matar cinco civis para castigar uma dupla de ratos? Será que está sufocada com mais almas perplexas e formulários em branco, Exames Auriculares e argumentos contra a Luz? Ou será que ela simplesmente largou você de mão, mais uma causa perdida que começou com intenções decentes?

— Tem alguma coisa mais horrenda do que esta construção em cujo telhado estamos sentados? — pergunta o Defunto Eclesiástico.

— Há construções que nem esta, onde velhos brincam com crianças apavoradas em todos os cômodos.

— Já estive nesses lugares. Já me alimentei desses gritos.

— Você gosta dos gritos?

— Epicuro acreditava que Deus era impotente ou malévolo. Pois, se é capaz e está disposto a impedir o mal, por que não impede? Mas tem mais uma possibilidade que o grande pensador grego não explorou. — A sombra forma um corpo imenso e uma cabeça ainda maior. A criatura ou tem a cabeça de uma fera ou um cabelo *black power* malfeito.

— A de que Deus está ausente?

— Não.

— A de que Deus está distraído?

— *Nehi!* Que Deus é incompetente. Está disposto a evitar o mal. É capaz de evitar o mal. Mas é simplesmente desorganizado.

— Quer dizer que ele fica olhando para o próprio umbigo, que nem a gente?

— Quero dizer que ele chega sempre atrasado e não sabe organizar suas prioridades.

Você sente um frio que faz coagular o sangue e sacudir as células. É algo que te assusta desde sempre, ao que nunca conseguiu dar um nome.

— Está sentindo, não? A energia. Só isso. O alfa e o ômega. O universo não se importa se é positiva ou negativa. Vai se sentar ou não?

Um vento que sopra vindo de Mutwal te deixa mais audaz, um vento no qual você pode saltar, caso um daqueles tentáculos tente vir atrás de você.

— Não fui torturado. Não fui atormentado. Posso ter sido morto, mas nem disso tenho certeza. Você não pode se alimentar de mim que nem se alimenta daqueles lá embaixo.

— Tem certeza?

A silhueta se altera e a coisa não parece mais um sacerdote de túnica. Ela se agacha que nem um cão de caça e você vê que tem coisas penduradas no seu pescoço.

— Fiquei te observando naquela árvore, sr. Fotógrafo. Você sabe que não existe nenhuma ordem em nada. Sempre soube.

E, de repente, o frio se transforma em algo conhecido. Não algo, talvez mais a ausência de algo, um vazio que se estende ao horizonte, um vazio que te conhece desde sempre. Quando o seu querido *dada* se foi, todas as noites você repassava cenários diferentes enquanto tentava pegar no sono. Talvez tivesse percebido que você era veado, talvez quisesse que você fosse ele, talvez você o lembrasse dela, talvez ele esperasse que você fosse valer mais. Ia revivendo cada palavra lastimosa, cada olhar petulante, cada cutucada, cada humilhação, até esvaziar o seu peito.

— Você sente, não? Essa é a energia.

O vazio e o desdém não eram de todo desagradáveis. O desespero sempre começa como um lanchinho que você belisca quando está entediado e depois vira uma refeição feita três vezes ao dia.

— Quem você culpa por esta zona? Foram os colonizadores que foderam com a gente durante séculos? Ou as superpotências que estão fodendo com a gente agora?

Dá-se um grito terrível lá embaixo e o telhado cospe sombras obscuras, tragadas pelo Defunto Eclesiástico por meio do que parece ser um grande canudo.

— Quem fodeu com a gente?

— Os portugueses vieram de papai e mamãe. Os holandeses pegaram a gente de quatro. Quando os ingleses chegaram, já estávamos de joelhos, com as mãos nas costas e a boca aberta.

— Fico feliz de termos sido colonizados pelos ingleses — você diz.

— Melhor que ser massacrados pelos franceses — diz o Eclesiástico.

— Ou escravizados pelos belgas.

— Ou colocados em câmaras de gás pelos alemães.

— Ou estuprados pelos espanhóis.

— Às vezes, quando penso na zona que é este país, fico pensando que seria melhor deixar os chineses ou japoneses comprarem a gente, ou deixar os ianques ou soviéticos serem donos dos nossos pensamentos, ou deixar os indianos cuidarem do nosso problema tâmil, que nem os holandeses cuidaram do nosso problema português.

Você está agora sentado nas sombras e aspirando o vazio.

O Defunto Eclesiástico se senta de frente para você, sussurrando no escuro:

— Esta ilha sempre foi conectada. Tínhamos comércio de especiarias, pedras preciosas e escravos com Roma e com a Pérsia muito antes de inventarem os livros de história. O nosso povo sempre foi comercializável. Olha para hoje. Os ricos mandam os filhos para Londres, os pobres mandam suas esposas para a Arábia Saudita. Pedófilos europeus pegam sol em nossas praias, refugiados canadenses financiam nossos terroristas, tanques israelenses matam nossos jovens e o sal japonês envenena nossa comida.

É então que você se dá conta de que precisava estar em algum lugar agora que não é aqui. E que, se ficar aqui por muito mais tempo, vai se esquecer do porquê de ter vindo.

— Os ingleses nos vendem armas e os americanos treinam nossos torturadores. Que chance qualquer um de nós tem?

A sombra eclesiástica ficou musculosa e vem rastejando na sua direção enquanto não para de falar. Sua voz duplica, triplica e então se multiplica. Você reconhece esse jeito de andar e essa voz rouca. Tenta se afastar, mas ela barra o seu caminho.

— Os ingleses nos deixaram com uma pérola barroca e passamos quarenta anos enchendo a ostra de merda.

A coisa agora está face a face contigo, e você não sabe mais se é ele ou ela. Sente o frio e o vazio que te atravessam, num rugido. Seus olhos são feitos de mil outros olhos e sua voz são mil outras vozes. Aquele zumbido às margens do que ouvimos não é ela, nem ele, eles, elas ou um gênero neutro. É uma cacofonia.

— Aqui está a verdade fedorenta, dá uma boa cheirada aí. Nós mesmo fodemos com tudo por conta própria.

Os braços da Mahakali te envolvem e os braços de mais alguém te envolvem e os braços de todos te envolvem.

— Repete. Mais alto e devagar.

Seus dentes são tão pretos quanto os olhos, e quando a sua boca se arreganha dá para ver a língua preta e os olhos que espiam da garganta.

— Nós mesmos fodemos com tudo. Por conta própria.

QUINTA LUA

Invoca-me e eu te responderei e te anunciarei coisas grandes e inacessíveis, que tu não conheces.

Jeremias 33:3

Nos sonhos, eu caminho

A sua descida pelo vórtice é interrompida por uma mulher com uma prancheta. Ao seu redor o ar fez-se carne, ao seu redor há rostos que imploram pela morte; as expressões oscilam, fluidas, do orgasmo à dor. Você está prestes a desmaiar quando vem um som que te dá um choque.

— Com licença! Este aqui ainda está na quinta lua. Não pode levá-lo. Não finja que não sabe disso.

A voz da dra. Ranee é tão estridente quanto um caminhãozinho de sorvete, e você reage a ela que nem uma criança brincando na sacada. Você salta das garras da sombra e se encontra nos braços da doutora, do fogo de volta à frigideira.

— Não pode tocá-lo até se passarem suas sete luas. São as regras. Sei o que você está fazendo e não temos medo. Tem regras que nem mesmo você pode infringir.

Você foge da criatura, correndo até a mangueira. A dra. Ranee te empurra na direção de um dos galhos. Você olha de volta, e a Mahakali virou um vulto de novo. Serpentes de sombra e tentáculos pretos se estendem da construção com o propósito de a alimentarem.

— Vai lá mijar em si mesma — ela fala que nem uma dúzia de sacerdotes tentando harmonizar em uníssono. Há uma gargalhada e depois uma salva de cusparadas.

A dra. Ranee trepa na árvore e te arrasta até um dos ventos. Você volta a planar sobre os telhados.

— Eu vou vir com tudo para te expulsar deste lugar — grita a dra. Ranee em despedida, num último clamor enquanto o vento leva vocês dois. Você se pergunta se ela foi ousada desse jeito com o LTTE. Você se pergunta se a avisaram antes de matarem.

— Sua quinta lua, Malinda. Passado o dia depois de amanhã, não vai ter nada que eu possa fazer por você.

— Por que a minha cabeça dói?

— Vão te arquivar como "caso perdido" e você vai parar na barriga daquela coisa. Você não tem cabeça. A dor é a sua burrice tentando fugir.

— Não sabia que era a Mahakali.

— Sabia, sim. O lugar está infestado de seres infernais. Eles se alimentam desta tortura. Você sabe que o Sena está trabalhando para essa coisa. Por que acha que ele tem interesse em você?

— Ele me disse que ia me ensinar a sussurrar. Ele vai, se eu me unir a ele.

O vento te joga para mais alto do que de costume. Os telhados e as copas das árvores vão se afastando e a sua náusea sucumbe à euforia. Você sobe até o teto da terra e a cidade se transforma num cartão-postal. O ar é mais fresco e gelado, e o vento sopra de todas as direções. Desta altura, Colombo não parece uma bagunça. Ela dorme em sombras decoradas com árvores e luzes. Mesmo o Lago Beira parece um tanto fotografável.

— Posso te ajudar a sussurrar.

— Pode?

— Posso oferecer isso somente às almas que tenham se comprometido com a Luz. Está me fazendo contornar as leis. Odeio contornar as leis.

— Obrigado por me tirar de lá.

— Eu não faço isso para me agradecerem.

Vocês chegam às beiradas de uma nuvem e o seu estarrecimento deve até parecer cômico, pois ela dá uma pausa nas broncas para se permitir um risinho.

Você já voou acima das nuvens antes, em Boeings 747, mas essa visão parece ter-te escapado. É o azul de uma piscina, só que a água é feita de vapor, morna e sem fundo, enquanto você boia o suficiente para conseguir manter a cabeça acima da superfície.

Olha ao redor do mar de nuvens que te cercam, cada uma delas uma piscina turquesa ondulando no centro, invisível ao mundo distante Lá Embaixo.

— É aqui onde ficam os sonhos. Venho aqui muitas vezes. Para visitar ele e as minhas meninas.

— Ele? Quer dizer Deus?

Ela ri.

— Não, filho. Meu marido. Pai das minhas filhas.

— O professor?

— Ele me deu apoio mesmo não concordando comigo. Parou com tudo de política depois que eu morri. Está Lá Embaixo. Cuidando das minhas meninas. É um belo pai. E eu o visito em sonhos e falo com ele sempre que posso.

Você não consegue desviar o olhar do azul nebuloso.

— Dá para a gente visitar as pessoas em sonhos?

— Contanto que você não se perca — diz ela.

— Posso visitar qualquer um?

— Contanto que a pessoa que sonha conceda permissão.

— E como é que a gente...

— Segura a minha mão, só isso. Pense na pessoa. E...

Ela te puxa para baixo e você mergulha num tanque de nuvens.

$$\bullet\,\bullet\,\bullet$$

Você está num quarto que consegue reconhecer por causa dos pôsteres nas paredes e do cheiro de tristeza, que você percebe que sempre foi cheiro de lavanda, e não tem certeza de como foi que isso te escapou. Jaki está roncando. Ela usa uma camiseta do Joy Division que desce até os joelhos e está com os braços abertos que nem um Cristo martirizado.

— Respire no ritmo dela. — A voz da dra. Ranee está nos seus ouvidos, embora não dê para avistá-la aqui neste quarto sombrio. Você obedece, embora seja uma coisa ridícula de se pedir a alguém sem pulmões. Você inspira e expira no ritmo das narinas de Jaki. Chegam imagens de ursos--beiçudos, de campos de morangos, de jardins de coral. E então tudo para.

Jaki desperta e vai cambaleando até a privada que você dividiu com ela ao longo de sete monções. Ela não está exatamente sonâmbula, mas também não está acordada de verdade. Você ouve a descarga e aí ela entra pela porta errada e, sem querer querendo, adormece de volta na sua antiga cama. Ela abraça os travesseiros e cheira os lençóis. O quarto está como você o deixou, vazio e arrumadinho. Ela retorna ao ritmo de roncos e você se deita ao lado dela.

Ouve risadas e vê um labirinto de arbustos de morangos, e então avista DD correndo atrás de Jaki e reconhece o hotel e o jardim de Nuwara Eliya. Você corre atrás dos dois com uma câmera e todo mundo desaba num montinho no centro do labirinto. Você fotografa os dois rolando no chão e DD diz para prestar atenção na Jaki, parar de ignorar a Jaki, e você diz que não está ignorando e então se dá conta de que veio falar com ela, mas ainda não o fez.

— Jaki, meu bem. Jaki, meu docinho. Tudo de que você precisa está escondido...

— Não seja literal, cara. Ela vai esquecer — vem a voz da dra. Ranee no fundo do seu ouvido. — Fale de modo indireto. Com imagens, não palavras.

Você passou um mês inteiro dividindo a cama com a Jaki até ela se dar conta de que você não estava com ela de manhã. Ela parou de tentar te beijar depois de um tempo e depois de um tempo você parou de responder aos seus abraços. Nunca tiveram aquela conversa e ela nunca perguntou, e depois de um tempo suas desculpas foram ficando mais esfarrapadas. Depois, você se mudou para o quartinho vago e aí as coisas ficaram mais fáceis.

Jaki está numa praia em Unawatuna, assistindo enquanto DD te faz massagem. DD te fuzila com o olhar:

— Vai lá fazer massagem na Jaki. Senão ela vai botar sal no meu sorvete de novo.

De quem é esse sonho, você se pergunta. Você é o meu DD ou o DD dos sonhos da Jaki? E por que é que tem uns esquisitões nesta praia me encarando?

— As pessoas nos sonhos nunca são quem parecem ser — diz a dra. Ranee. — Especialmente as pessoas nos sonhos dos outros.

Você faz massagem na Jaki e sussurra no ouvido dela.

A dra. Ranee chega com um lembrete de novo.

— Imagens são uma boa. Palavras, não. Pode cantar, se quiser.

Você se pergunta quem está sussurrando nos ouvidos da dra. Ranee e quem está sussurrando no ouvido de quem sussurra e o quanto dos nossos pensamentos são sussurros alheios.

— O Rei e a Rainha. *King and Queen*. Encontre o Rei e a Rainha. Que ninguém nunca escuta. Você sabe onde estão.

Você está num quarto de novo, e, a julgar pelo cheiro e pela bagunça, dá para saber bem de quem é.

— Não tem como eu ser veado. Olha a bagunça que eu faço. Veado é tudo arrumadinho.

— Não use essa palavra, *kolla*. Faz você parecer idiota. — Vocês dois estão nus, debaixo dos lençóis, e ele está de costas para você, enquanto você funga no cangote dele e suas mãos viajam por sua pele. — Eu não sou veado, você não é bicha e não somos *ponnayas*. Somos belos homens que gostam de garotos bonitos.

— Já contou pra Jaki? — ele pergunta.

— Vou contar — você diz.

— Odeio esta desgraça de país. A gente só fala é da vida dos outros.

— E do que mais você quer falar?

— Hong Kong.

Primeiro foi Hong Kong. Depois foi Tóquio. Quando ele passou a ficar mais confortável em ser um garoto que gosta de belos homens, virou São Francisco.

Você está em Yala, e Jaki ronca dentro de uma barraca com duas outras garotas, enquanto você e DD estão escondidos na casa da árvore, fazendo sacanagem.

— Colombo não tem ideia do que acontece lá para o norte. Sabe por quê?

— Porque as pessoas não se incomodam quando coisas ruins acontecem com pessoas que não são elas.

Você mordisca o lóbulo da orelha dele e resmunga:

— Ajude a Jaki a encontrar o Rei e a Rainha.

Você o convenceu de que ele seria mais feliz se aceitasse quem é, mesmo que precisasse continuar no armário. Você o convenceu a pular do Direito Corporativo para o Ambiental. Ao retornar de Mannar com seu filme confiscado, seu pagamento cortado e um tornozelo torcido, ele te fez uma massagem esportiva e disse:

— Um dia, você vai sentir saudades de hoje. Vai olhar para o passado, para este dia de merda e pensar: "Que época boa."

Ele não acertava com frequência, mas essa foi na mosca. Está de volta às nuvens e tem outras pessoas nadando. A dra. Ranee está abraçada a um homem alto, com cabelos prateados.

— Os sonhos estão terminando. Já disse tudo que precisava?

Você se dá conta de que não disse ainda uma única palavra e mergulha de volta. Desta vez, o tanque se torna mais profundo e rodopia enquanto você é levado por um rio de fotografias. Você chega às margens, onde os corpos repousam, alguns adormecidos, outros sendo cheirados por gatos. Vai se arrastando até um tapete vermelho que leva a uma marquise, onde uma mulher se senta num trono, e pessoas de trajes engraçados se sentam em banquetas enquanto uma banda toca Jim Reeves.

A corte está coberta de afrescos, no estilo das pinturas rupestres de Sigiriya. Mas não são de mulheres com os seios à mostra, não são os famosos afrescos de concubinas posando *al fresco*. São de jornalistas com as mãos amarradas, ativistas com as camisas em frangalhos, locutores dos jornais com fraturas no nariz. Homens famosos sob custódia policial, cujos corpos jamais foram encontrados. Fotos que você tirou para o Rei, que guardava os negativos e nunca te pagou por eles. O Major Raja Udugampola partilhava de um mesmo equívoco com os seus outros empregados, Elsa, a Rainha, e Jonny, o Ás. Nenhum deles sabia que a sua Nikon usava rolos de trinta e seis, não trinta e duas poses. O que significava que você conseguia guardar quatro fotos de cada rolo e cortar os negativos, e eles nunca ficaram sabendo.

A mulher no trono é Lakshmi Almeida Kabalana, sua *amma* querida. Ela tem alguma coisa ao colo que parece um animal peludo, mas é um bule, na verdade. Você olha ao redor, para os membros da corte. Seus olhos repousam em três turistas europeus com camisetas havaianas. Então descem para a sua jaqueta para descobrir que ela virou uma túnica colorida. Em sua mão, há um bastão de bobo da corte.

— A maioria das pessoas em sonhos são fantasmas que nem você — diz a voz da dra. Ranee bem na hora. — Algumas se perdem na terra dos sonhos, entrando e saindo do sono alheio.

Ao se aproximar do trono, sua mãe irrompe em soluços, de um jeito que ela nunca fazia quando você era vivo. A coisa no seu colo não é mais fofa, nem um animal, nem um bule. É um punhado de correspondência.

— Achei que tinha jogado fora.

— Eu joguei. — Ela assoa um tanto de catarro num lencinho bordado. Seu traje régio lhe cai bem, muito melhor do que os roupões que usava enquanto se lastimava. — Eu nem abri.

— Não pensou que eu precisava dessas cartas?

— Ele sabia que você precisava dele. Mas ele foi embora. E depois Deus o levou. E depois Deus te levou.

— Nunca consegui me encontrar com ele. Menti pra você. Só consegui três telefonemas e uma carta.

Você disse para ela, falsamente, que havia se encontrado com Bertie Kabalana, sua segunda esposa, Dalreen, as duas filhas deles, com quem você se correspondia, e que tinha passado o jantar de Ação de Graças no Missouri. Que ele havia te contado do quanto ela enchia o saco e todos deram uma boa risada com isso enquanto comiam peru e bebiam suco de *cranberry*. Era uma história projetada para magoar. Porque falar para ela que ele morreu enquanto você estava no avião e sua família de luto não tinha nada para te dizer teria feito sua mãe disparar mais um sermão dominical sobre a vontade de Deus.

Seu pai aparentemente escrevia para você duas vezes por ano desde que havia ido embora, em 1973. Você encontrou uma das cartas em 1984, debaixo de alguns sacos de chá na lata de lixo. Sua mãe depois admitiu o descuido. Geralmente despejava as cartas na agência de viagens onde trabalhava.

— Eu só tinha você — e o punhado de cartas desapareceu do seu colo — para me fazer lembrar daquele desgraçado egoísta.

Sua mãe nunca falava palavrão, exceto ao falar do seu pai.

— Foi culpa minha?

— *Ele* foi embora. Não eu. — Há rumores na corte enquanto a Rainha ergue o tom de voz. — Você não foi fácil, mas eu nunca desisti. Ele não pode pular fora e aí bancar o herói com um cartão de aniversário.

Você passou os aniversários de catorze, quinze e dezesseis anos sentado ao lado do telefone, esperando uma ligação do Missouri. Aos dezessete, já estava ocupado demais ganhando uns beijos de um gostoso de terno para se importar com isso.

— Ele não pode ver como você está se transformando nele — grita a sua mãe. Então começa um bafafá na corte e você escuta um sussurro.

— Conte a verdade, *amma*. Você teve filho para salvar o casamento. Todo o resto é um mito.

— Os sonhos estão terminando. Retorne à superfície. — E então você está às margens do tanque de nuvens, e a dra. Ranee se despede de duas garotas adolescentes e de um homem de cabelos prateados. Há uma canção no ar, cantada por Jim Reeves, que se chama "It's Now or Never". E agora você sabe que quem canta melhor essa canção são o Rei e a Rainha, e agora você está no seu quarto, onde começou.

— É sempre de bom-tom sair da terra dos sonhos pelo mesmo lugar por onde entrou. É um ato de respeito para quem vem depois e para aqueles que estão sonhando.

Jaki acorda na sua cama num piscar de olhos. Está cantarolando "It's Now or Never", mas não na versão do Elvis, nem da do Jim Reeves, mas na do Freddie Mercury, usada no lado B daquela música famosa, e aí ela pega uma caixa embaixo da cama e vai tirando os discos, até tirar *His Hand in Mine*, do Elvis, e *Hot Space*, do Queen, ambos álbuns terríveis de grandes artistas.

Ela abre os encartes e encontra um bilhete que você rabiscou à mão, enquanto caem confetes de grandes quadrados escuros. Os negativos vão sendo despejados sobre o seu colo, escuros com arestas pontiagudas, algumas contendo figuras brancas fantasmagóricas em poses estranhas. Você lhe dá um abraço que ela não consegue sentir e sussurra um último comando em seu ouvido. Jakiyo. Me desculpa por tudo. Por favor, faça mil cópias e cole em toda a cidade de Colombo.

O QUE QUEREM OS *YAKAS*

A dra. Ranee está flutuando às margens da terra dos sonhos. Usa o cabelo preso num coque e tenta esconder os olhos marejados. Você observa a revoada de espíritos que entram e saem dos sonhos alheios. Tem de todas as formas, tamanhos e cores dos olhos.

— Feliz agora? Já sussurrou o que queria sussurrar? Vamos ao Rio dos Nascimentos. Ainda não deu a sua sétima lua.

— Tenho mais duas luas.

— Tem uma lua e meia.

— Não posso. Ainda não. Jaki precisa encontrar o Viran. Preciso descobrir quem foi meu assassino. Preciso manter os meus amigos longe desses monstros.

— Sempre tem coisas para se fazer. A maioria delas não tem propósito.

— A Jaki me escutou, eu acho.

— Tem certeza que te mataram?

— O Homem-Corvo disse que sim. E os seus leitores de orelha também.

— Sim, mas *você* tem certeza?

— Se soubesse, eu diria.

— O Homem-Corvo é um pilantra. E os *pretas* nem sempre têm razão.

— Claramente. Disseram também que eu matei outras pessoas.

— *Pode* ter matado. Foi o que disseram.

— A Mahakali é o maior demônio de todos? Por acaso, a Mahakali tem chefe?

A doutora bondosa balança a cabeça de um lado para o outro e aí balança a cabeça e balança a cabeça mais um pouco.

— Será que você não sabe nada deste país que te alimentou e te vestiu?

Seja lá o que a dra. Ranee for atualmente, ela também é uma professora sem sala de aula. É um tipo de ser que é fácil de persuadir a dar aulas por via da distração:

— Não existe um Satanás que precisemos destruir. Tem centenas de diabos e milhares de *yakas* que vagam por todas as estradas e todas as ruas.

Ela tem razão. Não tem Bem *versus* Mal aqui fora. Tem graus variados de ruindade, disputando com os conglomerados dos ímpios.

— Para cada um dos males desgraçados deste país, tem um *yaka*. — Ela diz que o Príncipe Negro causa abortos espontâneos e cólicas menstruais. O Mohini seduz motoristas solitários que dirigem à noite, e o Riri *yaka* espalha câncer. O monge com o tridente é tecnicamente um fantasma, mas a sua fúria o transformou num encosto.

— Fantasma, encosto, *preta*, diabo, *yaka*, demônio. Acertei a hierarquia?

— Não tem hierarquia neste caos, meu filho. Até mesmo os *pretas* aprontam por aí.

Ela diz que *pretas* existem em várias formas. Os *mala pretas* roubam o sabor dos alimentos, *gevala pretas* retiram a solidez da sua bosta, e a maioria deles são hábeis em ler orelhas e apetites.

É cansativo escutar tudo, mas pelo menos ela não está revisitando o assunto das luas que estão te escapando.

Ela segue tagarelando sobre os demônios todos que se rodeiam por este Interstício.

— Já perdi mais almas aos *yakas* do que sou capaz de contar.

— E o que os *yakas* querem?

Ela diz que *yakas* são obcecados pelos prazeres da carne. Quando a comida estraga, é porque os *yakas* devoram os nutrientes. Quando o sexo perde a paixão, é porque os *yakas* roubam o prazer. Eles ficam por aí, observando os vivos, e os tolos os convidam para entrar.

— Os *yakas* podem fazer um monte de coisas, exceto entrarem para a Luz ou nascerem como humanos — diz a doutora bondosa. — Podem causar confusão, fazer mal e espalhar a impiedade. Mas só se forem convidados. E nunca antes das sete luas. Nem mesmo a Mahakali pode tocar em você, a não ser que você permita.

Ela diz que os Naga *yakas* possuem belíssimos rostos em cabeças de cobra e não conseguem se esquecer de 1983. Diz que o Kota *yaka* cavalga um gato, usa pérolas e carrega um machado. O Bahirava *yaka* nasce dos gritos de Sita e surge apenas quando os deuses brigam ou quando o sol derrama seu sangue.

— Mas você tem razão. De todos, a Mahakali é a mais temível. Não poderei te proteger dela depois da sétima lua.

— Só preciso de mais uma lua para divulgar as minhas fotos.

— Já basta. Venha. Mexer com as coisas Lá Embaixo não vai ajudar você, nem eles.

— O Sena diz…

— Se for para citar o que o Sena diz, então pode ir. Não desperdice o meu tempo. Já viu o que a Mahakali é capaz de fazer.

Os olhos da dra. Ranee estão brancos, em sua maior parte, mas você repara em algumas manchas de amarelo e verde.

— Você tem mais dois crepúsculos. Por favor, evite tudo que tiver olhos pretos.

— Os olhos de Sena não estão pretos.

— Ainda não. Ninguém nasce diabo.

— Não pode ser verdade.

Ela diz que todos os *yakas* se tornaram, não nasceram, *yakas*, e cada um deles tem uma história que eles não contam mais. O tio Canibal foi uma vítima do atentado a bomba em Pettah. A Criança Feral foi obrigada pelos Tigres a matar os tios. O Demônio do Mar foi atormentado até a morte na universidade. O Encosto Ateu foi um representante provincial retalhado pelo JVP. A Dona do Sári Preto perdeu cinco filhos na guerra.

Diz ela que os *yakas* são péssimos apostadores e, assim como a maioria dos ratos de cassino, se afundam em esgotos de dívidas, que eles pagam com serviços.

— O seu tal de Sena está em dívida com a Mahakali. Os demônios arranjam fantasmas para trazerem almas até eles. Não é tão complicado assim.

Ela para de falar e balança a cabeça. Já disparou todas as suas flechas e nenhuma atingiu o alvo. Ela rasga e amassa uma página da prancheta.

— Obrigado por me ajudar. Mais uma vez. Prometo, dra. Ranee. Eu vou para a sua Luz antes de dar a minha sétima lua.

— Não vai, não.

— Aonde eu vou?

— O Rio dos Nascimentos. Pegue o vento mais fraco que sopra do Beira. Siga os canais até chegar a três árvores *kumbuk*.

— Prometo.

— Duas promessas valem menos que uma.

— Eu amei um garoto que dizia coisas assim.

— E você manteve suas promessas?

— Nem uma única delas.

— Ele ficava bravo?

— Nunca reparei.

— Ele te batia?

Você olha para a sua câmera e não encontra nenhuma resposta. Coça a cabeça e olha para a sua sandália solitária.

— Tenho certeza de que fiz por merecer. Adeus, doutora.

Um vento sopra do oceano e você pega rabeira nele.

— Tenho uma promessa para cumprir.

Ela olha para cima enquanto o vento te leva. Parece triste e decepcionada, porém não surpresa.

A LOJA FUJIKODAK

Os negativos estão lacrados em embalagens plásticas coladas com fita adesiva em *Hot Space*, do Queen, e em *His Hand in Mine*, do Elvis. Você sabia que esses dois discos eram os menos prováveis de serem tirados do acervo por qualquer pessoa que tivesse um par de ouvidos funcionais. É claro que nem todo mundo que esbarrasse nos negativos colados em dois álbuns ruins saberia o que fazer com eles. Por isso, você colou um bilhete no encarte, só para esclarecer:

POR FAVOR, MANEJAR COM CUIDADO.
SE ENCONTRADO, DEVOLVER PARA MALINDA ALMEIDA.
APARTAMENTO 4/11, GALLE FACE COURT, COLOMBO 2.
SE MALINDA NÃO ESTIVER DISPONÍVEL,
VISITAR A LOJA FUJIKODAK,
Nº 39, ESTRADA THIMBIRIGASYAYA
E ENTREGAR PARA VIRAN.

Jaki abraça os discos e corre até o quarto do DD.

— Não, sua cadela burra — você grita, mas é claro que ela não escuta.

DD está dormindo de cueca Calvin Klein. Ganhou uma gordurinha na cintura, e na frente ostenta uma ereção matinal, que você espera ter sido causada pelo sonho contigo.

— *Aiyo*, não acorda ele, não — você grita.

Jaki sacode o primo pelos ombros até ele acordar de sobressalto.

— Quem... o quê?

— Quem diabos é Viran? — ela pergunta.

• • •

A van Delica segue o Lancer a uma distância não tão sutil. Jaki fica de olho nela, enquanto dão a volta na rotatória Thummulla. Ela dá três voltas e o Jeep mantém o ritmo. Ela retorna a Thimbirigasyaya e o Jeep a segue. Depois ela dá mais uma meia-volta.

— O que está acontecendo? — pergunta DD no banco do passageiro. Uma pele de ébano sobre uma mandíbula quadrada, o cabelo espetado e bonito, mesmo nessa hora sem deus.

— Não estão de farda. Mau sinal. — Ela fica de olho na estrada, com a língua entre os lábios.

DD se vira para olhar.

— É só uma van, Jaki. Deixa ultrapassarem.

Jaki desacelera, ao som de um coral de buzinas no trânsito atrás dela, mas a van não ultrapassa. Sem aviso ou sinal, Jaki entra no labirinto que é Longdon Place.

— Não estão interessados em nos ultrapassar.

— É só uma van idiota. Você dormiu direito? Quer que eu dirija?

— Beleza — diz Jaki, metendo o pé no pedal e fazendo curvas bruscas pelo labirinto.

Dentre vocês três, sempre foi ela quem dirigiu melhor, e por isso também sempre foi a motorista mais inconsequente. Ela entra pelo umbigo de Thimbirigasyaya e sai pelas narinas de Bambalapitiya. Carros e ciclo-riquixás mudam de pista sem dar seta e fogem do seu caminho com buzinas estridentes.

A estrada está ficando repleta de fumaça e emissores de fumaça, com luzes de freio que não funcionam. A van sumiu de vista. No que o carro passa pelos postos de controle, DD leva um cigarro à boca, mas não acende. O que significa que, tecnicamente, ele ainda não perdeu a aposta que fez meses atrás.

Por milagre, eles encontram um lugar para estacionar na lojinha FujiKodak. Não tem nenhum sinal da van Delica.

O interior da loja está repleto de fotografias de asiáticos coloridos abrindo sorrisos impossíveis. Há um armário de câmeras e uma vitrine de rolos de filmes. Adesivos e pôsteres com o verde e o branco da Fujifilm. Adesivos menores e pôsteres no amarelo e no vermelho da Kodak. Atrás do balcão, há duas mulheres em pé, uma das quais recebe filmes, enquanto a outra entrega envelopes. É um lugar surpreendentemente organizado, e os clientes parecem saber fazer fila. Tem três pessoas aguardando, e DD chega com passadas largas na frente, do jeito que só um pirralho mimado sabe fazer, e demanda:

— Onde está Viran?

A moça gesticula para a porta atrás de si. Jaki e DD passam por um estúdio cheio de luzes e telas até chegarem a um garoto baixinho de óculos, que está todo curvado em cima de uma folha de contato.

— Viran?

— Sim?

— Malinda mandou a gente vir aqui.

O garoto fala com Jaki enquanto seus olhos disparam na direção de DD:

— Ele não está mais por aqui?

— É o que parece.

O rapaz balança a cabeça de um lado para o outro e olha para o chão.

— Está no exterior ou na cadeia?

DD diz a sua fala com um suspiro.

— Dizem que ele morreu. Mas ninguém viu o corpo.

Viran fecha a cara. Limpa os óculos com a camisa:

— Talvez esteja só se escondendo?

— Você é amigo do Maali?

— A gente se conhece faz anos. Ele revelava os filmes aqui.

Jaki coloca os discos na mesa. O encarte do álbum do Queen está em frangalhos e o Rei tem fita adesiva em cima da boca.

— Diz aqui que você sabe o que fazer com isso.

— Vieram sozinhos?

— Só nós.

— Ninguém seguiu?

— Claro que não.

— Certeza?

— Tinha uma van atrás da gente. Mas despistamos.

— Então vamos correr. Vocês têm que ir para o Clube do Centro de Artes. E falar com o sr. Clarantha. É o que o Maali queria para a primeira tiragem de cópias.

— Primeira tiragem?

— Ele me pediu para fazer duas tiragens. Uma para o sr. Clarantha. Outra para uma outra pessoa.

— Outra pessoa?

Você conheceu Viran no cinema New Olympia numa exibição matinal às 10 horas de *Fuga para Athenas*, estrelando Roger Moore, Telly Savalas e Stefanie Powers, que foi assistida por casais de heterossexuais fornicadores e homens que apalpavam homens. Ele tinha só um metro e cinquenta e sete centímetros de altura, mas dezessete centímetros do que importava. Tinha um interesse por câmeras antigas, um emprego na FujiKodak e um quarto de revelação em Kelaniya com um equipamento de respeito herdado do tio. Era delicado e talentoso, tinha cheiro de sabão com talco e nenhum interesse por política. Até ver as suas fotos do JVP para a Associated Press.

Você lhe disse que, se um dia um belo garoto e uma garota com um cabelão entrassem pela porta com discos do Elvis e do Queen procurando por ele, era para levar os negativos para casa e revelar tudo em impressões de dezoito por dez, com baixa iluminação e contraste adicional.

• • •

A segunda tiragem de fotos era destinada a Tracy Kabalana, a filha mais nova do seu pai, que uma vez prometeu guardar as suas fotos quando ela veio com seu pai em uma de suas raras visitas à terra natal. Ela agora deveria estar se aproximando da idade mínima para votar e você não tem certeza se ela se lembra da promessa, considerando como você literalmente partiu o coração do pai dela.

Tudo começou quando alguns fotógrafos da AP foram espancados do lado de fora do Clube da Imprensa, então Andy McGowan teve seus filmes confiscados, e depois o jornalista Richard de Zoysa foi sequestrado e morto. Você fez os arranjos depois de uma noitada no cassino, ao que se seguiu um encontro de raspão com o exército. Deu as instruções para Viran enquanto ele brincava com você perto dos trilhos e lembrou Clarantha da promessa feita no seu *after*. O tio Clarantha era uma dessas almas raras que honravam as promessas alcoolizadas.

Você pega um vento que te leva à rotatória Colpetty. Vai flutuando até ultrapassar o teto de uma van Delica preta e aterrissa sobre o Lancer prateado. Nesta cidade, como na maioria das cidades, o vento anda mais rápido que os carros. Jaki segura firme o volante, enquanto DD a interroga.

— Ele contou isso pra você?

— Em um dos *afters* com o tio Clarantha. Ele falou pra gente o que fazer com as fotos se algum dia fosse pro exílio. Você não lembra?

— Eu estava bêbado. E você pegou no sono.

— Então você lembra, sim.

O bar não abriu ainda. As cadeiras estão viradas de pé para cima nas mesas e os zeladores passam seus esfregões no piso de parquê. Clarantha fuma um cigarro no bar e lê os jornais. É uma bicha rechonchuda do teatro que já teve três infartos aos quarenta. Há um boato de que teria contraído uma doença das grandes, mas com um nome pequenininho. Você nunca perguntou, porém foram muitos os papos de madrugada sobre a mortalidade e isso te deixou pensativo.

— Oi, Jaki. DD — diz Clarantha, dobrando o jornal. — Desculpa, estamos fechados.

— O Viran da FujiKodak mandou a gente aqui.

Clarantha faz uma pausa e guarda o jornal.

— Não quero ouvir isso. Jesus. Cadê o Maali?

— Não vimos o corpo — diz DD. — Não sabemos.

— Então talvez tenha conseguido escapar — diz o tio Clarantha.

— Não — diz Jaki. Ela fica encarando, balança a cabeça e o observa ficando cabisbaixo.

Há dois fantasmas pairando em torno da jukebox, um aparelho clássico doado por um cantor veterano do Sri Lanka que a trouxe de Las Vegas. O pessoal andava discutindo a ideia de vendê-la para comprar o Centro de Artes de volta dos empresários que eram donos do teatro. Os dois fantasmas golpeiam os botões com os punhos e têm como resposta apenas algumas piscadas da eletricidade.

— É uma hora perigosa para se fazer isso — diz Clarantha.

— Compreendemos — diz DD.

— Eu queria compor peças que mudassem o mundo — afirma Clarantha. — Inventei de compor musicais, em vez disso.

— Musicais podem mudar o mundo — opina Jaki.

— Cala a boca, Jaki — diz DD.

— Eu fiz uma promessa. Vou cumpri-la — declara Clarantha. — Em quanto tempo dá para o tal do Viran arranjar as fotos?

— Amanhã.

— Mentira. Como?

— Ele tem o próprio esquema, aparentemente. Foi o que ele disse.

— Ele consegue entregar todas as fotos da noite para o dia?

— Foi o que ele disse.

— Eu tenho só vinte molduras. Por que a pressa? Quantas fotos são?

— Cerca de cinquenta.

— Que absurdo! Vou precisar de mais gente. Tem auxiliares no seu escritório?

— Vou perguntar.

Os fantasmas têm cara de europeus e são um tanto familiares. Ambos estão de camisa havaiana e bermudas de praia. O mais gorducho corre até a jukebox e dá um soco nela. Ouve-se uma vibração e o som de uma agulha descendo, então começa a tocar "It's Now or Never", do Elvis.

DD parece surpreso, e Jaki assustada, mas Clarantha simplesmente dá de ombros.

— Ela faz isso o tempo todo. Temos uma fantasma chamada Iris. — Ele ri. — Talvez seja ela.

Jaki escuta a voz suave do Rei e fica pensando em algo que só pode ser sobre você.

— Tem certeza de que ele não fugiu do país? — pergunta Clarantha.

— Quem sabe? — questiona DD. — Nada me surpreende quando se trata do Maali.

— Beleza — diz Jaki, levantando-se, pegando a bolsa e saindo dali.

• • •

Jaki sai do Clube do Centro de Artes, passa a Galeria Lionel Wendt e põe o pé na rua. Antes de entrar no carro, ela corre o olhar pelo meio-fio, atrás de vans Delica, e pela calçada, procurando homens que não sejam nem do exército, nem da polícia.

Jaki dá a partida no seu Lancer e vai deslizando pela Guildford Crescent. O carro ganha velocidade e então vira na esquina errada. O que significa que ela não está indo na direção de Galle Face, e você aprova, meio a contragosto. Ao estacionar na rua do lado de fora do Hotel Leo, ela dá uma conferida para ver se tem alguém seguindo, e você faz o mesmo. Então vai caminhando até o interior do hotel, passando pelo guardinha adormecido, e pega o elevador até o sexto andar.

Você sobe demais e erra o andar, espiando pela janela da suíte do sétimo. Enxerga paredes desnudas, caixas vazias, uma porta aberta, e nem sinal de Kuga ou Elsa, nem das molduras com as fotos tiradas na Nikon e reveladas por Viran. A sala não foi pilhada que nem o seu apartamento em Galle Face Court, mas as cortinas foram rasgadas e as mesas reviradas por alguém com um humor não lá muito bom.

Você vai flutuando até o Pegasus e observa a Jaki sentada à mesa de vinte e um, acomodando-se para passar a noite lá, pedindo doses de gim e cigarros complementares que você bem queria poder tragar. Tenta sussurrar ao ouvido dela, mas nenhum dos dois está sonhando mais. Tenta adivinhar quais seriam seus pensamentos enquanto ela confere as probabilidades e conta as cartas, igual você a ensinou, mas toscamente.

Você segue até a mesa de pôquer, onde o Karachi Kid está apostando alto contra os israelenses. Jovem, rechonchudo, com a cabeça raspada e um boné de beisebol, o Karachi Kid era generoso com as fichas, que ele usava para te salvar quando você exagerava. Ele tinha um caderninho para anotar tudo e te lembrava dele toda vez que você se sentava à mesa.

— Tem câmera aqui? — ele pergunta, olhando para o teto. E depois para as paredes.

— Por que teria? — diz Yael Menachem. — A não ser que tenha uma nesse seu boné idiota.

Yael Menachem é robusto e barulhento, enquanto o seu sócio de negócios, Golam Yoram, é atarracado e quietão. À mesa também tem dois chineses que fingem não falar o idioma. Há quem diga que são parentes de Rohan Chang, o chefão do cassino, que estão ali para ficar de olho nos mais sortudos. Você jogou pôquer com eles na sua última noite respirando, mas não consegue lembrar se ganhou ou perdeu.

— Vamos lá fora — diz o Karachi Kid. — Tem cheiro de shoyu aqui.

Os chineses à mesa tentam superar a aposta um do outro, ocupados demais para se ofender. Os israelenses e o paquistanês levam suas bebidas para o terraço.

— Vimos a última lista — diz Golan Yoram, acendendo seu cigarro.

— E aí?

— É só fazer um depósito com uma entrada de 70% e podemos arranjar tudo.

— Tudo?

— Você quer míssil Scud, a gente arranja, irmão.

Menachem dispara um olhar para o garçom, que traz um cinzeiro à mesa. Sua pergunta seguinte vem num sussurro:

— Você já negociou com o Coronel Mahatiya antes?

— Qualquer um que tenha uma arma de fogo neste país já negociou comigo, meu amigo — diz o Karachi Kid, bebericando seu suco de laranja. — Pode anotar isso aí.

— Interessante — diz Menachem. — Somos do ramo do cinema. Isso tudo é novidade para nós.

— Está sendo modesto.

— Sim. E eu nunca sou modesto. E não gosto da sua tabela de preços. Vamos precisar de 80% de entrada.

— Cara, eu amei o seu filme de ninja.

— Qual deles? *Ninja: a máquina assassina* ou *Ninja 3: a dominação?*

— *Ninja U.S.A.?*

— Esse não é meu — diz Menachem.

— Na verdade, acho que foi *Ninja: a máquina assassina*. Excelente, ah. Ótimas cenas de ação.

— Esse filme foi uma merda. Mas fez dinheiro, né?

— Ele se saiu bem — diz Yoram.

O Karachi Kid entrega uma folha de papel, que Yoram analisa antes de fazer que não com a cabeça.

— Com esses preços, não dá. De onde você tira isso?

— São os valores do mercado.

— São valores nível Hezbollah e Hamas. Você arranja tralha russa de merda que já vem quebrada por esse preço. Arranja lixo da Nicarágua por esse preço. Ou vocês melhoram o orçamento ou não vai dar, desculpa aí.

— Meu cliente precisará de referências, é claro.

— Manda isso aqui como minha referência, ó — diz Menachem, mostrando o dedo do meio.

— Posso perguntar. Com todo respeito. Vocês já fizeram negócios neste mercado antes?

— É claro.

— Governo?

— Talvez.

— Tigres?

— Pode ser.

— JVP?

— Jamais.

— E aquele amiguinho de jogo de vocês que desapareceu?

— Quem?

— Vocês sabem quem.

— Era um hippie veado. Hippies e veados morrem. Nada a ver com a gente.

— Bom saber — diz o Karachi Kid.

Papo com Defuntos Suicidas (1986, 1979, 1712)

Você flutua até o terraço do Hotel Leo, onde a noite não é mais criança e os cassinos continuam abertos. É uma noite inquieta de carros ligados no ponto morto, gatos de rua que rosnam e jogadores no bar que dizem para si mesmos que esta vai ser a noite em que eles vão ganhar da casa. Você nunca deixou de ser um clichê — tanto em morte como em vida. Rondar o lugar onde morreu é só o que os fantasmas fazem. Tão óbvio quanto vagar ao redor da sepultura ou ficar vadiando na sua antiga casa. E igualmente sem propósito.

Jaki está sentada sozinha à mesa, sendo servida por um garçom que parece um touro e que lhe traz suco de laranja, aquele que você pôs na boca em sua última noite respirando. Ela pensa que está a sós e não enxerga nem você, nem todo o cadafalso de suicidas que povoam o terraço e admiram a lua.

O terraço do Hotel Leo é um lugar pacífico às três da manhã, exceto pelos suicidas nas beiradas. A primeira é uma drag queen, um homem de meia-idade num sári de Kandy com argolas, cordões e baldes de maquiagem.

— Fiz isso porque estava triste. Como a maioria de nós é, sabe? Mas também porque sou budista. Achava que reencarnar era mais barato do que pagar uma cirurgia de mudança de sexo.

— Por que não foi para a Luz?

— Passei a minha vida inteira num Interstício — disse ela, que era ele. — Talvez seja o meu lugar.

O sári vai desfilando na beirada do telhado, então se agacha e encara a queda espetacular que dá no estacionamento ou no depósito de lixo, dependendo dos caprichos do vento. O terraço está apinhado de espíritos, a maioria deles não é daqui e a maioria é de suicidas, como evidenciado por seus olhos verde-amarelados e pelos murmúrios incessantes.

Alguns deles você reconhece de várias luas atrás, quando Sena e a dra. Ranee discutiam a respeito de sua alma inútil.

Uma garota de gravata, com a pele fétida, e uma figura encurvada que parece ter ficado marinando no oceano desde o tempo do Rei Buvenekabahu estão discutindo ali perto. Você flutua pelo ar úmido e dá uma espiada. É aquilo que melhor sabe fazer hoje em dia.

Assim como qualquer discussão entre gente enfadonha que continua falando do trabalho após o expediente, os suicidas estão falando de suicídio.

— Por que é que o Sri Lanka é o número um em suicídios? — pergunta a garota, que espia por óculos de lentes espessas. — Será que a gente é mesmo tão mais triste ou violento que o resto do mundo?

— Foda-se, quem liga? — questiona a figura encurvada, enquanto uma mulher de maria-chiquinha salta da beirada, pelos ares.

— É porque temos a quantidade precisa de educação para compreender que o mundo é cruel — diz a colegial. — E a quantidade exata de corrupção e desigualdade para nos sentirmos impotentes diante disso.

— E temos fácil acesso a herbicidas — afirma o corcunda.

• • •

Você flutua por aí e espia mais um pouco. Esbarra em cinco crianças-soldado dos Tigres, que foram trazidos a Colombo para reabilitação e interrogatórios. Eles encontraram uma plantinha preta de datura no terreno da prisão e fizeram chá para cinco. Adoram o além ("ninguém grita ordens para a gente aqui") e saltam da beirada com uma alegria de criança.

É difícil duvidar dos elevados índices de suicídio do Sri Lanka a julgar por essa turba no telhado: os jovens, os velhos, os de meia-idade, os homens, as mulheres e tudo o que há no meio; os amantes rejeitados, os agricultores falidos, os refugiados de revoluções fracassadas, as vítimas de estupro, os estudantes reprovados e não poucos veados no armário. Todos vão flutuando até a beirada e dão um mergulho.

Um veado enrustido se aproxima flutuando para conversar contigo, mas você não tem interesse em garotos que não são bonitos, ainda mais agora que você não é mais um belo homem. Você flagra o corcunda te encarando e se aproxima dele.

— Eu me enforquei no porto de Colombo quando os portugueses queimaram o meu navio. Me afoguei no Diyawanna Oya quando perdi meu terreno. Sem dinheiro, a vida não vale a pena viver. Eu me mataria de novo, se pudesse. Só para acabar de uma vez com tudo isso.

— Por que ninguém aqui vai para a Luz?

Parece que você lhe fez uma afronta e ele cospe uma bola de bétele na beirada. Você fica olhando enquanto ela desaparece no ar.

— Por que você não foi?

— Não me matei.

— Certeza?

— Tentei quando tinha catorze. Não deu certo e nunca tentei de novo.

— Até o suicídio exige perseverança.

— Aparentemente, a Luz purifica você de seus pecados e lhe permite começar de novo.

— Você é um dos Assistentes? Se sim, vai se foder pra lá.

Você olha para o estranho, cujo rosto mal consegue ver, cuja história mal consegue compreender, e lhe faz aquela pergunta que você foi incapaz de botar para fora desde que morreu.

— Se eu ajudei uma pessoa que queria morrer, isso faz de mim um assassino?

— Como sabe que ela queria morrer?

— Eu vi o sofrimento dela. Eu sabia.

— Para a maioria das criaturas que caminham nesta terra, é melhor nunca ter nascido.

— Então, se eu ajudei a aliviar a dor, a Luz deveria me compensar por isso, não?

A figura corcunda te encara e dá uma risada:

— Se queria conforto, você veio ao lugar errado, otário. — E, com isso, ele se atira da beirada, com um rugido gargalhante, mas jamais encosta no chão.

•••

Não te surpreende que a Jaki não esteja mais sentada sozinha. O que surpreende é que ela esteja acompanhada por uma mulher, e você reconhece essa mulher como Radika Fernando, a locutora. O grau das bebidas sobe para gim e rum, e, por volta do horário em que o sol dá as caras, as duas estão de mãos dadas, fumando na beirada.

Seis andares abaixo, você vê a van Delica estacionada e um homem de máscara cirúrgica dando uma bronca num policial sentado no banco de trás. A calça e a camisa do Mascarado foram passadas e dobradas, diferente do uniforme amarrotado do policial. É evidente que o homem não passou a noite dormindo na van.

— Como assim, "foi embora"?

— O escritório do CNTR está vazio, não tem ninguém lá. Fizeram a limpa — diz SA Ranchagoda. Suas olheiras lhe dão o aspecto de um sapo-boi.

— Mas a gente tem guardas aqui vigiando o lugar faz dois dias. Já vasculharam o prédio?

Sai um ruído do walkie-talkie e o Mascarado xinga enquanto o leva ao ouvido. Há um jorro de palavras e estática.

— Seus idiotas do caralho. Elsa Mathangi pegou um voo para Toronto ontem à noite. Chegou lá num ônibus de turistas alemães.

— Mas que diabos? — diz Ranchagoda. — A gente não viu ela saindo.

— Esse mistério você resolva no seu próprio tempo. Preciso de uma solução pra já. O Major quer os negativos.

O SA Ranchagoda olha para cima, para a sacada, e encara o sol nascente. Contra o sol, ele avista a silhueta de duas mulheres fumando.

— Talvez eu tenha uma ideia — afirma Ranchagoda.

O Mascarado acompanha o seu olhar e concorda com a cabeça:

— Precisamos de ideias. O que tem em mente?

Ranchagoda abre o porta-luvas, que revela um saco de estopa e um pequeno frasco.

— Não sei direito se o Major ou o Ministro aprovariam essa sua ideia. Mas talvez eu aprove.

Você olha para a sacada, onde Radika Fernando se apoia na beirada e brinca com o cabelo da Jaki. Ela lhe dá um beijo de "até logo" e vai embora, mas, pelo jeito como fez as duas coisas, mais pareceu um *au revoir*.

Você se concentra no sétimo andar, onde se sentou naquele banco já vazio e falou para Elsa que já bastava para você. Concentra-se nas janelas foscas do cassino onde deu sua última cartada e sacou todas as suas fichas.

PAR DE VALETES

Você e a Jaki chamavam a mesa de vinte e um de mesa do vinte-comer, só de farra, embora nenhum dos dois jamais tivesse comido ninguém nela. Se for jogar só com as porcentagens no vinte e um, contando as cartas, dá para ganhar um valor bacana ao longo do tempo. O Cassino Pegasus usava só dois baralhos, o que facilitava a contagem, até mesmo para o seu cérebro minúsculo.

O cassino é organizado num semicírculo em torno do bufê na entrada, como uma ferradura do azar. As roletas que ficam nas duas pontas do "U" são as mais barulhentas, as mesas de vinte e um e bacará são as mais lotadas e as mesas de pôquer na curva do "U" são as que têm a pior iluminação.

Você tinha fórmulas para vencer a casa no carteado, tinha métodos para sobreviver às balas nas zonas de guerra e tinha técnicas para farejar mentiras. No vinte e um, só precisava vencer o crupiê, cujo comportamento dava para prever. Na zona de guerra, precisava saber quem estava soltando as bombas e onde evitar pisar. Com mentirosos, precisa descobrir o que querem de você.

Te veio uma série de cartas com figuras, o crupiê não parava de quebrar e você viu que tinha duas horas até o horário da sua primeira reunião e três até a segunda. Pensou no bilhete em papel rosa que você deixou na raquete de badminton do DD:

Venha ao bar do Leo às 23h, amanhã.

Tenho notícias para dar. Com amor, Maal.

Na sua última excursão pelo norte, você falou para si mesmo e para quem tivesse ouvidos que iria embora, caso sobrevivesse ao bombardeio.

Iria sacar as suas fichas, fazer as suas juras para o DD e segui-lo aonde ele tivesse que ir. A única coisa que vale menos do que duas promessas são três promessas.

Foi gostoso se livrar de Elsa e Kuga. Os dois te deram um cheque polpudo com a promessa dos negativos. Uma promessa que você tinha todas as intenções de cumprir. Logo se livraria de todos eles. Pelo menos, era o que esperava.

Você levou seu cheque polpudo até o crupiê de vinte e um, depois pegou suas vitórias e se acomodou na sua mesa favorita, bem ali na curvinha da ferradura. Os jogos de pôquer com apostas altas na companhia de playboys, cafetões, traficantes de armas e assassinos de aluguel econômicos que vinham roubar uns dos outros.

— Está me devendo dinheiro, meu amigo hippie — disse o Karachi Kid, sentado com uma pilha de quarenta fichas. Usava óculos de sol e bebia vodca, embora fossem duas coisas que não eram permitidas nesta mesa. Ele te passou um drinque, mesmo sabendo que ia recusar.

— Mas não faz mal. Vamos jogar hoje.

Era um jogo de seis mãos. Do lado do paquistanês, havia dois chineses — um baixinho, e o outro fortão — e do lado deles havia um Tiozinho Pinguço srilanquês, acompanhado por duas mulheres das Maldivas. Na outra ponta, estava Yael Menachem, claramente o líder da mesa, com uma pilha de sessenta fichas.

Os dois traficantes de armas não davam a entender que se conheciam. O Chinezão e o Chinezinho ficavam em silêncio na maior parte do tempo, exceto entre uma mão e outra, quando trocavam piadas em mandarim e davam risada sem contar para a gente qual era a graça. O israelense era o mais tagarela à mesa e o mais habilidoso.

Todo mundo parecia estar fazendo a rapa no Tiozinho Pinguço, que tinha sempre umas mãos péssimas e era levado a *showdowns* impossíveis. Apostou tudo num par de Ases e ficou pasmo quando o Karachi Kid mostrou um *straight*. Saiu cambaleante até o bufê, com a esperança de que as moças das Maldivas fossem segui-lo, o que não aconteceu.

— Sabia que tinha um *straight* — disse o israelense para o Karachi Kid. — Você fica tenso quando está pescando e mais relaxado quando tenta blefar.

O paquistanês ficava só olhando fixo para a frente e mascando chiclete.

O barulho mesmo veio quando o Chinezinho subiu a aposta na hora do *flop* e Yael Menachem apostou metade da pilha. Quando viu que o Chinezinho tinha aumentado a aposta sem nada na mão e tomou um *full house* na cara, o israelense deu um chilique.

— Quem é essa gente? É jogador de pôquer, isso? Quem sobe a aposta com um Valete e um Três?

Ele xingou o crupiê e pulou fora com suas fichas. Chinezão e Chinezinho o seguiram com um olhar ferrenho e partilharam entre si mais uma piada em mandarim.

Você e o Karachi Kid jogavam no estilo calado e agressivo. Teve algumas mãos fortes, mas todo mundo pedia mesa sempre que você subia a aposta. Tinha menos de meia hora até a primeira reunião e decidiu fazer seu lance.

O Karachi Kid virou a vodca e botou a pilha inteira de fichas no meio da mesa.

— Vamos ver quem é que vai pagar quem hoje à noite. Esses china tudo têm pinto pequeno. Vão pedir mesa. Mesmo que tenham um Ás.

Houve um burburinho em mandarim, desta vez sem piada, e os dois ficaram encarando o paquistanês. Um deles mordeu a isca, o outro pulou fora. Depois que as pilhas de todos foram para o meio da mesa, as atenções se voltaram para você. Nos filmes, haveria uma multidão reunida ao redor, mulheres da vida viriam se enroscar no cara mais sortudo, os seguranças diriam palavras em código nos seus walkie-talkies e os bêbados passariam por perto para fazer "óóó" e "aah". Mas esse *showdown* se deu sob uma luz tênue, tendo como testemunhas apenas o crupiê e o inferno sob seus pés.

Você nunca rezava durante um jogo, nem quando pisava no campo de batalha ou sentia o gosto de carne humana ou quando dizia que amava alguém. Calculava as probabilidades, abria seu leque de opções e aí fazia o **seu** lance.

A chance de nascer com dedos a mais no pé é de uma em mil, a chance de o piloto estar bêbado é de uma em 117 e, segundo alguns, as chances de cometer um assassinato e escapar impune são de três para uma.

Você esperava o pior. Tentava adivinhar de onde viriam as bombas. Obrigava o bofe a usar camisinha. Pedia às leis da probabilidade para se curvarem na sua direção, o que não é a mesma coisa que fazer súplicas a um Deus invisível. Ou será que é?

Jaki adorava quando você fazia contas. Embora tivesse levado bomba duas vezes em Matemática em Londres, logo depois que ela contou para a mãe sobre o padrasto.

Você fingia que ela estava ali com você.

— Ah, Jakio. Até um Dois de Copas bate os seus Valetes. Com a aposta alta assim, eu pedia mesa.

Havia uma trinca de Copas na mesa e dois Valetes na sua mão. Você empurra a sua pilha até o meio.

Quando o Nove de Paus deu as caras no *river*, ninguém comemorou. Karachi meteu um *straight* de Rei alto, o Chinezinho deu uma risadinha e o Chinezão mostrou para todo mundo o Ás de Copas e o dedo médio. Disse algo em mandarim, que não deveria ser "Bom jogo, camarada", e olhou para você.

Você botou o seu par de Valetes ao lado da dupla de Noves com o Valete de Copas e deu de ombros. É tiro e queda, um *full house* discreto vai sempre vencer um *flush* descarado. Bem que queria ter uma frase de efeito na hora de sair da mesa, mas tudo que pôde oferecer foi o seu sorriso bandido *à la* Artful Dodger. As fichas no meio chegaram até as dobras dos seus dois cotovelos, conforme você foi abraçando as pilhas para levá-las para casa. O Chinezão passava a mão no couro cabeludo, fitando a trinca de Valetes e os dois Noves.

— Acho que esta noite, sr. Karachi, eu finalmente pago a minha dívida.

· · ·

Você levou o Karachi Kid até o bar, onde ele disse que seu nome era Pato Donald e que era dono de uma empreiteira. Perguntou para ele quanto devia e ele puxou um caderninho da calça jeans. Seu nome estava registrado como "Hippie do Pegasus". Você pagou a quantia na página e deixou que ele ficasse com o troco.

— Bebidas por minha conta!

Você pagou todos os três garçons e deu gorjeta, aí pagou o chefe do piso pelas fichas emprestadas e pela garrafa que você quebrou no bar depois de uma maré de má sorte. E aí encontrou o jovem barman gostosão, que tinha a força de um touro, mas a cara também, e lhe passou os mil paus que devia.

— Ganhei alguma coisa no andar de baixo. Fica pra você.

— Sem problema. *Aiye*, eu tinha esquecido. — Ele tinha a língua presa, que era a única característica gay mais estereotipada a seu respeito.

— Não me esqueci de você. Que horas você sai para o cigarro? Tem fogo? Haha.

— A qualquer hora, *aiye*.

— Tenho uma reunião agora. Podemos nos encontrar depois?

— Por que não?

Seria a última vez, você disse para si mesmo. A última tragada antes de parar, no seco. Pegou uns trocados para o orelhão e fez dois telefonemas. O primeiro para o seu amado. O telefonema que ele disse à polícia nunca ter recebido.

— Alou. — DD parecia sonolento, pela voz.

— Recebeu meu recado?

— Acabei de voltar do badminton.

— Eu botei na sua raquete.

— Beleza.

— Então, você vem?

— Onde?

— Bar do Hotel Leo. Às onze da noite?

— Maali, estou cansado. Tenho reunião cedo.

— É importante. Tenho notícias bombásticas.

— Jesus, Maali. Faz semanas que a gente não se fala. E agora você quer ir pra gandaia.

— Sem gandaia. Estou com saudades.

— Estou cansado, Maal. Amanhã a gente conversa.

Clique.

Você discou de novo e o telefone só tocou e tocou até dar ocupado. Não planejava fazer uma segunda ligação, mas seus dedos discaram o número que o seu *dada* te fez decorar aos cinco anos de idade, e sabia que ela ia atender, apesar do horário:

— Pois não?

— *Amma*, é o Malinda.

— Que houve?

— Nada. Só acho que é hora de conversarmos. Andei pensando sobre as coisas. Podemos almoçar?

— Estou muito ocupada, Malinda.

— Que tal jantar?

— Se é pra ter briga, eu não tenho tempo pra isso.

— Sem briga, *amma*. Só quero uma conversa. Jantar?

— Não, pode ser o almoço. Mando a Kamala cozinhar.

Ela encerrava as ligações como de costume, sem se despedir e sem aviso, geralmente antes que você pudesse dizer algo cruel.

Você sentiu dois dedos grossos beliscando a sua bunda.

— Está ligando pra quem, mona?

Jonny Gilhooley estava de calças folgadas e um blazer; e Bob Sudworth, de camiseta e bermuda.

— Bom te ver, campeão — disse Bob.

Havia um motivo para você não conseguir se lembrar de ter se encontrado com um estrangeiro na sua última noite no Leo. Porque, na verdade, foram dois.

● ● ●

Nenhum dos dois ficou feliz quando você disse que queria parar. O bar já estava lotado, e você e Bob se revezavam em sair até o terraço do sexto andar para dar um trago.

Você embrulhou o dinheiro em guardanapos de papel e o colocou embaixo da garrafa de gim barato.

— Aqui está o adiantamento pelo próximo serviço. Estou devolvendo.

— Alguém ganhou no caça-níqueis hoje — diz Jonny, com a sobrancelha levantada. — E qual o seu grande plano, rapaz?

— Eu e o DD vamos nos mudar para São Francisco. Cansei deste cu de mundo.

Jonny riu.

— Por favor, visite a Bay Area. Mas por que vai levar a esposa?

— Por acaso, é você que eu devia levar, Joniya?

— Meus dias de viajante ficaram no passado, rapaz.

— Então, pode voltar lá para o lugar de onde veio.

— Estou salvando este país de si mesmo.

— Vendendo armas para os Tigres?

Você olha para Bob Sudworth ao falar essas coisas e ele olha para baixo, para a bebida.

— Pode falar. Você trabalha para o CNTR. Adivinha quem paga as contas deles?

— Acabei de largar o trabalho. Dizem que eu sou bom em largar as coisas.

— O que aconteceu na sua última excursão?

— O que aconteceu é que todo mundo me paga para ser *fixer*. E me pede para ser espião.

— A gente lamenta muito pelo que aconteceu — disse Bob.

— "A gente", quem?

Bob fez que não com a cabeça e saiu para fumar. Jonny olhou ao redor do bar dos apostadores exaustos só para garantir que não tinha ninguém ali com interesse nele ou na sua política. Na mesa ao lado do bar, o chefe do piso botou uma placa de reservado e ficou sentado esperando. Seu olhar recaiu sobre você e ele deu um aceno com a cabeça.

— O Bob trabalha para a Associated Press. Eu trabalho para a Embaixada Britânica. Você trabalha para o CNTR. O Major trabalha para o Cyril. Moramos todos na casa que o JR construiu.

— Você vende armas para um governo que revende para os terroristas usarem contra os indianos. Agora, quer armar uma facção dissidente. Como acha que isso tudo vai terminar?

— O que aconteceu por lá, Maali?

— A mesma coisa que sempre acontece. Descobri quem você é. E o que é isso tudo. E concluí que, pra mim, já deu.

Bob voltou do seu cigarro e Jonny saiu para ir ao banheiro. O dinheiro continuou na mesa.

— Entendo. Já deu pra você. Se tem que ir, você vai. Vou sentir saudades, Maali.

— Não vai, não — você disse.

— Quem mais seria capaz de me arranjar entrevistas com o Major Udugampola *e* o Coronel Gopallaswarmy?

— Quantos artigos você mandou desde que começamos, Bob? Nunca vi nenhum.

— Tem sete artigos marcados para sair. Estão todos esperando a liberação do jurídico.

— Não vou marcar outra entrevista com o Mahatiya. Não vou tirar fotos do bunker dele pra você. Se me pegarem, acha que vai ser uma bandana vermelha que vai me salvar?

— Sinto muito por você ter estado no conflito. Ninguém planejou isso. Pelo menos, conseguimos te tirar de lá.

— Você me deixou lá acenando pro seu helicóptero. Precisei pegar o ônibus.

— Que nós bancamos.

— Bravo.

— Olha só...

— Esqueça o conflito. Só estou é cansado de tirar foto de gente morta.

Bob respirou fundo e estava prestes a transmitir sua sabedoria. Algo que teria tranquilizado a sua alma e acalmado a consciência dele. O *malli* do bar olhou para você e apontou para o relógio. Jonny voltou do cagatório, apanhou o dinheiro e nem se ofereceu para pagar a conta.

— Foda-se ele, Bob — disse. Vamos embora.

E foram embora.

• • •

Era o seu último serviço em Jaffna. E todo mundo te garantiu que você estaria são e salvo, mas no final acabou sendo o contrário. Depois que terminou, te mandaram para casa de ônibus. As treze horas de viagem te deram tempo suficiente para pensar, mas você só conseguia rever a mesma cena repetida infinitas vezes.

Fazia uma hora que o último morteiro havia caído e o ar ainda estava fumegante e fedorento. Você saiu cambaleando no meio da poeira e viu as lamentações. Não dava para ouvir, porque os ouvidos zumbiam com o rumor grave do fim do mundo, a frequência ao redor da qual os espíritos giram, o ruído branco de mil gritos. Mas, ao seu redor, você viu as lamentações. As pessoas haviam parado de correr e estavam enraizadas no chão, encarando os céus e urrando. Havia uma mulher abraçada a uma criança morta, um velho salpicado de estilhaços e um cão sem dono estremecendo embaixo de uma palmeira despedaçada. O dedo celestial soltou o botão de mudo e os gritos chegaram aos seus ouvidos de uma vez. Não havia médicos, nem agentes de ajuda humanitária, nem soldados ou combatentes pela liberdade, nem insurgentes ou separatistas para ajudar. Havia apenas aqueles coitados dos aldeões e um coitado de um *fixer*. Quando a mulher com a criança morta te viu, ela parou de gritar e encarou no fundo dos seus olhos e apontou para as coisas penduradas no seu pescoço. A ankh com o frasco com o sangue do DD, o cordão com o *panchayudha* e o barbante com as cápsulas de cianureto dos Tigres. Você dizia a si mesmo que havia pegado essas cápsulas do arsenal do Major Udugampola, caso alguém te capturasse, não importava quem fosse. O governo poderia fazer uma armação contra você, considerando-o traidor, e o LTTE, espião. Seu plano era engolir essas cápsulas antes que pudessem te perguntar coisas para as quais não tinha respostas. Não era para elas serem vistas e ficavam escondidas embaixo das outras coisas no seu pescoço, mas foram uma das muitas coisas que o bombardeio tirou do lugar. A voz dela vinha aos soluços e ela apontou para as cápsulas no seu pescoço e você olhou para o filho morto, pendurado que nem um saco de estopa, e você deu duas para ela e a observou levá-las entre os lábios, depois você se afastou e foi até o homem trêmulo, com um pedaço de pau saindo do seu corpo, e enfiou duas na boca dele, e então se agachou ao lado do cão que guinchava, acariciou seu corpo trêmulo e colocou mais duas embaixo da sua língua, e então fechou a mandíbula dele.

• • •

Na sua última noite, você não planejava dormir. Jaki estava fazendo a apresentação da madrugada e você pretendia ir buscá-la de manhã como sempre fazia. Assistir ao nascer do sol e se afogar com café até desmaiar. Só que, desta vez, você contaria para ela apenas a verdade.

Você e o barman foram até o terraço do sexto andar, fumaram um cigarro e ele passou a mão no seu pau enquanto você contava para ele como foi a primeira vez em anos que faturou um prêmio alto. Ele beijou seu pescoço e lhe disse que, na vida, só se precisa faturar alto uma única vez, para fazer todas as derrotas desaparecerem. Ele usava uma cueca slip debaixo do jeans e você meteu os dedos por entre as dobras e acariciou sua carne impaciente.

Você olhou de canto de olho para o relógio e viu que eram 23h10 e que, se o DD estivesse vindo, já teria chegado a essa altura. E que, já que era a última vez, era melhor ter um final feliz. Mas mesmo enquanto a língua dele roçava a sua carne, você sentiu minguar o interesse. Talvez fosse um sinal de que era o fim dos seus dias de putaria. Você fez o bofe ajoelhado se levantar, fechou o zíper e acendeu outro Gold Leaf, depois viu uma figura sair das sombras. Reconheceu pela passada, conhecia bem seu jeito de andar. O corpo de um nadador, o porte de um dançarino.

Ele tinha em mãos o papel rosa no qual você deixou o seu recado. Viu o barman sair correndo pelo terraço, desviando o olhar, então, em vez de vir aos seus braços e deixar que você lhe contasse que tinha deixado tudo para trás e que ia acompanhá-lo para fora do país, ele partiu para cima do barman, e a lua espiava por entre as nuvens e você viu a expressão no rosto dele.

Sexta Lua

Somos o que fingimos ser, por isso é preciso tomar cuidado com o que fingimos ser.

Kurt Vonnegut, *O espião americano*

O PANGOLIM

Seus pensamentos são interrompidos por um cutucão insistente, no que você flagra o seu nome pairando no ar. É um murmúrio baixinho trazido pelo vento, um resmungo nos lábios de um amante abandonado. Eram muitos os motivos para você ter guardado suas melhores fotos em caixas. Para evitar que fossem roubadas, destruídas ou, pior ainda, criticadas. Mas agora serão vistas. E você sente uma mistura de entusiasmo e pavor.

— Você não pode ter morrido, Maali. Me recuso a acreditar.

Uma placa de "Fechado" está pendurada na porta do Centro de Artes. No andar inferior, na Galeria Lionel Wendt, cinco homens colocam fotos de oito por dez em molduras de papelão. Quatro homens, mais precisamente, pois o quinto está apenas olhando as fotos e balançando a cabeça, pronunciando o seu nome em vão. Os homens trabalham em silêncio e com pressa. Viran confere uma lista escrita com a sua caligrafia, depois passa a foto para Clarantha, que a insere na moldura e a entrega para dois assistentes do escritório de DD. Um deles martela os pregos, enquanto o outro pendura as fotos.

DD está sentado atrás da mesa das molduras, fuçando a pilha de descartes, as fotos que não passaram no crivo da sua lista. Está com uma camisa engomada, de manga comprida, o que significa que passou a noite na casa do pai. Você proibiu por decreto a presença dessas camisas lavadas na lavanderia no armário dele.

Ele olha as fotografias de natureza de Yala e Wilpattu, quando ele esteve presente à ocasião em que foram tiradas. São as do envelope marcado como "O Dez Perfeito", o único envelope dos cinco que não continha nada de feio.

As cegonhas ao pôr do sol, os elefantes ao raiar da aurora, o leopardo na árvore, a cobra no mato, o clique obrigatório de um pavão. E aí tinha a dúzia de fotos do pangolim que veio parar no seu acampamento ao amanhecer, quando você acordava DD, entre carícias, enquanto Jaki roncava. Pangolins são criaturas noturnas que se encolhem até virarem uma bola quando confrontados até mesmo com uma mosca, mas esse sujeitinho ali já tinha passado da hora de dormir e estava mordiscando a jaca que era para Jaki ter guardado.

Você tem registros de closes dessa criatura estranha, um híbrido evolutivo que faz o ornitorrinco parecer corriqueiro. Um mamífero com escamas, a cauda de um macaco, as garras de um urso e o focinho de um tamanduá. Parte dinossauro, parte gato doméstico. Se é para usarmos um animal como símbolo nacional, por que não o pangolim, algo original que podemos reivindicar? Assim como muitos srilanqueses, pangolins são linguarudos, têm casca grossa e cérebro pequeno. Eles atacam formigas, ratos e qualquer coisa que seja menor que eles. Escondem-se de terror diante das ameaças e aprontam no apagar das luzes. Têm centenas de milhares de anos de idade e caminham rumo à extinção.

DD folheia as fotos de florestas que a humanidade ainda não conspurcou, banhadas sob os raios espessos de um sol cansado. Ele pisca e deixa escorrer uma lágrima diante de uma delas, de você e da Jaki no lago dos búfalos, um retrato encenado de vocês três na colina de terra vermelha de Ussangoda. E aí tem aquelas que são só você e ele, as camisetas largadas à margem do rio, sorrindo com os olhos e fazendo poses ridículas. DD chora em silêncio, o rosto contorcido, os lábios apertados; ele treme contra as palmas das mãos. Viran e Clarantha levantam o olhar e depois baixam de volta para o trabalho que estão fazendo.

Ele te disse em Yala que havia sido aceito na Universidade de São Francisco e que estava pensando em ir. O seu blá-blá-blá mensal. Muitas vezes falava de fugir daqui, dizendo que o Sri Lanka era um lugar perigoso para se ser jovem e tâmil, mas era a primeira vez que ele falava de um lugar para onde fugir.

— Em San Fran, podemos ser quem somos. Não quem somos forçados a ser.

— Ninguém está forçando ninguém. Eu sou quem eu sou. E você também. Não tem que fugir de casa.

— Nunca estou livre aqui. Podem me atirar na cadeia por nada. Com ou sem o *appa*. Se eu ficar, vou ter que casar e entrar para a firma e virar outra pessoa. Só estou aqui por sua causa.

Falava sobre uma vida de arte e bagels, beijar na rua e dançar em público, sem ter que se esconder e, como a luz das estrelas formava holofotes entre as folhagens das árvores, você quase acreditou nele. Uma semana depois, você pegou um trabalho de dois meses com Bob Sudworth em Jaffna, que não tinha como recusar, embora tenha sido exatamente isso que DD fez com a Universidade de São Francisco.

Era a mesma rotina besta de sempre. DD vinha te contar que tinha arranjado um trampo e você ficava impressionado. Ele te pedia para ir com ele e você dizia que não, porque estava fazendo aqui o que ninguém mais faz e lá você não seria ninguém. Ele diria que iria assim mesmo e você dizia que podia ir, e ele não ia. E isso se repetia de novo e de novo, até que um dia não se repetiu.

Sua mente é inundada por fotografias e ecos de DD dizendo que você amava a sua Nikon mais do que o amava, e de você dizendo que talvez ele tivesse razão.

• • •

Clarantha e Viran estão colocando o forro de papelão das molduras nos ganchos e expondo as melhores das suas fotos de natureza. Tal como consta em sua lista, eles omitiram suas fotos de DD e Jaki, das flores silvestres durante as monções de 1988. Você e DD se sentaram sob um jacarandá, beijaram-se sob a chuva e concordaram em ficar juntos por mais um ano. Ele ficaria para salvar a beleza natural do Sri Lanka, e você, para expor a sua feiura criada pelo homem. Expor a guerra e precipitar o seu fim. Monções e luas cheias emburrecem todas as criaturas, especialmente dois garotos bobos e apaixonados.

DD folheia as fotos de equipamento militar. As que preenchiam os envelopes intitulados "O Rei". A maioria das melhores fotos que você bateu para Raja Udugampola jamais foram publicadas.

Granadas capturadas dos Tigres, lançadores de foguetes, fuzis e coturnos guardados em caixotes com carimbos em hebraico ou árabe. Garotinhos assustados de farda, amontoados nos fronts. Os corpos de Valvettithurai empilhados numa pira funerária, a cremação em massa que te fez parar de comer carne de porco, porque o cheiro defumado de seres humanos assados não era muito diferente do de costeletas grelhadas.

Viran entregou lindas impressões em preto e branco de terroristas capturados amarrados em troncos, dos destroços do helicóptero de um político tâmil moderado, da carcaça mutilada do voo Air Lanka 512, de Gatwick, tirada antes que os corpos dos turistas alemães, ingleses, franceses e japoneses fossem retirados das ferragens.

E aí tinha a sua última missão para o Marajá Raja. Não era verdade que ele não te via desde 1987. Soldados não têm o menor problema em distorcer a verdade, fazem isso o tempo todo consigo mesmos. Ele havia te chamado ao Palácio três meses atrás para fotografar o líder do JVP, Rohana Wijeweera, vivo e sob custódia deles. O Che Guevara feio do Sri Lanka sorria para você e papeava com os guardas. Tirando a barba e a boina, ele parecia um professor de música. Três dias depois, você foi chamado de novo para fotografar o seu cadáver mutilado.

Havia fotos dos negativos cortados que o Rei nunca soube que estavam em sua posse. O padre Jerome Balthazar, eclesiástico anglicano e ativista de direitos humanos de Mannar, amarrado, amordaçado e morto sob custódia do Estado, embora as autoridades alegassem que ele estava numa viagem de navio rumo à Índia. D. B. Pillai, jornalista da Rádio Ceilão, morto sob custódia e desovado na praia, pelo crime de relatar o número preciso de mortes em seu programa semanal. O carro em chamas repleto de cadáveres de jovens tâmeis, tirada para o acervo pessoal de Raja Udugampola, mas guardada no seu também.

Todas essas imagens agora estão penduradas nas paredes do Wendt, como você sempre quis que acontecesse. Seu plano era orquestrar tudo isso do além-mar; em vez disso, acabou organizando tudo do além-túmulo. Bravo.

— Aonde você vai depois disso, *putha*? — pergunta Clarantha a Viran, fazendo massagem nas costas dele e piscando os olhos. Viran arqueia a coluna e sorri, enquanto cola a foto coletiva dos sobreviventes do massacre de Kokkilai num prego perto da janela.

— Aonde dá para ir, tio?

— Eu vou pegar um voo para Bangkok com a minha esposa amanhã de manhã. Vocês também precisam sumir. Todos vocês! — diz ele aos dois assistentes.

— Aonde vamos, senhor?

— Para casa. Tirem férias. Eu mando o pagamento para vocês.

DD segura a fotografia das cápsulas de cianureto coletadas a partir dos pescoços de Tigres capturados. Estão presas a cordões de barbante, repousando sobre um pratinho do necrotério que nem feijões-vermelhos num leito de macarrão de arroz. Você lembra de ter agarrado um punhado dessas cápsulas e enfiado no bolso da sua jaqueta safári, só não sabia ao certo, na época, o que faria com elas.

• • •

As fotos que você bateu para o CNTR agora estão emolduradas e nas paredes. Quase todas elas estão ali e você se sente vingado e nervoso. Aquelas que expõem o barbarismo da Índia no norte em 1989, a crueldade dos tâmeis no leste em 1987 e a selvageria dos cingaleses no sul em 1983. Mesmo as mais grotescas das imagens — e são muitas — têm alguma coisa que evita que se desvie o olhar. Viran mexeu na quantidade de exposição e fez seus próprios recortes, mas você não reclamaria nem se pudesse. A arte dele elevou os seus cliques banais ao patamar de algo que você nem esperava.

Há um último rolo que foi impresso e, para seu horror, você vê os garotos emoldurando as fotos desse rolo também. Era apenas para exibição privada. Viran sabe disso, mas esse é o problema dos artistas: só escutam o que querem ouvir. Assim que DD pega as impressões do topo da pilha, você já pressente o que vem depois. Olha ao redor, procurando outros fantasmas que possam ajudá-lo a evitar a catástrofe. Mas os fantasmas errantes que entraram no teatro prestam tanta atenção em você quanto os jovens prestam aos velhos. Enquanto DD folheia as fotos, só o que dá para fazer é se preparar para o impacto.

São fotos de homens diferentes, alguns com roupa, outros sem camisa, e uns poucos que não usam nada. Se o fantasma de Lionel Wendt estivesse aqui, daria uma espiadinha por cima do ombro do DD e anunciaria sua aprovação com um aceno da cabeça. Alguns deles você conhecia por nome, outros pelo apelido.

O Lorde Byron de Kotahena, de cabelo comprido e rosto seboso, foi encontrado batendo punheta no ônibus e registrado sem camisa num banheiro público.

O Boy George de Viharamahadevi Park, fotografado embaixo de uma árvore, usava maquiagem e cantarolava uma música de Amaradeva enquanto recebia prazer.

DD respira fundo, porque reconhece a expressão no rosto desses garotos. Os olhos selvagens e o aspecto desgrenhado da baixa de energia pós--coito. O olhar que ele raramente deixava que você visse.

Abraham Lincoln, à margem dos trilhos, tentou te dar um soco e pegar sua câmera.

O barman do Hotel Leo, registrado ao amanhecer num quarto do quarto andar, alugado por hora.

DD reconhece dois dos modelos, por mais que seus rostos estivessem cobertos pelo único outro acessório que você trazia em sua bolsa, junto com as camisinhas, o baralho, os filmes e a bandana vermelha: uma minimáscara do Diabo. As duas últimas fotografias que entraram no acervo do Valete de Copas eram as únicas que você conseguia identificar por nome. Viran, o garoto da FujiKodak, deitado na sua cama em Galle Face Court, na semana em que o DD estava em Genebra com Stanley. A máscara do Diabo colocada entre as pernas. Jonny Gilhooley sem camisa numa Jacuzzi, exibindo suas tatuagens chinesas. A máscara do Diabo cobrindo os olhos.

DD vai com tudo na direção de Viran, dá-lhe um empurrão contra a parede e um tabefe bem forte. A palma aberta da mão de DD faz um estalo de chicote, os óculos de Viran saem voando e seus olhos se enchem de lágrimas, enquanto quatro marcas rosadas de dedos aparecem na sua bochecha.

DD o agarra pelo pescoço, todo mundo se assusta, e os olhos de Viran se enchem de terror enquanto os de DD escurecem. Dá-lhe dois tapas, faz pressão contra o seu pomo de adão e fica olhando enquanto Viran tem dificuldade para respirar. Ele ergue o punho cerrado e então o breu escoa dos olhos de DD e ele deixa cair as fotografias, com o garoto junto, e sai de perto, num estrondo. Ainda assim desliza que nem um dançarino, até quando está com raiva.

Você fica cheio do mesmo sentimento que teve quando a tia Dalreen lhe disse que o *dada* morreu enquanto você gritava com ele.

O olhar de Clarantha recai sobre os torsos desnudos que espiam das fotografias caídas. Apanhando as fotos esparramadas, ele as admira com saudade e talvez até um toque de inveja. Rock Hudson, em Anuradhapura, encontrado num mercado e sodomizado perto da cerca de um templo. O capitão Marlon Brandon que entrou em você num acampamento do exército em Mullaitivu. Você registrou esse rapaz e o seu membro modesto enquanto ele dormia.

Ele olha para Viran e balança a cabeça de um lado para outro, devagar e com desdém, do jeito que só uma bicha no armário é capaz:

— São lindas.

— Não é para expor. São para exibição privada.

— Estou de saco cheio de exibições privadas. Vamos expor. O Maali vai entender.

Você não foi atrás de DD para ver se ele estava bem. Em morte, como foi em vida. Você escuta passos no cascalho do lado de fora e então o ruído do Nissan de Stanley ultrapassando o limite de velocidade.

● ● ●

— E quanto a essas aqui? Tem certeza de que estão na lista? — pergunta Clarantha, com seis fotos na mão.

— Sim, estão. Já conferi três vezes — diz Viran. Sua voz soa abafada pelo inchaço das bochechas; sua mandíbula está dura de tanto segurar bocejos. Falta meia hora para a galeria abrir e as últimas fotos estão prestes a aparecer.

Os dois ajudantes colam um bilhete à mão na entrada. Embaixo dele, fica uma fotocópia malfeita do registro de um leopardo matando um pavão.

"A Lei da Selva. Fotografias de MA"

Clarantha acabou de fazer seu sétimo telefonema. Sempre que tem qualquer inauguração, ele liga para os sete maiores fofoqueiros de Colombo, e a notícia se espalha a partir daí para as centenas que logo virão se amontoar na entrada da galeria.

Ele está com as seis fotos na mão. Duas foram ampliadas a ponto de perderem a nitidez, duas têm uma árvore barrando a visão e duas são cristalinas de tão nítidas.

As fotos ampliadas expõem o Ministro Cyril nos tumultos de 1983. As da selva revelam registros granulados de três homens que se sentam ao redor de uma mesa de madeira, numa pequena cabana de sapê. Um deles de farda, outro de terno amarrotado e o terceiro com uma camisa suja de sangue. As fotos mais nítidas mostram jornalistas mortos que o governo negou ter apreendido. É só ao pendurar essa última imagem que Clarantha reconhece o rosto na foto.

— Maali, seu idiota burro do caralho — ele suspira.

Você dá um abraço no homem e sussurra "Obrigado" no seu ouvido. A galeria está cheia com as melhores fotos que você já tirou na vida. Você deu seu testemunho. Fez tudo o que podia. Logo, todos poderão ver. Logo, todos saberão.

Clarantha segura a mão esquerda de Viran e aperta a sua nádega direita.

— Agora você dá uma sumida e espera duas semanas. Vai rolar um bafafá enorme e é melhor a gente não estar aqui para responder perguntas. Entendeu?

Viran se inclina em direção a Clarantha e planta um beijo suave no ouvido do velho. Ele era talentoso na revelação de fotos e uma vagabunda sem-vergonha.

— Me leva para Bangkok com você. Larga a sua esposa.

— Querido, eu tenho pensado nisso faz quarenta anos.

Eles partem pela porta da frente, enquanto você fica sentado na galeria, cercado pela obra da sua vida, e espera. Admira as paredes decoradas com cliques de pangolins e *pogroms*. Dizem que a verdade liberta, mas no Sri Lanka a verdade te faz ir parar numa gaiola. E, para você, não lhe servem mais nem a verdade, nem as gaiolas, nem assassinos, nem amantes com a pele perfeita. Só o que lhe resta são suas imagens de fantasmas. Talvez seja o suficiente.

PAPO COM CÃES MORTOS (1988)

Tem ainda algumas horas de escuridão até a abertura da sua exposição, mas uma dupla de espectros caninos chega à entrada para terem uma prévia às escondidas. Os dois são cães *paraya* bem alimentados e nenhum dos dois parece ter interesse na obra da sua vida. A julgar por como a luz os atravessa, fica evidente que ambos os totós estão mortos e perdidos.

Você tira uma foto deles, enquadrados pela entrada.

— Com licença, senhor. Sabe onde fica o Rio dos Nascimentos? — pergunta o cão com orelhas de lobo.

Você fica assombrado.

— Desculpa, não sabia que vocês falavam.

— E a gente não sabia que macaco escutava — diz a companheira, com seios pêndulos. — Quanta condescendência — ela diz ao outro.

Você lembra o que a dra. Ranee te disse:

— Encontrem o vento mais fraco em meio aos canais. E ele vai levar vocês até o rio. Procurem três árvores *kumbuk*.

— Obrigada — diz a cachorra. — Não tinha como ser ainda mais vago?

— Calma, Binky — pede o cão-lobo.

— Já falei pra você não me chamar assim.

— Desculpa, eu não sabia que animais viravam fantasmas — você diz.

O cão-lobo balança a cabeça de um lado para o outro e a cachorra fica encarando, depois dá três latidos agudos antes de sair da galeria.

Dá para ouvir as suas palavras de despedida:

— Se um dia eu renascer humana, juro que engulo o meu cordão umbilical.

E o cão-lobo aprova, com um latido. Do lado de fora da Galeria Lionel Wendt há uma árvore sem nome com galhos caídos, e nela se assenta um Leopardo Morto. Dá para ver que ele morreu, porque seu corpo é translúcido e seus olhos brancos. Ele olha direto para você e balança a cabeça.

Sua voz é elegante e ríspida, embora seus lábios não pareçam se mover:

— Eu caí numa armadilha preparada por um ambientalista para pegar caçadores. O ambientalista ficou tão abalado que trouxe o meu corpo para a universidade de Colombo e depois tentou se matar. Fiquei estarrecido. Pela primeira vez, eu me dei conta. Alguns humanos de fato têm alma.

Os Cães Mortos gargalham aos latidos e o Leopardo Morto desce escorregando a árvore sem nome.

Papo com Defuntos Turistas (1987)

Os três que vão descendo as escadas, aos tropeços, todos de camisas havaianas — uma vermelha, uma amarela, outra azul. Você se lembra do de vermelho e do de azul na jukebox do Clube do Centro de Artes. A de amarelo é uma senhora de meia-idade que está com as bermudas mais curtas. Estão todos de mochilas e câmera, flutuando enquanto admiram as suas fotos.

Todos parecem europeus. Os dois da jukebox são atarracados e cor-de-rosa, o de azul tem a pele mais escura e o porte de um jogador de primeira linha de rúgbi. Eles demonstram apreço pelas fotos por meio de murmúrios, ao que se seguem resmungos de nojo ao passarem pelos seus cliques do front, as melhores das suas fotos de propaganda tiradas para o Marajá Raja e Jonny, o Ás. Postos de controle, campos de batalha, explosões de bombas. Param diante dos destroços do voo Air Lanka 512, saindo de Gatwick, e arquejam ao mesmo tempo. Depois começam a conversar:

— Olha! Olha, é a Frieda. Estão vendo?

— Nem a pau!

— Hein, olha. Frieda. É você.

— Isso não tem muita graça para mim, Leon.

Você vai até a foto que eles estão analisando e paira acima de suas cabeças. A foto mostra a cauda do avião, separada de sua fuselagem, e os corpos espalhados sobre o asfalto. Você compara os rostos congelados com aqueles rostos brilhantes que estão diante de você. Isso foi na época em que o Marajá Raja te mandava um aviso sempre que tinha um atentado. Por acaso, você estava em Negombo naquela manhã, acordando ao lado de um garoto pardo que parecia o Glenn Medeiros. O que te permitiu ser o primeiro a chegar à cena e tirar aquela foto antes que recolhessem os corpos.

— É obra sua? — pergunta a de amarelo. Ela tem aquele tom de voz cantado dos alemães e um sorriso fácil.

Você faz que sim com a cabeça e dá de ombros, ao que os outros dois levantam a sobrancelha.

— O plano era pegar voo para Maldivas, 7 da manhã. Voo atrasou. Bomba planejada para explodir no ar.

O ogro de camisa floral azul é da terra do "Liberté, egalité, fraternité".

— Então, eles deixaram que nós, os estrangeiros, embarcássemos antes. Típico da Air Lanka, atrasados pra cacete, como sempre. Salvou a vida dos nativos que se atrasaram. Esses filhos da puta sortudos puderam ficar relaxando no terminal com a bebida do *duty-free* — diz o da camisa vermelha, com um sotaque *cockney* fluente. — Enquanto nós, pobres-diabos que chegamos na hora, ficamos três horas sentados no asfalto, com uma bomba.

Todos assentiram solenemente.

Os vinte e um mortos no atentado à Air Lanka eram, no geral, estrangeiros que levaram consigo o que restava da indústria turística do Sri Lanka. Ninguém assumiu o crédito pelo atentado. Todos os dedos apontavam para uma tentativa do LTTE de sabotar os acordos entre o governo e o grupo tâmil rival. Mas poderia ter sido qualquer um deles, tentando fazer os Tigres de bode expiatório. Mistérios como este continuarão como mistérios enquanto só tivermos o tipinho de Ranchagoda e Cassim para investigar.

— E o restante de vocês, onde estão?

— Quem?

— O restante dos vinte e um?

— A maioria desses ridículos quis voltar para casa com seus cadáveres. Alguns vazaram para a Luz. A gente decidiu ficar — afirma o inglês.

— Por quê?

— Você tem ideia do quanto eu paguei por essa viagem de férias? — pergunta o francês. — Quanto eu economizei? Minha esposa foi pra casa com cadáver dela. Eu disse tchau-tchau.

— Esta ilha *ist wunderbar* — diz a alemã, vendo suas fotos da natureza.
— Ótimo valor. Tanta coisa para ver!

— Como vocês se deslocam por aqui? — você pergunta. — Seus corpos nunca saíram do aeroporto.

— Quem precisa de aeroporto? Ou de corpos? — diz o Velhote. — A gente pega carona nas monções, colega. Fazemos turismo no seu país pelos sonhos.

— Sri Lanka, *c'est magnifique* — diz o Monsieur.

Foi lá onde você viu essa gente antes. Estavam comendo morangos em Nuwara Eliya enquanto você corria atrás da Jaki pelo labirinto. Estavam deitados na praia de Unawatuna enquanto você fazia massagem nos ombros do DD. Estavam no sonho molhado de Yala, do DD, vadiando na selva, sem guia.

Você pede para tirar foto deles e eles topam, contentes. Então saem andando pela exposição, balançando a cabeça e murmurando.

— Vocês têm lindo país. Por que fotografar esta merda? — pergunta a Fräulein.

— Quanto tempo vocês pretendem passar fazendo turismo nos sonhos dos outros?

— Fala sério, colega. A gente acabou de chegar — diz o Velhote.

— E os lugares nos sonhos das pessoas são muito melhores que lugares reais — afirma a Fräulein. — Isso é fato comprovado.

— Um daqueles ridículos dos Assistentes contou que a Luz retorna depois de noventa luas. A gente tem tempo — diz o Cockney. — Você decide que é melhor não contar para eles que o atentado ao voo Air Lanka foi há mais de mil luas.

Eles ficam encarando, fascinados, as suas fotos do pangolim, mas passam batidos pelas que contêm homens joviais com rostos borrados. Demoram-se na última foto exposta, situada atrás de uma pilastra, a seu pedido.

— Não compreendo. Quem são? — diz o francês.

São as seis fotos que deixaram Clarantha com a pulga atrás da orelha. As pérolas do seu acervo. Todas elas compostas no calor da batalha, com a nitidez do foco compensando os ângulos maljeitosos. Duas delas mostram rostos nos tumultos de 1983, duas mostram mortes sob custódia policial. E duas mostram homens, sem bons motivos para procurarem um a companhia do outro, entrando e saindo de uma cabana no Vanni. A lente dá zoom no meio da multidão para capturar a expressão de tédio de um ministro. Ela é mais suave ao captar as posturas do padre sem vida e do jornalista morto. Ela se esgueira entre árvores e barras nas janelas para destacar os documentos sobre a mesa. Os resultados podem não ser bonitos, mas não mentem.

— Não é o seu melhor trabalho, colega — diz o Velhote de vermelho.

— Hmm. Isto não interessa — murmura o Monsieur de azul.

Você repara que mais espíritos chegam, vagando, das escadas. Alguns até mesmo usam a entrada da frente.

— *Herr* fotógrafo — fala a Fräulein de camisa amarela. — Foram esses fotos que te mataram?

Você desce o olhar até a sua câmera. A Nikon tem rachaduras, amassados e manchas de lama e sangue. Levando-a ao olho direito, você tenta se lembrar.

MATANDO MONSTROS

Faz um silêncio incomum no *kanatte* nesta tarde: nenhuma procissão fúnebre, nenhuma cobra, nenhum fluxo errante de mortos inquietos. Os diabos parecem estar tirando uma sesta e até mesmo os ventos se calaram.

— Ô, inferno do cacete. Por onde andou? Quantas vezes preciso repetir o seu nome? — Sena se agacha ao pé da árvore *mara*, afiando gravetos com suas garras.

— Isso aí são flechas?

— Não. Só coisas que uso para apunhalar alguém se precisar.

— E vai precisar?

— Você está morto há seis luas, né? — ele pergunta.

— Não contei.

— Lembrou o que precisava lembrar?

— Minhas fotos estão em exposição. Tem isso.

— Está pronto para servir?

— A quem?

— Está pronto para fazer algo de útil?

— Qual a utilidade disso?

Sena dá uma risada e joga a cabeça para trás, então você repara como os seus músculos se contraem sob a pele escurecida. Como as suas cicatrizes viraram tinta e como os padrões em sua carne são agradáveis de olhar. Seus dentes reluzem e seus olhos brilham num misto de carmim e ébano. A risada ecoa pelas árvores e rebate nas tumbas silenciosas, que deixam de ser silenciosas naquele exato momento.

— Você pode andar com os suicidas do Hotel Leo e ficar lá emburrado. Ou pode ser útil.

A terra balbucia como se tivesse esquecido a letra de uma música, um zumbido grave numa escala entre Si e Si bemol, numa frequência que seria difícil para você assobiar. O rumor se torna um clamor, e sobe um fumaceiro do campo funerário, então você enxerga os rostos e enxerga os olhos. É difícil saber quantos pares de olhos há. Poderiam ser vinte, poderiam ser vinte vezes isso. Os que você vê chegam em vermelho, preto, amarelo e verde. Alguns têm cicatrizes que reluzem como as de Sena e todos carregam lanças de tamanhos variáveis. Parece que o seu Defunto Anarquista favorito finalmente conseguiu alistar aquele exército.

Enquanto você ia para lá e para cá no Interstício, Sena Pathirana andou recrutando gente. A turma dele é, no geral, de Defuntos JVPeiros, Defuntos Tigres e Defuntos Inocentes Com Suspeitas De Serem Qualquer Um Dos Dois. Você reconhece os estudantes de Moratuwa e Jaffna, cujos corpos foram enterrados na água e incinerados junto com o seu. Parecem não te reconhecer.

Há Jornalistas Executados, Misses Profanadas, Revolucionários Torturados, Donas de Casa Assassinadas. Há Escravos Coloniais, Vítimas de Bombas, Mendigos Mortos Por Bêbados e Crianças-Soldado que você reconhece de antes, nos telhados.

Como esperado, essa turma reclama, resmunga e praguaja, mas, quando Sena dá a ordem, todos ficam em silêncio e obedientes. Saem voando pelos ventos com uma precisão e velocidade dignas de soldados. Em Nugegoda, a unidade se dispersa, assumindo seus postos designados. Sena flutua até uma pensão em Kotahena e você vai atrás, feito sua sombra.

— Aonde vamos?

É um bloco residencial decrépito de quatro andares. Você entra por uma escadaria com cheiro de urina e vai deslizando por uma porta úmida de madeira compensada. Uma perna protética está encostada na parede, do lado de um prato de metal no chão, contendo arroz e *dhal*, com cheiro de cebola fermentada. Os esquilos beliscam o arroz e o espalham pelo chão. O quarto é menor do que as celas no Palácio. Contém um colchão, uma televisão minúscula, jornais esparramados pelo chão e o cheiro de suor e lágrimas.

Sobre o colchão está Motomalli, de sarongue, com o cotoco sobre o travesseiro e a perna boa dobrada embaixo. Tem ataduras no braço e marcas de queimadura no escalpo raspado. Bebe de uma garrafa plástica de refrigerante Portello. O líquido, com aspecto de xarope, já perdeu o gás e manchou a garrafa com a sua púrpura cor de sangue. Na TV, uma atriz de Bollywood dança vestida feito uma deusa hindu, com crânios pendurados no pescoço. A única coisa decente neste quarto é uma farda do exército sobre uma tábua de passar roupa. Embaixo dela, há uma jaqueta cáqui forrada com cartuchos de TNT.

— *Ade*, minha princesa dos esquilos! — grita Motomalli. — Parece que os diabos voltaram.

Um dos esquilos levanta a cabeça para olhar, enquanto os outros continuam beliscando o prato. É evidente que estão tão acostumados às tagarelices de Motomalli quanto à sua comida velha.

— São quantos desta vez? Contei uns três, da última.

Motomalli olha diretamente para a frente, onde você e Sena estão flutuando. Sena rasteja até o colchão e diz algo sibilante em seu ouvido:

— Estamos aqui por você. Vamos ajudá-lo a encontrar paz.

O rosto de Motomalli se contorce e ele começa a ter calafrios:

— Por favor, se afastem de mim.

Sena recua até a beirada da janela e sussurra para você:

— Melhor não falar demais. Arrisca assustar eles. Além do mais, eu só posso sussurrar quatro vezes ao dia, melhor não desperdiçar.

Vem uma batida na porta e uma voz grave diz:

— *Thambi.*

— Está aberta — grita Motomalli. Seus olhos correm da TV para a janela, para os esquilos, para a tábua de passar roupa, até a jaqueta com os fios.

— Sei que você está aí — sussurra Motomalli, correndo os olhos pelo quarto. — E eu quero que vá embora.

Um homem de pele escura, com músculos peludos e um bigodão grosso, adentra o quarto. Ele espanta os esquilos, que saem correndo pelas barras da janela. Então puxa uma cadeira que está do lado da tábua de passar roupa.

— Falando sozinho de novo, *thambi*? — diz Kugarajah.

• • •

Kugarajah tem três fotografias. Uma de uma vila massacrada, outra de corpos às margens da Estrada Malabe e outra de um conselheiro provinciano que foi assassinado. Foi você quem tirou as três.

— Isso o que você vai fazer é ótimo, *thambi*. O esquadrão da morte de Cyril Wijeratne matou milhares assim. Você vai ser um herói de verdade.

— É o que todos eles dizem.

— Está ouvindo vozes de novo? Tomou o remédio que eu te dei?

— Não consigo vê-los — diz Motomalli, apanhando a muleta e alçando o corpo até ficar em pé. — Mas consigo escutar. Estão aqui agora. Dois deles, pelo menos.

Você vai planando até o teto e Motomalli levanta a cabeça e estremece na brisa que você deixa para trás.

— Como está o seu braço?

— Às vezes esqueço que dói. O Portello ajuda. O remédio não.

— Tem alguém para quem você gostaria de mandar uma mensagem, *thambi*? Algum parente?

— Minha família já virou cinzas.

— Quer alguma coisa? Comida chinesa? Mulheres russas?

— Você me arranjaria uma mulher?

— Vai contra as regras. Mas eu dou um jeito, por você. Do que precisa?

Motomalli prende a perna protética e olha para baixo, para a jaqueta:

— Quero que isso pare — diz ele.

— Que horas é a reunião? — pergunta Kugarajah.

— Hoje no fim da tarde.

— Vamos repassar o plano?

• • •

Sena não responde às suas perguntas, mas insiste que você o siga até as partes mais profundas e obscuras de Dehiwela, além do zoológico e do hospital, até o espaço bem arborizado de uma rua sem saída onde as casas têm jardins de flores e as crianças jogam críquete na rua vazia. Ele fica atrás de um homem calvo que age ao mesmo tempo como guarda-postigo e árbitro.

— Já olhei a fundo e longamente para este merda. Olha só a dor que vamos causar nele.

— O tio jogando críquete?

— É o próximo monstro que vamos matar.

Você olha para o homem que arremessa uma bola de tênis por cima da sua cabeça e observa o jovem rebatê-la contra um coqueiro. A única coisa monstruosa a respeito desse homem é o cabelo, jogado por cima da careca, e a barriga protuberante. A família está tendo um almoço tranquilo de arroz com curry, servido por uma esposa sorridente, com cabelo até a cintura. Cinco espíritos entram na casa e se dispersam, cada um indo a um cômodo diferente. Conferem as instalações elétricas, o forro do telhado, o curry na mesa e ficam espiando a conversa.

O homem troca a camisa e vai andando até o ponto de ônibus. Faz uma brincadeira com o garoto no *kade* de cigarros e pega o ônibus 134 com destino a Colombo. Ele dá o lugar para uma velhinha e não tenta praticar *frottage* com nenhuma das colegiais que sobem no ônibus até Kirulapone. Sena e sua tropa pegam carona no teto, e você fica preocupado por um momento.

— Este ônibus está cheio de gente. Se causar um acidente, morre todo mundo.

O exército de Sena dá uma risada.

— Acalme-se, *hamu*. Não vamos mais causar acidentes de carro. Faz muita bagunça. Somos mais profissionais agora.

— Onde estão Balal e Kottu?

— Com a Mahakali.

— Eles não tinham direito a sete luas?

— Os Assistentes não vão mexer um dedo para salvar uma escória dessas.

— Quantos outros morreram quando vocês fizeram o carro bater?

— Não muitos. Estamos matando monstros. Ninguém quer que os inocentes morram. Mas sacrificamos alguns para salvar muitos. É assim que as guerras funcionam.

— Agora você está falando igualzinho a um militar.

— E você que nem uma criança.

O homem desce no ponto de Havelock Town e acende um cigarro enquanto sai andando. Ao entrar naquela longa alameda de casas com muros altos, você tem uma ideia do lugar aonde ele está indo. Ele passa um Bristol aceso para o guarda na entrada do Palácio e entra pela porta dos fundos. Faz duas luas desde a sua última visita. E há um silêncio nos cômodos ali do tipo que nunca se ouve na sepultura. Nenhum ruído, desta vez, de máquinas ou gritos. No telhado, você avista uma sombra e se pergunta se a Mahakali ainda reside ali, ciente de que há motivos para ela nunca sair de lá.

O exército de Sena flutua acima do parapeito e espia pelas janelas. São grandes e estão abertas, o que não é comum para as celas de uma prisão. Através delas, você avista figuras esparramadas, das quais a maioria é esquelética, algumas estão imóveis e outras estremecem. É difícil saber a idade de cada um, impossível determinar sua raça. Apesar de todos os discursos dizendo o contrário, os corpos desnudos de cingaleses, tâmeis, muçulmanos e burghers são indistinguíveis. Somos todos parecidos quando expostos à chama.

No andar inferior, o homem de Dehiwela, de trejeitos bem-educados e pai de três crianças, trocou a camisa de novo, agora usando uma manchada. Ele põe uma máscara cirúrgica, apanha um cano de PVC e entra numa cela onde há um garoto pendurado por uma corda. Ele ajusta os óculos escuros contra o dorso do nariz, levanta o cano e o desce com força contra os pés do garoto pendurado. O menino não tem mais voz para gritar. Ele solta ar e para de se mexer.

— Esse é o *gaathakaya*. O Mascarado. O torturador mais produtivo do regime. Centenas morreram em suas mãos. Logo, ele morrerá nas nossas.

Você fica observando enquanto o Mascarado sobe as escadas até um cômodo onde um garoto de corpo trêmulo acabou de acordar. Não quer ver o que vai acontecer agora. Muitos do pelotão partilham da sua repulsa e se afastam da parede. Sena conduz todo mundo até a mangueira e se pronuncia com sons sibilantes:

— Camaradas. Este lugar lhes causa aflição. Alguns de vocês morreram aqui. Outros têm amigos presos aqui. A Mahakali se senta no telhado e se alimenta desta podridão.

— Camarada Sena. Estou apenas na minha segunda lua ainda. Ninguém quer falar pra mim. Quem é essa tal de Mahakali? — clama um Estudante Esfarrapado. — Quem é?

— A besta caminhante — diz um Escravo Colonial com as costas cobertas das cicatrizes da chibata. — O demônio com mil rostos.

— A portadora dos crânios — diz um Revolucionário Torturado com o pescoço quebrado.

— O coração obscuro do Sri Lanka — diz um Guarda de Posto de Controle Assassinado com um buraco na cabeça.

— Não me venham com essa bobajada de conto de fadas — diz Sena, cujos dentes refletem o luar. — A Mahakali é o ser mais poderoso do Interstício. Ela apazigua aqueles que sofrem e absorve sua dor. E a Mahakali concordou em nos ajudar com nossa missão. Chamamos de Missão Kuveni, em homenagem à mãe rejeitada do Sri Lanka.

Ouve-se um clamor de lanças no muro do parapeito e sons guturais de aprovação em meio ao pelotão. Há um rumor nas sombras perto do tanque de água no andar superior e todos se calam.

— Não temam, camaradas. Vou apresentar os nossos termos. Quem quiser pode se unir a nós.

O pelotão inteiro exerce o direito de não se unir e Sena flutua até o andar de cima, vagando na direção dos rumores e da sombra. Você se vira para a Criança-Soldado Morta, sem se importar que ela possa rir da sua pergunta.

— *Thambi*, é apenas a minha sexta lua. O que é essa Missão Kuveni?

...

— É um plano *pakka*, chefia. Plano do camarada Sena.

— Mentira — diz um Jornalista Executado. — Um dos Defuntos Tigres foi quem bolou o esquema.

— O plano existe há umas setenta luas, tio — diz a Criança-Soldado. — Começou quando...

O garoto conta a história de um jovem ativista dos Tigres de VVT que chegou a Colombo na rabeira de um caminhão, disfarçado com farda do exército do Sri Lanka. O garoto havia recém-perdido os pais e dois irmãos num ataque aéreo do exército em Vavuniya. Pegou um serviço de motorista para Rohan Chang, gerente do Cassino Pegasus no Hotel Leo, que terceirizava sua equipe para o Major Raja Udugampola, para resolver questões extraoficiais.

O nome do ativista era Kulaweerasingham Weerakumaran, mas sua identidade falsa dizia Kularatne Weerakumara. É fácil transformar um nome tâmil em cingalês, só amputando a consoante no final. Nada disso importava, pois seus colegas e chefes o chamavam de Motomalli. O garoto falava um cingalês sem sotaque e trabalhava longas horas. Sua perna postiça ganhou a afeição de todos que toleravam seus sermões pacifistas esporádicos. O Tigre disfarçado uma hora se flagrou numa garagem repleta de veículos que eram propriedade do governo.

— Mesmo que o país esteja com dívidas, mesmo que as guerras saiam de proporção, mesmo que as enxurradas afoguem as colheitas e as secas matem as sementes, mesmo que o PIB despenque e a inflação dispare, há sempre orçamento para fornecer a todo e cada um dos ministros três carros de luxo — diz o Jornalista Executado.

Weerakumara conduzia vans para o Hotel Leo, caminhões para o Major Udugampola e uma pequena frota de salões de Mercedes para transportar o Ministro Cyril Wijeratne e sua comitiva.

Desde o acidente automobilístico fatal no ponto de ônibus, ele está de licença para se recuperar das queimaduras de segundo grau e deverá voltar ao serviço na semana que vem. Será exonerado dos serviços como motorista e passará a trabalhar com manutenção de carros.

Sena desce da sombra da Mahakali e vai até os murmúrios da sua turma. Faz uma reverência diante de todos e diz:

— Está feito. — E ouvem-se vivas.

• • •

O Palácio é sinistro, mesmo sob o sol árido da tarde. Cortinas pretas mascaram as janelas à prova de som e os corredores são cheios de sombra e quietude. O cheiro é o de um banheiro público, de dejetos humanos, produtos químicos industriais e lodo. Mas é o silêncio que dá calafrios, mesmo num dia quente e tranquilo.

Sena escolhe a dedo a equipe para a missão de hoje, levando-a à árvore *mara* que fica do lado de fora do Palácio, para um briefing final:

— Foi aqui onde eu morri. E quando me mataram, eu só lembrava da dor. E então eu me sentei nesta mesma árvore. Durante quantas luas, não sei. Foi a dor que eu senti de ter sido oprimido pela escola, pela sociedade, pela lei, pelo meu país. A dor de saber que existe sempre algo mais forte do que você. E que age sempre contra você.

A multidão espiritual murmura e um vento sopra pelos galhos.

— Nas guerras, eles mandam os peões para matarem outros peões. Nesta guerra, os peões terão a oportunidade de derrubar os bispos, as torres e o rei. O Major Raja vai se reunir com o Ministro Cyril hoje. A próxima reunião vai ser em algumas poucas horas. O Mascarado estará presente. É perfeito. Nenhuma vítima colateral. Só policiais.

— Pra variar! — você exclama, e os encostos viram a cabeça.

— Se alguém tiver algum problema com o nosso plano, pode vazar daqui e ir se foder pra lá. É por causa de gente coração-mole que nem o Maali Almeida que esta guerra vai durar para sempre.

— Nada dura para sempre. É a única coisa que o Buda falou que era certa — você diz à Criança-Soldado Morta que não te dá ouvidos.

— Não precisamos de covardes, nem de socialistas caviar. Temos Defuntos Tigres capazes de sussurrar nos ouvidos dos outros. Temos Mártires do JVP capazes de aparecer em sonhos. Temos Defuntos Engenheiros capazes de transmitir eletricidade. O Motomalli já recebeu a jaqueta. Irá usá-la amanhã.

Você pensa em lagos mortos transbordando de cadáveres, em delegacias onde os ricos trancam os pobres, em palácios onde aqueles que seguem ordens torturam aqueles que se recusam a seguir. Você pensa em amantes aflitos, amigos abandonados e pais ausentes. Em tratados violados e fotografias vistas e esquecidas, não importa em que paredes elas fiquem penduradas. Em como o mundo vai seguir em frente sem você e vai esquecer que um dia você sequer esteve aqui. Pensa na mãe, no velho e no cachorro, nas coisas que fez ou não conseguiu fazer por aqueles que amou. Pensa nas causas perversas e nas causas dignas. Que as chances de que a violência possa acabar com a violência são de uma em nada, uma em nenhuma, uma em necas.

Você sai vagando pelo telhado do Palácio, evitando o covil da Mahakali. Sena te observa indo até lá e segue discursando. Você ouve vozes conhecidas no andar de baixo. Não esteve lá antes. Nem durante os tours guiados do Major Raja, nem em suas visitas *post mortem*. As paredes parecem um pouco mais limpas e o chão não tem tanto cheiro de cachorro molhado. No corredor, estão o Detetive Cassim, o SA Ranchagoda e o Mascarado, com seus óculos de lente marrom e a máscara azul cirúrgica. O Detetive Cassim está com as palmas da mão na testa e se balança para a frente e para trás, como quem reza. Mas não é, nem de longe, o que ele está fazendo — é o oposto, na verdade. Está rogando praga.

— Eu falo pra você que isso é ilegal — explode Cassim. — Não posso ser testemunha disso. É contra a minha religião fazer mal aos inocentes.

— Vá pra mesquita se quiser rezar. Aqui definitivamente não é o lugar para isso.

O Mascarado encara a janela aberta e tira os óculos, para limpá-los. Tem os olhos nítidos e perspicazes, como se tivesse tido uma boa noite de sono antes da partida de críquete e do almoço em família.

Cassim sai pisando forte pelo corredor e quase te atravessa.

— Deixem que ele vá — diz o SA Ranchagoda. — Deixem que ele redija o seu relatório, depois se acalme e rasgue tudo. É o showzinho dele de sempre.

— Ele não vai escrever relatório nenhum sobre isso — diz o Mascarado, pondo os óculos de volta.

Você espia o interior da sala. Tem uma cama, uma única lâmpada, uns canos de PVC e cordas penduradas do teto. E, em posição fetal no chão, feito um esquilo, com um saco de estopa que mal cobre os seus cachos volumosos, vê-se não um separatista dos Tigres, nem um marxista do JVP, nem um moderado tâmil ou traficante de armas inglês. É a sua melhor amiga, Jaki, o outro grande amor da sua vida.

SÉTIMA LUA

"A dádiva de Deus", disse o diretor, "Sua violência... Deus ama a violência. Você compreende isso, não?... Se não fosse o caso, por que haveria tanta violência? Ela está em nós. Ela emana de nós. É aquilo que fazemos com mais naturalidade do que respirar. Não existe nenhuma ordem moral. O que existe é isso, somente — será que a minha violência é capaz de conquistar a sua?"

Dennis Lehane, *Ilha do medo*

Maus amigos

— Não terei tempo para interrogá-la agora — diz o Mascarado. — Talvez você tenha que aplicar mais sedação.

Você chega perto e vê que Jaki está respirando. Seu peito sobe devagar e desce rapidamente. Seu hálito tem o cheiro do sedativo, que nem esmalte de unha misturado com xarope. Você grita para as paredes e para os homens lá fora. Você clama a Seja Lá Quem, que envia apenas silêncio e ausência.

— Vou interrogá-la depois da reunião — avisa o Mascarado. — Se ela sabe onde estão os negativos, podemos liberá-la. Mas fique fora do campo de visão dela.

— Por quê?

— Não me diga que ela te viu? — pergunta o Mascarado.

— Não — responde Ranchagoda. — Eu agarrei ela por trás. Estava de óculos escuros.

— Rá! O Mestre dos Disfarces! Vamos torcer para que você esteja dizendo a verdade. Se ela nos viu, não poderá ser liberada.

Cassim retorna com a mesma rapidez com a qual partiu:

— Essa é a sobrinha de Stanley Dharmendran. O Ministro vai comer o nosso fígado — ele diz, chiando.

— Perdemos a tal da Elsa — fala Ranchagoda. — Precisamos dos negativos. Essa mocinha sabe onde eles estão.

— *Você* perdeu a tal da Elsa — responde Cassim, com um rosnado. — Eu não tive nada a ver com isso.

Você suplica nos ouvidos de Ranchagoda:

— Deixa ela ir embora. Eu te levo até os negativos. Por favor, por favor, por favor, deixe ela ir. — Ele não escuta nada.

O Mascarado vai até Cassim e apoia as mãos sobre o ombro dele. Os dois têm mais ou menos a mesma altura, mas o Mascarado parece ultrapassá-lo por uma cabeça.

— Não tem nenhum eu, nem você, Detetive Cassim. Tem apenas nós. Você é parte do esquadrão agora.

— Então eu vou lá em cima pegar a máquina de escrever para fazer minha carta de demissão.

O Mascarado espreme as espáduas de Cassim, que se curva de dor.

— Você vai fazer o que eu quiser que faça. Depois vai ficar aqui e garantir que ninguém venha para este piso. Está claro?

— Sim, senhor.

— Tenho uma reunião com o chefe e o chefão. Ranchagoda, preciso de você lá comigo. Cassim, dê mais soro se ela se mexer. E fique de guarda.

Os dois acendem cigarros no corredor. Ranchagoda olha para trás, para o parceiro, e dá de ombros.

Cassim se joga numa cadeira e fica encarando a janela, junto com a garota com o saco na cabeça. Ele aperta a mão contra os próprios ombros e o pescoço suado. Você sussurra no ouvido dele com toda a sua força:

— Ela é inocente. Por favor, por favor, solta ela. Você não concorda com isso, Detetive Cassim. Nunca concordou. Vai contra a sua religião.

Ele para por um momento, olha ao redor e depois leva o rosto às mãos e solta um grunhido. É alto o suficiente para acordar os mortos, mas Jaki nem se mexe. Seus colegas o observam, achando graça e soprando fumaça na direção dele.

Você chama pelo nome da dra. Ranee. Para os anjos do silêncio e da ausência. Pede para que te levem à Luz, que você vai assinar qualquer livro de folhas de *ola* que puserem na sua frente. Reza como jamais rezou. Reza para a feitiçaria do Homem-Corvo, para os deuses que você despreza, para a magia da eletricidade e para a mão que rola os dados. E, em resposta, recebe aquele zumbido baixinho nos confins do universo, acompanhado pelo grande silêncio.

Você avalia suas opções e se dá conta de que tem apenas uma.

Você vai atrás de Sena e sabe exatamente onde encontrá-lo.

•••

Os espíritos já abandonaram a árvore *mara*, mas Sena está lá, flutuando acima de um galho e afiando a lança. Ele canta o que poderia ser um mantra ou um rap em tâmil. Você parte na direção dele com todos os ventos que consegue reunir.

— Eu vou entrar para o seu maldito exército. Sua Missão Kuveni ou o que quer que seja.

— Outro ônibus que você perdeu, Sr. Maali. Minha turma está toda a postos, prestes a dar o bote. É hoje que o esquadrão da morte vai fritar.

— O Ministro tem um demônio que protege ele. Posso contar para ele o que você planejou. Tem força o suficiente para uma briga com a Mahakali.

Sena para de afiar a lança e te fuzila com o olhar:

— Você não ousaria fazer uma merda dessa.

— Minha amiga está no Palácio. Preciso do poder para sussurrar no ouvido dos vivos. Você vai me ajudar.

— Só o Homem-Corvo é capaz de dar esses poderes.

— Então você me leva até ele.

•••

O vento mais forte te conduz até a caverna do Homem-Corvo. Chega lá depressa, e, ao chegar, você se flagra aos prantos. As lembranças jorram de você que nem catarro, até restar apenas o medo. Ser sequestrado no Sri Lanka é o primeiro passo para sumirem com você. É menos arriscado desovar um cadáver do que liberar um suspeito que poderá fazer uma denúncia, ainda mais alguém que tenha contato com as autoridades. Não vão liberar a Jaki, mesmo que ela diga o que querem ouvir.

A brisa te arrasta até o teto da caverna do Homem-Corvo e seu olhar desce pelas gaiolas como uma gárgula no topo de uma catedral. Os guinchos dos periquitos e pardais se somam às vozes que espreitam aos seus ouvidos que nem moscas. Seu olhar desce até o Homem-Corvo, até o seu crânio raspado e a mesa na frente dele. Você avista uma ankh de madeira familiar em cima do banquinho. E então escuta uma voz conhecida:

— Preciso de proteção. Para o meu filho. Ele corre mais riscos agora do que antes.

— Não saia de casa hoje — diz o Homem-Corvo. — Tem coisas profanas no ar. Alguma coisa grande vai acontecer.

— Da última vez que você disse isso, não aconteceu nem uma coisa pequena.

— Por acaso eu não te protegi, senhor? Dei o máximo de mim. Mas o momento de *rahu* do seu filho é bem, bem ruim. Aconselho que mande ele para o exterior.

— Existem planos. Nesse sentido — diz o cliente, entregando um punhado de notas de mil rupias.

— Ele ainda está se associando com maus amigos?

— Não está mais — diz Stanley, apanhando um pacote repleto de cordões e amuletos. — Não se associa mais a maus amigos, não.

•••

Você vê o Menino-Pardal sentado no canto, nas sombras lançadas pelas velas, grafando com tinta as formas das letras em folhas de papel. Páli, sânscrito e tâmil numa caligrafia juvenil. Você passa flutuando pelas gaiolas, na direção do banquinho, criando um vento que faz bruxulear os pavios e espalha as sombras. O Homem-Corvo fareja o ar e franze a testa.

— Jaki está no Palácio. Conta para o Stanley. Rápido! — você grita. — Conta para ele já. — Parece que a sua voz está reverberando.

O Menino-Pardal para de escrever e olha na sua direção. Seus olhos ficam nublados.

— Há espíritos indesejados aqui — diz o Homem-Corvo, sem olhar nem para Stanley, nem para você. — Por favor, vão embora.

Você dispara na direção do Homem-Corvo e rosna. Sua única sandália no pé espalha o dinheiro sobre a mesa. É a primeira vez que o seu vento deslocou um objeto, mas isso não te faz parar para comemorar.

— Você é uma fraude do caralho. Eu fiz o que pediu. Minha bandana vermelha está no seu santuário. Por que não consigo sussurrar?

— O poder de sussurrar chega aos merecedores. É evidente que você não é um deles.

— Com licença. Você está falando. Comigo?

A gravata de Stanley paira na brisa. Tem em mãos uma garrafa com um unguento, veneno vendido a uma serpente, e olha para o homem cego.

O Homem-Corvo enche a palma da mão com um pozinho colorido tomado de uma bandeja de madeira. Pós místicos em cores laranja-tijolo, amarelo-sol e roxo-drag-queen. Ao soprá-lo na sua direção, você se dá conta, a julgar pela fragrância de curry e fedor de violeta, que é uma mistura de cúrcuma e lavanda com pimenta. O pó faz arder seus olhos e te joga no canto, para perto do Menino-Pardal.

— Desculpe, senhor. Só dando uma arejada. Vamos começar.

Você grita de novo, com toda a sua força e mais um pouco. O corpo que você teve um dia e a alma na qual jamais acreditou:

— A Jaki está no Palácio. Conta para o Stanley agora!

— Eu sinto que tem uma presença ao redor do meu filho — diz Stanley ao Homem-Corvo. — Às vezes sinto ao meu redor também.

— Que tipo de presença? — pergunta o cego de túnica, lançando migalhas de pão para os papagaios. Atrás dele, o Menino-Pardal acende as lamparinas de cada santuário e depois volta para o seu cantinho, transcrevendo as cartas que você não pode ler.

— É como um vento. Um calafrio horrível. Me dá arrepios sempre que estou perto do meu filho.

— Tem alguém que deseja o mal para ele?

— Sim.

— Essa pessoa está viva?

— Não mais.

O Homem-Corvo te encara com o seu olho cego.

— Você possui alguma coisa que pertencia a essa pessoa?

Stanley entrega um papel rosa com algo escrito nele, junto com um barbante com cápsulas de cianureto amassadas para pendurar no pescoço.

●●●

— Me ensina a sussurrar. Ou eu vou botar fogo no seu santuário! — Você fica flutuando atrás do Menino-Pardal, esfregando a pimenta dos olhos.

— Aqueles que buscam destruir. Destroem apenas a si mesmos — diz o Homem-Corvo, um histrião que banca o conjurador e embrulha seus truques de mágica com metafísica.

O Homem-Corvo derrama uma preparação do seu pilão num pequeno frasco de vidro, projetado originalmente para guardar um litro de *arrack*. Parece *kola kenda*, aquele mingau verde medicinal com a consistência de vômito que sua mãe passou sete anos enfiando na sua goela, toda manhã.

— Esfregue esse óleo no lugar onde o seu filho dorme. Sirva isso a ele todas as noites.

O Homem-Corvo olha para o lugar onde você está e balança a cabeça.

— Sente a presença dele aqui?

— Acho que sim — diz Stanley, embrulhando o frasco com jornal e colocando-o no bolso, do lado da garrafa com o unguento.

O Homem-Corvo coloca o seu bilhete rosa e suas cápsulas de cianureto dentro de uma lamparina de bronze. Acende uma bola de cânfora e arremessa ali dentro. Começa a entoar um canto monótono que te lembra das bandas góticas que a Jaki botava para tocar no seu quarto obscuro. A chama cospe fumaça, o que te faz tossir, por mais que não tenha mais pulmões.

O Homem-Corvo convoca o Menino-Pardal, que está absorto em rabiscar os papéis na sua mesa. Ele aponta para a lamparina com um pedaço de pau de ponta curvada. O garoto apanha o objeto e sai espalhando o veneno pelo espaço. Você vê Stanley colocar mais notas de mil rupias na folha de bétele, o verde-claro sobre o verde-escuro. E então um saco de areia feito de fumaça te acerta no estômago e você é atirado para fora da caverna.

Você vai parar na sarjeta, tossindo e cuspindo, o que te faz recordar Kilinochchi, o bombardeio e os três cadáveres com cianureto na língua. Olha para as coisas no seu pescoço. A ankh com o sangue do DD, o *panchayudha* de ouro e a Nikon que não funciona. Não consegue achar as cápsulas de cianureto.

— A Jaki está no Palácio! Alguém ajuda! — você grita mais uma vez para Seja Lá Quem e Ninguém, as ululações de um recém-nascido num berço. Stanley sai do túnel da caverna, indo parar na favela de Kotahena, passando apressado pelo santuário onde centenas se ajoelham a cada lua. Não reparou na bandana vermelha colocada sobre um abacaxi podre no meio das flores desbotadas e pilhas pútridas de frutas.

Encabeçando o santuário, vigiando as velas e lamparinas, há um desenho grosseiro em papel barato, laminado e emoldurado, cujas bordas foram salpicadas de letras em páli, sânscrito e tâmil, numa caligrafia conhecida. É a pintura de uma besta feita de sombras. Com a cabeça de um urso e o corpo de uma mulher robusta. Seu cabelo é de serpentes, e os olhos, pretos de canto a canto. Ela arreganha os dentes e arrota neblina. Você sente um oco em suas entranhas.

A figura se adorna com um colar de caveiras e um cinto de dedos decepados. A barriga está à mostra e cai sobre o cinto de carne. Há rostos humanos entalhados na pele, das almas presas em seu interior.

Mais uma vez você se vê caído de joelhos, sem ter a menor ideia de como foi parar ali.

TRÊS SUSSURROS

— Se quiser sussurrar, só precisa pedir.

A voz parte do santuário, mas não é uma voz, no singular, e sim uma colônia de formigas cantando, desafinadas. Uma besta sai daquela pintura grosseira, cabelo de serpentes acompanhado do colar de caveiras. Ela se empoleira sobre as próprias ancas, elevando-se acima de você e te banhando com sua sombra. Seu corpo está coberto de letras tatuadas em alfabetos conhecidos que você é incapaz de ler.

As letras se transformam em rostos, que se dirigem a você em uníssono:

— Se deseja sussurrar, curve-se diante deste santuário. E, após a sua sétima lua, tudo o que você é será meu. Decida-se logo. Não lhe resta tempo.

Você olha para os rostos na pele. É difícil saber quais são humanos e quais são animais, e há apenas dois que você reconhece. Balal e Kottu te fitam com olhos de peixe, ambos cravados na coxa carnuda da Mahakali.

— Concederei três sussurros. Pode usá-los como quiser. E você vai participar da missão de hoje. E não vai tentar fugir.

As cabeças todas se pronunciam numa voz que parece a da Jaki. E você sabe que as luas estão subindo e os relógios correndo. E sabe que a Luz só vai trazer mais perguntas sem resposta. E sabe que algumas vidas valem mais do que outras, cada uma delas sendo uma ficha de pôquer de uma cor diferente. A sua vida é uma ficha de plástico de dez rupias do Pegasus, e a da Jaki é uma placa banhada a ouro de um cassino de Vegas.

Você abaixa a cabeça e inala a sombra.

— Vai. Agora.

— Está disposto a abrir mão de todas as suas luas, sr. Fotógrafo?

— Pode levar. Vai logo.

— Está disposto a abandonar a Luz?

— Abandonarei o que for. Porra. Vai logo.

Vem uma sensação de correntes onde antes havia os seus ossos, manilhas entrelaçadas que sobem a sua coluna. É uma sensação lenta que se arrasta até o seu pescoço e então desaparece.

— Está feito — dizem as vozes.

O jovem artista responsável pelo esboço tosco do santuário sai do túnel na hora em que Stanley entra no seu BMW patrocinado pelo Estado. DD está ao volante, parecendo tão inacessível quanto aquela primeira vez que te fez café e discursou sobre as florestas nativas.

Stanley coloca uma garrafa verde, um frasco de unguento e um pote de cinzas no colo dele. Você observa enquanto ele esfrega um pouco das cinzas na testa do filho. Observa enquanto ele coloca alguma coisa no pescoço de DD e o amarra. Então manda DD ligar o carro.

A BMW avança e depois para, num sobressalto, quando os freios são acionados. Barrando o caminho, apoiado no capô, está o Menino-Pardal. Ele encara os dois e tem um bilhete em mãos.

— Mas que diabos — diz DD, abrindo a janela. O menino corre para dar a volta, se inclina em cima dele e balança o papel na cara do Stanley.

Stanley toma o papel e o desenrola. Está no alfabeto latino, com as curvas do sânscrito. Sete palavras sussurradas no ouvido do garoto antes de serem rabiscadas em caneta:

"Jaki está no Palácio. Você precisa salvá-la."

Ele dispara um olhar para o Menino-Pardal, que forma com os lábios a palavra "amigo".

— O que é o Palácio? — pergunta DD, lendo por cima do ombro do pai, numa voz que soa distante e entediada. — É um clube?

Os olhos de Stanley estão em chamas. Sua pele parda tornou-se carmim.

— Não é um raio de um clube. Vai dirigindo. Estrada Thimbirigasyaya.

— As estradas estão todas fechadas. A gente devia voltar para casa antes do toque de recolher.

— Cadê a Jaki?

— Ela saiu ontem à noite. Deve estar dormindo.

— Você. Viu. Ela?

— Não.

— Vai. Dirige.

Você observa o carro seguindo rumo às estradas fechadas, entupidas de trânsito. Você tem um par de Cincos na mão e tem Reis pretos na mesa. Pergunta-se se a influência de Stanley será suficiente para passar pelo portão do Palácio. Será que vai ser o suficiente para chegar à cela da Jaki e abrir a tranca?

Apostou tudo nesta chance de salvar a amiga que você mais decepcionou. Você saboreia um último momento de liberdade e então se volta para encarar a Mahakali.

• • •

Não se deixe assustar pelos demônios; é dos vivos que devemos ter medo. Horrores humanos superam qualquer coisa que Hollywood ou o além sejam capazes de conjurar. Sempre se lembre disso ao encontrar um animal selvagem ou espírito desgarrado. Não são tão perigosos quanto você.

Os fantasmas têm medo de outros fantasmas. E de você. E do nada infinito. É por isso que fazem coisas equivocadas. Mas não é o único motivo.

Eles fazem as coisas porque não conseguem mais sentir gosto de nada, nem falar, nem meter. Revoltam-se contra aqueles que roubaram as suas vidas, aqueles que tomaram o seu lugar e aqueles que não mais pronunciam os seus nomes. Porque sabem o que você sabe e o que todo você-que-não-é-você sabe. No fim, não vai ter mais ninguém a quem contar a sua história. Ninguém para responder às suas perguntas. Ninguém para ouvir as suas preces.

Em algum lugar, a dra. Ranee está balançando a cabeça e rasgando o seu prontuário. Em algum lugar, há homens em escritórios dando ordens para ataques aéreos contra crianças em cabanas. Você está montado nas costas da Mahakali enquanto ela salta de telhado em telhado, rumo ao Palácio. Sua pele é escamosa e as serpentes em seu cabelo sibilam contra o vento. A luz do sol está chegando na hora dourada e até mesmo o trânsito parado lá embaixo parece uma coisa linda. Você vê a BMW estatal de Stanley se enfiar entre um ônibus e um caminhão, torcendo para que ele consiga chegar. Qual será sua cartada final, agora que todas as fichas estão no centro da mesa?

As costas da Mahakali estão tatuadas com letras e rostos. Ao se aproximar do Palácio, os rostos começam a falar contigo. Todos ao mesmo tempo, mas não em uníssono desta vez. A maioria dessas almas estão petrificadas, e estão presas aqui há mais tempo do que conseguem lembrar. Nem todas são humanas.

A princípio, há um som de estática, que nem formigas com microfones em miniatura andando em cima de uma carcaça, depois que nem cascalho em caixas de plástico, sendo sacudidas por crianças horrendas. Depois, que nem português, holandês e cingalês ao mesmo tempo, e então são palavras enunciadas em velocidades diferentes, uma língua tropeçando sobre a outra, gritos marcados por suspiros, rendições virando pragas.

> ... se você proteger a minha neta, eu te dou a minha alma.
> ... só os ricos têm as chaves que abrem esta cidade. Não uma escória que nem eu.
> ... ao longo de muitos nascimentos, eu vaguei, procurando, sem encontrar, quem construiu esta casa.

Cada voz é um silvo no éter, gritando contra o *visvaya*, berrando em frequências usadas. As ondas de rádio estão encalacradas de espíritos que praguejam e suplicam. Os confusos, os ciumentos, os furiosos e os temerosos, alguns aprontando confusão e outros pedindo clemência.

> ... vamos juntos, ele disse, e aí ele me deixou pular.
> ... não vai dar certo. Já estamos mortos.
> ... diziam que chorar impede que os mortos consigam ir embora. Por isso eu não derramei nem uma lágrima.

A Mahakali entra por uma alameda sinuosa, escondida na área residencial de Colombo, repleta de árvores verdejantes e ruas sem saída inesperadas. A criatura desacelera para navegar por esse labirinto urbano. Os jardins abaixo de você vão crescendo, os muros vão subindo e as alamedas continuam sem gente.

Você avista a Mercedes do Ministro estacionada do lado de um prédio de quatro andares que parece ter outrora abrigado um governante de um império que não mais existe. Sua sequestradora passa pelo estacionamento e vai planando por mais duas alamedas até chegar a um prédio conhecido, com guardas nos portões. Ela salta até o telhado do Palácio e os rostos em sua pele se contorcem de agonia, guinchando. A besta olha de relance para você e sorri. Parece uma bela mulher, vestida para matar.

— Pode usar os seus sussurros agora. Depois venha para o estacionamento. Vamos precisar de você mais tarde. Por favor, não tente fugir. Os fujões nunca chegam muito longe.

...

Cassim se senta todo troncho à mesa, com o rosto nas mãos, o relatório já datilografado e curvado em cima da fita da máquina. A julgar pelos gemidos que escapam das janelas à prova de som abaixo, parece que as atividades do Palácio foram retomadas.

Sobre a mesa, está a bolsa marrom da Jaki, aberta e bagunçada como sempre, o que impossibilita saber se fuçaram nela ou não. Mas é claro que sim.

Você vai flutuando até o ombro de Cassim e lê o relatório. Lá consta que Jacqueline Vairavanathan, de vinte e cinco anos de idade, de Galle Face Court, Colombo 3, vazou informações sigilosas do Estado em rede nacional, via rádio, tinha relações próximas com Malinda Almeida, suspeito de ser terrorista do JVP, e foi encontrada em posse de narcóticos.

Você olha para o frasquinho na mesa contendo dois remedinhos da felicidade e a identidade nacional da Jaki, laminada e amarela, ao lado. Cassim morde o lábio e fica olhando para o nada. Você se aninha ao lado dele e cospe palavras em seus ouvidos:

— Eles vão matá-la e botar a culpa no homem que escreveu o relatório. Vão matá-la e deixar você com esse balde de merda. Leve-a aos portões agora.

Ele se levanta de sobressalto e olha ao redor da sala. Confere se o rádio está ligado e escuta, atento, o silêncio. Você não se interrompe nem para fazer uma pausa, por medo de perder esse sussurro:

— Vão dizer que você foi subornado. Que é um policial corrupto. Mas você é melhor do que isso tudo. Stanley está a caminho agora. Se conseguir salvá-la, ele vai te recompensar. Vai conseguir aquela transferência. Porque você não concorda com esquadrões da morte. Nunca concordou.

Cassim se levanta e anda em círculos. Você não sabe o que ele está pensando. Quem sabe o que é preciso vender à Mahakali para acessar os pensamentos alheios? No canto, há uma mochila e nele um frasco com um líquido transparente e umas ataduras. Embaixo, há uma caixa de máscaras cirúrgicas, um quepe, uma camisa branca e calças pretas. O uniforme padrão dos homens que não são nem da polícia, nem do exército.

O Detetive Cassim dobra uma atadura e a embebe no líquido. Você sente cheiro de esmalte de unha e melaço enquanto ele a mete no bolso. Depois ele muda de ideia. Arremessa a atadura de volta na mochila e vai caminhando até a cela da Jaki.

• • •

Ao chegar lá, ele toma um susto. Jaki está acordada e tenta tirar o saco de estopa da cabeça, o que é difícil de fazer com as mãos amarradas às costas. Ela joga o corpo, rola para a frente e resmunga. Cassim destranca a porta e entra na sala na ponta dos pés. Jaki escuta o som e se encolhe contra a parede.

— Quem está aí? Que lugar é este?

— Por favor, não tire o capuz. Se você vir o nosso rosto, eles não vão te deixar ir embora.

— Eles quem?

— Você tem os negativos?

— O quê?

— Os negativos de Maali Almeida. As coisas na caixa que deram início a toda essa bagunça dos infernos.

— Não tenho — diz Jaki, fazendo o blefe do cego. — Acredite em mim. Não tenho. Vendi para Elsa Mathangi. Ela está com eles. Por favor, posso ligar para o meu tio?

— Não tire a venda.

— É o Stanley Dhar...

— Eu sei quem você é.

— Posso tomar água?

Cassim sai da sala e tranca a porta. Você flutua até parar do lado da Jaki e a envolve com os braços, então repassa para ela o que consegue, com sussurros e engasgos frenéticos.

— Você foi presa, Jaki. Fique calma, tenha coragem e você vai se salvar. O tio Stanley está vindo atrás de você. Diga o seguinte ao Detetive Cassim...

O detetive volta com uma xícara de chá e uma garrafa plástica com água. Ele avisa antes que ela tire o saco.

— Beba a sua água. Não olhe na minha cara. Quero te ajudar. Mas não confio em você.

Ela olha para baixo, com os olhos apertados enquanto ele tira o capuz e desamarra as suas mãos. Ela mantém os olhos fechados, sem tentar ver onde está, nem espiar quem é o seu sequestrador. Segura a xícara com as mãos dormentes e tenta não derramar.

Ele a observa enquanto ela bebe a água.

— Se me der os negativos, eu te libero agora.

Jaki termina de beber e olha para o chão. Está grogue e confusa e embaralha o que você sussurra para ela com os próprios pensamentos. Mais tarde, não vai nem se lembrar do que foi dito, nem para quem:

— Sei que foi você quem revirou o nosso apartamento. Sei que a culpa não é sua.

Você sussurra e ela fala. Suas palavras, das orelhas até os lábios dela. Ela não questiona o que diz.

Cassim fica em silêncio.

— O tio Stanley vai te compensar por isso. O tio Stanley pode arranjar **a sua** transferência esta noite mesmo. Me liberte e você será libertado. Eu prometo.

Cassim se encosta e cruza os braços:

— Como sabe da minha transferência?

— Sei que você é um bom detetive. Sei que é melhor que isso. E sei que vai fazer o que é certo. — Você fica sem ar, apesar de não respirar mais. A sensação que dá é que você subiu oito andares correndo e saltou do telhado.

353

— O Ministro Dharmendran pode fazer isso?

— Pode e vai. Por favor, Detetive. Se ficarmos aqui, nós dois estaremos perdidos. Nós dois. Me ajuda. E nós vamos te ajudar.

Fatigado e esgotado, você se retira até o canto da sala e fica observando. Se foram esses os seus dois sussurros, então o que vai fazer com o seu terceiro?

Cassim deixa que ela termine mais dois copos d'água e então a levanta. Suas pernas estão bambas e ela se escora no ombro dele, enquanto ele a arrasta pelo corredor. Ele a coloca na cadeira do seu escritório e arranca o relatório da máquina de escrever. Ele amassa o papel no bolso e coloca uma folha em branco na fita. Começa a datilografar com fúria.

O Detetive Cassim extrai a folha e assina com caneta. Depois se levanta e entrega para ela uma caixa de máscaras cirúrgicas e o uniforme.

— Bote a máscara, o quepe e este uniforme. Vou carimbar os formulários de liberação. Não deixe os guardas verem o seu rosto. Seja rápida!

Ele vai até o escritório carimbar a carta e colocá-la num envelope. Ao retornar, Jaki está vestida e pronta, com as roupas enfiadas na bolsa. As calças pretas lhe servem bem, mas a camisa branca fica folgada nos seus ombros recurvados.

Ao chegarem perto dos seguranças, Jaki já consegue andar ereta. O guarda aperta os olhos diante da carta forjada que teria sido assinada pelo Ministro.

— Rápido, rápido, homens. Temos um horário marcado. O Ministro Cyril assinou esta carta. Querem ir conferir com ele?

O guarda faz que não com a cabeça, dobra o papel e desvia o olhar, enquanto Cassim conduz Jaki até o lado de fora do Palácio.

Uma BMW chega correndo pela alameda silenciosa e para, cantando pneu. Stanley salta do carro em meio à nuvem de poeira a tempo de segurar o corpo de Jaki, que escorrega do ombro de Cassim. Ele encara o policial enquanto entrega as chaves para DD:

— Machucaram ela?

— Não, senhor.

— Quanto tempo ela ficou aqui?

— Algumas horas, senhor.

— O nome dela está em alguma lista?

— Não, senhor.

— Certeza?

— Sim, senhor.

— Dilan! Leva ela para casa. Não abra a porta para ninguém. — Stanley olha para Cassim. — Você vai com eles. Fique na minha casa até eu voltar.

DD parece confuso, mas ajuda a colocarem Jaki no banco de trás, onde ela desaba e começa a chorar de soluçar. Longos soluços com longas pausas entre cada um.

— Leve ela agora.

— Aonde você vai?

Stanley abaixa a voz e interroga o Detetive:

— Quem está no escritório?

— Senhor, o Ministro e o Major estão em reunião.

— O outro prédio, andar de cima, certo?

— Creio que sim.

— Você vai com esses dois — diz Stanley. — Leve os dois para casa em segurança. E não conte pra ninguém. Nada do que aconteceu aqui. Tenho sua palavra?

— Sim, senhor.

Stanley bota quaisquer cédulas que o Homem-Corvo não conseguiu tirar dele na mão de Cassim:

— Se abrir a boca. Tomarei o seu distintivo.

— Não, não, senhor. Não quero dinheiro. Senhor, por favor.

— Pega isso aqui e vai — ordena Stanley, brusco.

— Senhor, sobre a transferência.

— O quê?

— A senhora falou… Não importa. Conversamos depois.

— O quê?

— Nada, senhor.

Stanley sai pisando forte na direção da casa de quatro andares, a duas alamedas de distância, com uma Mercedes estatal em seu estacionamento estatal.

•••

O Detetive Cassim se acomoda no assento do passageiro, para o horror de DD.

— Que diabos é isso? Aonde vai o *appa*?

Jaki esfrega os olhos com a manga da camisa e balança a cabeça.

— Tive um sonho sinistro. E aí acordei com um saco na cabeça — conta Jaki. — A exposição vai rolar?

— Não me importo — diz DD.

— Ele tem uma reunião — fala o Detetive Cassim. — Ligue o carro agora. Esqueçam que viram este lugar. E que me viram.

DD dá meia-volta no fim da rua sem saída e vai conduzindo o carro de volta às estradas com semáforos, onde não é tão fácil de se ignorar os gritos. Ele conduz Jaki e o policial de volta à casa do seu pai, longe do apartamento em Galle Face Court, onde vocês partilhavam seus sonhos, seus medos e suas bermudas, longe desta masmorra escondida num beco sem saída. A BMW vira a esquina e desaparece pela alameda e você deseja Ases, Copas e Seis para DD, Jaki e Cassim.

— Vão em segurança, meus queridos — você sussurra. — Que todas as roletas lhes sejam generosas.

E então as árvores param e as brisas cessam. A voz se insinua entre os seus ouvidos e o cheiro de almas putrefatas tranca o seu nariz. O hálito do universo te atravessa e ele parece ter esquecido de escovar os dentes.

— Já terminou, sr. Fotógrafo?

Você olha para trás, para a Mahakali e os rostos que pulsam em sua pele feito veias infeccionadas. Ela gesticula para que suba de volta na sua garupa e você se dá conta de que a desobediência não é mais uma opção, seja civil ou de outro tipo. Você assente:

— Acho que sim.

— Então o seu serviço começou. Venha. Sirva.

Você monta na coluna da besta e observa Stanley correr pela estrada, feito um maratonista que se esqueceu de ajustar o ritmo.

• • •

Do céu, você observa Stanley passando pela curva da estrada e partindo na direção de um prédio de escritórios atrás de muros elevados.

É um prédio de quatro andares, sem nada de destaque na arquitetura. Caixas de concreto pintadas de cinza e empilhadas em direção ao céu. As janelas que não têm vidros opacos estão cobertas por venezianas.

Quando a Mahakali para, você salta de sua garupa e a vê derreter-se nas sombras lançadas por esse prédio feio.

Na base, está o rosto de um furão. Ele te olha com o mesmo olhar de asco na expressão de todos os animais mortos:

— Está olhando o quê, feioso?

— Entendi já. Animais têm almas. Você sonha, faz coisas por prazer, fica feliz e fica triste. Você compreende a dor e o luto, o amor, a família e a amizade. Os humanos não reconhecem isso, porque facilita para a gente meter a faca naqueles que a gente acha que têm gosto bom. O que não é o seu caso, mas aí também é outra história. Lamento profundamente.

O furão parece surpreso ou faminto, irritado ou sabe-se lá o quê, porque, né, é um furão.

— Foda-se a sua desculpa — diz ele, antes de desaparecer na carne da Mahakali.

Há bons motivos para os humanos não conversarem com os animais, exceto após a morte. Porque os animais nunca iam parar de reclamar. E ficaria mais difícil matá-los. O mesmo se diz de dissidentes, insurgentes, separatistas e fotógrafos de guerra. Quanto menos se ouve deles, mais fácil é esquecê-los.

O sol desce sobre Colombo e não há uma única nuvem à vista.

Logo a sua lua final estará tocando os céus.

• • •

Balal e Kottu olham para você da perna da Mahakali.

— Nos perdoe pelo que fizemos — diz Kottu.

— E o que vocês fizeram?

— Impiedades — responde Kottu.

— Mas só porque tivemos que fazer — acrescenta Balal.

— Que belo pedido de desculpas — você diz, enquanto a Mahakali desliza pelo vento e se empoleira numa árvore *mara*.

— Somos lixeiros — afirma Balal. — Não criamos o lixo. Só limpamos.

— E como são as coisas aí? — você pergunta.

— Aí onde? — diz Kottu.

— Você logo vai descobrir — responde Balal.

— Quer o seu dinheiro de volta? — pergunta Kottu.

— Que dinheiro? — você pergunta.

O destacamento de segurança virando a esquina não é tão extenso quanto no Palácio, e é claro que nenhum dos guardas enxerga Mahakali e as almas que ela carrega enquanto salta pelas portas e dispara escada acima. Você é levado junto com ela, impotente como a maioria dos seres humanos em face da catástrofe. Não há ninguém que possa impedir a Mahakali, enquanto ela desliza por esses corredores de autoridade em direção a uma bomba.

Missão Kuveni

A besta parece conhecer o caminho dentro do prédio. Ela sobe até o primeiro andar, depois desliza pela janela e trepa pela lateral do prédio até o terceiro, então pega as escadas para o quarto, onde uma secretária está sentada do lado de fora de um cômodo imenso. É uma senhora curvilínea com fotos de três adolescentes curvilíneas sobre a mesa, todas com o rosto dela.

A placa no saguão diz: "Departamento de Justiça — Setor Administrativo". O primeiro andar é de cubículos onde mulheres de sári catam milho em máquinas de escrever, e o quarto andar contém homens carregando pastas. A legenda que fica do lado de fora do elevador atribui um andar para Contabilidade, Finanças, Arquivos e Pessoal.

Há prédios que nem este em toda a ilha, mas a maioria se concentra ao redor da capital. Prédios que causam prejuízo enquanto relatam lucros. Deve ser aqui que eles destinam o orçamento dos torturadores, organizam planos de pensão para sequestradores e aprovam empréstimos imobiliários para assassinos. Você se lembra de uma coisa que o seu *dada* disse que não te deu vergonha, embora não seja claro o porquê de ele ter compartilhado isso com uma criança de dez anos.

— Sabe por que a batalha do bem contra o mal é tão desequilibrada, Malin? Porque o mal é mais bem organizado, mais bem equipado e mais bem pago. Não é dos monstros, *yakas* ou demônios que devemos ter medo.

Coletivos organizados de malfeitores que acham que estão fazendo o trabalho dos justos. É isso que devia nos fazer estremecer.

Na sala de espera está Motomalli, empoleirado em sua prótese, apoiado em uma coluna. Está suando e respirando num ritmo errático. Você pensa nas pessoas lidando com a papelada nos andares inferiores, em Stanley tentando abrir caminho no meio dos seguranças na entrada, e se pergunta se um dia vão inventar uma bomba capaz de saber a quem poupar. A coisa boa que se pode dizer das bombas é que não são racistas, machistas, nem preocupadas com classe social.

Você acompanha Motomalli por um corredor com portas de vidro fosco, até uma grande sala com janelas enormes. O que você vê lá te impressiona e causa terror ao mesmo tempo.

...

Os eventos que resultaram na perda de vinte e três vidas nos quarto e quinto andares do Setor Administrativo do Departamento de Justiça foram posteriormente atribuídos ao azar e a feitiços maléficos, pelos quais o Homem-Corvo reivindicou créditos parciais. Na verdade, foi obra dos defuntos do Sena, brincando com os ventos e alterando destinos. Mas você mesmo pode alegar ter dado uma mãozinha para salvar uma vida nisso tudo, pelo menos, em sua lua final.

Seres humanos acreditam que criam seus próprios pensamentos e possuem vontade própria. É mais um placebo que engolimos depois de nascermos. Pensamentos são sussurros que vêm de fora tanto quanto de dentro. Não podemos controlá-los mais do que controlamos o vento. Os sussurros sopram pela sua mente em todos os momentos e você vai sucumbir a mais deles do que imagina.

Os fantasmas são invisíveis àqueles que respiram, invisíveis como a culpa, ou a gravidade, ou a eletricidade, ou os pensamentos. Milhares de mãos dirigem o curso de todas as vidas sem serem vistas. E os dirigidos chamam isso de Deus, karma ou pura sorte ou outros nomes não muito precisos.

Na grande sala do quinto andar, Sena está estacionado com seu exército, dotado de uma precisão que os nossos militares jamais tiveram. A Mahakali se empoleira na janela do canto, a produtora deste set de filmagem e diretora deste filme.

A Mulher com Cicatrizes de Ácido sussurra nos ouvidos de Ranchagoda e confunde os seus pensamentos, garantindo que ele vai se esquecer de revistar Motomalli antes que ele entre na sala.

Uma vítima de atentado a bomba confere os circuitos do colete para garantir que vai passar corrente pelos fios. A Miss Profanada chega primeiro e distrai o Defunto Guarda-Costas, o Demônio do Ministro, com uma dança praticada para um desfile antes de seu fim trágico.

A Mãe Defunta ficou encarregada de garantir que Motomalli detone a bomba no momento certo. Sena tem um sistema de freios e contrapesos, tão meticuloso e organizado que é o oposto de tudo no Sri Lanka. Nada é deixado para a probabilidade. Hoje, este pelotão de Defuntos Anarquistas, Defuntos Separatistas, Defuntos Inocentes e Defuntos Que-Não-Lembram-O-Que-Eram destruirá um esquadrão da morte num único golpe. E você vai assistir a tudo de camarote, dali do ombro da Mahakali.

• • •

— Não sabia que dava para ver o Lago Beira daqui de cima — diz o Ministro, admirando pela janela o templo flutuante em meios às águas verdes. — Parece um sonho.

— Se não sentir o cheiro, parece mesmo — comenta o Major. Do lado dele, no sofá do Ministro, está um homem calvo que dá sorrisos esquisitos e fica de braços cruzados. É apresentado como o melhor interrogador da STF e você o reconhece mesmo sem a máscara.

O Demônio do Ministro está deitado numa prateleira de livros de Direito que ninguém nunca leu e fica observando a Miss Profanada encenar uma série de passos de dança que são um misto das eras do reino de Kotte e da música disco. Ela olha para ele nos olhos e arqueia as costas. Seus ombros giram e os pulsos rodopiam, enquanto seus seios se empinam e os quadris deslizam em arcos. É evidente que o seu santuário na casa do Homem-Corvo lhe rendeu uma boa riqueza, que ela investiu nos olhos e em coreografia. Seus lábios mandam beijinhos enquanto, em seu corpo, seus cílios pestanejam.

— Quero que o senhor esteja nas reuniões de hoje, Major.

— Sim, senhor, é claro.

— É uma época estranha, Major. Estamos convidando os indianos para nos invadirem. Fazendo acordos com terroristas tâmeis. Matando nossos próprios cingaleses. Nunca esteve tão ruim assim.

— E vai piorar, senhor.

— O senhor também adquire seus amuletos com o Homem-Corvo?

O Major fica ruborizado e puxa o bracelete laranja escondido debaixo da manga da camisa. Mais um puxão e ele sai do seu pulso.

— Minha esposa que me deu. Eu não acredito nessa bobagem. — Ele o deposita no cinzeiro.

O Ministro arregaça a manga da camisa branca e revela um bracelete parecido. O Major pesca a pulseira descartada do meio das cinzas e a põe de volta no bolso.

— Não seja tão arrogante. Homens que trabalham com o que a gente trabalha precisam de proteção de todos os lados. *Ado*, cadê os guardas?

Ele não sabe que ambos os guardas que deveriam estar no serviço hoje estão com intoxicação alimentar, agrilhoados à privada por córregos de diarreia. A secretária entra correndo. Acabou de ser transferida do Ministério da Pesca e, a julgar pela boa educação do Ministro Cyril, parece que ele ainda não começou a apalpá-la.

Ela abre a porta e anuncia:

— Senhor, o compromisso das 17 horas está aqui.

Chega Motomalli, alto, escuro, nervoso e acompanhado por um SA Ranchagoda bem ansioso. Ambos têm o bom senso de fazer uma expressão solene e evitar todo contato visual.

— Oficial, fique do lado de fora até aqueles malditos guardas aparecerem. Motomalli, fique ali, por favor.

O policial sai e Motomalli fica parado em pé, ereto, as botas bem lustradas e sua roupa camuflada pendendo, frouxa, no corpo magrelo.

A Mãe Defunta se esgueira atrás do menino e se mistura às cortinas. O Demônio do Ministro olha para Motomalli e depois se volta de novo para a dançarina. Tantas vezes ele já viu o seu mestre dar broncas em soldados que é muito mais interessante prestar atenção nessa fusão de Kathakali e boogie elétrico da falecida Miss Kataragama 1970.

O Ministro e o Major olham para o terceiro homem no recinto, o homem que não tem nem cabelo, nem máscara. Esperam que ele faça aquilo que foi trazido para fazer. O interrogador se dirige até o ouvido de Motomalli e cospe as palavras:

— Por que você saiu do hospital?

— Estava me sentindo melhor, senhor.

— Não me parece estar melhor — diz o calvo, encarando o escalpo chamuscado do garoto e as cicatrizes nas bochechas.

— Como foi que conseguiu escapar do incêndio, sendo que os outros dois morreram?

O Ministro olha para o Major, que dá de ombros. O interrogador puxa a carne atrás da orelha de Motomalli. É apenas um beliscão, mas já faz sair sangue.

— Não me lembro, senhor — diz Motomalli. — Por favor, está doendo.

— Você tem gordura, não? — O interrogador levanta a mão e todos os espíritos na sala se preparam para o soco no estômago que nunca chega, exceto por Motomalli. — Como pode?

O interrogador se abaixa para coçar o joelho e avista uma fileira de formigas que sobe pela sua perna. Ele xinga e bate na canela. Não enxerga o Defunto JVPeiro que ele mesmo já torturou uma vez, orientando os insetos para que subam pelo seu pé.

O Ministro assume as rédeas da entrevista:

— Como foi que você bateu com a van no transformador?

— Não me lembro, senhor.

— Estava bêbado?

— Não bebo, senhor. Só *thambili*.

— Vai, agora! — vocifera Sena.

— Vai, agora! — sussurra a Mãe Defunta no ouvido de Motomalli.

O botão está localizado no bolso de Motomalli, que está com a mão bem em cima, mas ele não consegue. Está suando, apesar dos três ventiladores funcionais dentro da sala.

— Tem algum problema, filho? — O Ministro se levanta e se aproxima dele.

— Vai, agora! — vocifera a Mulher das Cicatrizes, empoleirada no sofá. O interrogador, após expulsar a última das formigas, sente uma brisa gélida atingir o seu coração. Faz careta para o ventilador.

— Vai, agora! — diz a Mãe Defunta no ouvido de Motomalli. Seus lábios tremem, como se ele estivesse prestes a cair em prantos. A mão dele, no entanto, permanece imóvel.

Seu olhar atravessa a sala e você repara no Demônio do Ministro roncando do lado da estante, enquanto a Miss Profanada acaricia os cabelos entre as suas orelhas pontudas. O Ministro, o Major, o interrogador e o motorista estão todos no mesmo lugar. Você se pergunta se todas as coincidências são roteirizadas de modo tão meticuloso que nem esta. Pensa na dra. Ranee e na sua teoria dos esquadrões da morte srilanqueses e nas fotos que ela usou sem pedir. Que alegava que o Sri Lanka foi a primeira democracia a produzir o modelo moderno do esquadrão da morte, com base no desenvolvido pelas ditaduras latino-americanas. Uma das muitas alegações, jamais verificadas, que ela faz em seu livro, escondida em meio a frases que, sem perceber, justificavam as coisas que ela condenava: *Uma hierarquia organizada para lidar com a violência em escala industrial pode não ser um ato de selvageria, mas de homens racionais diante da barbárie.*

— Vai! — sussurra a Mahakali, e todas as almas em sua barriga e todos os espíritos no recinto se calam.

— Senhor, eu tenho ouvido vozes — confessa Motomalli.

— Vai! — vociferam Sena, a Mulher das Cicatrizes e a Miss Profanada. Os Defuntos JVPeiros estão todos ocupados injetando comichões no corpo do interrogador.

...

Um sentimento que vem fermentando no seu interior desde que adentrou este prédio feio agora coagula na base do seu pescoço partido e inunda os seus sentidos. Sua última lua foi testemunha de um amante traído, de uma melhor amiga que ficou pendurada acima de um abismo e agora vai terminar com um estouro que leva consigo os bandidos. Então, de onde vem essa sensação que faz arder os olhos e os ouvidos encherem de estática?

Você apanha a sua câmera e olha ao redor da sala, vendo os rostos dos vivos. O policial, o jagunço, o soldado, o político. Observa os espíritos em posição para pulverizar este espaço. E vê a Mahakali em pé, na beirada da janela, supervisionando esse espetáculo todo, com alegria.

— Parem com isso! — você grita. — Parem com isso agora!

— O que está fazendo, sr. Maali? — Sena aparece por detrás da cortina. Ele dispara um olhar breve para o Demônio do Ministro, que ronca agora ao ritmo da canção da Miss.

— Tem gente no andar de baixo. Trabalhadores nos escritórios. Três andares cheios. Tem uma secretária com uma foto das três filhas na mesa. Tem o pai do meu amigo no andar de baixo. Que é um idiota pomposo, mas não tem nada a ver com isso. E aí tem esse otário iludido — você diz, apontando para Motomalli. — Quantos vão ter que morrer hoje? Você contou?

Sena parte na sua direção e te empurra contra a parede:

— Estamos prestes a botar um fim nesta guerra e você se preocupa com funcionários públicos? São eles que carimbam os papéis responsáveis por manter esses monstros no poder. Fo-dam-se.

— Você disse que não ia matar ninguém inocente.

— Não tem nenhum inocente neste prédio. Nem o papai do seu bofe. Se trabalham para o sistema, merecem esse destino.

— Senhor, estou ouvindo vozes — confessa Motomalli, sem ninguém que o escute.

Às 17 horas, todos os escritórios do governo são evacuados como parte de uma rotina diária para sair antes da hora do rush, não importa o que esteja em suas mesas ou o que precise ser feito. Até mesmo quem não está embaixo de um homem-bomba abaixa as portas da loja quando dá cinco em ponto.

Quanto mais tempo você enrolar, menor será o número de mortes. Às vezes a questão não é a aposta que você faz, mas o tempo que demora para fazê-la.

Você e Sena trocam farpas, enquanto Motomalli fica murmurando sozinho palavras que não dá para decifrar.

Você sente um punho contra a sua coluna e uma faca no seu pescoço.

— Chega de *baila*, sr. Maali. A Mahakali diz que você tem um último sussurro sobrando. É melhor fazer o que tem que fazer. Agora.

— Já usei todos os meus três.

— Mahakali diz que só dois foram ouvidos. Use o seu sussurro já.

— E quanto às secretárias e contadores no andar de baixo? Qual a diferença disso para os atentados a bomba do LTTE contra civis? Ou para os massacres do governo contra o JVP? O que é que vai sair dessa bobagem?

Sena te empurra para a frente de Motomalli e os espíritos no recinto cantam:

— Vai, agora!

• • •

Você olha para Motomalli, as cicatrizes no seu rosto. Será que vai ser a última coisa que vai fazer antes que a Mahakali engula o que restou de você? Você pensa na fotografia e no jornalismo e nessa bagunça toda dos infernos. No fim, será que qualquer coisa aqui valeu a pena, de verdade?

É provável que a resposta seja um não, no entanto você decide, na décima primeira hora da sua sétima lua, usar seja lá o que restou da sua voz:

— Motomalli. Eu viajei com você e vi quem você é. Estive onde você esteve. Você me conhece.

Motomalli olha para cima por um momento e depois para baixo, para os pés.

— Você não me vê, mas sei que me ouve. Estes homens merecem morrer. Mas será que a mulher ali do lado de fora que te fez chá agora há pouco merece também? E todas as pessoas no andar de baixo? E você, merece?

— O que está fazendo?

Sena está horrorizado. Alguns de seus seguidores tentam te espetar com suas lanças. No canto, atrás do demônio adormecido, a Mahakali inala sombras. Os rostos em sua pele se transformaram em cruzes e pontas de flechas.

— Nós mandamos peões para matarem reis. Mas maus reis acabam substituídos por reis piores e então mandam outros peões para morrer — você dirige os seus comentários a todas as criaturas no recinto.

Motomalli está suando e tremendo. Tenta ignorar as vozes que rodopiam ao seu redor e os quilos de bombas que pesam contra a sua perna boa. Ele recita uma frase que IE Kugarajah pôs em sua boca, decorada enquanto enchia a boca dos seus esquilos.

— Todos os combatentes inimigos são cúmplices. Todos merecem a morte.

— Aqui não tem combatentes, *malli*. Garotos como você se explodem. E o que isso muda? Vale a pena sacrificar a sua vida, mesmo para esta escória? E a vida dela? E a vida deles?

Sena cospe veneno na sua cara. Ele te puxa pelo pescoço e te arrasta até a Mahakali:

— Esta foi a sua última chance, sr. Maali. A Mahakali possuirá você durante mil luas.

• • •

Mas as maldições que ele roga acabam abafadas pela confusão que está acontecendo à porta. A madeira barata de compensado gira nas dobradiças e os espíritos no recinto dão um pulo.

— Chantal! — grita o Ministro, sem paciência. — Não sabe bater, não?

Mas não foi a secretária de Cyril Wijeratne quem entrou. Foi Stanley Dharmendran.

A luz da tarde forma sua silhueta na entrada. Seus ombros erguidos e a passada bem medida te fazem lembrar do filho dele. Até ele começar a falar:

— Ministro. Preciso conversar com o senhor. Agora.

— Estamos ocupados, Dharmendran…

— A filha da minha irmã. Foi levada ao Palácio. Exijo uma explicação.

O Ministro e o Major parecem estar em choque e encaram o Mascarado. O Mascarado balança a cabeça de um lado para o outro e olha para SA Ranchagoda no corredor.

A atenção do esquadrão e dos espíritos se dispersa, não mais concentrada no garoto com a bomba, que agora fica ali suando e tremendo sozinho.

— Precisamos interrogar todo mundo, Dharmendran — diz o Ministro. — Não podemos isentar alguém só pelas suas conexões.

— Então foi você. Quem a levou. Ao Palácio?

— Sinto muito, Dharmendran, mas agora não é hora…

Sena te aperta com mais força. Você o empurra e morde o seu pulso. A faca cai no chão. Você mira com o pé descalço e chuta a faca, igual fez durante os seus cinco minutos de jogador de rúgbi. Diferente de como foi naquela época, no entanto, desta vez você mira certo e atinge o alvo. A faca sai voando e o cabo acerta a barriga do Demônio do Ministro. Ele resmunga e acorda rosnando.

Os espíritos se assustam, e Sena dá um grito, e a Mahakali vem flutuando da janela, com labaredas nos olhos e os rostos despertos. Motomalli se pronuncia para que todos ali o escutem:

— A resposta para a sua pergunta é... eu não sei. Já pensei muito nisso e não tem resposta. Só tem isso aqui. Só tem o agora.

Todos ali prendem a respiração. O Demônio do Ministro salta até onde está o seu mestre, em câmera lenta. Motomalli repete essa frase e conclui seu raciocínio:

— Todos os combatentes inimigos são cúmplices. Todos merecem a morte. Talvez minha vida imprestável enfim tenha algum valor. Senão, qual o sentido?

E assim ele coloca as duas mãos nos bolsos.

MIL LUAS

Todas as forças mais poderosas são invisíveis. O amor, a eletricidade, o vento. E as ondas que acompanham o estouro de uma bomba. Primeiro vem a onda da explosão, quando o ar é comprimido até o seu limite e bolsões de vento fazem uma pressão externa, viajando mais rápido que o som e esmagando tudo em seu caminho. Essa onda quebra o Major em três e prensa o interrogador contra a parede, concedendo-lhes a morte instantânea que os dois tanto negaram a suas tantas vítimas.

Depois chegam as ondas de choque. São supersônicas e carregam mais energia do que o som da explosão, que ainda não veio. Essas ondas penetram Ranchagoda e o empalam contra a parede.

O prédio sente as fundações tremerem e as paredes racharem. As escadarias se enchem de funcionários públicos em pânico, um empurrando o outro, tentando sair do prédio. Os motoristas e guardas no estacionamento escutam a explosão, olham para cima e veem a fumaça que irrompe da janela do quinto andar.

As ondas transformam a mobília da sala em clavas e adagas voadoras, que golpeiam o corpo encolhido de Stanley. O crânio de Motomalli vai parar no chão do banheiro, enquanto o resto dele se espalha nas paredes. E então a sala pega fogo e os ventos da explosão forçam as janelas. Tiram os ventiladores do teto e o concreto das paredes.

No andar inferior, pesos de papel e prateleiras de pastas se tornam granadas e morteiros, enquanto as fundações do prédio estremecem e o ar é preenchido pela fumaça e clamores de terror. Você observa o estacionamento se encher de pessoas num estado frenético. As primeiras a sair estão gritando, com as mãos em suas bolsas, as segundas estão plasmadas de pó e sangue, e as terceiras precisam ser carregadas.

Os ventos da explosão espalham os espíritos, que são atirados da sala para o corredor. Sacodem a poeira e comemoram, dançando em meio às chamas. Os Tigres Defuntos apertam a mão dos JVPeiros Assassinados. Agacham-se do lado do elevador, observam a fumaça que escapa do escritório e esperam.

Dentro da sala, o fogo vai subindo as janelas, mas deixa o banheiro e a cozinha intactos. E tossindo na banheira, com uma fratura no cotovelo, está o Ministro Cyril Wijeratne. Ele só se lembra de ter pulado na direção do banheiro quando o motorista começou o seu discurso. Diz para si mesmo ter visto alguma coisa no olhar de Motomalli, mas bem no fundo, num lugar que coça, ele sabe que foi empurrado para dentro por uma força que não era humana.

O Demônio do Ministro se senta na banheira e acorda o seu mestre na base do tabefe. Ele olha para você e sorri, enquanto Sena emerge do meio da fumaça.

— Você acordou aquele desgraçado Maali. — Sena te agarra pelos cabelos e tira você da sala, arrastado.

O Ministro sai do banheiro, rastejando.

— Você é o motivo de esse verme ainda estar vivo.

Os espíritos celebram a entrada de Sena. Sena levanta o punho e assente:

— Pegamos três e perdemos um — ele proclama com um sorriso, puxando com mais força o seu cabelo.

Você repara num pé de salto alto soterrado embaixo de uma pilha de destroços que já foi uma parede. Vê uma gravata ligada ao corpo destroçado de Stanley.

— Pegaram bem mais do que só três, seu babaca — você cospe de volta.

— O sr. Fotógrafo é meu — diz uma voz do meio da fumaça. A Mahakali emerge dali, um touro sobre as patas traseiras. Ela aponta para você. — É melhor não fugir. Fujões nunca chegam muito longe.

Sena te puxa pelo cabelo e vai caminhando até a besta. Você tenta se libertar, mas continua tão fraco quanto era quando ainda respirava. Um amante, não um guerreiro.

— Desculpa, Maali — diz Sena. — Talvez eu te veja de novo daqui a mil luas. Talvez nunca. O que demorar mais.

A Mahakali te agarra com seu punho cerrado e te puxa na direção dos rostos em sua pele. Você grita, mas seus clamores acabam abafados pelos outros gemidos.

São gemidos que emergem do meio do fogo e saem rastejando da fumaça. O Major Raja Udugampola, o Mascarado, o SA e Stanley Dharmendran. Seus corpos estão ensanguentados e destruídos, e os pés não encostam no chão.

Os espíritos caem para cima deles, e dá-se uma luta, e então o Demônio do Ministro separa a briga para saltar em cima da Mahakali, que solta você de suas garras. O Demônio do Ministro te manda um beijo e diz:

— Eu te devia uma. Agora não devo nada.

Ele prensa a cabeça de serpentes da Mahakali contra a parede.

— Obrigado por salvar o meu protegido. Agora estamos quites. Corre, trouxa!

A Mahakali tenta agarrar a garganta do Demônio do Ministro. O Defunto Guarda-Costas enterra um soco na barriga da besta. Os rostos gritam em notas musicais divergentes.

— Você não é Mahakali coisa alguma. Pensa que eu não te reconheço sem a sua túnica? Talduwe Somarama! Você já me escapou uma vez. Nunca mais! — E então o punho do demônio se choca com o rosto da Mahakali.

O vento corre das chamas até a escadaria de emergência, saindo pelas janelas do terceiro andar. Você pula nele e passa pelo Ministro jogado nas escadas. Você repara nos corpos do terceiro e do quarto andares, que não se mexem. Não são muitos, mas é o suficiente.

● ● ●

O vento te leva até as ruas, onde você espia os fantasmas à margem da estrada, alguns com os quais você já conversou e outros que evitou.

Você vai flutuando acima dos telhados que desaparecem enquanto você vê que a sua sétima lua se esconde atrás de uma nuvem, esperando o sol desaparecer. Vai voando pelos emaranhados de cabos de eletricidade, passando antigas igrejas, varandas arruinadas, árvores sussurrantes e arranha-céus pela metade. Você escuta o chiado agudo da Mahakali atrás de você, saltando do telhado para a rua.

Sena pega carona num vento mais ligeiro e roga pragas, entre rosnados, no seu encalço. Você não para de correr, trombando em fantasmas que vêm parar no seu caminho.

Ao se aproximar dos canais, você repara no Defunto Ateu, que te saúda, e na Moça-Serpente, que dá risada junto com a sua multidão. Vê os Cães Defuntos uivando no ponto de ônibus, e os Defuntos Suicidas pulando dos telhados e a drag queen dando tchauzinho no meio do salto. Você avança até as águas lamacentas e espera até aparecer o vento mais fraco.

Sua esperança é a de que a Mahakali não tenha conseguido te seguir até aqui, mas chega uma sensação de sussurros e você já espera que ela se materialize atrás de cada árvore que passa. Pegando carona no vento mais fraco, você deixa que ele te leve, delicadamente, pelo canal, examinando os galhos acima atrás de lanças e presas.

O céu se limpa de suas nuvens e o sol irrompe, como uma acne alaranjada. Você fica feliz por ele não ter se posto ainda. Sua sétima lua espia do meio das nuvens e está prestes a erguer a cabeça. E ali, perto das margens, você avista uma árvore *kumbuk*, e avista a dra. Ranee, o He-Man e o Moisés, todos em robes sacerdotais, acenando para você. Eles apontam para uma segunda *kumbuk* e aí para a correnteza do lado da terceira.

Detrás dali, surge a Mahakali. Seus olhos ardem e seus dedos exalam fumaça. Parece ter devorado a explosão da bomba e suas vítimas, e agora dá a impressão de estar pronta para a sobremesa.

— Pule na água! — grita o He-Man com sua voz fina de quem toma esteroides. — Ela não pode te seguir na água.

A Mahakali salta da árvore, você mergulha no redemoinho, e a última coisa que sente é uma garra arranhando as suas costas.

Ao cair na água, você avista os muitos olhos que se voltam para você, olhos que já foram seus e que, agora, pelo menos, são todos brancos. A água é de um branco da cor de lâmpadas opacas. E, ao atingir a superfície, você escuta um som de vidro quebrando. Já não se incomoda mais se as suas fotos serão vistas ou não. Porque a Jaki e o DD ainda respiram e, mesmo que não compense toda essa maldita bagunça, isso já é alguma coisa. E, sem dúvida, essa é a coisa mais generosa que você consegue dizer a respeito da vida. É mais que nada.

O RIO DOS NASCIMENTOS

É um rio tão largo quanto a piscina das Lontras, mas não tem pranchas nas pontas. Ele se estende infinitamente, que nem aquelas estradas nos desertos australianos ou lavouras americanas que você já viu na *National Geographic* e nunca conseguiu visitar. Você observa o rio estender-se e passar em meio a coqueirais e arrozais até desaparecer ao passar por uma colina ao longe. Você pensa nas outras coisas que nunca conseguiu fazer.

Seguindo as instruções da dra. Ranee, o vento mais fraco que sopra do Beira te trouxe até aqui, e os demônios não estão mais à vista. Não é um rio fundo; dá para sentir que dá pé. O fundo é lodoso e minado de pedras. O sol já se pôs e a lua está no céu. A água é morna e o ar fresco, na mesma proporção. Não está sozinho neste rio; ao seu redor há gente nadando, desbravando as correntes e abraçando as margens.

Você passa por cada pessoa, reparando nos seus olhos e seu modo de falar, como todos falam ao mesmo tempo, alguns entre si, outros para si mesmos, e você se flagra murmurando em línguas que não sabia que você sabia.

— Você não é este você que pensa ser.

— Você é tudo o que pensou e fez, tudo o que foi e viu.

Os outros banhistas olham para você e através de você, um para o outro e um através do outro. Todos têm o seu rosto, mas alguns com cabelo mais bagunçado e alguns são mulheres e alguns não têm gênero.

Você nada até o horizonte, passando por um trabalhador agrícola tâmil que discute com um nobre kandyano, e vagando em meio a um mestre--escola holandês que conversa com um marujo árabe. Rostos semelhantes, orelhas idênticas.

Então é isso? Isso que é a Luz? É este o lugar onde os demônios não podem segui-lo? Você deixa que as águas te cubram e afunda abaixo da superfície. Não precisa prender a respiração e não tem mais respiração para te prender.

Você desce até o fundo e lá está. A coisa que durante todas essas luas te escapou. A última coisa que você fez, a última coisa que foi feita a você, a coisa que você se esqueceu de lembrar. A verdade que você evitou ver, a resposta que mais temia.

Você aspira a água límpida, limpa a lama da lente e se lembra do último suspiro que deu enquanto era Malinda Almeida Kabalana.

Seu preço

Quando a figura emergiu da sombra daquele terraço, você se deu conta do quanto Stanley Dharmendran se parecia com o filho. O jeito caído de caminhar, o crânio simétrico, a pele escura, os dentes brancos, a passada quicando, a quebradinha do quadril. Ele disse algo breve e ríspido ao barman, o bofe bovino que você estava bolinando há pouco. E depois se voltou para você.

Vindos das sombras, dois homens trouxeram uma mesinha de plástico e duas cadeiras de fórmica. São homens que você reconhece. Não são garçons, nem funcionários do bar; eram contratados pelos cassinos para dar uma surra em quem desse uma surra na casa e para cobrar daqueles que já haviam levado uma surra da casa.

Stanley gesticulou para você se sentar, e você tem a opção de ficar de frente para Colombo ou de frente para as escadarias com os jagunços nas sombras. Opta por encarar a ameaça e sentar-se de costas para a paisagem. Stanley se recosta e você vê na mão dele um bilhete rosa na sua caligrafia.

> *Venha ao bar do Leo às 23h, amanhã.*
> *Tenho notícias para dar.*
> *Com amor, Maal.*

Você o deixou na raquete de badminton de DD e, embora fosse possível que ele a tivesse lido e passado para o seu *appa*, as probabilidades são de seis, sete contra uma de que o *appa* o encontrara primeiro.

— Quer beber alguma coisa, Malinda?

— Na verdade, eu vou encontrar o DD às onze.

— Ele já estava na cama quando eu saí. Duvido que venha.

— Não recebeu meu bilhete?

— Você deixou na raquete errada.

— Mas eu falei com ele.

— Falou, foi? Jesus, Maali. Faz semanas que a gente não se fala. E agora você quer ir pra gandaia. — Stanley prolongava as vogais, de modo que seu sotaque lembrava aquele jeito empolado de escola pública britânica que DD tentava parar de usar em público. Pai e filho partilhavam do mesmo jeito de falar, a mesma pele e a mesma voz de bala *toffee*.

— Então, o que você queria falar para o meu filho?

— Não é da sua conta, tio Stanley.

— Justo. Não vai demorar — disse Stanley. — Só vim aqui te perguntar uma coisa.

Você repara no silêncio do bar no andar de baixo e percebe que é provável que ninguém vá pisar neste terraço, a não ser que esteja atrás de uns amassos ilícitos.

— Estou esperando o fim da piada, tio.

— No bilhete, você diz que tinha notícias. Não estou interessado nelas. Só quero saber uma coisa. Qual é o seu preço?

— Preço?

— Quanto quer para sumir da vida do Dilan?

— Talvez um milhão de dólares — você diz, com um sorrisinho. — Ou o quanto te pagaram para entrar no Gabinete. O valor que for maior.

Stanley não parece ter se ofendido.

— Deve ter um valor realista.

— Se o DD quiser me expulsar da vida dele, pode vir me falar pessoalmente. Eu também nunca estou por perto, em todo caso.

— Onde esteve?

— Lá no norte, fazendo registros sobre o IPKF.

— Para quem?

— Não é da sua conta, tio Stanley.

— Dilan pensa que é o exército, mas pelo visto faz anos que você não trabalha mais lá.

— Me chamaram para fazer a cobertura da captura de Wijeweera.

— Dizem que te podaram por ser HIV positivo.

— Não é verdade.

— Já fez o teste?

— Positivo. Deu positivo. Para "não estou com AIDS".

Uma piada velha, contada com a cadência de Stanley.

— Dilan é um bom garoto. Um garoto brilhante. Porém distraído. Acho que seria melhor se ele se concentrasse. Não acha?

— Para ele entrar para a sua firma e esconder dinheiro para ricos ladrões?

O tio Stanley acende um cigarro e te passa o maço. É claro que ele fuma Benson and Hedges, uma marca com aquele gosto de imperialismo, apesar de ser feita na mesma fábrica que o Gold Leaf e o Bristol. Você pega um cigarro e acende, observando a ponta incandescente feito o filamento de uma lâmpada antes de apagar e virar cinza. Ele te observa tendo dificuldades com os fósforos, mas não oferece seu isqueiro. DD se gabava de que seu *appa* havia conseguido se livrar do hábito de dois maços por dia depois que a mãe bateu as botas e como você também conseguiria se lhe desse ouvidos.

— Achei que você tinha parado.

— Dilan não fumava até te conhecer. Costumava me culpar pelo câncer da mãe dele. Passamos por umas poucas e boas, mas estamos bem agora. Ele é o que eu tenho. Você precisa entender isso.

Você tragava e se perguntava como poderia se safar dessa conversa. Uma pausa para ir ao banheiro, talvez.

— Você estava no meio de um ato contra a natureza com aquele garçom, não é? Já tentou fazer isso com o meu filho?

Stanley se inclina para a frente e fuma seu Benson com a mão em concha.

— Contra a natureza, por quê?

— É o meu filho, seu porco. Não mandei ele para Cambridge para voltar para casa e pegar AIDS de um veado.

Os guarda-costas no canto também fumam. Dão um passo à frente quando Stanley ergue o tom de voz e depois recuam quando ele levanta a mão.

— Você criou um idiota mimado que não sabe nada a respeito da sua terra ou do seu povo. Eu abri os olhos dele.

— É fácil para o Malinda Kabalana dar sermão. Mistura aí um jovem tâmil no meio da sua política e você sabe o que acontece.

— Eu nunca deixaria o DD correr perigo.

— Foi por isso que você convidou ele para ir contigo para Jaffna?

— Eu teria cuidado dele lá — você diz.

— Você escreveu a palavra "amor" no seu bilhete. Isso não é natural.

— O casamento não é natural. Talheres não são naturais. Nem a religião. Toda essa merda foi o homem quem fez.

— O que é que você sabe do amor?

— Eu gosto dele mais do que você.

— Então. Você vai aceitar este dinheiro. E vai embora.

Você olhou para o saco em cima da mesa e as notas de rupias nele.

— Você me pegou numa boa noite. Na noite de hoje, estou sem dívidas. Já me despedi de todos os meus clientes. Estou pronto para ir aonde o DD quiser. São Francisco, Tóquio, Timbuktu. Já estou farto deste cu de mundo. E será mais seguro para ele no exterior.

Stanley fumava em silêncio e observava o seu rosto. Você imagina um tabuleiro de xadrez entre os dois, o bispo dele contra o seu cavalo, ambos tramando para transformar o seu peão numa rainha. Mas só o que se vê na mesa é um maço quase vazio de Bensons e um punhado de dinheiro que vai sair caro demais.

— Vai deixar ele fazer o doutorado?

— O que ele quiser.

— E você vai fazer o quê?

— Fotografar casamentos e bar mitzvás. Talvez volte a trabalhar com seguros. Qualquer coisa.

— E o vício em apostas?

— É passado.

Falar isso não pareceu mentira desta vez.

— Vai continuar cometendo atos contra a natureza com barmen?

Você fez uma pausa, pensou bem e respirou fundo:

— Não, senhor. Serei fiel ao DD. E a mais ninguém.

Stanley apagou o último cigarro e sorriu.

— É só o que eu precisava ouvir, *putha*. — Ele ergue a mão mais uma vez e duas sombras emergem do escuro.

Você já viu esses dois nos cassinos muitas vezes antes de saber quem eram. Nos anos que se passaram desde 1983, Balal Ajith tirou a barba e Kottu Nihal ganhou uma pança, por isso você não conseguiu reconhecê-los das fotos ampliadas a pedido da Rainha Negra e do Valete Bonitão. A fera com o cutelo e o homem que acende o fogo.

Que coisa estranha o único ministro tâmil no Gabinete estar trabalhando com dois jagunços de 1983, você pensou, enquanto os dois te agarraram e te imobilizaram. Uma pilha de cédulas caiu da sua calça jeans, e Kottu a embolsou, enquanto Balal puxava as coisas penduradas no seu pescoço. Você sentiu os cordões cortando a pele da sua nuca e sabia qual era a sensação de cada um. O fiozinho preto do *panchayudha* era grosseiro, a correntinha de prata da ankh era gelada e o barbante das cápsulas de cianureto fez sangrar. Ao sentir a sua pele sendo estrangulada, você pensou que, se eles quisessem acabar contigo, deveriam estar puxando pelo outro lado.

— Eu mandei um homem santo amaldiçoar todos os seus cordões. Foi aí que eu reparei nessas cápsulas. Pra que usar uma coisa dessas no pescoço se não for terrorista? Por que se enfeitar com veneno, a não ser que esteja pronto para morrer?

Você podia explicar para Stanley que isso era só caso te capturassem, que era caso alguém mais precisasse, que era para te lembrar que estamos todos a um telefonema de ficar tudo preto. Mas Stanley te deu um tapa e um murro no nariz, então espremeu o líquido na sua boca. Você tentou cuspir, mas ele travou suas mandíbulas com suas patas. Você mordeu o dedo dele, e ele gritou e puxou a Nikon 3ST do seu pescoço e bateu com ela no seu rosto. Seu olho explodiu, sua cabeça foi jogada para trás, e você viu Kottu e Balal de relance. Os dois pareciam estar tão estarrecidos quanto você.

A câmera esmagou o seu rosto mais duas vezes. Então veio um chute no seu estômago que te fez ficar sem ar e engolir em seco.

— O Dilan é tudo o que eu tenho. O resto pode ir pro inferno. Você entende, não?

Você não conseguia respirar, e precisava respirar para poder vomitar, e havia um cinzel contra a sua cabeça e um martelo no seu peito e agulhas nas suas tripas. E você não se perguntava mais quem era "você" e quem era a pessoa dizendo o "você". Porque ambas eram você, e você não era nenhuma delas.

— Vocês limpam? — pediu Stanley, limpando as mãos nos guardanapos da mesa.

— Claro, senhor — disse Balal.

— Não fale nada para o Major, por favor.

— Senhor, não esperávamos isso — disse Kottu. — Viemos preparados só para um sequestro. Como é que vamos levar o corpo lá para baixo desse jeito?

— Eu também não esperava — afirmou Stanley. — Ele não me deu escolha.

Balal faz que sim e Kottu faz que não com a cabeça.

— Senhor, custa mais caro levar este lixo pra fora.

— Podem pegar o dinheiro na mesa.

— Não adianta, senhor. Se tivesse falado, a gente teria levado ele para um lugar melhor.

— Boa noite.

Você ouviu a pisada dos seus sapatos bem engraxados sobre o terraço poeirento, arrastando os pés que nem o seu lindo filho. Estava cego e trêmulo. Esperava que sua vida passasse diante dos seus olhos, mas só conseguiu ver sombras e nuvens. Só conseguiu ouvir a voz do pai falando para você dar um passo com seu pé direito e a mãe mandando parar de ficar emburrado e o garoto bobo pedindo para falar com o pai dele e a garota triste dizendo "Beleza". Você abriu os olhos e estava flutuando acima do terraço e dava para ver através das paredes de todos os andares.

A sua visão atravessou feito raios X as paredes do Hotel Leo, como se você tivesse se transformado no Super-Homem pela morte. Viu os jogadores do quinto andar e os cafetões do quarto e as putas tomando chá na galeria lá embaixo, e Elsa e Kuga tendo uma discussão de primos na suíte do oitavo. E, então, no sexto, viu dois jagunços levantando um rolo de pneu que eles arremessaram do terraço. Como os pneus dentro dos quais eles ateavam fogo nas pessoas, só que esse aqui, ao se desenrolar, revelou-se ser um cadáver. Você foi voando junto com ele e pensou nas desculpas e motivos e em todas as pessoas que jamais iriam ouvi-los.

Conforme o corpo ia se chocando com a lateral do prédio, deixou manchas em carmim e obsidiana, escarlate e ébano, e você sentiu ser atravessado por um jorro de mil gritos. E então teve a sensação de alguma coisa que não era bem reconfortante, mas também não era de todo desagradável. Alguma coisa invisível e verdadeira, à semelhança de um ponto microscópico neste gargantuesco desperdício de espaço.

Você viu o rosto de DD e o quanto era diferente do pai dele, e o viu num avião, aterrissando em algum lugar ensolarado, e o imaginou purificando poços envenenados e teve um devaneio dele sorrindo. Imaginou-o dedicando a vida a alguma causa sem propósito, igual a você, e isso te deixou feliz. Devemos todos encontrar causas sem propósito pelas quais viver, senão de que serve se dar ao trabalho de respirar?

Porque, ao refletir, depois de ter visto seu próprio rosto e reconhecido a cor dos seus olhos, sentido o gosto do ar e o cheiro do solo, bebido das mais puras fontes e dos mais imundos poços, essa é a coisa mais generosa que se pode dizer da vida. E não é pouca coisa.

$$\bullet \; \bullet \; \bullet$$

Quando atingiu o asfalto, seu corpo não fez ruído nenhum, pelo menos nenhum ruído que desse para ouvir no meio da algazarra da cidade e do zumbido dos confins da terra. Você sentiu o seu ser partir-se entre o você e o eu, e então os muitos vocês e os infinitos eus que você já foi e será de novo. Acordou em uma sala de espera infinita. Olhou ao redor, era um sonho e pela primeira vez você soube que era um sonho e ficaria feliz em esperar terminar. Todas as coisas passam, especialmente sonhos.

Você acordou com a resposta para a pergunta que todo mundo faz. A resposta era "Sim" e a resposta era "Igual Lá Só Que Pior". Foram essas todas as revelações que você teve, por isso decidiu voltar a dormir.

A Luz

*As abelhas ficaram sabendo primeiro.
Depois o gelo. Depois as árvores.
Depois todas as mães do mundo.*

Tess Clare, via Twitter

Cinco bebidas

A água não dói nos seus olhos. É relaxante, na verdade, como uma toalha quente mergulhada em capim-limão com canela e servida naqueles hotéis lá no sul, que você frequentava com os ricaços. A água não é azul, nem verde, nem verde-azulada, mas branca. O mesmo branco que um daqueles livros educativos da série Ladybird disse uma vez que era feito de todas as cores do espectro. Só que, quando você foi à aula de artes e misturou todas as tintas que deu para achar, o que saiu foi preto, apenas.

A água gira em correnteza e traga você às suas profundezas, passando por enguias, cardumes de peixes e rochas cobertas de algas. As pedras formam silhuetas curiosas embaixo d'água, revelando aberturas que ocultam fontes de luz. Gotas de chuva furam a superfície acima de você e mandam bolhas que descem ao fundo. Você mergulha mais e se flagra na boca de uma caverna, protegida pelas águas correntes e rochas pontiagudas.

As paredes, o teto e o piso são de um amarelo-ovo-mexido e a luz te faz arregalar os olhos. Você segue em frente, porque é a única direção. Paredes ao seu lado, um riacho murmurante aos seus pés, e luz adiante. As paredes e o teto tornam-se espelhos, com cada curva refletindo luz contra a outra. E, se você caminhar bem devagarinho e inclinar a cabeça no ângulo certo, dá para avistar o seu reflexo. Seus olhos mudam de verdes para azuis e para castanhos. Suas orelhas, no entanto, não mudam.

— Chegou a tempo, Maal — diz a dra. Ranee. — Tudo com você precisa ser em cima da hora, né? — Ela está sentada a uma mesa fininha coberta por louças de cerâmica, como se fosse um banquete para uma pessoa só.

— A Luz é só espelhos? Nada de céu, nem Deus ou o canal de nascimento da sua mãe?

— Achei que não fosse conseguir, *putha* — diz ela. — Que bom que você está aqui.

— E agora?

— Precisa beber.

— Não estou com sede.

— Sente-se.

Você se senta à mesa. Há bebidas apenas, cada uma das quais está num receptáculo de tamanho e cor diferentes. São cinco. Uma xícara com um líquido dourado, um caneco com um fluido roxo, um copinho de uma dose com uma bebida cor de âmbar, um coco cingalês com um canudinho e uma tigela de mingau de *gotukola*, aquela panaceia para tosses e resfriados, hematomas e mordidas de bichos, empurrada por tantas *ammas* srilanquesas na goela de crianças pequenas e indefesas.

Ela sorri para você e, pela primeira vez, não ergue nem a prancheta, nem uma das sobrancelhas.

— O chá é caso deseje se esquecer de tudo. O Portello é se desejar lembrar. O *arrack* é caso queira perdoar o mundo. Recomendo este. O *thambili* é caso queira ser perdoado. O *kola kenda* é se quiser ir ao lugar aonde você mais pertence.

— E imagino que esteja fora de questão eu dar um gole de cada.

— Imaginou certo.

— Então, é isso? E se eu for de tomar café?

— Você não é.

— E se eu estiver com vontade de Portello, mas quiser ser perdoado?

— Se quisesse pesar os prós e contras, não deveria ter esperado até a sua sétima lua.

— O pró fui eu. Minha vida que foi um contra.

— Não há tempo para piadinha besta também.

— Então, o que que eu escolho?

— Acho que você sabe.

Você olha ao redor, para os reflexos nos espelhos e para a mulher de túnica branca. Caminha até ela e lhe dá um abraço, do tipo que você nunca deu na sua mãe.

— Espero que suas filhas vivam uma vida longa. E que você e seu marido fiquem unidos até a eternidade. — Você não sabe por que disse isso, só sabe que foi de coração.

— Muito gentil da sua parte, Maal. Agora, bebe.

Você tira a sua sandália e a repousa no chão. Tira a ankh, o *panchayudha* e as cápsulas amassadas no barbante e coloca tudo sobre a mesa. Limpa a câmera com sua bandana, que coloca ao lado dos cordões. Então você repousa a sua câmera.

Nunca foi uma competição. Você não tem tempo mais para embriaguez e nem uma sede para matar ou uma vontade de doce para se fartar. *Kola kenda* recém-feito é indistinguível de *kola kenda* estragado. Uma piada velha. Você estica a mão atrás do mingau verde gosmento e vira goela abaixo. Aperta o nariz e prende a respiração, então espera até que ele te leve ao lugar onde precisa estar.

Perguntas

Você acorda na presença única e verdadeira de Deus. Você a reconhece, mas esquece o seu nome.

Você não acorda e não sabe que não acorda. A coisa mais agradável que se pode dizer do esquecimento é que não se sente nada.

Você acorda no canal de nascimento da sua mãe e vai nadando até a luz e, ao alcançá-la, você grita de decepção.

Você acorda nu ao lado de DD e não consegue lembrar que dia é hoje.

Nenhuma das respostas acima.

Você está atrás de uma mesa branca, em pé, embora os seus pés não sintam o peso do seu corpo, nem da sua alma. Sobre a mesa, há um telefone de disco e um livro de contabilidade. Você usa um jaleco branco e um Om no pescoço, e à sua frente há uma multidão de pessoas. Todas estão gritando e você não consegue ouvi-las.

Você cobre os ouvidos e pisca os olhos, e o som passa por você como um vento inesperado. Estão todos cuspindo perguntas na sua direção, perguntas para as quais você não tem nenhuma resposta.

— Não posso ficar aqui. Como que eu faço para sair?

— Preciso ver meus *babas*. Onde estão?

— Não quero dizer que seja culpa sua, mas erros acontecem, né? Dá para me mandarem de volta?

Outra piscada e o som desliga. Você olha ao redor e reconhece este lugar. Está cheio até o infinito de almas que gritam e uns trouxas de branco que não conseguem ajudá-las. E agora parece que um desses trouxas é você.

O telefone toca. É uma voz conhecida, embora você não consiga dizer de quem é:

— Abra o livro. Se precisar de respostas, abra o livro. — Clique.

À sua frente há um livro de contabilidade com o desenho de uma folha de *bo* na capa. Você o abre. Há apenas quatro palavrinhas, escritas à mão no papel esquadrinhado, que você reconhece como sendo a sua caligrafia. As palavras destilam a sabedoria dos milênios, revelações da época em que auditaram o universo pela primeira vez.

As palavras dizem: *Só um por vez.*

Você olha os rostos da multidão, espia velhos e adolescentes, pessoas em sáris e jalecos de hospital, pessoas com sombras sob os olhos e ululações nos lábios. E então um rosto conhecido. Você pisca para ele e escuta apenas a sua voz, enquanto o resto da multidão grita no mudo.

— Eu venho aqui a cada Poya — diz o Defunto Ateu. — Só para ver se vocês têm alguma novidade para oferecer.

— Nome?

Ele apoia a cabeça decapitada no balcão, inclina-a para cima, te encara com seus olhos de bolinha de gude e dá um risinho para você com seu nariz aquilino.

— Me poupe do papo de sempre.

— Como posso ajudar?

— Meus filhos já são adolescentes. Estão insuportáveis. Não gosto mais de observar o que eles fazem.

— Então quer ir para a Luz agora?

— O que tem do outro lado? Eu pergunto a cada Poya e nenhum de vocês, cretinos, é capaz de me falar.

Foi o primeiro fantasma a falar com você sete luas atrás. E agora parece que essas luas não lhe caíram bem.

— Dizem que é diferente para cada um.

— Já ouvi essa.

— Mas, basicamente, é um cassino — você diz. — Você pode escolher uma bebida ou uma carta ou...

— Ou uma virgem? Já te contei a minha teoria das virgens?

— Basicamente, você tem a oportunidade de escolher para onde vai depois.

— E você escolheu isto.

— Isto que me escolheu.

— Isso me cheira mal.

— Sinto muito que você sinta isso.

— É o que o seu livro te instrui a me dizer?

— Sim.

— Então, eu recebo alguma compensação por ter sido fuzilado pelo JVP?

Você olha para o homem e para o livro de contabilidade na sua frente e decide não abrir outra página.

— Você tem a oportunidade de girar a roleta. Porque é isso que é o jogo. Roleta srilanquesa. Quem era do JVP que te matou morreu. Você pode passar as próximas mil luas rogando praga neles. Ou pode girar a roleta. O que você escolhe?

Ele franze a testa e coça a cabeça, como um cético tentando explicar um milagre.

— Vai te lascar — diz ele e vai embora.

• • •

Naquela primeira lua, após um começo tortuoso, você manda oito almas para a Luz e treze para o Exame Auricular. O Moisés e o He-Man são os seus gerentes e gesticulam com a cabeça, em uníssono, embora não deem muitas instruções, nem elogios. Todo mundo que vem até você está morto e prejudicado, o que te lembra das mulheres e crianças das aldeias, agachadas, aos gritos, enquanto seus lares queimavam. No geral, você segue o livro, mas às vezes se desvia do roteiro.

Tipo, quando uma senhora com capacete de engenheira pergunta por que é que ela teve que morrer num atentado do LTTE, sendo que ela protegeu centenas de trabalhadores tâmeis dos *pogroms* de 1983. Por que é que, após toda uma vida usando capacetes, ela tinha que morrer por causa de um ferimento na cabeça. Você abre o livro e lá consta:

O karma se equilibra ao longo de várias vidas. Se os injustiçados forem para a Luz, são mandados para Algum Lugar Melhor.

Algum Lugar Melhor é um eufemismo que o livro usa bastante. O Moisés diz para você que é para evitar discussões teológicas com aqueles de inclinações religiosas, o que, surpreendentemente, não são muitos depois da morte. Você diz à engenheira de capacete que ela pode ficar reclamando, se quiser, ou pode ir para a Luz. Porém o resultado seguirá sendo o mesmo.

— É assim que funciona. Você recebe um azar revoltante muito depois de se esquecer da sua tragédia. E vice-versa. Só precisa ser paciente.

Ela aperta a sua mão e sorri:

— Devo continuar de capacete?

— Eu carreguei uma câmera no meu pescoço por sete luas. Ela só serviu para fazer peso.

— E se alguma coisa cair na minha cabeça? — pergunta ela.

— Sempre vai ter alguma coisa para cair na sua cabeça — você responde.

— Eu trabalhei em canteiros de obras em Kandy — diz ela. — Nem precisa me falar isso.

— E você culpou a gravidade ou as colinas quando isso aconteceu?

— Se, para você, dá na mesma — diz ela —, então acho que vou ficar com o capacete.

•••

A dra. Ranee te dá os parabéns pelos seus números. Convida o He-Man e o Moisés para comemorarem às margens do Parque Galle Face, do outro lado da rua do lugar onde você morava. Vocês comemoram com um nascer do sol e uma brisa fresca. Aqui Em Cima tal como é Lá Embaixo. E você responde a qualquer elogio dando de ombros.

— Foi pura sorte. Não estou recrutando ninguém. Não bebi o *kola kenda*.

— Não é verdade — retruca a boa doutora.

— É uma piada eu ter vindo parar aqui?

— É uma piada você ir parar em qualquer lugar que seja? — diz o Moisés.

— Não existe isso de ir parar — afirma o He-Man. — Você existe agora. E em breve não existirá.

— Achei que a gente estava de folga — você diz. — Chega de sermão.

— Estamos contentes com o seu progresso — declara a dra. Ranee.

— Posso voltar lá e escolher uma outra bebida? — você pergunta.

— Se quiser — diz a doutora. — É como ir a um cassino e pedir para receber a mesma mão de cartas.

Motomalli chega ao seu balcão parecendo um homem postiço. Sua cabeça está desconectada do corpo, assim como os membros do torso. Ele não sabe quem é você. Por que saberia? Ele entrega a sua folha de *ola* e você o despacha para o Andar Quarenta e Dois. Ele volta ainda mais traumatizado do que antes e você o despacha pela porta amarela, assim como é instruído pelo livro de contabilidade.

Ele faz que não e vai até a beirada do corredor, onde uma figura conhecida vestida de sacos de lixo pretos acena com a cabeça e abre um sorriso perverso. Sena é acompanhado por encostos de capa e, quando Motomalli se aproxima, eles o recebem como se fosse um irmão perdido, que é o que Motomalli é, com certeza. Você alerta a segurança, mas, até o He-Man chegar lá, Sena e os encostos já foram embora, levando Motomalli como o seu mais novo recruta. Poderia ser problema seu se você quisesse. Por isso você não quer.

● ● ●

Os Defuntos Amantes de Galle Face Court chegam de mãos dadas, olham para você e sorriem. O rapaz te reconhece.

— Você morou na nossa casa, não foi?

— Muito tempo atrás.

Ele se vira para ela e gesticula com a cabeça na sua direção.

— Lembra, Dolly? Esse aqui é o que pegava aquele moreno.

Ela hoje está de chiffon rosa e parece que andou chorando.

— Tivemos uma briga feia — afirma ela. — Achamos que é hora de nos separarmos. Acho que, depois de cinquenta anos, já acabou a lua de mel.

— Que triste — você diz.

— Estamos cansados de observar casais embaixo de guarda-chuvas. Eles só ficam contando mentiras uns para os outros enquanto se bolinam — diz ela.

— Então, vão castigar a gente por sermos suicidas? — pergunta ele.

Você abre o livro de contabilidade e lê o que diz lá:

O universo não liga para o que você faz com o seu traje de carne.

Você repete isso para eles.

— É sério?

— Carne é o que não falta — você diz.

— Então, até nós podemos ir para a Luz? — perguntam.

— Se for a escolha de vocês.

— Mas existe algo que seja melhor que um pôr do sol em Galle Face visto do andar de cima? — pergunta ele.

Você pensa nas Cataratas do Niágara, em Paris, Tóquio, São Francisco e em todos os outros lugares aos quais jamais levou o DD. Não sabe a resposta, mas finge que sim. Balança a cabeça, negando, e observa o sorriso que eles dão.

• • •

DD faz as malas para Hong Kong após a morte do pai. Aparece no velório com um branquelo de óculos, e você se pergunta coisas que não vale a pena se perguntar. Estranhamente, porém, você sente algo que parece muito com orgulho. Se puseram você neste mundo para ajudar esse belo garoto a sair do armário, então não é possível que tenha sido tudo uma perda de tempo.

Lucky Almeida se une à Frente das Mães e faz campanha em prol das mães cujos filhos foram desaparecidos. Você a visita em sonhos e diz que está tudo bem, que você não a culpa e que você lamenta por tudo.

Jaki vai morar com a locutora Radika Fernando, tem transas incríveis e nunca, nem mesmo uma única vez, chama o seu nome.

O Sri Lanka se desintegra. A guerra continua e as pessoas encontram conforto em pensar que a situação atual não é tão ruim quanto a anterior, embora seja pior de diversas maneiras.

O governo nega que a explosão que matou vinte e três pessoas tenha acontecido num escritório do governo. O Ministro, que sobreviveu com ferimentos, diz que o prédio pertencia a uma empresa da Asian Fisheries, aonde ele havia sido chamado para discutir exportação de frutos do mar. Ele agradece ao seu médico, aos seus admiradores e ao seu astrólogo.

A facção Mahatiya é descoberta pelo Supremo e sua fúria é brutal. Dois pelotões de traidores são amarrados em cavernas em Vakarai e espancados até a maré subir e afogá-los. O LTTE vai atrás de todos os associados do Coronel Gopallaswarmy. Entre eles, consta uma organização com sede em Colombo, chamada CNTR, cujo escritório no Hotel Leo é alvo de um atentado a bomba, apesar de não ter ninguém lá.

• • •

Você diz à dra. Ranee que gostaria de renascer, mas não ainda. Está aproveitando um período de repouso entre o que foi e o que será. Está descansando em paz, por mais que não tenha nenhuma sepultura. Diz que vai ficar até a sua mãe passar para o outro lado, e ela acha que é uma boa ideia.

Você se acomoda com uma rotina que te agrada e que até fica ansioso por cumprir. Mesmo nos dias mais lastimosos, quando tem que processar crianças pequenas ou aqueles que deixam suas pessoas amadas para trás, você se dá conta de que todas as mortes são significativas, por mais que toda vida pareça não ser.

Parou de chamar pelo seu pai, porque ele não está por perto e jamais estará. E mesmo que ele de fato o ouvisse e viesse vê-lo, não conseguiria reconhecê-lo, porque você nunca foi nem mesmo um coadjuvante em sua vida, mas um mero figurante. Até depois, *dada*. A gente nunca nem se deu um oi.

Quando ele enfim dá as caras, parece estar desgrenhado e confuso. Mas você não sente nenhuma raiva por ele, apenas tristeza. Foi um homem que tentou proteger uma criança que ele jamais sequer conheceu. E lutou por um país que não existe.

Está com o mesmo terno do velório, os olhos verdes e amarelos, o rosto poeirento e magoado. Stanley Dharmendran parece chocado em te ver. Então ele te olha nos olhos e abaixa a cabeça.

— Lamento de verdade — diz ele. — Eu fiz o que fiz, porque...

— Não importa — você diz.

— Graças a Deus que Dilan está bem.

— É verdade. Graças a Seja Lá Quem.

— Posso falar com ele?

— Para isso teria que fazer negócio com o seu velho amigo, o Homem-Corvo. O que eu, pessoalmente, não recomendo. Você pode se inscrever num curso de Perambulação Onírica no Andar 36. Mas os resultados variam.

— Ele tem um novo amigo estrangeiro. Estão tendo relações.

— Obrigado pela atualização.

— E se eles forem para São Francisco? O lugar está infestado de AIDS.

— Tio Stanley, não tem nada que você possa fazer a respeito das coisas Lá Embaixo. Quanto antes você aceitar isso, melhor.

— Certo, e aí?

— Como assim?

— E agora?

— Agora é a parte em que eu te perdoo.

— Mas eu nem sei onde estou.

— Então. Tio Stanley. — Você faz as pausas que são a marca registrada dele. — Você veio. Ao lugar certo.

AONDE FOI LIONEL?

E quanto às suas fotos? Por acaso abalaram o mundo? Estouraram a bolha de Colombo?

Elas passaram semanas naquelas paredes após a bomba, mas você não consegue reunir a força de vontade necessária para visitar a Lionel Wendt. Você evita lugares onde sejam altas as probabilidades de esbarrar com Sena ou Mahakali. A dra. Ranee te garante que nenhum demônio é capaz de tocá-lo, agora que está de túnica branca, mas você não está plenamente convencido.

Quando enfim se aventura por aquelas bandas sozinho, não te surpreende encontrar a galeria vazia. Suas fotografias atraíram mais espíritos, mas pouquíssimos humanos. Talvez porque seja temporada de monções e esteja fazendo uma umidade dos infernos, ou porque as pessoas tenham coisas melhores para fazer do que olhar para fotos em preto e branco de cadáveres. Encostos, *pretas* e poltergeists se aproximam para papear, mas você já está farto de falar das fotos.

No sexto dia, chega Kugarajah, que se serve das fotos de 1983, dos massacres do IPKF e de dez fotos de aldeões tâmeis mortos. Ele assusta os Defuntos Turistas que estão hipnotizados pelo pangolim fotografado no pôr do sol:

— Colega! Ele está roubando as suas coisas — grita o inglês para o guardinha. O guardinha, um senhor de idade de uniforme marrom, vai andando até Kugarajah enquanto ele foge até a saída mais próxima da placa que diz *A Lei da Selva. Fotografias de MA.*

— Sou o dono dessas fotos — diz Kugarajah enquanto passa por ele às pressas. O velho de uniforme marrom dá de ombros e volta a bocejar sentado no seu banquinho.

Você tem medo de que os mortos das fotos te encontrem e te deem uma bronca por ter tirado retratos deles que não os valorizam. Mas a maioria dos corpos em seus registros morreram a uma grande distância desta galeria. Se você fosse eles, já teria deixado o universo te devorar, para finalmente poder beber daquele abençoado esquecimento e pôr um fim a essa loteria.

• • •

Alguns dias depois, Radika e Jaki chegam enquanto DD fica no carro com o seu branquelo de óculos. Diz para elas que não quer nem saber de nada ligado a suas fotos ou a sua morte, ao que Radika finge estar preocupada.

— Por que não dá uma pausa no seu serviço? Vê se quer ficar no Sri Lanka mesmo ou não. Se precisar conversar...

— Fique só com a locução de notícias — diz DD, pegando o carro e indo embora.

Você tenta segui-lo, mas é repelido pela maldição do Homem-Corvo. O ar te afasta e o vento se recusa a carregá-lo.

Radika caminha pela exposição com Jaki, balançando a cabeça enquanto olha para as atrocidades nas molduras.

— O que esse otário do cacete tinha na cabeça?

— Achava que a fotografia era o melhor meio de pôr um fim na guerra.

— Você vai fazer uma reportagem sobre o sequestro dele?

— Para quem?

— Vamos delatar os policiais.

— Não me lembro de policial nenhum. Só daquele que me ajudou a fugir.

— Por que a gente não viaja neste fim de semana? Não acho que vir para cá é uma boa ideia.

— Maali queria que a bolha de Colombo enxergasse o verdadeiro Sri Lanka.

Radika olha a galeria ao redor. Não enxerga o clamor de fantasmas, apenas os espaços entre eles.

— Parece que Colombo não tem o menor interesse.

Jaki se senta perto da porta e pede para Radika se retirar. Naquela tarde, chegam alguns gatos-pingados para visitar. Um desfile de estudantes, um coletivo de artistas, um tutorial de professores e uma van de jornalistas. Muitos deles ficam num estado de choque e admiração, e você sente um misto, meio a meio, de húbris e indignação quando alguns deles fotografam as suas fotos. Quando chega o fim da tarde, a notícia já se espalhou e tem todo um fluxo de visitantes. Você reconhece alguns da cena do teatro, alguns da cena musical e outros da cena de teledramaturgia. Alguns são mais famosos do que outros. Alguns não ficaram lá muito impressionados.

Jonny Gilhooley chega acompanhado de Bob Sudworth. Os dois balançam a cabeça e não dizem muita coisa. Jonny remove as duas fotos que mostram a reunião entre o Major, o Coronel e Sudworth. Também aproveita e pega alguns dos nus que Clarantha expôs depois que o DD foi embora, a contrapelo das suas instruções. Byron, Hudson e Boy George. Mais um roubo que mal perturba o cochilo do guardinha.

Seus conhecidos da imprensa aparecem e começam a partilhar histórias. Jeyaraj, do *Observer*, diz que você foi um idiota, enquanto Athas, do *Times*, diz que foi um gênio. É o mais perto de um elogio fúnebre que você vai ter.

Jonny chega até Jaki à porta e sussurra alguma coisa no ouvido dela. Você se aproxima, flutuando, para dar uma espiada.

— Vaza daqui agora, querida! Vão tacar fogo nesta galeria até não sobrar nada.

— Beleza — diz Jaki, sem se mexer. Talvez esteja se sentindo encorajada por namorar a ex de um sobrinho do Ministro. Mas o mais provável é que ela tenha calculado as chances e não se deixa incomodar por isso. Passou todo o fim de tarde sentada lá, conforme o lugar começou a lotar de gente, todo mundo se perguntando quem era esse tal de MA, e é então que uma voz aguda perfura o ar como se fosse uma buzina, muito embora o Ministro Cyril Wijeratne não tenha buzina alguma em mãos.

O Ministro está com uma perna enfaixada e um braço engessado. Está de cadeira de rodas, conduzida pelo Detetive Cassim. O Detetive tem o aspecto de alguém que está fazendo hora extra desde a explosão. Ele avista Jaki sentada no canto e fisga a sua atenção. Jaki o encara, como se quisesse dizer: "Desculpa, mas eu esqueci o que foi que eu prometi para você, e o Stanley está morto." O que ela gostaria de dizer é: "Obrigada por me salvar", mas não tem muita ideia ao certo de como transmitir isso por via de gestos, e então Cassim desvia o olhar e vai conduzindo o Ministro adiante.

O Ministro resmunga, fazendo estremecer o seu corpo enfraquecido:

— Senhoras e senhores, por conta de relatos perigosos da inteligência, será declarado um toque de recolher hoje, às 21 horas. Aconselho que voltem para casa o mais rápido que conseguirem.

Há um bafafá, gritos e depois pânico, enquanto a multidão se afunila na entrada e toda a bolha de Colombo 7 começa a estourar, debatendo-se que nem o bazar de Colombo 10. Ninguém vê o Demônio do Ministro caminhando ao lado da cadeira de rodas. Ele te dá uma piscadinha e um meneio de cabeça.

Os homens que não são nem do exército, nem da polícia se posicionam nas saídas, enquanto o Ministro faz Cassim conduzi-lo pela exposição. Ele para diante de uma foto, aponta para ela, e então Cassim obedientemente a retira da parede. Você observa em silêncio enquanto as fotos de jornalistas mortos, ativistas sequestrados e sacerdotes espancados são apagadas das suas paredes, junto com aviões explodidos, aldeões mortos e turbas raivosas.

Após a saída do Ministro, levando consigo um punhado de fotos no colo, os espíritos também saem. Não dá para saber se é por respeito ou tédio. Acaba que você fica sozinho diante das paredes repletas de lacunas. Você ouve os Defuntos Turistas batendo na jukebox do Centro de Artes, no andar de cima, e então começa a tocar uma música que o seu *dada* adorava, mas que no fim você passou a detestar. "The Gambler", de autoria do grande filósofo Kenneth Ray Rogers.

As fotos que ficaram saíram todas de apenas um dos cinco envelopes. Mostram o nascer e o pôr do sol, colinas de chá e praias cristalinas, pangolins e pavões, elefantes com seus filhotes e um belo garoto e uma garota maravilhosa correndo por campos de morangos. É o envelope intitulado O Dez Perfeito e te agrada de um jeito que raramente acontece com o seu trabalho.

E embora as fotos sejam em preto e branco, há nelas um brilho incandescente, como todas as cores de um *royal flush*. Esta ilha é um lugar belíssimo, apesar de estar repleta de idiotas e selvagens. E se essas fotos suas forem as únicas a durar mais do que a sua vida, então talvez esse seja aí um Ás que dê para guardar.

PAPO COM UM LEOPARDO MORTO

— O único Deus que vale a pena conhecer é a eletricidade — diz o Leopardo Morto, ereto no balcão, com as patas sobre o seu livro de contabilidade. — É uma feitiçaria real, digna de se ajoelhar.

— O que você sabe da eletricidade? — você diz, observando a fila atrás dele recuar como se um peido tivesse empesteado a atmosfera. — E como é que você fala sem mexer os seus... são lábios?

Já vieram muitas visitas ao longo das luas passadas atrás desse balcão, mas nunca de um membro do reino animal. Você aponta para o livro de contabilidade e a fera se ajeita para a esquerda, afastando as patas. Você apanha o livro, abre e lê sete palavras:

Animais têm alma.

Tudo que vive tem.

O leopardo te estuda com seus olhos e você fica perplexo. Não são amarelos, nem verdes, como a maioria das feras mortas que você encontrou. Não são marrons, nem azuis, como os dos *sapiens*. São brancos.

— Quando chegou a eletricidade às cabanas do Quarteirão Três em Yala, eu fiquei impressionado. Passei noite após noite escondido do lado de fora, admirando as lâmpadas fluorescentes. Se uns macacos bárbaros foram capazes de criar algo assim, imagine só o que eu poderia fazer.

— Como posso ajudar?

— Quero renascer como *Homo sapiens*. E você vai me ajudar.

— Não é o meu serviço.

— Preciso de ferramentas para criar. O traje de carne humano vem bem equipado.

— Não sei se posso ajudar.

— Então marca comigo uma reunião com o Criador. Vou defender o meu caso.

— Não acredito em Criadores.

— Não seja bobo. Até os porcos no matadouro acreditam num Criador.

— Não acredito que tenha alguém cuidando de tudo.

O leopardo bufa e lambe a pata:

— Por que é que o Criador ficaria cuidando de vocês? Criá-los já não bastou?

Não é sempre que um felino te deixa sem palavras. Esse gato da selva parece ter uma alma maior do que a maioria dos ex-*Homo sapiens* que vieram sujar o seu balcão.

— Acho que todas as criaturas se acreditam ser o centro do universo.

— Não eu. Porque não somos. Somos microcosmos — diz o leopardo. — Um formigueiro contém o universo. Embora não seja o seu centro.

— Uma palavra grande para descrever uma coisinha minúscula — você diz, e o animal fica corado, como se fosse um gatinho.

— Já passei muito tempo observando insetos.

— Dizem que os insetos controlam mais o planeta do que os humanos.

Você vira a página do seu livro e fica encarando as palavras:

Não se deixe prender por conversas das quais deseja sair.

— Insetos possuem um gênio. Sem dúvida. Há milhares de espécies tanto em terra quanto na água muito mais inteligentes do que os humanos.

— Olha só, eu estou ocupado no serviço.

— Nenhum deles, no entanto, jamais inventou a lâmpada até agora.

O leopardo revela-se difícil de despachar. Você vira as páginas do seu livro, mas não encontra nada que seja útil.

— Você quer inventar lâmpadas?

— Eu já rondei as suas cidades e observei o modo como vivem. É, ao mesmo tempo, asqueroso e notável.

— O que há de errado em ser um leopardo? Você é o rei da selva por aqui.

— Não se a selva continuar desaparecendo.

— Você fala como um garoto que eu já conheci.

— Tentei sobreviver sem matar. Não aguentei um mês. Fazer o quê? Sou uma fera selvagem. Apenas os humanos são capazes de praticar a compaixão direito. Apenas os humanos são capazes de viver sem serem cruéis.

— E a maioria dos herbívoros? Não são bondosos?

— Coelhos não têm escolha. Humanos têm. Eu queria um gosto disso.

— Não tem muito gosto aí.

— Todo mundo fica só tentando não ser comido. Preciso de férias da cadeia alimentar.

— Você já fez... o seu exame auricular?

— Claro.

— Não existe nenhum animal mais selvagem que um ser humano.

— Disso, não tenho dúvidas. Mas a maior parte do mal pode ser purificada interiormente.

— Quando você for humano, não vai se lembrar de ter sido um leopardo.

— Como foi que você arranjou esse emprego se não tem a menor ideia de como as coisas funcionam? Nada é esquecido. A gente só não lembra onde guardou as coisas.

— Talvez a gente devesse trocar de lugar — você diz.

— É precisamente o que estou sugerindo.

— A maioria dos *sapiens* se decepciona consigo mesmo. Cuidado com o que...

— Sim, sim. Já ouvi isso. Mas vocês criam luz com fios e um interruptor. Vou arriscar.

— Não tenho certeza se você tem escolha.

— Ah, se tem uma coisa de que eu tenho certeza, é isso. Todos temos escolha. Se não puder me mandar de volta como um ser humano, que seja então como um leopardo com a inteligência de uma abelha-rainha, a alma de uma baleia-azul e os polegares opositores de um macaco selvagem, porque polegares opositores são essenciais na hora de rosquear uma lâmpada.

Confuso, você abre o livro de contabilidade e lê o que ele te instrui a fazer.

• • •

Passam-se luas sem que você pense no DD e nos garotos que te bolinaram. Você não consegue acompanhar mais as guerras do país, conforme elas se transformam em conflitos irreconhecíveis em relação às suas causas. Fica sabendo que Motomalli se uniu a Sena, que levou seu exército para o norte. Da última vez que o viram, estava tentando assassinar um primeiro-ministro indiano. E então, enquanto estava empoleirado em sua árvore *mara* favorita, em seu cemitério favorito, você escuta o seu nome flutuando no vento, feito uma folha amassada.

— Malinda Almeida. Foi o meu melhor amigo.

Você monta na brisa e se deixa ser arremessado pelo ar. Não fica surpreso ao se ver em Galle Face Court, naquele famoso terraço.

Jaki está de short e cabelo cortado, enquanto fala num telefone que não tem fio.

— Você chegou a conhecer ele?

A voz do outro lado parece americana e confusa:

— Desculpa. Quem é?

— É Tracy Kabalana aí?

— Como foi que você conseguiu o meu número?

— Você por acaso recebeu um pacote contendo fotos do Sri Lanka no ano passado?

— Meu pai era do Sri Lanka. Faleceu faz uns anos. Nunca cheguei a conhecer meu meio-irmão. A mãe nunca falou o nome dele. Não abri o pacote.

— Eu ficaria feliz em comprar as fotos de você. Todas elas.

— Não sei onde estão. Capaz de ter jogado fora.

— Ele falava de você com carinho, Tracy — Jaki mente que nem uma jogadora de pôquer, embora isso não torne o que ela disse em uma mentira.

— Desculpa, moça. Não consigo lidar com uma coisa dessas no momento. Preciso ir.

Clique.

Jaki pragueja e se recosta no pufe. Radika Fernando corre os dedos pelo seu cabelo curtinho e balança a cabeça.

— Ela está com as fotos?

— A menina só tem quinze anos. O que era que o Maali tinha na cabeça?

— Ele me disse uma vez que você era estupidamente apaixonada por ele — diz Radika. Nem sinal da sua voz de locutora.

— Quando?

— Naquela noite no apartamento. Quando demos nosso primeiro beijo. Ele me mandou arranjar um belo garoto tâmil para você.

— E aí você fez logo o contrário — diz Jaki, passando os dedos no couro cabeludo dela.

Radika apanha duas molduras fotográficas e as deixa no colo da Jaki.

— Estamos prontas para guardar isso aí?

— Por quê?

— Quantas vezes preciso repetir, Jaki? Você quer que eu venha morar junto ou não?

— Posso ficar com uma delas?

— Não.

— Por quê?

— Porque eu quero que você me veja, não ele.

Ambas as fotos foram tiradas da exposição na Lionel Wendt. Uma delas mostrava você e a Jaki numa casa da árvore que dava para a grande rocha perto de Kurunegala, da qual a Rainha Kuveni se atirou, deixando para trás apenas a sua maldição. A outra é uma cena com quatro corpos, registrada no andar de cima de uma construção arruinada. Uma mulher e seu bebê, um velho com óculos e um cão pária. Todos cercados por estilhaços, embora não tenha sido isso o que os matou.

Jaki assente e permite que Radika coloque as duas fotos numa caixa, que ela leva embora. Jaki suspira e fecha os olhos e não escuta sua voz se despedindo.

• • •

A dra. Ranee não está no Rio dos Nascimentos quando você leva o leopardo até lá. Você pega o vento mais fraco, mas não consegue achar as três árvores *kumbuk*. O rio está imóvel e vazio, não tem ninguém flutuando acima dele.

O leopardo rosna e arranha a árvore à margem das águas.

— Já conheci ursos-beiçudos mais inteligentes que você.

— Estou te ajudando. Pega leve aí com os xingamentos.

— Acredito que seja eu quem esteja te ajudando.

— Como quiser.

— Uma vez eu conheci um elefante em Udawalawe que previu a chegada do próximo Buda.

— E quando vai ser isso?

— Vai demorar umas 200 mil luas.

— Excelente previsão.

— Já conheci criaturas de sombra que habitam espelhos e ficam observando você se observar.

— Parece divertido.

— Conheci uma águia pacifista que se recusava a caçar ratos e deixava seus filhotes morrerem de fome.

— Os assassinos mais sangue-frio que eu já conheci diziam que odiavam matar. Costuma ser só mais uma dose de mentira.

— Eu observei a sua espécie. Tanto em pele de fera quanto como fantasma. Não consigo entender por que é que os humanos destroem quando podem criar. Que desperdício.

— Ali está. Uma, duas... três árvores *kumbuk*. Se você pular na água na frente da terceira, o rio vai te levar.

— Aonde?

— Aonde você precisa estar.

— Eu preciso ser humano.

— É só beber da tigela certa e talvez você vire um.

O leopardo se aproxima devagar da margem e mergulha uma das patas nas águas.

— Está frio pra burro. Por que não vem comigo?

— Não quero renascer.

— Por que não?

— Capaz de eu voltar como leopardo.

— Nem me ofendi. Quer mesmo passar a eternidade atrás de um balcão?

— Não é tão ruim assim. A gente conhece cada figura...

— Pule comigo.

— Você é a dra. Ranee disfarçada?

— Quem?

E então você conta para ele da Ranee e do Sena, do Stanley e do DD, e sobre caixas debaixo de camas. O leopardo fica sentado num dos galhos e escuta até a lua subir bem alto no céu.

Ele arqueia os membros e é assim que você o fotografaria se ainda tivesse a sua Nikon quebrada no seu pescoço quebrado. Mas não tem mais, então você pisca e imagina que ela está lá.

O leopardo assente e balança a cauda, depois salta na água. E é bem nessa hora, com a lua lá em cima no céu, que você percebe que não tem mais nenhuma história para contar, nem ninguém mais para contá-la. Esse reconhecimento chega como um simples fato, e não traz nem desalento, nem alegria.

Então você pula.

E, ao pular, há três coisas que você sabe.

Que o brilho da Luz vai te obrigar a arregalar os olhos. Que você vai escolher a mesma bebida e ela vai te levar a um lugar novo. E que, ao chegar lá, você vai ter se esquecido de todas as coisas acima.

TERMOS E EXPRESSÕES NOS IDIOMAS DO SRI LANKA

abhithiyas   noviços em templos budistas do Sri Lanka.

achcharu   um condimento apimentado em conserva, que mistura vegetais diversos com mamão.

ado   *Ado, ade* ou *adey* é uma exclamação popularmente usada no Sri Lanka com vários significados, geralmente para chamar atenção.

ado hutto   um xingamento em cingalês.

aiya   "irmão mais velho", em cingalês.

aiyo   expressão de incômodo, tristeza ou arrependimento, muito usada no Sri Lanka e no sul da Índia.

amma   palavra para "mãe", tanto em cingalês quanto em tâmil.

aney   uma interjeição em cingalês que denota tristeza ou irritação.

appa   "pai", em tâmil.

arrack   bebida alcoólica destilada comum na Ásia. No Sri Lanka, geralmente é feita com coco.

baila   um tipo de música popular no país, de origem portuguesa.

Bheeshanaya   palavra que significa "Terror" e se refere ao período entre 1987 e 1989, quando uma tentativa malsucedida de insurgência armada do JVP foi violentamente suprimida pelo governo do Sri Lanka, resultando em dezenas de milhares de mortos e desaparecidos.

boru   "mentira", em cingalês, mas é uma palavra com algumas nuances, variando da enganação para a piada.

buriyani   mais comumente grafado como *biriyani*, é um prato de arroz típico da Índia e do Paquistão.

dada   pai, em cingalês, também grafado como *thatha* ou *thathi*.

dhal prato típico com curry, leite de coco e lentilhas.

godaya "aldeão" (por extensão, pejorativamente, um equivalente a "jeca", "caipira"), de *gode* ("vila", "aldeia", "zona rural"), em cingalês.

gotu kola conhecida como *centella* asiática ou centelha, é uma erva nativa da Índia, Sri Lanka e Madagascar, com a reputação de promover diversos benefícios à saúde.

gullas o nome cingalês para a broca-do-café (*Hypothenemus hampei*).

haansi *haansi putuwa*, um item de mobília tradicional do Sri Lanka, introduzida pelos ingleses e conhecida como "poltronas de plantação". Elas costumam ter o encosto reclinado, de palhinha, e apoio para os braços.

hamu um antigo pronome de tratamento cingalês; significa "mestre" e se refere ao senhor da casa.

henaraja thailaya remete à lenda do "Robin Hood do Sri Lanka", Saradiel, um bandido do século XIX. Acreditava-se que ele era à prova de balas por conta de uma adaga mágica *henaraja thalaya* (a lâmina do relâmpago), um nome que se confunde com *henaraja thailaya* (óleo do relâmpago), conhecido por propriedades medicinais.

huniyam uma das palavras em cingalês para "feitiçaria".

kade um *kade*, ou *petti-kade*, é uma vendinha típica de bairro.

kolla "garoto", em cingalês.

kottu roti um prato típico que envolve *roti* cortado (um tipo de pão ázimo) e alguma carne com curry.

kumbuk conhecida como arjuna (*Terminalia arjuna*), uma árvore de grande porte com um tronco robusto e uma copa frondosa, comum em todo o subcontinente indiano.

lokka "chefe", em cingalês.

malli forma afetuosa de chamar alguém no Sri Lanka; significa "irmão mais novo", "maninho", em cingalês.

malu paan um salgado srilanquês que consiste em uma massa de pão recheada com peixe e batata.

mara árvore de grande porte, nativa da região amazônica e do pantanal mato-grossense, onde é conhecida como árvore da chuva (*Samanea saman*), introduzida ao Sri Lanka no século XIX.

naraka nas tradições do hinduísmo e do budismo, a palavra descreve as dimensões "infernais" da existência, mas a palavra também descreve um ser demoníaco específico com esse nome (também chamado Narakasura).

nehi termo hindi, com origem no sânscrito *nahí*, "com certeza não".

ola a folha de uma palmeira nativa do sul da Índia, do Sri Lanka e de outros países do sudeste asiático, conhecida como talipot.

pakka "maravilhoso", em tâmil.

panchayudha um pingente com as cinco armas do deus Vishnu.

paraya uma raça de cães semisselvagens, geralmente de pelagem amarela, também conhecida como cão pária indiano. A grafia *paraya*, usada no Sri Lanka, é uma das variações possíveis do nome.

pittu prato típico que envolve a preparação de uns rolinhos à base de farinha de arroz e coco.

pottu o nome tâmil para o apetrecho que em hindi se diz *bindi*: um ponto colorido usado como decoração no meio da testa por adeptos do hinduísmo, budismo, jainismo, sikhismo e outros grupos religiosos do subcontinente indiano.

Poya um termo em cingalês que descreve o feriado budista mensal da lua cheia no Sri Lanka.

preta do sânscrito, "fantasmas famintos", uma classe de seres espirituais reconhecidos em diversas religiões asiáticas. Suas descrições variam, mas costumam ter em comum o fato de serem criaturas deploráveis que já foram humanas e possuem um apetite insaciável, geralmente por substâncias asquerosas.

putha "filho", em cingalês.

rahu um dos *navagraha*, as nove entidades associadas aos corpos celestes na tradição hindu, equivalente ao nodo norte da lua e entendido como causador de eclipses. Nessas tradições, existe a prática de se calcular o *rahukala*, que são períodos inauspiciosos do dia também chamados *apale* em cingalês.

redda peça de roupa feminina.

salwar um tipo de calça que faz parte do guarda-roupa tradicional do subcontinente indiano, justa na cintura e nos tornozelos, mas folgada nas pernas.

swamini uma forma respeitosa de se dirigir a um superior no Sri Lanka, provavelmente derivada do sânscrito *swami*, que é como são chamados os mestres num contexto religioso.

thambi "irmão mais novo", em tâmil.

thambili o nome nativo para o chamado coco cingalês (*cocos nucifera var. aurantiaca*), uma variedade nativa do Sri Lanka que se destaca por sua cor alaranjada.

tuk-tuk veículo comum no sudeste asiático, um triciclo motorizado com um assento para o motorista na frente e dois para passageiros atrás, muitas vezes usado como táxi.

varam palavra do tâmil que significa "dádiva", "graça", "favor" e "bênção", geralmente concedida por uma deidade.

visvaya do sânscrito, a personalidade suprema da Divindade em que consiste todo o universo.

walauwa termo em cingalês que descreve um casarão em estilo colonial.

yaka um tipo de espírito maligno nas crenças populares do país.

yako (ou yakko) uma gíria em cingalês com o sentido de "canalha", "diabo" ou "companheiro", dependendo do contexto.

Este livro foi composto na tipografia Minion Pro,
em corpo 11/15, e impresso em
papel off-white no Sistema Cameron da
Divisão Gráfica da Distribuidora Record.